3・11から10周年を記念した新刊

最新刊

若松丈太郎 詩集
夷俘の叛逆

若松丈太郎氏の詩集『夷俘の叛逆』は日本の正史が隠蔽してきた真実を曝け出し、その先住民たちを「夷」や「鬼」としてきた歴史認識の在り方に疑問符を投げ掛け、日本列島の多様性のある真の豊かさを伝えてくれる恐るべき叙事詩集だと私には感じられる。（鈴木比佐雄・解説文より）

A5判160頁・
並製本・1,500円
栞解説文／鈴木比佐雄

最新刊

鈴木比佐雄 詩集
『千年後のあなたへ ―福島・広島・長崎・沖縄・アジアの水辺から』

A5判176頁・
並製本・1,500円
紙撚作品／石田智子

最新刊

斉藤六郎 詩集
『母なる故郷 双葉 ―震災から10年の伝言』

A5判152頁・
並製本・1,500円
解説文／鈴木比佐雄

最新刊

照井翠 句集
泥天使

句集『龍宮』、エッセイ集『釜石の風』、そして本句集『泥天使』。ささやかではありますが、私の「震災三部作」が、これで完成いたします。

六判232頁・
製本・1,800円
写真／照井翠

最新刊

照井翠 句
龍宮

照井翠の、東北
かれるのだ。こ
分ぼくは暗記して

文庫判264頁・並製本
写真／照井翠
解説文／池澤夏樹・玄侑宗久

増刷

若松丈太郎
『福島原発難民 南相馬市・一詩人の警告 1971年〜2011年』

四六判160頁・並製本・
1,428円
解説文／鈴木比佐雄
帯文／新藤謙

加藤登紀子が歌う
「神隠しされた街」CD付き

『福島核災棄民 ―町がメルトダウンしてしまった』

四六判208頁・並製本・
1,800円
解説文／鈴木比佐雄
帯文／加藤登紀子

コールサック詩文庫14
若松丈太郎詩選集一三〇篇

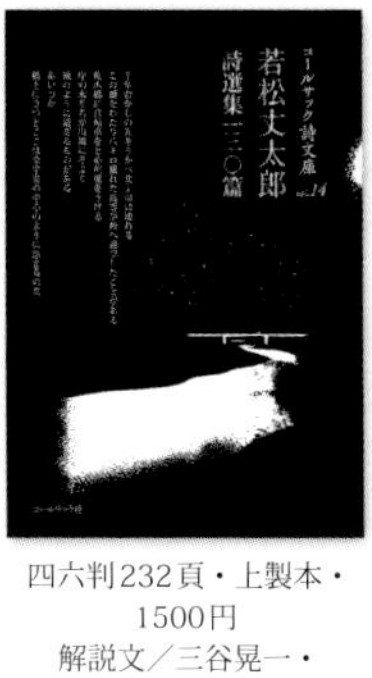

四六判232頁・上製本・
1500円
解説文／三谷晃一・
石川逸子・鈴木比佐雄

沖縄文学　小説・評論・詩集

八重洋一郎 詩集
血債の言葉は何度でも甦る

詩人の本質的な言葉とは、「社会を変える」言葉になりうるのであり、そんな他者の精神や事物の生成にまで影響を与える言葉を発し、新たな世界を「建設する」志の高さを八重氏の言葉に感じる。ヘルダーリンを通してハイデッガーが思索したことを、八重氏は自らの詩を通して自らの詩論でもって読者に深く語りかけてくれる、根源的なことを問い実践している詩人・詩論家であるだろう。
（鈴木比佐雄・解説文より）

『日毒』に続く最新詩集！

A5判120頁・並製本・1,500円
解説文／鈴木比佐雄

八重洋一郎 詩集『日毒』
重版

A５判112頁・並製本・
1,500円　解説文／鈴木比佐雄

平得壯市 俳句・短歌集『飛んで行きたや 沖縄愛楽園より』

四六判208頁・
並製本・1,500円
装画／野津唯市
解説文／大城貞俊

伊良波盛男 小説『神歌《カンヌアーグ》が聴こえる』

四六判280頁・
並製本・1,700円
解説文／鈴木比佐雄

第41回沖縄タイムス出版文化賞正賞
平敷武蕉 評論集『修羅と豊饒 沖縄文学の深層を照らす』

四六判384頁・
並製本・2,000円
装画／野津唯市
解説文／鈴木比佐雄

第114回芥川賞受賞作家
又吉栄喜 小説『仏陀の小石』

四六判448頁・
並製本・1,800円
装画／我如古真子

大城貞俊『記憶は罪ではない』

四六判192頁・並製本・1,800円
解説文／鈴木比佐雄

大城貞俊 評論集『抗（あらが）いと創造 沖縄文学の内部風景』

A5判360頁・並製本・1,800円
装画／野津唯市　解説文／鈴木比佐雄

第33回福田正夫賞
与那覇恵子 詩集『沖縄から 見えるもの』

A5判176頁・並製本・
1,500円　解説文／鈴木比佐雄

与那覇恵子 評論集『沖縄の怒り 政治的リテラシーを問う』
重版

四六判160頁・並製本・
1,500円　解説文／平敷武蕉

新城貞夫 全歌集

A5判528頁・上製本・3,500円
解説文／仲程昌徳・松村由利子・
鈴木比佐雄

『前奏曲 魂には翼がある』

四六判288頁・
並製本・1,500円
解説文／鈴木比佐雄

『妄想録 思考する石ころ』

四六判176頁・
並製本・1,500円
解説文／鈴木比佐雄

元澤一樹 詩集『マリンスノーの降り積もる部屋で』

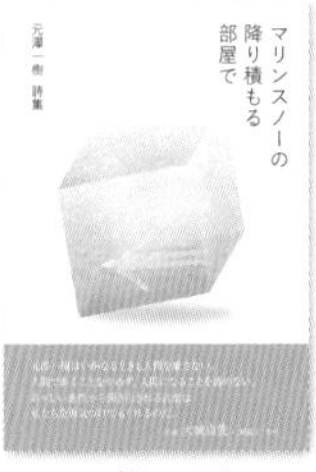

A５判120頁・
並製本・1,500円
解説文／大城貞俊

2020年刊行詩集

小林功 詩集
月山の風

A5判192頁・上製本・2,000円
解説文／万里小路譲

近藤八重子 詩集
仁淀ブルーに生かされて

A5判240頁・上製本・2,000円
解説文／鈴木比佐雄

坂本麦彦 詩集
漏れどき

A5判128頁・並製本・1,500円
解説文／鈴木比佐雄

谷光順晏 詩集
『ひかることば』
A5判128頁・
並製本・1,500円
解説文／鈴木比佐雄

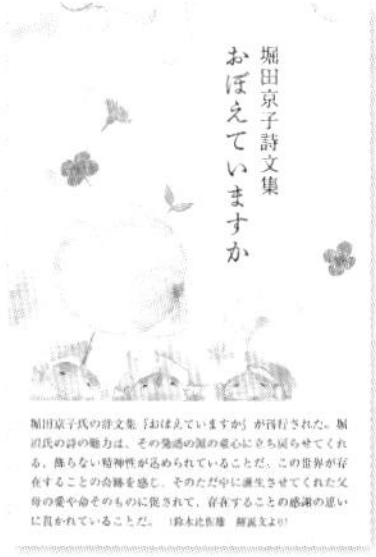

堀田京子 詩文集
『おぼえていますか』
四六判248頁・並製本・1,500円
解説文／鈴木比佐雄

鈴木文子 詩集
『海は忘れていない』
A5判192頁・上製本・1,800円
解説文／鈴木比佐雄

青山晴江 詩集
『夏仕舞い』
A5判160頁・
並製本・1,500円
解説文／石川逸子

吉田正人 第一詩集
『人間をやめない
1963～1966』
Ａ５判208頁・
上製本・1,800円
跋／長谷川修児
解説文／鈴木比佐雄

吉田正人詩集・省察集
『黒いピエロ
1969～2019』
Ａ５判512頁・
上製本・3,000円
解説文／鈴木比佐雄

『福司満全詩集』
「藤里の歴史散歩」と
朗読ＣＤ付き
Ａ５判352頁・並製本・3,000円
帯文／浅利香津代
解説文／亀谷健樹・鈴木比佐雄

岸本嘉名男
詩・評論選集
『碧空の遥か
彼方へ』
A5判304頁・
上製本・2,700円
解説文／神月さよ・鈴木比佐雄

俳句関係

黒田杏子 句集『木の椅子』増補新装版

『木の椅子』の中から、私はいくつも短篇小説になる核をもらった。たとえば、
かもめ食堂空色の扉の冬籠
こんな句を見ると、私のイメージは無限に広がっていく。（瀬戸内寂聴）

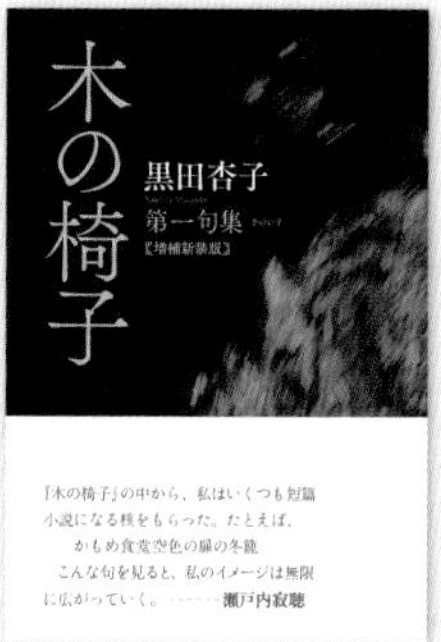

四六判216頁・上製本・2,000円

渡辺誠一郎 紀行文集『俳句旅枕 みちの奥へ』

四六判304頁・上製本・2,000円

現代版「おくのほそ道」とも言える画期的な紀行文集！ 東北の歌枕を巡り、古今の名句や自句を交えて陸奥の深層を探る。

銀河俳句叢書

四六判変型・並製本・1,500円

現代俳句の個性が競演する、洗練された装丁の句集シリーズ

1 齊藤保志 句集『花投ぐ日』

192頁 装画／戸田勝久
解説文／鈴木光影

2 乾佐伎 句集『未来一滴』

128頁 帯文／鈴木比佐雄
解説文／鈴木光影

3 齊藤保志 句集『百鬼の目玉』

180頁 序／能村研三
跋／森岡正作

4 河野美千代 句集『国東塔』

192頁 序／能村研三
跋／田邊博充

永瀬十悟 句集『橋朧 ふくしま記』

A6判272頁・上製本・1,500円
解説文／鈴木比佐雄

永瀬十悟 句集『三日月湖』

第74回現代俳句協会賞

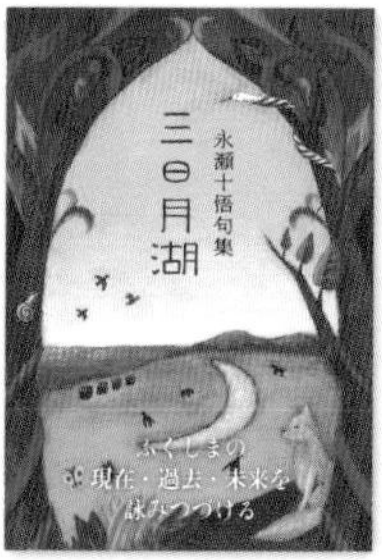

文庫判256頁・上製本・1,500円
装画／澁谷瑠璃 解説文／鈴木光影

辻 美奈子 句集『天空の鏡』

四六判184頁・並製本・1,500円
栞解説文／鈴木比佐雄

辻直美 遺句集・評論・エッセイ集『祝祭』

四六判352頁・並製本・2,000円
栞解説文／鈴木比佐雄

大畑善昭 評論集『俳句の轍』

A5判288頁・並製本・2,000円 解説文／鈴木光影

大畑善昭 句集『一樹』

A5判208頁・並製本・2,000円 解説文／鈴木比佐雄

第12回日本詩歌句随筆評論大賞 随筆部門・大賞

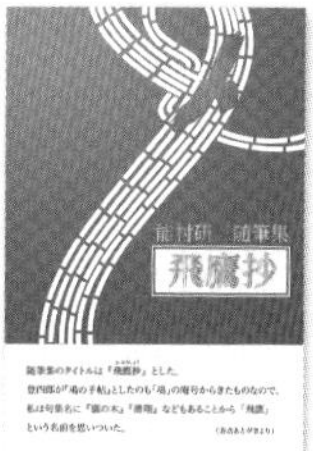

能村研三 随筆集『飛鷹抄』

四六判172頁・上製本・2,000円 栞解説文／鈴木比佐雄

短歌関係

最新刊
今井正和 歌論集
猛獣を宿す歌人達

四六判280頁・上製本・2,000円
解説文／鈴木比佐雄

最新刊
高橋公子 歌集
萌黄の風

四六判182頁・上製本・2,000円

最新刊
望月孝一 歌集
風祭

四六判224頁・上製本・2,000円

銀河短歌叢書

四六判・並製本・1,500円

9 岡田美幸 歌集

『現代鳥獣戯画』
128頁
装画／もの久保

8 原ひろし 歌集

『紫紺の海』
224頁
解説文／原詩夏至

7 安井高志 歌集

『サトゥルヌス菓子店』
256頁　解説文／依田仁美・原詩夏至・清水らくは

原詩夏至 評論集
『鉄火場の批評
——現代定型詩の創作現場から』

四六判352頁・並製本・1,800円

6 糸田ともよ歌集

平成30年度日本歌人クラブ南関東ブロック優良歌集賞
第14回日本詩歌句随筆評論大賞短歌部門大賞

『しろいゆりいす』
176頁
解説文／鈴木比佐雄

5 奥山恵 歌集

『窓辺のふくろう』
192頁　装画／北見葉胡
解説文／松村由利子

4 望月孝一 歌集

『チェーホフの背骨』
192頁
解説文／影山美智子

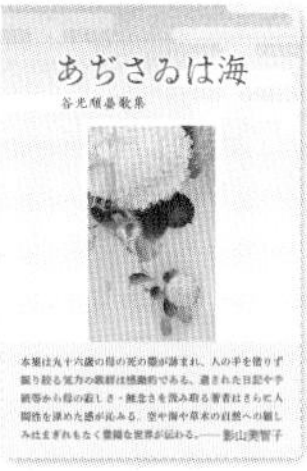

谷光順晏 歌集
『あぢさゐは海』

四六判176頁・上製本・2,000円

1 原 詩夏至 歌集

『ワルキューレ』
160頁
解説文／鈴木比佐雄

2 福田淑子 歌集

第13回日本詩歌句随筆評論大賞短歌部門・優秀賞

『ショパンの孤独』 重版
176頁　装画／持田翼
解説文／鈴木比佐雄

3 森水晶 歌集

『羽』
144頁　装画／石川幸雄
解説文／鈴木比佐雄

古城いつも 歌集
『クライム ステアズ フォー グッド ダー』

A5判変形192頁・並製本・1,500円
解説文／鈴木比佐雄

2019－2020年最新刊　評論集・エッセイ集

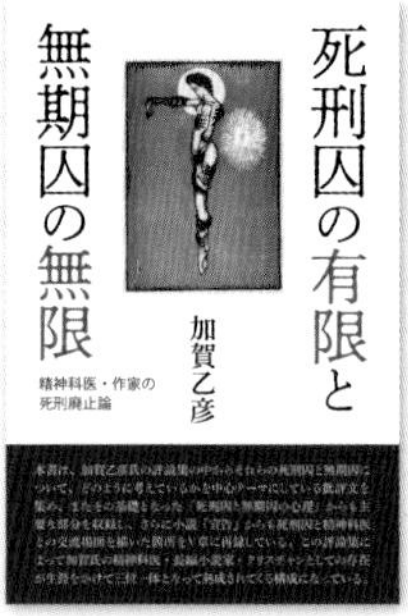

加賀乙彦

『死刑囚の有限と
無期囚の無限
精神科医・作家の
死刑廃止論』

四六判320頁・並製本・1,800円
解説文／鈴木比佐雄

第35回真壁仁・野の花賞

『孤闘の詩人・
石垣りんへの旅』

四六判288頁・上製本・2,000円
解説文／鈴木比佐雄

最新刊

万里小路　譲

『詩というテキストⅢ
言の葉の彼方へ』

四六判448頁・並製本・2,000円

最新刊

永山絹枝　評論集

『魂の教育者　詩人近藤益雄
綴方教育と障がい児教育の理想と実践』

四六判360頁・
上製本・2,000円
カバー写真／城台巌
解説文／鈴木比佐雄

最新刊

高橋正人　評論集

『文学はいかに思考力と
表現力を深化させるか
福島からの国語科教育モデルと震災時間論』

四六判384頁・
上製本・2,000円
装画／戸田勝久
解説文／鈴木比佐雄

福田淑子

『文学は教育を変えられるか』

四六判384頁・
上製本・2,000円
装画／戸田勝久
解説文／鈴木比佐雄

齋藤愼爾

『逸脱する批評
寺山修司・埴谷雄高・中井英夫・
吉本隆明たちの傍らで』

四六判358頁・
並製本・1,500円
解説文／鈴木比佐雄

第15回日本詩歌句随筆評論大賞奨励賞

照井　翠エッセイ集

『釜石の風』

四六判256頁・並製本・
1,500円　帯文／黒田杏子

2020年5月20日
朝日新聞で
紹介されました

『高橋和巳の
文学と思想
その〈志〉と〈憂愁〉の彼方に』

太田代志朗・田中寛・鈴木比佐雄　編
Ａ５判480頁・上製本・2,200円

委《ゆだ》ねる

坂本　梧朗

安らかに生きたいものだ
煩悶を絶てばよいのだ
委ねればよいのだ

人体も
支配しているものは
脳だけではないという
中枢神経は腸から始まったという
内臓のそれぞれが相互に情報を発信し
脳にも指示を発しているという

日常においても
頭が全てを判断しているのではない
身体《からだ》が知っているのだ
身体が覚えているのだ
咄嗟《とっさ》の判断は身体がするのだ

ましてや
人間は
関係の網の目のうえに
浮かんでいる存在

その
幸
不幸は
網の目の作用だ

この頭ひとつが
どれだけのことを判断できる

委ねるしかないのだ
委ねることで
自分を浮かべている
網の目を
見つめ直せ

コールサック（石炭袋）105号 目次

詩歌の窓　照井翠／高橋公子

扉詩　坂本梧朗　委《ゆだ》ねる　1

特集　3・11から10年　震災・原発文学の詩、短歌、俳句

序文　鈴木比佐雄　「震災・原発文学の詩、短歌、俳句」は何を語り継ぐか　8

詩　若松丈太郎　連詩　かなしみの土地　6　神隠しされた街／見える災厄　見えない災厄／三千年未来へのメッセージ　12

鈴木比佐雄　二十世紀のみどりご／シュラウドからの手紙／薄磯の木片――3・11小さな港町の記憶／千年後のあなたへ　18

齋藤貢　南相馬市、小高の地にて／この日、小高で／汝は、塵なれば／夕焼け売り　22

根本昌幸　わが浪江町／帰還断念／柱を食う／牛／遠いどこかの国で　26

みうらひろこ　ふらここの涙／〝までい〟な村から／三月の伝言板／デブリのことなど　30

二階堂晃子　生きている声／希望牧場の牛／復興のいしじ　34

高橋静恵　梅の切り株／土の歯ぎしり／泣く女／季節の内側で　37

短歌　本田一弘　土をとぶらふ　40

遠藤たか子　行き場なき避難者　42

服部えい子　色なく香なく　44

俳句　永瀬十悟　ふくしま　46

エッセイ　渡辺誠一郎　『俳句旅枕　みちの奥へ』抄　48

評論　武良竜彦　慟哭から祈りの深部へ――照井翠句集『泥天使』をめぐって　50

詩Ⅰ

詩　東梅洋子　うねり／自由を求める美しき異国の戦士へ　58

みうらひろこ　ある新生活様式　60

懸田冬陽　絵画　61

鈴木正一　「三・一一フクシマ」から一〇年　62

山﨑夏代　海に向かって。　65

淺山泰美　海星　66

根本昌幸　虫は虫から虫に人は人から人に　67

原詩夏至　冬眠　68

小山修一　春眠　其のⅡ／春眠　其のⅢ　70

貝塚津音魚　コロナの次は鳥インフルエンザ　72

秋野かよ子　菜花《なばな》欠き／花の模様／環境が良いといいうが　おげんきですか？　74

佐々木淑子　君在りてこそ　76
柏木咲哉　春と骸骨／碧《あお》い林檎の夢／風が燃えている／春待ち川／星屑のバッタ　78
久嶋信子　母の遺品　80

詩Ⅱ

甘里君香　からだの名前／キンチョール撒こう／蔑んでいいですよ　84
日野笙子　閉じた子ども食堂　86
古城いつも　ベネチアマスク／いくさがみ／貧乏の手法　87
坂本麦彦　夜更けの生きもの　90
石川樹林　見えない顔の「罪と罰」　92
青柳晶子　窓　93
志甫正夫　朝　94
植松晃一　溶ける世界／跳ねるひと／小品　96
杉本知政　まさぐる手　97
風守　コトバ／時の割れ目　98
山口修　記憶 ―二―／探しもの　100
狭間孝　「はじめに」の語源／タクトを振るように　101
座馬寛彦　瘤　104

詩Ⅲ

坂井一則　浜辺で　106
熊谷直樹　妖怪図鑑「妖猫」　108
高柴三聞　しかまち、かんぱち…　110
高田一葉　コスモス畑で／ふ／放つ　112
石川啓　狼のジョン／古平町の狼／マースへ　114
植木信子　枯れ葉が流れる　117
宮川達二　光明 ―如意輪観音《にょいりんかんのん》―　118
榊原敬子　こぶしの花は咲いたけれど　119
外村文象　マイクを置いて／打ち上げ花火／仲秋の名月　120
志田昌教　西《さい》果《は》ての島に／夏のためらい／ママへのレクイエム　122
酒井力　岩／（N）MRI（核磁気共鳴映像法）　124
大城静子　思いの糸　126
福山重博　無題の腸詰5（六篇）　127
水崎野里子　橋を渡る　128

俳句・短歌

俳句時評　鈴木光影　俳句や詩歌にとって持続可能性とは ―『地球の生物多様性詩歌集』公募に寄せて　130
俳句　中原かな　檸檬　135
原詩夏至　星辰　136
松本高直　秋の物語　137
岡田美幸　思い出保存棚　138

水崎野里子　冬俳句2020年／川柳丑・二〇二一年干支を祝ひて　139
福山重博　不発弾　140
鈴木光影　霜夜行　141
デイヴィッド・クリーガー（水崎野里子 日本語訳）　夏から秋へ　143

評論　木幡忠文　「コールサック104号」の俳句短歌欄を読んで　147

短歌　原詩夏至　怒りの日《ディエス・エレ》　150
大城静子　老人日記（一）（二）／憂き世の声（一）（二）　152
水崎野里子　すゐの松山　156
福山重博　歳月　157
座馬寛彦　空の割合　158

狂歌　高柴三聞　狂歌（令和2年11月頃から12月末頃まで8首）　159

エッセイ　岡田美幸　飽かず哀し―『小説伊勢物語業平』を読む―　160

短歌時評　座馬寛彦　コロナ禍にいかに詠い続けるか　162

詩Ⅳ

現代詩時評　原詩夏至　「豚」と「銀河鉄道」―村上昭夫の初期の詩をめぐって―　166

詩誌評　植松晃一　全身全霊で存在する「人」への目線　172

詩集評　岡本勝人　連載　迷宮としての詩集(三)対比は可視を造形する―模索する現代詩の迷宮(2)　176

小詩集　高橋郁男　『風信』二十一　180
井上摩耶　『瞑想 迷走 また瞑想』四篇　186
永山絹枝　『フランスの明暗』　191
藤谷恵一郎　『風の船』抄（一）五篇　194
柏原充侍　『カミナリ』九篇　198

小説

小説時評　宮川達二　連載　第十三回　予感の悲哀―小泉八雲私論―　204

小説　前田新　草莽伝　青年期　5　208
葉山美玖　にがくてあまい午後（三）　217
古城いつも　夜空のトランペット　228

評論・エッセイ

評論　永山絹枝　『近藤益雄《えきお》を取り巻く詩人たち（一）』江口季好（その4）―児童詩　この良きもの　詩教育に命をかけた人―　244
星清彦　夭折した山形の女流詩人　その一　四季派の影響を受けた「日塔貞子」について　254
黄輝光一　ストップ・ザ・文明　259

エッセイ　淺山泰美　蕪蒸《かぶらむ》しの味／響き館の午後／三浦春馬の死　263

原詩夏至　「土」と「つまらぬもの」、そして／または「文学のふるさと」　266
宮川達二　ノースランドカフェの片隅で―文学＆紀行エッセイ　第二十七回　小津安二郎の鎌倉　268
小島まち子　アメリカ東海岸に暮らす（6）日米の懸け橋になったエリザ・シドモア女史と桜　270
篠崎フクシ　永遠性の由来　276
水崎野里子　私のインド紀行（3）――「座る」と「裸足」　278
中津攸子　万葉集を楽しむ（八）高橋虫麻呂の真意　281

書評

『村上昭夫著作集下』
小笠原眞　慈愛の詩人　村上昭夫　290
坂本麦彦詩集『漏れどき』
高橋英司　現世と常世のあわいに立つ　292
池下和彦　『漏れどき』のトリセツ　294
村上政彦小説『台湾聖母』
岡田美幸　『台湾聖母』を読む　297
古城いつも歌集『クライムステアズフォーグッドダー』
原詩夏至　「階段」の先に待っているもの　298
松本高直　きざはしをめぐって　300
原詩夏至『鉄火場の批評―現代定型詩の創作現場から』
清水亞彦　繋ぐこと、そして読み抜くこと　302
水崎野里子　原詩夏至の句会活動と評論集『鉄火場の批評』について　304
近藤八重子詩集『仁淀《によど》ブルーに生かされて』
速水晃　自然と共に生きる人の色彩　306
大倉元　心地よい風が通りすぎていく　308
小林功詩集『月山の風』
照井良平　『月山の風』を読んで　310
アンソロジー『地球の生物多様性詩歌集　―生態系への友愛を共有するために』公募趣意書　312
アンソロジー『日本の地名 百名詩集』公募趣意書　314
編集後記
鈴木比佐雄　316
鈴木光影　318
座馬寛彦　318
「年間購読会員」のご案内　336

詩歌に宿るまつろわぬ東北《みちのく》の魂《こころ》

東北《みちのく》詩歌集

西行・芭蕉・賢治から現在まで

編＝鈴木比佐雄・座馬寛彦・鈴木光影・佐相憲一　A5判352頁・並製本・1,800円

東北に魅了された260名による短歌・俳句・詩などを収録。千年前から東北に憧れた西行から始まり、実朝、芭蕉を経て、東北の深層である縄文の荒ぶる魂を伝える賢治など、短詩系の文学者にとって東北は宝の山であった！

参加者一覧

一章　東北（みちのく）へ　短歌・俳句
西行　源実朝　松尾芭蕉　若山牧水　金子兜太　宮坂静生　齋藤愼爾　黒田杏子　渡辺誠一郎　能村研三
柏原眠雨　夏石番矢　井口時男　鎌倉佐弓　つつみ眞乃　福田淑子　座馬寛彦
二章　東北（みちのく）へ　詩
尾花仙朔　三谷晃一　新川和江　前田新　小田切敬子　渡邊眞吾　二階堂晃子　橘まゆ　貝塚津音魚　植木信子
岡山晴彦　堀江雄三郎　萩尾滋　岸本嘉名男　高柴三聞
三章　賢治・縄文　詩篇
宮沢賢治　宗左近　草野心平　畠山義郎　相澤史郎　原子修　宮本勝夫　今井文世　関中子　冨永覚梁　大村孝子
橋爪さち子　神原良　ひおきとしこ　見上司　絹川早苗　徳沢愛子　佐々木淑子　淺山泰美　小丸　風守　柏木咲哉
四章　福島県　短歌・俳句
与謝野晶子　馬場あき子　遠藤たか子　本田一弘　関琴枝　福井孝　服部えい子　影山美智子　栗原澪子
望月孝一　奥山恵　反田たか子　永瀬十悟　片山由美子　黛まどか　大河原真青　山崎祐子　齊藤陽子
片山壹晴　宗像眞知子　鈴木ミレイ
五章　福島県・詩篇
高村光太郎　草野心平　安部一美　太田隆夫　室井大和　松棠らら　うおずみ千尋　星野博　新延拳　宮せつ湖
酒木裕次郎　山口敦子　坂田トヨ子　長谷川破笑　鈴木比佐雄
六章　原発事故　詩篇
若松丈太郎　齋藤貢　高橋静恵　木村孝夫　みうらひろこ　小松弘愛　青木みつお　金田久璋　日高のぼる
岡田忠昭　石川逸子　神田さよ　青山晴江　鈴木文子　大倉元　こやまきお　森田和美　堀田京子　植田文隆
曽我部昭美　柴田三吉　原かずみ　髙嶋英夫　松本高直　田中眞由美　勝嶋啓太　林嗣夫　くにさだきみ
埋田昇二　斎藤紘二　天瀬裕康　末松努　梓澤和幸　青柳晶子　秋山泰則
七章　宮城県　俳句・短歌・詩
高野ムツオ　屋代ひろ子　篠沢亜月　佐々木潤子　古城いつも　土井晩翠　矢口以文　前原正治　秋亜綺羅
原田勇男　佐々木洋一　相野優子　清水マサ　あたるしましょうご中島省吾　酒井力
八章　山形県　短歌・俳句・詩
斎藤茂吉　荒川源吾　赤井橋正明　秋野沙夜子　佐々木昭　杉本光祥　笹原茂　石田恭介　真壁仁　黒田喜夫
吉野弘　万里小路譲　菊田守　高橋英司　近江正人　志田道子　森田美千代　星清彦　香山雅代　苗村和正
阿部堅磐　結城文　矢野俊彦　村尾イミ子　河西和子　山口修
九章　岩手県　短歌・俳句・詩
石川啄木　伊藤幸子　千葉貞子　松﨑みき子　謝花秀子　能村登四郎　大畑善昭　太田土男　川村杳平　照井翠
夏谷胡桃　村上昭夫　斎藤彰吾　ワシオ・トシヒコ　若松丈太郎　上斗米隆夫　北畑光男　朝倉宏哉　柏木勇一
照井良平　渡邊満子　東梅洋子　永田豊　藤野なほ子　佐藤岳俊　高橋トシ　佐藤春子　金野清人　田村博安
伊藤諒子　星野元一　宮崎亨　鈴木春子　阿部正栄　小山修一　里崎雪　佐相憲一
十章　秋田県　俳句・短歌・詩
菅江直澄　石井露月　森岡正作　石田静　栗坪和子　藤原喜久子　鈴木光影　伊勢谷伍朗　福司満　亀谷健樹
佐々木久春　あゆかわのぼる　寺田和子　前田勉　成田豊人　須合隆夫　曽我貢誠　秋野かよ子　こまつかん
岡三沙子　赤木比佐江　水上澤
十一章　青森県　短歌・俳句・詩
釈迢空　佐藤鬼房　依田仁美　木村あさ子　千葉禮子　須賀ゆかり　高木恭造　寺山修司　石村柳三　田澤ちよこ
安部壽子　新井豊吉　根本昌幸　武藤ゆかり　若宮明彦
十二章　東日本大震災
長谷川櫂　吉川宏志　高良留美子　高橋憲三　金子以左生　芳賀章内　北條裕子　崔龍源　藤谷恵一郎
片桐歩　向井千代子　齊藤駿一郎　狭間孝　日野笙子　悠木一政　鈴木小すみれ　渡辺理恵　せきぐちさちえ
三浦千賀子　山野なつみ　青木善保

特集　3・11から10年　震災・原発文学の詩、短歌、俳句

「震災・原発文学の詩、短歌、俳句」は何を語り継ぐか

鈴木　比佐雄

1

東日本大震災・東電福島第一原発事故から十周年の二〇二一年三月十一日が間もなく訪れる。九世紀後半の貞観大地震以来の大地震・津波に加えて四基の原発事故に遭遇した後の十年間で、詩人、俳人、歌人たちはどのような作品を書いてきたか。またこの原発事故をある意味で必然的なものとして予知していた詩篇も書かれていたのであり、それらを含めた作品群を回顧してみることとする。もちろん詩歌だけでなく、小説・評論・ノンフィクションなどの原発を危惧する作品・研究書は様々な観点で数多く書かれてきた。それを含めた検証をこれから地道になされなければならないと考えられる。その試みは今年の四月三日（土）に福島県いわき市アリオスで開催される「福島浜通り震災・原発文学フォーラム」の三部にわたる座談会（短詩型文学、小説・ノンフィクション、文学教育）で語られることになっているので、ぜひご参加下さることを願っている。

まず私にはこの十年の「震災文学」は「原発文学」と決して切り離すことはできないのではないかと思われる。時系列的にいえば一九四五年八月の原爆投下の広島・長崎での被爆者たちから生まれた「原爆文学」が始まり、その原爆の技術を使用した原発が米国スリーマイル島などの放射能汚染事故などを引き起こし、「原発文学」は生まれたと言えるのだろう。原発の危険性を直視することと原爆を廃棄することは、二十世紀・二十一世紀の最も重要な課題であったし今もあり続けて、今年になって国連で「核兵器禁止条約」が51ヶ国によって批准されて効力を発した。また「震災文学」の歴史は鴨長明が随筆の中で文治地震のことを記したように千年近くの歴史がある。そのような「震災」の経験を真剣に科学技術者、政治家、官吏、電力会社経営者、裁判官たちが数千年の歴史観や日本列島の地盤の特異性を直視する地球物理学的観点を優先していたら、原発事故で故郷を追われた二〇万人もの人びとは存在しなかったに違いない。つまり政治・経済の分野だけで、遥か一万年前の縄文時代から築いてきた自然と共存してきた歴史・文化・人びとの暮らしや生態系を、一瞬で破壊してしまう原発の稼動を利権に囚われた人間たちにはさせてはならない。3・11以降は、福島県民の総意は第一と第二を合わせた十基を廃棄することだった。東電は第二原発四基を再稼動させようと数年前までは画策していたがようやく断念したようだ。福島県の米、果物、野菜、日本酒などの食品・酒類は厳密な検査で安全であるのに風評被害との闘いだった。この十年で例えば日本酒の分野で福島県の多くの蔵元は切磋琢磨をして最も多くの賞を受賞していると聞いている。福島県は原発を廃棄することによって生まれ変わりつつある。

詩篇としては、若松丈太郎、鈴木比佐雄、齋藤貢、根本昌幸、みうらひろこ、二階堂晃子、髙橋静恵、短歌作品は本田一弘、遠藤たか子、服部えい子、俳句は永瀬十悟、俳句評論は渡辺誠一郎と武良竜彦、それらを十三名の作品を紹介したい。

2

若松丈太郎氏の詩「連作 悲しみの土地 6 悲しみの土地」は一九九四年にチェルノブイリに視察旅行に行った後に執筆された連作の十一篇からの一篇で東電福島第一原発事故を予言して

いる詩篇だ。ウクライナのチェルノブイリの人びとの苦悩を思いやることが、若松氏の中で自分の暮らす南相馬市を含めた福島浜通りの人びとの未知なる悲劇として直観されたのだろう。若松氏の「連作 悲しみの土地」は、人類が原発という厄災を抱え込んだ悲劇を世界文学のスケールとして構想していたことが分かる。福島の原発事故後に書かれた詩篇の中でも詩「見える厄災 見えない厄災」では震災と原発事故によって古代から名付けられた南相馬市の様々な地名をもった海辺の土地が破壊されただけでなく、地域文化も壊滅的な破壊があったことが告げられている。つまり震災は津波が引いた後で民衆は立ち直ることが出来るが、原発事故は残された放射性物質によって簡単には復興できないことを示唆している。若松氏の詩篇は生態系を壊すことは縄文時代から数千年かけて作り上げてきた地域文化を根底から破壊されることの恐るべき情況を記している。最後の詩「三千年未来のメッセージ」では。三千年前からの南相馬市鹿島の鷺内遺跡から出土した「縄文晩期のオニグルミ」に触れ当時からの縄文人の暮らしの豊かさを想像し、三千年後の人びとに自分たちが何を伝えることが出来るかと激しく問うている。このような意味で若松氏の「震災・原発文学」とは現代人の科学技術文明が地球環境や地域の生態系を考慮せずに、経済的・政治的に行った行為へ反省を促し、本来的で持続可能な人びとの暮らしの在り方を共に考えることの意義を伝えたものだろう。

私の詩「二十世紀のみどりご 一九九九年十二月二十一日未明 大内久さん被曝死」は日本で初めて原発を稼働させた東海原発で起こった臨界事故を記したもので、原子力行政の人命軽視は、治療に当たった医師団からも厳しく指摘されていた。当時の私はこの事故で亡くなった二名のうちの大内さんの無念さを思い、この教訓を生かさなければ「二十一世紀の時間は朽ち果てているよ」と私たちの社会の時間も原発事故によって破壊されてしまうことを恐れた。さらに詩「シュラウドからの手紙」では東電福島原発のシュラウド（炉心隔壁）のひび割れを内部告白した作業員（米国人）の発言が裁判で事実と認められたことに電力会社が向き合わなければ、「東北がチェルノブイリのように破壊される日が必ず来る」と東北の将来を危惧していた。詩「薄磯の木片 ——3・11小さな港町の記憶」では、父母の田舎のいわき市平薄磯を震災後に訪れて、民家や神社などが破壊された光景を見て「目の前の数多の木片の下にはいまも死体が埋まっている／一片一片の木片には一人一人の命が宿っている」ことを感じなければ精神のバランスがおかしくなってしまう情況だった。

いわき市に暮らす齋藤貢氏は、3・11の時に小高商業高等学校の校長として勤務していた。その時の生々しい体験が詩「南相馬市、小高の地にて」と「この日、小高で」の二篇に刻まれている。この二篇は第六詩集『汝は、塵なれば』（二〇一三年十月刊）に収録されている。それ以前の第三詩集『蜜月前後』（一九九九年十二月刊）の中にある詩「世紀末の箱舟」で「やがて、どこからともなく、わたしたちに、洪水は押し寄せてくる。／だが、最後のノアは現れるのだろうか。最後の箱舟も準備されるのだろうか。／不幸な時代に、けりをつける必要があるから。」と世紀末に訪れる大洪水を予知しているかのような筆致だった。齋藤氏は若松氏のように原発については特別な関心を抱いていなかったようだが、大津波のような「大洪水が押し寄せてくる」

という世紀末の大災害に対する恐れを抱いていたようだ。齋藤氏は「地震と。津波と。被曝と。／小高はこの三重苦に、唇をかみしめている」と言い、小高で生徒たちを安全な高台に誘導していく自らの任務だけでなく、小高の地域全体が破壊されていくのを目撃した「三重苦」を語り始める。そして「わたしたちは、ふるさとを追われた。／楽園を追われた。／洪水の引いた後の未来には、果てしない流浪の荒野が広がっていて／神よ、これは人類の原罪。／これを科学文明の罪と呼ぶのなら／この大洪水の時代に、ノアはどこにいるのですか。／地球は巨大な箱船になれるのですか。」というように、人類には科学文明を絶対視し過信してきた報いとして、それを生み出した「科学文明の罪」があるのではないかと激しく内面を問い始める。ある意味で人類の「原罪」の一つとして「科学文明の罪」を自らの問題として倫理的に問うている。最後の詩「夕焼け売り」では、「夕焼け売りの声を聞きながら／ひとは、あの日の悲しみを食卓に並べ始める。」と震災・地震・被曝」の三重苦によって夕陽の美しささえ忘れている浜通りの人びとに、失った多くの時間の夕焼けを取り戻して欲しいと願っているのだろう。

浪江町で江戸時代から続く士族の家系で野馬追にも関わっていた根本昌幸氏の詩「わが浪江町」は、「地を這っても／帰らなければならぬ。／杖をついても／帰らなければならぬ／わが郷里浪江町に。」と原発の立地町ではないが、風向きで高濃度の放射性物質が降り注いだが、田畑のある浪江町に何としても帰還することを願う。しかし詩「帰還断念」では、「帰還断念。／帰還断念。／／望郷の唄が／遠くから聴こえてくる。／あの唄は幻聴か？／それとも涙唄か？／幼い昔に聴いた唄だ。」と帰還できないほど被曝線量が高くなる事情があるのだろう。根本氏はきっと泣きながら「望郷の唄」を口遊んでいるのだろう。

根本氏の妻であるみうらひろこ氏の詩「ふらここの涙」では、『この里の小学校に／大勢の人や家族が押し寄せて／私は思いもよらず沢山の子供達に囲まれ／幸せなひと時を過ごしたのは／この校庭の隅に私が「設置」されてから／初めてのことでありました』というように、根本氏とみうら氏はお孫さんと一緒に浪江町のはずれの飯館村手前の津島地区に避難し、その学校のぶらんこ（ふらここ）が子供たちを懐かしむ物語だ。浪江町の行政でさえ大熊町や双葉町のような立地町ではなかったので、放射性物質が降り注いでいる情報を四日間も伏せられていた。このような人災を「ふらここの涙」で暗示している。

双葉町出身で福島市に暮らす二階堂晃子氏の詩「生きている声」では、「確かに聞こえた／瓦礫の下から／生きている声／うめく声／／人と機械を持ってくる！／もうちょっとだ！／がんばれ！／救助員は叫んだ／（略）／救助隊は準備を整えた／さあ出発するぞ！／そのとき出された／町民全員避難命令／／うめき声を耳に残し／目に焼き付いた瓦礫から伸びた指先／そのまま逃げねばならぬ救助員の地獄」」というように、原発から五ｋｍの浪江町請戸地区では、被曝を避けるために避難命令が出され、その結果地震で倒壊した人びとや津波で孤立した人びとを助けることが出来なかった。その悲劇を二階堂氏は書き残している。

郡山市に暮らす髙橋静恵氏の詩「土の歯ぎしり」では、「震災から二年、植物が根こそぎ消された除染の敷地。いや、移染の庭。放射能に汚染された表土は五センチほど削られ南西の角に。土に還らないものを誰に託すのか。赤い印の内側から、土の歯ぎしりが聞こえる／土よ、悔しいだろう。悲しいだろう。土の怒りを風に伝えよ。めっきり少なくなったスズメやメジロよ、土の空しさを歌え。それでも土は、この場所で、ふるさとの内側で、いのちを育んでいる。」と故郷の「土の歯ぎしり」や「土の怒り」を伝え、それでも土は「いのちを育んでいる」と故郷の土が多くの命を生み出す希望を語っている。

3

本田一弘氏の「土をとぶらふ」、遠藤たか子氏の「行き場なき避難者」、服部えい子氏の「色なく香なく」各二十首から三首ずつ引用する。

本田一弘

福島の土うたふべし生きてわれは死んでもわれは土をとぶらふ

「チッソというのは、もう一人の自分ではなかったかと思っています」（緒方正人）

原子力発電所といふのはもう一人の自分だつたと言へるか己《おれ》は

亡きひとのゐてあたたかき月の夜の声かき抱くふくしまのそら

遠藤たか子

放射能濃くただよへる村里をよぎる生死の水際をよぎる

避難先三たび変はりしわが母がときに酷薄な表情を見す

どこに行けというのか　若松丈太郎

行き場なき避難者いまも住むといふタワーマンション聳える
　街区

服部えい子

ふくしまに死の雨が降る三・一一家に籠れる母の声聞く

庭に置く立方体の除染土のブルーシートに風は吹きくる

荒れ果てて原野となりし大熊町雨空のなかクレーンは伸びて

永瀬十悟氏の俳句

打ち続くなゐのハンマー砂あらし

産土《うぶすな》を汚すのはなに梅真白

流されてもうないはずの橋朧《はしおぼろ》

村ひとつひもろぎとなり黙の春

鴨引くや十万年は三日月湖

渡辺誠一郎氏の友人を通して震災の犠牲者を鎮魂するエッセイを引用する。

《綿虫や瓦礫の跡の忘れ潮　誠一郎／
大津波による浦戸諸島の犠牲者は、寒風沢島に住む三人で、そのうちの一人は私の友人であった。犠牲者の二人は一旦避難所に逃れたが、忘れ物を取りに自宅に戻ったところを津波に呑まれてしまったのだ。津波の教訓の一つに「元来たところに戻るな」といわれている。》

最後に武良竜彦氏の「慟哭から祈りの深部へ――照井翠句集『泥天使』をめぐって」の中で武良氏が照井翠氏の新句集『泥天使』の俳句全般について深く読み取っている箇所を引用してこの特集の序文とさせて頂きたい。

《波が退いた後は見分けもつかぬ一面の「泥色」だったという。／照井翠独りではなく、被災者にとっては、この「泥色」が喪失と慟哭の想いと分かち難く結びついていることが推察できる。／だからこそ読者は、「泥天使」という言葉が被災者の心の中で、ある種の「浄化」「昇華」の「祈り」の言葉と転化してゆく様を、この句群に見る思いに誘われる。》

連詩　かなしみの土地

若松　丈太郎

6　神隠しされた街

四万五千の人びとが二時間のあいだに消えた
サッカーゲームが終わって競技場から立ち去った
のではない
人びとの暮らしがひとつの都市からそっくり消えたのだ
ラジオで避難警報があって
「三日分の食料を準備してください」
多くの人は三日たてば帰れると思って
ちいさな手提げ袋をもって
なかには仔猫だけをだいた老婆も
入院加療中の病人も
千百台のバスに乗って
四万五千の人びとが二時間のあいだに消えた
鬼ごっこする子どもたちの歓声が
隣人との垣根ごしのあいさつが
郵便配達夫の自転車のベル音が
ボルシチを煮るにおいが
家々の窓の夜のあかりが
人びとの暮らしが
地図のうえからプリピャチ市が消えた
チェルノブイリ事故発生四〇時間後のことである
千百台のバスに乗って
プリピャチ市民が二時間のあいだにちりぢりに
近隣三村をあわせて四万九千人が消えた
四万九千人といえば
私の住む原町《はらまち》市《し》の人口にひとしい
さらに
原子力発電所中心半径三〇kmゾーンは危険地帯とされ
十一日目の五月六日から三日のあいだに九万二千人が
あわせて約十五万人
人びとは一〇〇kmや一五〇km先の農村にちりぢりに消えた
半径三〇kmゾーンといえば
東京電力福島第一原子力発電所を中心に据えると
双葉町《ふたばまち》　大熊町《おおくままち》　富岡町《とみおかまち》
楢葉町《ならはまち》　浪江町《なみえまち》　広野町《ひろのまち》
川内村《かわうちむら》　都路村《みやこじむら》　葛尾村《かつらおむら》
小高町《おだかまち》　いわき市北部
そして私の住む原町市がふくまれる
こちらもあわせて約十五万人
私たちが消えるべき先はどこか
私たちはどこに姿を消せばいいのか
事故六年のちに避難命令が出た村さえもある
事故八年のちの旧プリピャチ市に
私たちは入った
亀裂がはいったペーヴメントの
亀裂をひろげて雑草がたけだけしい

ツバメが飛んでいる
ハトが胸をふくらませている
チョウが草花に羽をやすめている
ハエがおちつきなく動いている
蚊柱が回転している
街路樹の葉が風に身をゆだねている
それなのに
人声のしない都市
人の歩いていない都市
四万五千の人びとがかくれんぼしている都市
鬼の私は捜しまわる
幼稚園のホールに投げ捨てられた玩具
台所のこんろにかけられたシチュー鍋
オフィスの机上のひろげたままの書類
ついさっきまで人がいた気配はどこにもあるのに
日がもう暮れる
鬼の私はとほうに暮れる
友だちがみんな神隠しにあってしまって
私は広場にひとり立ちつくす
デパートもホテルも
文化会館も学校も
集合住宅も
崩れはじめている
すべてはほろびへと向かう
人びとのいのちと
人びとがつくった都市と
ほろびをきそいあう
ストロンチウム九〇　　半減期　　二九年
セシウム一三七　　　　半減期　　三〇年
プルトニウム二三九　　半減期二四〇〇〇年
セシウムの放射線量が八分の一に減るまでに九〇年
致死量八倍のセシウムは九〇年後も生きものを殺しつづける
人は百年後のことに自分の手を下せないということであれば
人がプルトニウムを扱うのは不遜というべきか
捨てられた幼稚園の広場を歩く
雑草に踏み入れる
雑草に付着していた核種が舞いあがったにちがいない
肺は核種のまじった空気をとりこんだにちがいない
神隠しの街は地上にいっそうふえるにちがいない
私たちの神隠しはきょうかもしれない
うしろで子どもの声がした気がする
ふりむいてもだれもいない
なにかが背筋をぞくっと襲う
広場にひとり立ちつくす

詩集『いくつもの川があって』（二〇〇〇年）より

見える災厄　見えない災厄

南柚木《みなみゆのき》　八沢浦《やさわうら》　北屋形《きたやかた》　北海老《きたえび》　釜舟戸《かまふなど》　姥懐《おばふところ》
南海老　北右田《きたみぎた》　高田《たかだ》　沼田　染師《そめし》　南右田　谷地《やち》
江垂《えたり》　柚原《ゆはら》　小島田　塩崎《しおのさき》　大内　宮下　烏崎《からすざき》

さまざまな地名にそこで暮らしてきた人びとの
さまざまな思いが託されている
イザナギがヨミから逃げ帰ってきたとき
追いすがる災厄をとどめた境界の神を
フナトノカミと名づけた
釜舟戸には漁師たちのそんな思いをこめた
名づけの由来があるのだろう
姥懐と聞くだけでなつかしい感情で胸が満たされる
これらの地名は福島県南相馬市鹿島区の海岸寄りの地名である

金沢《かなざわ》　鳥井沢《とりいさわ》　西山　浦　北泉《きたいずみ》　堤下《つつみした》　浦頭《うらがしら》　地蔵堂　西走《にしはしり》
泉　宮前　舘前《たてまえ》　前向《まえむき》　町池《まちいけ》　町畑《まちはた》　広畑　下高平《しもたかひら》　桜井
上渋佐《かみしぶさ》　前屋敷　原田　原畑《はらはた》　下渋佐　赤沼　仲西《なかにし》　大橋　湊
萱浜《かいばま》　蔵前　北才ノ上《きたさいうえ》　落合　一本松　神田《かみだ》　前田《まえた》　北原
雫《しどけ》　福田《ふくだ》　五畝田《ごせた》　台畑《だいはた》　米々沢《めめざわ》　川畑《かわはた》　小浜《おばま》　大迫《おおさく》　西内
江井《えねい》　大北《おおきた》　上沼《かみぬま》　下江井《しもえねい》　根田《ねだ》　堤谷《つつみがい》　林崎《はやしざき》　小沢《こざわ》
下戸屋迫《しもとやさく》

さまざまな地名にそこで暮らしてきた人びとの
さまざまな歴史が刻まれている
桜井には四世紀後半に築造されたという
国指定の古墳がある
泉には七世紀後半から十世紀にわたる
国指定の官衙《かんが》遺跡がある
古代からこの土地の人びとが豊かに暮らしていたことがうかが
える
これらの地名は福島県南相馬市原町区の海岸寄りの地名である

二〇一一年三月十一日
東北地方の太平洋岸を大地震と大津波とが襲った
翌日撮影の航空写真をもとに
国土地理院は津波による浸水範囲を示す地図を作成した
書き出した地名は津波で冠水した集落である

肥沃な大地を西方から海に流れている川
八沢川　真野川　新田《にいだ》川　太田川　小高《おだか》川　宮田川
津波はこれらの川の流域でより深く陸地を冒して
人びとの暮らしを破壊した
『万葉集』以来歌枕として詠まれてきた真野の萱原《かやはら》を流れる真
野川

その支流潤谷《うるがい》川流域では河口から三キロ上流まで冠水した
震災の日の夕方に電話があった
真野川河口にある島崎漁港のおばちゃんからだ
五〇CCバイクで魚を売りに来るおばちゃんからだ
「島崎が全滅してしまった
「島崎だけでなく
　このあたりの海はどこもかしこもやられてしまって跡かたも
　ねえ
「いのちからがら逃げて来た
深い悲しみの底にやりばのない憤りがこめられていた
フナトノカミも襲いかかる災厄をとどめることができなかった
地蔵堂も津波には無力だった

四月十日
震災からちょうど一ヵ月が過ぎた日
真野川河口近い真島橋に立った
島崎集落があった場所にはなにもなかった
集落がなくなっていた
人がいなかった
船もなかった
なにもなかった
震災まえの風景を知る者には目を疑う空間があるだけだった
干潟にかわりはてたなかに
流されてきたテトラポッドが墓石のように散乱しているだけ
だった
三キロ陸側の水田には押し流されてきた何艘もの漁船が
一ヵ月が過ぎたというのにそのままにされていた
壊れた家々の残骸など漂着物もそのままにされていた

三月十二日
震災第二日午後三時三十六分
東京電力福島第一核発電所一号機で水素爆発が起きた
また二号機四号機でも冷却機能が失われた
午後七時四分
福島第一からの半径二〇キロ圏内の住民に対して
国は圏外への避難を指示した
南相馬市では太田川以南が該当区域にふくまれた
国土地理院作成の津波による浸水地域を示す地図が
小沢のあたりを南端にしている理由である
だが津波による冠水被害を受けた集落は
さらに南に数多く存在している

塚原《つかばら》　日向《ひむき》　釜《かま》ノ上《うえ》　大井　久能平《くのうだいら》　岡田　川原田《かわらだ》
村上《むらかみ》　仲川原《なかがわら》　舘腰《たてこし》　前谷地《まえやち》　福岡　角部内《つのべうち》　谷地《やち》
泉沢　水谷《みずがい》　女場《おなば》　屋中作《やなかさく》　蛯沢《えびさわ》　広畑　堀切《ほりきり》　平五郎《へいごろう》
源蔵迫《げんぞうさく》　藤谷《ふじがい》　上浦《かみうら》　藪内迫《やぶうちさく》　行津《なめつ》　井田川《いだがわ》　南新田
下浦《しもうら》　薬師前　寺前　浦尻《うらじり》　町　長神前《ちょうじんまえ》　中林崎《なかはやしさき》

さまざまな地名にそこで暮らしてきた人びとの

さまざまな暮らしの痕跡が刻まれている
大井は作家島尾敏雄の本籍地である
岡田は作家埴谷《はにや》雄高《ゆたか》の本籍地である
浦尻には紀元前三七〇〇年から一〇〇〇年まえに営まれた
国指定の浦尻貝塚が残されている
縄文のむかしから人びとが豊かに暮らしていたことがうかがえ
　る
これらの地名は福島県南相馬市小高区の海岸寄りの地名である
おそらく津波による冠水被害を受けたと推定される集落である

避難区域に指定されたため
津波による行方不明者の捜索は一ヵ月間もおこなわれなかった
おそらく行方不明者の多くは死者となって
一ヵ月ものあいだ汚泥と瓦礫の下に埋もれたままなのであろう
一ヵ月ものあいだ葬られることもなく野晒しにされているので
　あろう
一ヵ月ものあいだ人としての情にもとる事態がつづいている
そんな非人間的属性を核発電はもっているのだ

南相馬市の行方不明者数は福島県ではきわだって多い
四月十二日現在なお千五十人もいる
南相馬市立原町第一小学校の避難所は
二〇キロ圏からもっとも近い避難所のひとつだ
ここには家族に行方不明者を持つ人びとが多いという
一刻も早く一日でも早く家族の安否を確かめたいために留《とど》まっ
　ているのだという
人の力ではどうしようもないものが存在するにしても
そのとき辛酸を嘗める者はつねにあたりまえに生きている人び
　とであるのは
なぜなのだろう

（『いのちの籠』第一八号・二〇一一年六月二十五日）

三千年未来へのメッセージ

ササタケの編み籠にぎっしりと入れられ
三千年まえに貯蔵されていたという
南相馬市鹿島の鷺内《さぎうち》遺蹟から出土した
二百つぶを超える縄文晩期のオニグルミ

出土地に隣接する鷺内稲荷の案内板には
「暖冬清水の地」と書かれている
真野川と上真野川との氾濫原による
ゆたかな自然環境に恵まれて
クリやトチやクルミの木などが
たくさん自生していたことだろう
定住をはじめた人びとのメッセージを
清らかな地下水が三千年後に届けたのだ

こどものころに暮らしたわたしの町は
べつの町ではあるけれど
祖父母の家の裏の川岸にクルミの木
畑のある山にはクリの木
実を拾う楽しみがあった
縄文びとの暮らしをしのぶ

縄文びとは津波が及ばない場所を知っていた

鷺内も小高の浦尻貝塚もそうだ
浦尻貝塚は縄文期をとおして営まれた
アサリ　シジミ　カモ　シカ　イノシシ
スズキ　ハゼ　イワシ　タイ　ウナギ　フナ
恵まれたぜいたくな食卓だ

万葉時代になると大和びとが統治し
真野と名づけ真野の草原《かやはら》は歌枕とされた
四十年まえの地図によると
鷺内周辺に水田と桑畑の記号がたくさんあって
ゆたかな農村をイメージできる
けれど今は桑畑はもちろん水田もほとんどない
核災を被って住み処と暮らしを奪われ
やむなく避難しているひとびとの住宅地になった
多くの人は故郷への帰還をあきらめている

三千年後のひとびとにわたしたちは
どんなメッセージを届けることになるのだろう

詩集『夷俘《いふ》の叛逆』（二〇二一年）より

二十世紀のみどりご

一九九九年十二月二十一日未明　大内久さん被曝死

鈴木　比佐雄

　ぼく　青い光を見たよ
　からだに青緑が染み込んでしまったよ
　そろそろ東海村の水辺から
　みんなとお別れだね

みどりごになったOさんが
そう語りかけてくる

みどりご
古代韓国語で
ミ（三）ドル（周）ゴ（児）
三歳の男児のことらしい
ミドルとは
ミ（水）ドル（石）でもあり
主語の助詞がつくと、ルがイに変化し
ミドリになるという＊
水中の苔むした石は
緑色にも青色にも見える
あの日のウランが臨界に達し
中性子線を放射した時と同じように
人は川べりで
自然光が当たる美しい青緑色をみるべきだ
あおみどろ（青味泥）をながめるべきだ

Oさんを八十三日間も苦しめたもの
中性子線の青い淵に沈めたものは誰か
原子力行政は「人命軽視が甚だしい」
という医師たちの痛みの言葉を黙殺し
国も電力会社も安全神話の迷路に逃げて行く

二十シーベルトを被曝した
ぼくの壊れたDNAを置いていくよ
ぼくのように被曝した多くの人よ
ぼくらはミ（美しい）ドリ（鳥）の子となって
二十世紀の放射能の森に永遠に閉じ込められたね
妻と子供たちよ、近寄らないで、恐いことだが
この森では二十一世紀の時間が朽ち果てているよ

　＊李寧熙『天武と持統』（文春文庫）を参考。

シュラウドからの手紙

父と母が生まれた福島の海辺に
いまも荒波は押し寄せているだろう

波は少年の私を海底の砂に巻き込み
塩水を呑ませ浜まで打ち上げていった

波はいま原発の温排水を冷まし続けているのか
人を狂気に馴らすものは何がきっかけだろうか
検査データを改ざんした日
その人は胸に痛みを覚えたはずだ
その人は嘘のために胸が張り裂けそうになって
シュラウド（炉心隔壁）のように熱疲労で
眠れなくなったかも知れない

二〇〇〇年七月
その人はシュラウドのひび割れが
もっと広がり張り裂けるのを恐怖した
東京電力が十年にわたって
ひび割れを改ざんしていたことを内部告発した
二年後の二〇〇二年八月　告発は事実と認められた

私はその人の胸の格闘《ひびわれ》を聞いてみたい
その良心的で英雄的な告発をたたえたい
そのような告発の風土が育たなければ
東北がチェルノブイリのように破壊される日が必ず来る
福島第一原発　六基
福島第二原発　四基
新潟柏崎刈羽原発　三基

十三基の中のひび割れた未修理の五基を
原子力・安全保安院と東京電力はいまだ運転を続けている
残り八基もどう考えてもあやしい

国家と電力会社は決して真実を語らない
組織は技術力のひび割れを隠し続ける
福島と新潟の海辺の民に
シュラウドからの手紙は今度いつ届くのだろうか
次の手紙ではシュラウドのひび割れが
老朽化した原発全体のひび割れになっていることを告げるか

子供のころ遊んだ福島の海辺にはまだ原発はなかった
あと何千年たったらそのころの海辺に戻れるのだろうか
未来の海辺には脱原発の記念碑にその人の名が刻まれ
その周りで子供たちが波とたわむれているだろうか

以上二篇は、詩集『日の跡』（二〇〇三年）より

薄磯の木片　――3・11小さな港町の記憶

ドドドー　ザザザー　ドドドー　ザザザー
ドドドー　ザザザー　ドドドー　ザザザー
波の音が近くに聞こえているのに
平薄磯《たいらうすいそ》*の町へは近づけない

常磐道いわき中央をおりて
いつもと変わらない市内の中心部を走りぬけ
高い堤防の高台の平沼ノ内《たいらぬまのうち》を抜け
浜辺へ下りる道を探しているが
破壊された家々で道が塞がれている
道が消滅しているのを知らないカーナビの声は混乱して
繰り返し行き先を代えていた

「薄磯に　行きたいのですが……」
と近くの主婦に尋ねると
「この先を左に曲がって　下りればいいよ
　ひどすぎて　見てられないよ」
と泣き出しそうな顔で教えてくれた

浜辺に下りて行くと
カーナビは正面に薄磯の町と
右手に薄井神社を示していた
盛り上がった砂と家の残骸で車は通れない
車を降りて脇を抜けると
夕暮れの太平洋の水平線が見えた
灰色の波が少し赤らみ次々に押し寄せていた
小高い岡の薄井神社の神殿に向かう坂には
結婚式のアルバム、生活用品が打ち寄せられている
平薄磯の宿崎、南街、中街、北街が粉砕されている

半農半漁、蒲鉾工場、民宿、酒屋などの商店
港町の約二八〇世帯　約八七〇人の家々が
木片に変わり　車はくず鉄となってそこにある
民家も寺院も区別はない
残されている建物は
母や父が通った豊間中学校の体育館が形だけ残り
薄磯公民館と刻まれた石碑台が転がっている
塩屋埼灯台下の人びとは木片と化してしまったか
水平線からやってきた大津波は
左手の平沼ノ内と右手の塩屋埼の岩山にぶつかり
真ん中の薄磯に数倍の力で襲い掛かったのだろう
どれ程の水のハンマーが町を叩いたのだろう
古峰神社も安波大杉神社も修徳院も消え
この平薄磯には神も仏もない光景だ
水の戦車が町を好き放題に破壊して去っていった

伯父夫婦や従兄が暮らしていたバス通りは
いったいどこなのだろうか
町の痕跡も消えてしまった
命が助かった従兄や町の人びとは
どのように裏山に逃げていったのだろうか
従兄妹たちと泳いだ
塩屋崎灯台下の薄磯海岸は
あの時と同じように荒い波を打ち寄せている
せめてもの慰めは

亡くなった父母や伯父と入院中の伯母に
破壊された故郷を見せないで済んだことか

目の前の数多の木片の下にはいまも死体が埋まっている
一片一片の木片には一人一人の命が宿っている
その木片が海へ帰り海溝の底に沈み
いつの日かふたたび数多の種を乗せて
この地につぎつぎと流れ着き
新しい命を数多の命を生み出すことを願う
とっぷりと裏山に陽が落ちて
木片の町には誰もいないが
数多の命の痕跡が息づき
暗闇の中から叫び声や溜息や祈りの声が聞こえてくる

ドドドー　ザザザー　ドドドー　ザザザー
ドドドー　ザザザー　ドドドー　ザザザー

＊福島県いわき市平薄磯

「コールサック」六九号（二〇一一年四月）より

千年後のあなたへ

恐れの中に恐るべかりけるはただ地震《なゐ》なりけりとこそ覚え
侍り　しか〈方丈記〉

私たちは忘れた　自然光の恵みを
ひとは産道を抜けて　闇から現れてきたのに
人工の光に取り囲まれて　自然光の陰影を忘れた
朝焼けと夕焼けの仄《ほの》かな光は　いつも在ったのに

私たちは忘れた　古代人の「なゐふる」の伝承を
「なゐ」（大地）が「ふる」（震える）日には
町や村や家や山河の「無い」日が来ることを
恐れの情報がテレビやネットからは来ないことを

私たちは忘れた　八六九年の貞観地震の記憶を
地は裂け岩は砕け落ち大津波が来た恐怖の日を
千百年前の鴨長明が記した地震、竜巻の記憶を
宇宙や地球は人間のために存在していないのに

伝えねばならない　二〇一一年三月一一日を
人びとに津波の襲来を伝え海に消えた勇敢な人を
福島原発の放射能で遺体も捜せない人や避難民を
死者行方不明二万名もの固有名と復興の日々を
千年後のあなたへ

東京新聞夕刊（二〇一一年五月）より

南相馬市、小高の地にて＊

齋藤　貢

遠くで水煙が立ちのぼる。海からは地響きが押し寄せる。
海が高い壁のようになって、その先端では激しい水しぶき。
白い波頭が松林をなぎ倒して襲ってくる。
「津波が来るぞ」という叫び声に背中を押されて、避難した。
高台から眺めた村上浜の集落の無惨。
取材で相双支社を飛び出した
二十四歳の熊田記者は、津波にのみこまれて帰らぬ人となった。

地震と。津波と。被曝と。
小高はこの三重苦に、唇をかみしめている。
ふるさとを追われ
泣き出したいのをこらえて
いま、じっと耐えている。

ふくしまの「浜通り」地方。
南北に約百五十キロの海岸線に
地震と、津波と、放射線が不意に、襲ってきた。
心平さんの天山文庫がある双葉郡川内村は
村全体が集団移転をした。
楢葉町も。富岡町も。大熊町も。
双葉町も。浪江町も。南相馬市、小高も。
終わりの見えない旅が始まる。

小高では、電柱が傾き、石垣は崩れ落ち、古い家屋の街並みは
　地震で押し潰された。
津波は海岸から国道六号線をのみこみ、常磐線の鉄路にまで達
　した。

見えない放射線。
ヨウ素、セシウム、プルトニウム。
それはまるでそれとも知らずに開封してしまったパンドラの箱
　のようで
蓋を閉じることができずにいる。

わたしたちは、ふるさとを追われた。
楽園を追われた。
洪水の引いた後の未来には、果てしない流浪の荒野が広がって
　いて
神よ、これは人類の原罪。
これを科学文明の罪と呼ぶのなら
この大洪水の時代に、ノアはどこにいるのですか。
地球は巨大な箱船《アルク》になれるのですか。
いくつもの厄災が降り落ちてくる星空を眺めながら
カナンの地まで。

荒野をさまようわたしたちの旅は
いったい、いつまで続くのだろうか。

＊平成二十三年三月十一日午後二時四十六分。勤務する高校の職員室で強い縦揺れ。長い。尋常ではない。誰かの「これは大きいぞ」の声で中庭に飛び出す。大きな横揺れ。収まらない。校舎がギシギシと悲鳴をあげる。壁に亀裂。背筋に恐怖が走る。揺れは収まったが、大津波が来るという。高台へ避難。住民も逃げてくる。津波が小高を襲う。翌日には、福島第一原発の水素爆発によって、国からの避難指示。被災した福島県立小高商業高等学校は、事故を起こした原発から北へ約十四キロメートル。四月には、立入禁止の警戒区域になった。

この日、小高で

地が逆さまに激しく揺れ、海が天空《そら》から襲ってくる。
あり得ないことだが
地震と。津波と。放射線と。
それら、すべてが、わたしたちの日常を一瞬で押し潰した。

二〇一一年三月十一日。
この日を、決して忘れない。

この日、小高で
わたしたちは土地を追われた。ふるさとを追われた。

翌日には、福島第一原子力発電所の、原子炉建屋からの水素爆発。避難指示。
放射線や放射性物質が、この地には、数多《あまた》、降り注いだ。

時間はもとに戻らない。
ふくしまの。浜通りの。南相馬市小高の。汚染と、汚辱。
地震の。津波の。被曝の。
取り返しのつかない、あやまち。

小高の村上海岸で
避難を誘導していた駐在警察官も。消防団員も。
心優しきひとが、波にのまれて消えた。

津波にさらわれて。真夜中の海を、十五時間、漂流した十六歳の少女の。
闇夜に。流されていく海の無明を思う。海の恐怖を思う。

苦しいなぁ。
かつて、小高の駅舎に降り立った、若き日の島尾敏雄がいる。
「雄高は小高より發せり」と揮毫した、晩年の埴谷雄高もいる。
そのときの、「おだか」という言葉の。
地名の。
どこかもの悲しい音の、ぬくもり。

小高の岡田は、埴谷雄高の父祖の眠る墓地の。般若《はんにゃ》家の、墓所の地名。

小高の大井は、島尾敏雄の眠る墓地の。その土地の、名。
大津波に、のみこまれずに、それらは今もそのままにあるのだろうか。
福島第一原子力発電所から、二十キロ圏内の。小高の地で。
警戒区域の。立ち入り禁止の。小高の地で。
それは、神の怒りだろうか。それとも、わたしたちの罪なのだろうか。
洪水の去った荒れ地で、
わたしたちはその土地を、ふたたび耕すだろうか。
中世から続く、浮舟《うきふね》の地で。*
ふたたび、土地の魂は甦るのだろうか。
ひかりは、まだ見えない。

*中世の相馬藩は、小高に居城した。小高城は、別名「浮舟城」。
そこから「浮舟」が、小高の呼称となった。

汝は、塵なれば

父母《ちちはは》のように
いのちの息を吹き込まれて
わたしとあなたは　死ぬまでこの土地を耕すのだろう。
たとえ　そこが呪われた土地であったとしても
耕しながら　日々の糧を得るのだろう。
茨《いばら》とあざみよ。
苦しみとは分かち合うものなのですか。
堪《こら》えきれない痛みは分かち合えるものなのですか。
いいえ。
あなたとわたしは　地に撒かれた一粒の種子。
土地の痛みが発芽させる
いのちの苦しみそのものなのですから。
喜びを遠ざけて。
悦楽を遠ざけて。
野の草を摘みながら　つつましき日々に感謝をしよう。
「汝は、塵なれば塵に帰るべきなり。*」
かつての父母のように
わたしとあなたは　楽園を夢見ながら
ひとつの睦まじき種子となって地に眠るのです。
空中を浮遊する塵のままに　わたしも。あなたも。
わたしたちは塵なれば。塵にすぎなきものなれば。
父母がそうであったように
やがていつかは　土へと帰っていくのですから。

楽園はとうの昔に失われていて
あやまちは決して許されない。
野に雪は降り　こころにも雪は降り積もる。

地の果てまで浮遊するしかないあなたとわたしなれば
この渇きは
いつになったら癒されるのですか。

＊旧約聖書『創世記　第三章「楽園追放」』より
以上三篇は、詩集『汝は、塵なれば』（二〇一三年十月）より

夕焼け売り

この町では
もう、夕焼けを
眺めるひとは、いなくなってしまった。
ひとが住めなくなって
既に、五年余り。
あの日。
突然の恐怖に襲われて
いのちの重さが、天秤《てんびん》にかけられた。
ひとは首をかしげている。
ここには

見えない恐怖が、いたるところにあって
それが
ひとに不幸をもたらすのだ、と。
ひとがひとの暮らしを奪う。
誰が信じるというのか、そんなばかげた話を。

だが、それからしばらくして
この町には
夕方になると、夕焼け売りが
奪われてしまった時間を行商して歩いている。
誰も住んでいない家々の軒先に立ち
「夕焼けは、いらんかねぇ」
「幾つ、欲しいかねぇ」
夕焼け売りの声がすると
誰もいないこの町の
瓦屋根の煙突からは
薪を燃やす、夕餉の煙も漂ってくる。
恐怖に身を委ねて
これから、ひとは
どれほど夕焼けを胸にしまい込むのだろうか。

夕焼け売りの声を聞きながら
ひとは、あの日の悲しみを食卓に並べ始める。
あの日、皆で囲むはずだった
賑やかな夕餉を、これから迎えるために。

詩集『夕焼け売り』（二〇一八年十月）より

わが浪江町

根本　昌幸

いつから福島がフクシマになったのか
うつくしまふくしまが
カタカナ文字のフクシマに。
福島県に私は生まれ育った。
それも双葉郡浪江町という所に。
海があり　山があり
二つの美しい川があり
みどりの豊かな町だった。
なぜ　そこを追われなければならないのか
答えてくれ
私は浪江町が好きだった。
誰よりも好きだった。
子どもの頃は魚つりをした。
鳥刺しをした。
山や川で遊んだ。
野原に寝ころんで
流れ行く雲を見た。
みんなみんな美しかった。
美しい心をしていた。
おとなになっても
純粋なままだった。
四季折々の花が咲き
人々は優しい気持ちをしていた。
わが浪江町。
この地に　いつの日にか
必ずや帰らなければならぬ。
地を這っても
帰らなければならぬ。
杖をついても
帰らなければならぬ。
わが郷里浪江町に。

帰還断念

いくら除染をしても
放射能が高くては帰れない。
ふるさとへ
戻る。
ふるさとへ
戻らない。
ふるさとへ帰る
ふるさとへ帰れない。

心は揺れる。

ふるさとを捨てる。
ふるさとに未練はある。
ここで生まれ
ここで育ったのだから。

だが現実は甘くはない。
人は人の力によって
直すことの出来ない
とてつもなく恐ろしい物を
造ってしまったのだ。
この原発というものを。
これが人間が人間としての
唯一の間違いだった。

廃炉までに何年かかる?
三十年。
いや四十年。
今を生きて行く
私たちにとって
気の遠くなるような話だ。
それよりも
それまで生きていることが出来るか。

帰還断念。
帰還断念。

望郷の唄が
遠くから聴こえてくる。
あの唄は幻聴か?
それとも涙唄か?
幼い昔に聴いた唄だ。

誰もいない野原に
名もない花が咲いて。

誰もいない野原に
羽虫が飛んでいる。

かつて町だった。
かつて村だった。
そこに
その場所に。

柱を食う

その人はどうしようもなくて
牛を餓死させてきた
と　言った。

可哀想なことをしたが
仕方がない
とも言った。
そして一枚の写真を取り出して見せた。
それは牛が柱を食った写真だった。
餌がなければなんでも食うだろう。
この写真は自分を戒めるために
離さずに持っているのだ
とも言った。
これはどういうことなのだ。
牛よ
恨め恨め
憎き者を恨め
お前を飼っていた者ではない。
こういうふうにした者たちを。
柱を食って
死んでいった牛たちよ。
どうか迷わずに天国へいってください。

なむあみだぶつ
なむあみだぶつ
なむあみだぶつ
なむあみだぶつ
ああなむあみだぶつ

牛

四カ月半ぶりに
荒れ果てた
ふるさとへ戻った。
途中で七頭ほどの牛に出会った。
牛は人恋しさからか
私の車に寄ってきた。
驚いたような顔付きで
当然のことだろう。
ある日を境に
町から人という人がすべて
消えてしまったのだから。
牛は人に捨てられたのだ。
捨てた人も涙ながらに捨てたのだ。
どうすることも出来ずに
私もまたどうすることも出来ずに戻ってきた。
荒れたわが家を見た。
荒れた墓地で手を合わせた。
どうぞふるさとを守ってください　と
戻ってきて放射線計を見ると
四マイクロシーベルトだった。
シーベルトなどという言葉は
今までは知らなかった。

ベクレル、セシウム、メルトダウン
みんな初めて聞く言葉だ。
この悔しさをどこへぶつければいいのだ。
平和な日常を奪ったのは誰だ。
誰だ　誰だ　誰だ。
平和な日常を返せ。
あの牛の眼に映っていた青空を返せ。
あの牛の悲しそうな顔を思うと
夜も眠れない。

遠いどこかの国で

遠いどこかの国で
大きな地震があった。
遠いどこかの国で
原発事故があった。
遠いどこかの国で
大きな津波があった。
みんな他国での
出来事だと思っていた。
夢の中での出来事だと思っていた。
しかし　そのことは現実に起きたのだ。
わがニッポンの国で。
フクシマで。
ミヤギで。
イワテで。
遠いどこかの国の不思議な話ではない
この身近な所で。
わたしの身の回りで。
自然は生きている。
そして　地球も
山も　海も
たくさんの人
たくさんの動物
たくさんの植物
なにもかもが
生きている。
だから助け合って生きなければならない。

〈春風やいのちは誰も一つだけ〉

以上五篇は、詩集『荒野《あらの》に立ちて—わが浪江町』
（二〇一四年二月）より

ふらここ[*1]の涙

みうら　ひろこ

人の姿が消えて
人の足音も息づかいも
すべてが消えてしまってから
幾つもの季節が移っていった

阿武隈山系の赤松の枝を揺らし
風は海へ向かって吹きぬけてゆく
その風の中に私は所在無げに
思い出に浸り身をゆだねてゆれてます

この里[*2]の小学校に
大勢の人や家族が押し寄せて
私は思いもよらず沢山の子供達に囲まれ
幸せなひと時を過ごしたのは
この校庭の隅に私が「設置」されてから
初めてのことでありました

風の音でもない
すさまじい人の声と車の音に
私が目覚めさせられたのは
二〇一一年三月十五日の早朝でした
昨日まで私と夢中で遊んだ子供達が
私に心を残したまま
親達の車に押し込められるようにして
もっと西の町へ
ここからもっと遠い所へと立ち去り
その日からずうっとここは
無人の里になったのです
時折見回りに通る車の音と
山を渡る風の音だけの世界は
それは淋しく悲しく
私はひしひしと孤独をかみしめました

二〇一八年一月三十一日
スーパーブルームーンとよばれた月が
皎皎とあたりを照らし
まばらに雪が残った校庭に
いくつかの影をつくり
私の影も風に揺れていました
錆びついた鎖の
連結目《つなぎめ》の擦れた箇所に届いた月の光が
滴のように見えたのは
人恋する私の
涙だったのかもしれません

私と遊んだ子供達は
どこで暮らしているのでしょう

すっかり大きくなった子供達の
心の中に
私と遊んだ記憶が
ふるさとの悲しい思い出と共に
揺れているのでしょうか

＊1　ふらここ＝ブランコ
＊2　浪江町津島地区

〝までい〟な村から

（一）

いいたて村があります
飯舘村と地図には記してあります
〝までいの村〟の宣言をしてました
までいとは丁寧とか、心を込めて
という意味があります
村民はみんなそんな生き方をしていました

あの三・一一の大地震の翌日の原発事故で
放射能のことなど
何も知らなかった周辺の町から
多勢の人達が避難してきました
何しろ原発から五十キロも離れていたので
ここなら安全だろうと
思い込んだ人達が村に溢れたのです
しかし放射性物質を含んだ雨は
風に乗ってこの村へ降り注ぎました
それから一ヶ月近くも
飯舘の人達はこの地に留めおかれ
やっと村ごと避難したのは
四月も末のことでした
特産品の〝いいたて牛〟を飼育していた
牛農家は苦悩しペットの犬や猫も置き去りに
しなければなりませんでした

（二）

いまこの村に人影はありません
窓をしめ、エアコンを止めた車が
すごいスピードで走っているだけです
福島県の中通り地方と浜通りを結ぶ
県道十二号を利用している車です
復興を加速させるこの道は
フレコンバッグと呼ばれる
除染で出た汚染土を詰めた黒い袋が
累々と、道しるべのように積みあげられてます

までいの村に、までいに積まれているのです

この袋はこの村だけではありません
あの日からフクシマと呼ばれ
あの日から五年過ぎたいまも
原発避難している町や村の
どこにでもある風景となりました

この黒い袋の中味は
故郷を失った人達の
悲しみが詰まってます
人々の怒りではち切れそうです
かつて緑で覆われた豊かな田や畑に
牛や馬がのどかに草を喰んだ牧場に
フレコンバッグは
きょうも積み上げられてます

三月の伝言板

三月になると今でも伝えたい事があります
桜の開花予想が発表されたばかりの頃
大きな地震に見舞われたあの日を
私は生涯忘れることは出来ないでしょう

「先に公民館に行ってなさい
　あとで迎えに行くからね」
散乱した家の中を片づけていた母が
私に残した最後の言葉でした
「ここの公民館も危ないから
　もっと高台の神社まで登って下さい」
叫ぶような声に、大勢の人達に押され
心を残しながら神社まで走りました
〈神社に迎えに来て下さい〉
公民館の伝言板にメモってる暇はなかったのです
異様な音と臭いに石段の途中で振り返ると
黒い波は今しがたいた公民館を呑み込むところでした
「後ろを見るな、止まるな、早く登れ！」
声にせかされ夢中で神社の石段を登りきり
一息ついて目にしたものは
津波に流されてゆく町の姿でした
呻く声、泣き出す声、どなるような声
すさまじい喧騒の中で叫びつづけました
「お母さん、神社にいるから迎えに来て」

いくら待っても母の姿はありませんでした
神社の境内から家並みの向こうに
きれぎれに見えた海でした
今ではすっかり町が消えて
凪いだ水平線が間近く見えます

七年目の三月が巡ってきました
桜の蕾が膨らみはじめ私も大人になりました
〈お母さん、いまどこに居るの
　今度は私が迎えに行きますよ〉
悴《かじか》んでいた心の伝言板の文字が
潤んでくる三月です

デブリのことなど

デブリという用語を知ったのは
核災から六年目のことだ
メルトダウンした原子炉が爆発し
その時溶け落ちた核燃料のことだ
核災後八年
そのデブリなるものの実体がわかる
テレビの映像では
ウニ丼かと思うような色をしていた

デブリ（そいつ）に接触するため
いろんな呼称をもったロボットが開発された
何しろそいつは
高濃度の放射性物質を出しているため
サソリとかアライグマと名付けられ
開発されたばかりのロボットたちは
次々に制御不能になったり
溶けてしまって
人間の思いに応えてくれないのだ
私達の知らないところで
昼夜をいとわず働いている人達がいる
何億円というお金を注いで
技術者たちが開発したロボットは
わずか三、四秒で放射能のため力がつきた
そしてついに八年目にして
デブリに接触出来たロボットの登場
廃炉作業の第一歩だ
しかし高濃度のそいつ（デブリ）を
取り出した後、どこに置くのかと
新たな問題の発生

日本中の人達に知ってほしい
これが事故八年目の実態だ
トリチウムを含んだ汚染水の未処理の
増えつづけるタンクの群れ
未だ故郷に帰還出来ない四万余の人達
復興とは名ばかりの初期の段階だから
原子力発電所はもういらない

以上四篇は、詩集『ふらここの涙―九年目のふくしま浜通り』
（二〇二〇年三月）より

生きている声

二階堂　晃子

確かに聞こえた
瓦礫の下から
生きている声
うめく声

人と機械を持ってくる！
もうちょっとだ！
がんばれ！
救助員は叫んだ

3・11
14：46　地震発生マグニチュード九・〇
　　　　請戸地区一四メートル津波発生
15：00　原発全電源喪失
19：03　原子力緊急事態宣言発令
21：23　原発三キロ圏内に避難指示
翌5：44　避難指示区域一〇キロに拡大

救助隊は準備を整えた
さあ出発するぞ！
そのとき出された
町民全員避難命令

うめき声を耳に残し
目に焼き付いた瓦礫から伸びた指先
そのまま逃げねばならぬ救助員の地獄
助けを待ち焦がれ絶望の果て
命のともしびを消していった人びとの地獄
請戸地区津波犠牲者一八〇人余の地獄
それにつながる人々の地獄

放射能噴出がもたらした捜索不可能の地獄
果てしなく祈り続けても届かぬ地獄
脳裏にこびりついた地獄絵
幾たび命芽生える春がめぐり来ようとも
末代まで消えぬ地獄

詩集『悲しみの向こうに―故郷・双葉町を奪われて』
（二〇一三年三月）より

希望牧場の牛

全町避難命令の出ている浪江町の北西地区
希望牧場に生きる数十頭の牛たち
草をはみ、川の流れでのどを潤し

乳を絞られることもなく
肉を売られることもなく
夏草の生い茂る牧場で
これほどの自由があったろうか
牧場主の庇護のもとで

他地区のスーパーからは、売れ残った野菜くずが
地区からは食い主が居なくなった乾燥草のロールが運び込まれ
たっぷりの餌と自由と
せりにかけられる不安もないまま
この世に生を受けてこの方
味わったことのない自由を謳歌して生きている
「経済」に関わることのなくなった希望牧場で
ただ生きている
飼い主の庇護のもとで

二〇一一年三月全村・全町避難に取り残された家畜
出された全家畜の殺処分
悲嘆と絶望の飼い主をなだめるごとく
「麻酔薬を打って安楽死させます」の裏で
殺処分の意味するところ
飼い主が語る衝撃の文言
「放射能が家畜に及ぼす障害の事実を消すため」
再稼働を試みる「経済」にのみ関わるだれかが
「命」を破棄し「経済」にのみわだかまる
その大罪を世に問うため
希望牧場でただ生きている牛たちと
命を共にしている飼い主がいる

詩集『音たてて幸せがくるように』（二〇一六年四月）より

復興のいしじ

茫々と続くススキが原に
呼吸を忘れたふるさとに
助けることのできなかったいのちを
飲み込んだふるさとに
「いのちをいたみ　事実を伝え
縁《よすが》をつなぎ　自然をよみがえらす」
復興祈念公園
「公園」が生まれる
抜けるような紺碧の空だった
豊作に沸いた肥沃な地だった
花々が咲き乱れ
人々は賑やかにつどい
大漁旗が翻っていたふるさとだった
ふるさとは飲み込まれ

「公園」が生まれる

見上げれば排気塔
屋根が飛んだままの建屋
林立する冷却タンク
ロボットさえ近づけないメルトダウンのままの
デブリを抱いた原子炉が隠れている
核とシームレスに続く林を隔て
「公園」が生まれる

ハイビスカスの咲き誇る沖縄
平和のいしじの種火たやさず
ただ平和だけを求めて祈る
おばあと子どもたちの姿を見た
無数の命を奪ったすさまじさ忘れまいと
いしじに集い祈る姿を見た

核と隣り合わせの「公園」に
訪れるのはだれ
憩うのはだれ
祈るのはだれ

無数の涙色ののぼり掲げ
ほおかぶりされた核に怨念の火をもやし
核廃絶公園こそ復興のいしじ
二度と核を降らせないと誓う公園こそ　と
ふるさとはなれ　遠くから望む
残されたいのちの声

詩集『見えない百の物語』（二〇一八年七月）より

梅の切り株

高橋　静恵

梅の木を切ることにした
新築祝いにと義父が植えてくれた梅
ほんのり甘酸っぱいジュースやジャムは
家族の喉の渇きを潤し
クーラーの無い我が家の夏を癒してくれた

梅の木が切り株になった
外出先から戻ると、すでに
除染作業員の手で切られていた
切り口は楕円で
中心から三分の二は乾燥しているが
外側になるにつれて
血のような赤い色がじわじわ滲む

切り株は寡黙になった
草木が引き剝がされ
空っぽになった庭の東の隅に
二十六年の歳月の欠けらがうずくまる

梅の精がひとり正座している
ごつごつとした幹肌には
薄い痛みが張りついたまま
この小さな庭で
わたしたち家族
これから暑い夏を
どうやって癒して行くのだろう

切り株にしたのはわたしだ
切り株の影が
わたしの背を抱いている
うつうつ
おろおろ
為すすべもなく
わなわな
れろれろ
闇の中で
溢れる嗚咽がわたしを抱いている

土の歯ぎしり

当たり前の日常に、突然、襲いかかる不幸はある。マグニチュード9・0の大地震は、津波被害に止まらずに、東京電力第一原子力発電所1~3号機のメルトダウンを引き起こした。レベル7といわれる放射能漏れがどれほどの被害なのか誰にもわからない。この土地に住み続けて安全といえるのか誰も答えられない。今日の日常は、街中にある放射線測定器の測定値を知ることから始まる。廃炉にするまでの方法も時間もわからない。福島のカレンダーには、四十年もの先まで不安が記された。私に残された時間では、原発事故の終息を見ることはできないであろう。平穏な日々を、誰が、何のために、どこに、追いやり、追いつめ、追いこんでいるのか。

　この田舎の小さな庭に繰り広げられるいのちの営みが、今となってはいっそう愛おしい。草木が芽を出し、花を咲かせ、虫や鳥がやってきて、実り、子孫を残し、やがて土に還る。いのちの循環。人間にもできることと、できないことがあるだろう。

　震災から二年、植物が根こそぎ消された除染の敷地。いや、移染の庭。放射能に汚染された表土は五センチほど削られ南西の角に。土に還らないものを誰に託すのか。赤い印の内側から、土の歯ぎしりが聞こえる。

　土よ、悔しいだろう。悲しいだろう。土の怒りを風に伝えよ。めっきり少なくなったスズメやメジロよ、土の空しさを歌え。それでも土は、この場所で、ふるさとの内側で、いのちを育んでいる。

泣く女

チェルノブイリの事故の後だったろうか
四十二年を耐えてようやく
スペインに戻った〈ゲルニカ〉を
どうしても見たくなったのだ

レイナ・ソフィア芸術センターの壁に
静謐に、それは佇んでいた
闘うべき相手は、戦争、暴力、憎悪
罪なき犠牲者を悼むピカソの心を見つめた

きゅう・てん・いち・いち
さん・てん・いち・いち
きわめて大きな傷を負ったことに気づいたとき
立ち竦《すく》むほかは無いのだろうか
愚かな過ちを自省できるのだろうか

〈ゲルニカ〉のなかの
児を抱えた女は天を見上げて慟哭《どうこく》している
児を孕《はら》めなかった女が口をあけて慟哭している
狂ったように取り乱しているようで
女の
運命とも

存在の混沌とも
哀しみの底の慟哭なのかと

この街で
私の切り株の年輪を擦《なす》りながら
〈ゲルニカ〉にあらためて想いを馳せる
児を抱えた女も
児を孕めなかった女も
見えないものを仰いでいる
祈り
自らの生
生き切ろうとする
頑なな意志

季節の内側で

願いをこめて花木を植える
一年後の私が
一〇年後の君が
一〇〇年後の誰かが
一〇〇〇年後の何ものかが
花を愛でることだろう
愛しい花よ

明治の安積《あさか》開拓民によって植えられた
開成山《かいせいざん》公園の桜も
富岡町夜ノ森《よのもり》の桜も
福島花見山《はなみやま》の桜も
会津鶴ヶ城の桜も
三春町の滝桜も
すべての桜よ

老木の太い幹の表面に
滲み出るように可憐なつぼみ
新しく伸びた若い枝には
一つ一つ花弁が咲きだした
いのちが歩いている
逞しい花よ

いのちを育むものに
望みを託してことばを紡ぐ
わたしのひとりごとを
君のやさしさを
はるかの賢人からの智慧を
くらしの手あたりを語り継ぐ
明日へ
いのちが歩いて行く
新しい人よ

以上四篇は、詩集『梅の切り株』（二〇一六年七月）より

土をとぶらふ

本田　一弘

放射性物質ふふむ雪ならむ白き時間がふくしまをふる
てのひらの雪消ゆるがに忘られてゆく福島の人のこゑごゑ
中間貯蔵施設受け入れざるをえぬ双葉の真土　不聴跡雖云
はくれんは命のかたちひとりづつ死者の命のしろくふくらむ
みちのくのしのぶもぢづり誰ゆゑにわが産土を捨てねばならぬ
福島の土うたふべし生きてわれは死んでもわれは土をとぶらふ
ふくしまの米は買ふなといふこゑをふふむ土満つフレコンバッグ
枇杷の花香《にほ》ふゆふぐれ喪ひし人をおもへばにじみゆく白
復興は進んでゐますといふ言葉から漏れつづくCs《セシウム》と水
福島に生《む》まれしわれはあらがねの土の産んだる言葉を耡《うな》ふ

死者たちとわれらをつなぐ畦みちの大磐梯ををろがみて生く

福島のつち疎まるるあらがねのつちの産みたる言の葉もまた

「チッソというのは、もう一人の自分ではなかったかと思っています」（緒方正人）

原子力発電所といふのはもう一人の自分だつたと言へるか己《おれ》は

降る雪は白きこゑなり　おほちちの、おほははの、ははの、死者の、われらの

毎月の十一日は流されたいのちをさがすうつし身の手よ

ふるゆきは誰のてのひら　瓦礫より骨の見つかる七歳の子の

うまれたる家にかへれぬ大熊のほうたるの息、ほうたるのこゑ

ほうたると呼べばやさしく亡き人のこゑあらはれて一《ひと》つが光る

「言葉は、共有する記憶を表す記号なのです。」（ホルヘ・ルイス・ボルヘス）

東北《とうほぐ》は二千五百四十六《にせんごひやぐよんじふろぐ》のゆぐへふめいのいのちをさがす

亡きひとのゐてあたたかき月の夜の声かき抱《むだ》くふくしまのそら

歌集『あらがね』（ながらみ書房・二〇一六年）より

行き場なき避難者

遠藤たか子

Ⅰ

二〇一一年三月十一日　南相馬市図書館

ながいながい地震に館内とびだしてうねる地面に摑まらむとす

沿岸地区

人を呑みクレーン車を載せて迫りくる倒壊家屋の木材の山

「逃げて逃げて」わが声届けと窓を開け速度おとして君らへ叫ぶ

若きらを逃さむ思ひにわがくるま津波の前を駆け抜けてきつ

放射能濃くただよへる村里をよぎる生死の水際をよぎる

ことごとく汚染されたる地のさくら咲きそめて会ふことしの春に

関連死などと呼ばるる避難して逝きて葬儀さへできぬ伯母の死

避難先三たび変はりしわが母がときに酷薄な表情を見す

平成二十九年三月十一日現在　東日本の行方不明者二、五五〇人

何体の骨を洗ひてうち寄する波おとなりや渚辺あゆむ

霜深くしらめる朝よ今はもう戦前つぎの原発事故前

Ⅱ

どこに行けというのか　若松丈太郎

行き場なき避難者いまも住むといふタワーマンション聳える街区
気にしたら生きてゆけぬと人いへど出でゆく被曝の勉強会へ
東京とこたへ福島おし込めるときに気付きぬわたしも移民
雪ふるや　セシウム確かと抱きつつ落葉を敷けるふくしまの山
この家はまだ生きてゐる三十年暮らした居間におにぎりを食む
人等みなどこに消えしかクレソンを摘みたる岸に佇ちて思へり
裏の井戸水には放射性物質の検出されぬを聞くもふかしぎ
われはまだ飲めないけれどいま少し母に暮らしの水涸れずあれ
この国に除染のされぬ森林がありてそこにも蟬啼きてゐむ
すこしづつ復《かえ》るふる里ぎんやんま今朝はすぃーと庭面をよぎる

Ⅰは『水際』（いりの舎・二〇一七年）、Ⅱは『百年の水』（短歌研究社二〇二〇年）より

色なく香なく

服部　えい子

Ⅰ　２０１１―２０１２

ふくしまに死の雨が降る三・一一家に籠れる母の声聞く
樹も水も土も光もセシウムを含んだように見えぬフクシマ
天の蓋閉ざしたような地震雲渦巻いているドアを開ければ
真白なるスケッチブックに福島の原発まえの花を描こう
放射能を遮るものは何もない色なく香なくまちは漂う

Ⅱ　２０１３―２０１５

福島の姉に贈りしカトレアは原発事故を越えて咲き継ぐ
福島の二月の雪は五十センチきらめく白に含むセシウム
ふるさとの友よりの花蓮華升麻ふんわりと咲くうつむきて咲く
池の藻に沈まり浮ける福島の桃ゆらゆらと水面を遊ぶ
復活の兆しとなれよ福島の南瓜アスパラ桃届く夏

庭に置く立方体の除染土のブルーシートに風は吹きくる

Ⅲ　２０１６―２０１７

荒れ果てて原野となりし大熊町雨空のなかクレーンは伸びて
雨雲のたなびくかなた傾いた原発建屋　雨が降り出す
「またどうぞ」大熊町の看板が破れて風に吹かれておりぬ
フクシマの荒地に咲けるひまわりのレクイエムなり地に響きゆく
寒空に汚染土壌が積まれいてクレーン並ぶ産土に立つ

Ⅳ　２０１８―２０１９

ひさびさに一時帰宅をせし母は猫を抱きよせ声かけており
原発に生活《くらし》を分断されし義姉《あね》まなこ細めて見る日本海
トンネルの工事のすすみ産土は柿の木いっぽん残りたるのみ
更地なる産土の地を眺めれば檀の朱き実の反り返る

＊Ⅰ～Ⅲは歌集『産土とクレーン』（不識書院・二〇一七年）、Ⅳは短歌誌「まろにゑ」より

ふくしま

永瀬　十悟

句集『橋朧』（二〇一三年）**抄**
激震や水仙に飛ぶ屋根瓦
打ち続くなゐのハンマー砂あらし
凍返る救援のヘリ加速せよ
無事ですと電話つながる夜の椿
淡雪や給水の列角曲がる
戻らない子猫よ放射線降る夜
産《うぶ》土《すな》を汚すのはなに梅真白
蜃気楼原発へ行く列に礼
燕来て人消える街被曝中
雁《がん》風《ぶ》呂《ろ》と名付けて六日振りの風呂
ガソリンの無ければ歩く彼岸道
県境にとどまる宅急便と春
流されてもうないはずの橋《はし》朧《おぼろ》
牛虻よ牛の泪を知つてゐるか
陥没も地割れも花菜道となる
陽炎の中より野《の》馬《ま》追《おひ》の百騎
避難大事恋も大事やチューリップ
しやぼん玉見えぬ恐怖を子に残すな
滝桜千年ここを動かざる
避難所に春来るキャッチボールかな
ふくしまに生まれて育ち鳥の恋
騒がねば振り向かぬ国ひきがへる
牡丹園瓦礫置場となつてをり
風流のはじめの地なり田植せむ

句集『三日月湖』（二〇一八年）抄

逢ひに行く全村避難の地の桜
村ひとつひもろぎとなり黙《もだ》の春
鴨引くや十万年は三日月湖
六千人働く廃炉盆の月
廃炉後の曠野を巡る蝶の夢
堤防の高きみちのく遍路道
夏草や更地の過去を忘却す
文明は生贄が要る垂るる蛇
原子炉を海市に並べ海の国
それからの幾世氷の神殿Ｆ
泥土より生まれて春の神となる
耕して握る真土やとこしなへ

近作十二句

草青む仮設住宅跡地より
春水と汚染水とに分れけり
バリケード越しの桜の老後かな
廃屋を貫いてゆく今年竹
釦無き防護服行く薄暑かな
時を積む中間貯蔵地青やませ
除染袋葛吐いて葉のひるがへる
ロボットは廃炉へ我ら雪掻きへ
原子炉と枯泡立草と海と
手を出せば綿虫が乗る双葉駅
その奥の廃炉作業よ初山河
福島や桃梨林檎次々咲く

エッセイ

『俳句旅枕　みちの奥へ』抄

渡辺　誠一郎

塩竈―寒風沢島

生活の島

塩竈港の桟橋から、松島湾に浮かぶ浦戸諸島行きの船に乗る。これらの島に、人が住んでいることはあまり知られていない。松島湾一帯からは、縄文時代の貝塚が数多く見つかっており、この地域は昔から人の住む、豊かな生活圏を形成していたのである。浦戸諸島は塩竈市に属し、人が住んでいる島は、桂島、寒風沢島《さぶさわじま》、野々島、朴島の四島である。面積は全部合わせても二・九二平方キロメートルしかない。人口は東日本大震災の被災によって三割ほど減少し、今では三四〇人足らずである。

松島といえば、雄島や瑞巌寺がよく知られるが、この地域は、いわば聖地である。雄島は古くから高野山と同じ信仰の地である。これに対して浦戸諸島は、海苔・牡蠣の養殖や民宿などを営む生活の場なのである。

松尾芭蕉は『おくのほそ道』のなかで、塩竈から舟に乗って松島を目指し、雄島の磯に着くと書いている。おそらく当時も、松島の海には、小舟を浮かべて漁に励む多くの漁師の姿があったはずだ。しかし芭蕉は松島を、「扶桑第一の好風」に始まり、「洞庭湖・西湖を恥ず」と美辞を尽くして称えるが、生活している人影には目もくれなかった。

寒風沢島の被災

船は桂島、野々島、石浜を経て、四十五分ほどで寒風沢島の桟橋に着く。船内では、島の学校に向う先生と一緒に勉強する子どもたちの姿が印象的であった。学校は現在島外からも子どもたちを受け入れている。

船から降りて驚くのは、震災後に造られた高々と続く防潮堤である。その高さは私の背丈の倍は優にある。防潮堤の背後地には、先の東日本大震災の津波で被災した集落跡が広がっているばかりである。津波の被害を免れたわずかな住宅と復興工事のための多くの工事車両が見える。雑草もまばらな更地には、津波の前からあった火の見櫓だけが寂しげである。大津波によって住まいを失った島民は、近頃整備された災害復興住宅で新たな生活をスタートさせた。残りの住民たちは本土へと移住してしまった。現在島の人口は百人に満たず、被災前より大幅に減っている。

綿虫や瓦礫の跡の忘れ潮　誠一郎

大津波による浦戸諸島の犠牲者は、寒風沢島に住む三人で、そのうちの一人は私の友人であった。犠牲者の二人は一旦避難所に逃れたが、忘れ物を取りに自宅に戻ったところを津波に呑まれてしまったのだ。津波の教訓の一つに「元来たところに戻るな」といわれている。

三人という犠牲者の数は、津波の大きさを考えれば少ないかもしれない。震災当時の様子を島の友人に聞くと、島民たちは、地震が起きると直ちに年寄りを無理矢理軽トラックに乗せ、必死に避難所に逃げ込んだという。津波警報が出る前に、避難所へ駆け込んだ島民は多かったのだ。島の区長は、昭和三十五（一九六〇）年に島を襲ったチリ地震津波での被災の教訓が今も生きていたと話してくれた。海を生業とする島民は、津波を日常の出来事として捉えている。そうでなければ小さな島では津波に対処できないのだ。今では島の名産である海苔や牡蠣の収穫も次第に軌道に乗ってきている。人口は大きく減ったが、復興は少しずつ進んでいるように思われた。

私は震災直後に聞いた島の漁師の次の逞しい言葉が今も忘れられない。

「津波は俺たちの貴重な財産を奪い取った。これからは俺たちが海の宝を獲りに行く番だ」と。

島の物語

寒風沢島は、浦戸諸島の中では一番大きな島である。島の名は、冬は寒い風が強く吹くところから付けられたといわれる。私が足を運んだ日は、冬晴れの風一つない日和であった。藩政時代にこの島は、江戸へ出帆する千石船の風待ちの港として栄えていた。遠く蝦夷地や秋田藩の船もこの島に立ち寄っている。港の背後地には城米倉が建ち並び、旗本や御家人も派遣されていた。さらに遊郭もあってかなりの賑わいを見せていたのである。

しかし今やこの時代の繁栄を偲ばせる建物も被災してほとんどが失われ、当時の記憶を残すものといえば、千石の船の出帆の際に、天候を見定めたといわれる日和山だけである。

私は久しぶりに日和山へ登ってみた。頂上には、松の巨木の下に、方角石や庚申塔、そして赤い頭巾を被ったしばり地蔵があった。震災直後には、これらは全て倒れて散乱していた。特に地蔵は台座から転げ落ち、頭が土にめり込んでいたものだ。私は震災数日後に訪れ、地蔵を抱き起し、台座に据えたことを思い出す。しばり地蔵とは、遊女たちが、思いを寄せる千石船の男たちを島に引き留めるために、その身を荒縄で縛り、願掛けをしたものだ。今も願を掛ける人が訪れるらしく、やはり地蔵の体には縄が幾重にも巻かれていた。地蔵は、何事もなかったように、冬の太平洋に向って静かに坐しているだけであった。

寒雁やしばり地蔵が目を覚ます　誠一郎

（以下続く）

渡辺誠一郎著『俳句旅枕　みちの奥へ』
（コールサック社・二〇二〇年）より

慟哭から祈りの深部へ
――照井翠句集『泥天使』をめぐって
照井翠句集『泥天使』二〇二一年一月十一日コールサック社刊

武良竜彦

Ⅰ　『龍宮』『釜石の風』を振り返る

最新句集『泥天使』の「あとがき」で、照井翠はこう述懐している。

※

「前句集『龍宮』は、震災で被災された方々への鎮魂と祈りの思いをこめた句集でした。そのため、震災詠を中心に句を収録しました。

本句集には、『龍宮』以降約八年間の震災詠と、第四句集『雪浄土』以降約十二年にわたる、私の「常の句」を収めることができました。

また最終章には、この度の疫病禍における俳句も収めました。

『龍宮』、『釜石の風』（エッセイ集）、そして『泥天使』。ささやかではありますが、私の「震災三部作」が、これで完成いたします。」

※

被災体験から九年に及ぶ俳句と対峙した営為に、ひと区切をつけたという気持ちであろう。

前後して『龍宮』の新装文庫版も上梓されている。

『泥天使』には「常の句」を収めた章がある。それが震災詠の章に挟まれているので、読者は震災ではない句に表されている照井翠の「常なる」作句姿勢が覗え、単に震災詠だけで評価された俳人ではなく、震災体験以前から、ものごとの、特に人間の命のありようについて深い思惟をめぐらせた句を詠む、優れた俳人であることを、読者は知ることになる。

『泥天使』の鑑賞をする前に、『龍宮』と『釜石の風』で、照井翠は何を表現していたのか、簡単に振り返っておこう。

この二冊の書について私はかつて次のように評した。その一部を下記に再録する。

※

照井翠は「震災詠」であることを目的として俳句を詠んだのではない。それは結果である。言葉の真空状態という過酷な生の最中に、なんとか言葉を与えようという自己表出への思いだけが、彼女の「正気」を支えたのだ。

照井翠の『龍宮』所収の俳句は、作者の一元的な「わたくし性」に張り付いた伝統俳句的な現実の「写生」でも、作者の直接的な心情吐露などでもない。創作的〈表現の虚実〉という文学的な自己表出への心的欲求を自己の内部に奮い立たせて詠んだ俳句なのである。そうすることで彼女は凄絶な狂気を孕む惨状から、自己を立ち直らせたのだ。『龍宮』の俳句表現の内面的な強度が、同じような被災体験をした者たちの心を震わせるのだ。「あなたに俳句があってよかった」（注読者が照井の句集に寄せたという言葉）とは、その表現に立ち向かった困難と、それを乗り越えようとする意志の在処に、自分を重ねることができるからだ。非被災者の私にはその資格はない。

（略）

癒されることを拒み、自己の内部深く、死者と、喪失の悲しみを抱きしめて「震災後」を歩んできた被災者の魂は、「世の枠組みなどとうに超え、やがて魂と触れ合い始め」て、「永遠はすぐそこ」という未踏の地平に足を踏み入れているのだ。大多数の日本人にはその後ろ姿は見えていない。

どうやって照井翠はその地平に辿り着いたのか。

それは、震災が起こったその日、その瞬間から私たちの「日常」と照井翠たちの〈日常〉が、まったく違ったものになったことに始まる。照井翠たちは非日常が日常化する日々を、長時間にわたって体験することになる。一方、非被災地域に住む私たちは、日常のちょっとした異状を体験して、やがて元の日常にさっさと帰還してしまったのだ。

照井翠とその生徒たちはそこで何を体験したのか。

高校教師の照井と、その生徒たちは破壊尽くされた町の瓦礫と遺体の見分けも付きがたい非日常の中で、避難所生活を送っている。時間は超低速度となって遺体の回収と瓦礫の撤去が進行する永い非日常を生きた。照井たち教師は高校という学びの場を整え自分たちの力で学校に〈日常〉を作り出した。生徒たちは先生たちが悪戦苦闘して作り出した学校という〈日常〉に、遠くばらばらになった避難所から、非日常の風景の中を通って登校し、その〈日常〉を健気に「運営する」役目を果たした。生きようとする意志が作り出した〈非日常的日常〉が、先生と生徒たち共通の心の支えだったのだ。

（略）

世間語と被災者たちのものごとの受け止め方が決定的に違うのは、次のようなことだ。

「復興＝善」

「喪失の悲しみから早く立ち直ること＝善」

という世間語的な善の感覚である。

被災現場を生きる者にとって「復興」はさらなる「喪失」でしかない。故郷は今や更地化の後、盛り土の下だ。

「悲しみから早々と立ち直れ」というのは、「死者のことなど早く忘れてしまえ」というに等しい。

心は物ではない。心はあらゆるものを内面化して、人を内側から生かしている力という作用である。だから、心の中に刻まれた死者は、その生前のすべてを含めて、恒久的現在として存在し続けるものだ。悲しみは人を内側から生かす力そのものだ。

文学は現代社会の「物象化」とも闘ってゆかなければならないが、その意志でさえ、一つの正義として幟を立てるように主張するものでもない。ただ内なる自己表出へ向かう欲求によって、自立した言語表現をしてゆくだけのものである。俳句界ではこのことが根本的に理解されていないように感じるのは私だけだろうか？

（略）

照井翠はいち早くその原点に立ち戻っていたのだ。

非日常の中に自力で〈日常〉という「場」を作り出し、俳句を詠み続けることによって狂気の淵から生還し、命と存在の在り様を見つめる文学を創造し続けている。

照井翠がこれから向かうであろう、その向こうに、現代俳句の「明日」があることを、句集『龍宮』とエッセイ集『釜石の風』が、私たちに示している。

※

以上のことを踏まえて、『泥天使』を読んでゆこう。

照井は『泥天使』の「あとがき」で『龍宮』は、「被災された方々への鎮魂と祈りの思いをこめた句集」だったと総括しているが、その祈りが『泥天使』でより深化しているのを読み取ることができる。

『龍宮』の「祈り」と『泥天使』の「祈り」は明らかに違うものになっている。

『龍宮』所収の句のうち、「祈り」を感じさせる句を以下に摘録する。

それぞれに魂を乗せ鳥帰る　「泥の花」
消息の幽かな虹のたちにけり　「冥宮」
初螢やうやく逢ひに来てくれた　〃
いい人ほど虹を渡っていつた　〃
漁火や海に逝きしは海に棲む　〃
面つけて亡き人かへる薪能　〃
灯を消して魂わだつみへ帰しけり　〃
祈りつつ澄みゆく鏡十三夜　「流離」
白鳥の祈りの胸をひらきけり　「雪錆」
寒昴たれも誰かのただひとり　「真夜の雛」
春光の揺らぎにも君風にも君　〃
虹忽とうねり龍宮行きの舟　「月虹」
月虹の弧を黄泉へ継ぎにけり　〃

数は少ないが慟哭の句集『龍宮』にも、このような祈りの思いの滲む句が収められている。

かつて共に生きてそこに「在った」かけがえのない命たちに対する喪失体験と、慟哭の、リアリティに満ちた句群の中で、死者と呼ぶことに躊躇いの思いをこめた、このような「祈り」の句が収められていた。

その思いは最後に引いた二句、

虹忽とうねり龍宮行きの舟
月虹の弧を黄泉《くわうせん》へ継ぎにけり

に、象徴的に表現されているように感じる。

被災地ではないところから、震災詠を「他人事」としての限界の中で詠みがちな私たちとの視座と、この『龍宮』という句集が辿り着いている地点との、埋めがたい乖離に慄然としないだろうか。

遺体が確認された被災者は、死者として、その喪失を慟哭の悲しみで表現することが可能かもしれない。

だが「行方不明者」は死者ではなく、その生はまだ続いているのだ。

「虹」が「忽とうねり」、照井翠が特別に用意した死者の行く場所ではない「龍宮」という「祈りの場所」へと向かわせる「舟」を用意するのだ。
だから、多くの人たちには見えない「月虹の弧」の消えてゆく部分を、「黄泉へと」継ごうとするのだ。
この地点が『龍宮』の俳句表現としての着地点だった。
この句を掉尾に置くことで、照井翠は死者たちさえ、継続する命の次元へと置き直し、特別な「祈り」の形を胚胎させ、新たな「祈り」の誕生を予告していたのである。
そして後年『泥天使』に収められることになる、深化した「祈り」表現が生み出されてゆくことになったのである。

Ⅱ　慟哭から祈りの深部へ

『泥天使』という句集名と第一章の章題「泥天使」には、照井翠のどんな祈りの想いがこめられているのだろう。
以下に「泥」の言葉を用いた句を摘録する。

「泥天使」

三月や何処へも引かぬ黄泉の泥
三・一一死者に添ひ伏す泥天使
春の泥しづかにまなこ見開かる
剝製の眼窩を埋め春の泥
春泥の波打ちて嬰《やや》産みにけり
春の泥抱起すたび違ふ顔
ふきのたう賽の河原の泥童《わらは》
三月を犬転げきて泥吐きぬ
雛まつり泥の乾かぬ開かずの間
泥のうへ花曼荼羅となりにけり

「雪沙漠」

泥染みの形見の浴衣風が着る
まづ雪が弾く再生の泥ピアノ
仔猫クロ泥の胎より生れけり

「縄文ヴィーナス」

春泥に顔を突込みアンネの死

第六章の「縄文のヴィーナス」では震災詠を離れてアウシュビッツなどの紀行の句が収められている。「アンネ」の死を、東日本大震災の「泥」の重みをもって表現している。

「蟬氷」

泥に胸圧《お》されて覚むる三日かな
死なば泥三月十日十一日
まづ泥を吐ききりて咲く椿かな
また春が来るのか泥に沈むのか
降りつづくこのしら雪も泥なりき

津波が退いた後は見分けもつかぬ一面の「泥色」だったという。照井翠独りではなく、被災者にとっては、この「泥色」が喪失と慟哭の想いと分かち難く結びついていることが推察できる。だからこそ読者は、「泥天使」という言葉が被災者の心の中で、ある種の「浄化」「昇華」の「祈り」の言葉と転化してゆく様を、この句群に見る思いに誘われる。

この色を被災地ではないところに住み暮す私は共有していない。

ここにも被災地と人の真実に対しての、私たちとの断絶がある。

そこに私たちは目を凝らさなければならないだろう。

『龍宮』以後、照井翠の句業における「祈り」は、どのように深化、変容していったのか。「祈り」を感じる句を以下に摘録して鑑賞してみよう。

「泥天使」

三月の君は何処にもゐないがゐる
佇めば誰もが墓標春の海
海からも海へも桜散りにけり

『龍宮』の句のようなインパクトのある「慟哭」「鎮魂」の「祈り」ではなく、深く内面化されてゆく響きが加わっているのを感じる句だ。

一句目は不在という「喪失」ではなく、人の心の中でより「君」という存在が確かなものへと変化してきている表現だ。

「龍の髭」

北上は桜の渦となりにけり
朴の花天を相手の愉しさよ
病み夏蚕見えざる糸を吐きにけり
天空へ熱沙擦りゆく祈りかな

慟哭と喪失の感情は視線を俯かせるが、これらの句から視線が上向きになってきているのを感じる。

「雪沙漠」

夏椿散りて亡骸無き浜辺
螢《ほうたる》や握りしめゐて喪ふ手
青山背木に生るやうに逝きし人
ひとりづつ呼ばるるやうに海霧《じり》に消ゆ
空蟬の手足外してやりにけり
よちよちと来て向日葵を透き抜くる
生きてゐて死んでゐてする踊かな
夏の星耳澄ましゐてどれも声
露草の澄みゆくなかに遺さるる
咲けぬとも咲ききりしとも朝顔は
霧がなあ霧が海這ひ魂《たま》呼ぶよ
さへづりや黄泉より木霊返りくる
卒業し大海原を往くといふ

泥色一色だった外界が彩りを帯びてきている。内面的な外界の色を作者が取り戻しつつあることを感じさせる句群だ。死者たち、行方不明者という「仮死」者たちが、その景色の中に鮮やかに「遍在」し始めた表現のように感じる。

「巴里祭」

　陰《ほと》深くくれなゐ兆す桜かな
　死ぬといふひとつ愉しみ桜の夜
　遠蛙待ちも待たせもしない人
　あなたから成るしら露もこの霧も

死に対する想念の深まりがないと、このような句は詠めないのではないか。

「群青列車」

　紫陽花やあの人のゐる青世界
　月見草死者のその後を祈りをり
　海を発つ群青列車流れ星
　別々に流されて逢ふ天の川
　しら露のどのひと粒に君は棲む
　虎落笛あらゆる声となりにけり
　桜咲く死を最上の友として
　たましひも尻据ゑて見る桜かな
　屍より管伸びきたる浮葉かな
　ややありて海を容れゆく白日傘
　蜩や海ひと粒の涙なる
　死者に死を返しつつ解く踊かな

章題の「群青列車」は趣がある言葉だ。おそらく夜行寝台列車の総称ブルートレインに因む言葉だろうが、作者の心の中を走る、冥界と現世を貫き走る魂の喩でもあるのではないだろうか。句も内面的な深まりを増して、それと比例するように「死者」たちの「たましい」としての実在性を輝かせ始めているように感じる。

「蟬氷」

　たましひの褥《しとね》や蟬の羽根氷
　白鳥の声を引き取り死者のこゑ
　春の濤《なみ》千度に一度君のこゑ

まだ誰もなし得ていない地点への、俳句という言葉による到達地点がここにある。

東日本大震災を、そしてその厖大な死と喪失体験の哀しみを、ここまで内面化できた俳人はそう多くはないはずだ。

死は彼岸にあるのではなく、今を生きる私たちの中にあり、私たちを内部から勁く生かす力そのものである。

Ⅲ　絶望に咲く華

広域に亘る激甚災害や厄災などに襲われると、世間に流通する言葉が浮足立ち、質量感を喪失して希薄化する。

人々が口を揃えて、励ましや連帯や、根拠のない明日への希望、夢などを語り出すのだ。

だがそんな薄っぺらな言葉の未来に咲く花などあったためしがない。

そんなところには、ある部分だけが奇妙に肥大した歪な畸形の花が咲き乱れるだけだ。

東日本大震災後の、この九年間がまさにそうだった。

そして今、ウイルス感染症の席巻という地球規模の厄災が人類の前に立ちふさがっている。

実体のある質量感に満ちた言葉で、この九年間を被災地に在って見つめ、俳句の言葉を紡いできた照井翠は、そんな空疎な言葉で希望を語ったりしない。

その逆の、しっかりと「言葉を失って絶望する」ことをしてきたのだ。

本当の心の花は、そんな「絶望」の中にしか咲かないことを、以下の「祈り」の俳句の言葉で彫琢している。

滅亡の文明ほどに土盛る　「群青列車」

経済的「土盛り」的な「復興」に「滅亡の文明」の姿を見、それをこのように詠む照井翠は、最終章「滅びの春」に、人類の未来に立ち込める暗雲を凝視し、その滅びを予感する句群を置いて、巻を閉じている。

肺白く芽吹き人類滅亡す
信じ来しものみな捨てし桜かな
告別も哀悼もなき桜かな
人間の来ぬやう春を刈りにけり
滅びゆく種として八十八夜寒
絶滅も進化メタセコイアの芽
蛇苺つひに変容できぬ民
前兆の火球裂きゆく夏の闇

照井翠といっしょに原点に返り、しっかりと「言葉を失って絶望」する追体験をして、そこから言葉を立ち上げ直すことを、深く示唆される思いがした句集であった。

——了

武良竜彦ブログ（https://note.com/muratatu）より転載

詩
I

うねり

東梅　洋子

2011年の年の瀬、丁度今頃だった。

「洋子おりゃあもうこんな身だ、仏様をおがんで来てけろ」そう彼女は言った。うねりにも書いた　仮設に住むばあちゃん、その人震災前の写真が一枚残っていた。その姿は、恰幅の良い女性、今は痩せ細り部屋をすりはって移動する。たとえは悪いが虫のように、連結詩に書いた「幸わせになれ」そのばあちゃん、導かれるまま高台の寺へ、大黒さんの案内で本堂へ、骨堂の前に整然と立ち並ぶ仏様達、50柱を越える程度の　張り詰める空気身体の中の重い何か一瞬にして消えたおもいが、ただ手を合わせる、それだけでした。

　スポーツ店前の男性50代A型、四丁目角柱の横20代女性B型、海辺で、車の中で、家族がまだ見つからず年を越す悲しさ　父の母の子の名前を踠《もが》いたであろうと、我が身がひきのまれていく、同じ場所に立ったかも知れず動くことさえできなかった。

　震災のあの日、主職不在大変なおもいで帰宅した事など大黒さんより、三百人以上の方々が高台の寺を目差し駆け上がり、まだ登りきれない皆さんにも声のかぎり「早ぐ~早ぐ登れ、水きてっつぉ~」と、うず巻く水、家であったり車であったり、命が流れるのも、力尽きた命の灯もあったと聞いた、本堂はひんやりと冷たい流れ
　大黒さんより手渡された二冊の経本、側にと、厚さ2センチ程、鉄製の本でも持たされたそんな感じの力強いお守りだった。

　大役をはたし帰路に着く、仮設で待つばあちゃん早速本を広げ、私だけの為に、まるで詩でも歌うかのように経を読み始めました。その姿はまるで本堂の真中に座る主職を、思わせる、張り詰めた空間、私のバックの中には今も経本が、帰りぎわ、私の手の中に千円をにぎらせた「おだちんだ」そう言った事忘れません。

　日も暮れ帰りの車で、なにやら同乗者でも居る、足元に何やら感じる、始めての経験だった。後になり友人が言った、もう高台へのおつかいは行くなと念をおされた。

　もう彼女は、皆の元へ旅立ってしまったにちがいない。今は縁の切れた事を話す事は出来ませんが、心の弱さ、疲れ折れた心、強い気持ちがあったなら、ばあちゃんを送る事が出来たのかも知れません。

　　こごあぁどごなもんだぁが
　　ぼったりどおがれで
　　東京なもんだぁが
　　ポテトサラダに古漬のキューリ
　　幸せになっとござんせ

八ツ子ばあちゃんありがとうございました。

二〇一一年三月十一日午後二時五十六分五十秒、あの日

一万五千人と数人の人口の町より千二百五十八人の人達が、美しい海の波が一瞬の内に変身し町ごと海へ連れ込んでしまった東北を始め、日本列島そしてこのコロナ禍の時代　まだ静まる事はないだろうか。国を越へ人類を越へ　もう少し大人になろう。

自由を求める美しき異国の戦士へ

少年よ大志をいだけ
と
自由が欲しいと
雲を飛びたいと
羽根をひろげ
はばたき
その口ばしより
こぼれる
メロディを
聞いてくれと
青い鳥は
白いトリは
手足をもがれ
石をうたれ
おいまわされ
赤いカゴに捕らわれた
ふるえる
見開いた目
奥に光る火は
どこへむかうのか

ある新生活様式

みうら　ひろこ

まさにトンネルを抜けると「雪国」だった
有名なあの一節を笑いにかえて
浜通り地方から中通り地方へ
昔も今も通行人泣かせだった八木沢峠
南相馬市から飯舘村へ向かう峠は
トンネルが開通して時短

小春日和の浜通りから抜け出た
トンネルの先の雪景色
そこのゆるいカーブの続く坂道を下ると
絹織物で栄えた川俣町
川俣町を通過し福島市へ
平成の大合併で町から市に編入した
飯野地区の青木のバス停あたりから見る
冠雪した吾妻連峰の大パノラマ
吾妻山の裾に広がる街並みの中の葬儀場
〝家族葬〟との新聞での告知もなく
コロナ禍なのに盛大な告別式なのかと
半ばいぶかりながらも式場へ
焼香して棺の中の友と対面
『遠いところ、よく来らったない』
存命であればそんな言葉をかけてくれたろうに

無言で何も語りかけてくれない
「本日はご家族とご親戚のみの式で云々」
おづおづと式場の係員
突然の旅立ちだったから
みんなも一様に戸惑っているのだ
新しい生活様式とは
こんなものなのかと無理に納得したものの
少し物足りなさを感じての帰省
心からの哀悼は夜、布団の中で
トンネルに入ったような闇の中
しみじみと故人との思い出と淋しさが
一度にこみあげてきたのだ

合掌

絵画

懸田　冬陽

東雲《しののめ》の良い空気が　肺を癒すように
吐息を吹きかける　冷風が薫る
冬の静けさは灰色に映えて
山茶花《さざんか》が額縁から溢れている

培われた営みが　遠くの空を染める
足早に去っていく幸福に　縋るように
飛んでいく鴉は　ひとりだった
――ああ　ひとりだった――

雲に淡紅の斑《まだら》が滲み　雄鶏が鳴く田舎と
街灯が眠る都会　鎮魂の祈りを捧げる朝に
ひとはまだ夢の淵へ……

僕は色彩を帯びた庭先で　彩雲と山茶花と
良い空気を　ひとり占めした気になって
口笛を吹いてみせた――春よ来い　と

「三・一一フクシマ」から一〇年

鈴木　正一

詐欺師の 政府

過疎の植民地支配を背景にした 原発建設
それ故の「安全神話」の欺瞞《ぎまん》
非科学的被ばく許容量の 緊急時避難宣言
そして三地区避難再編と 避難指示解除
無用の被ばくと 避難の困惑を強いた
国と県の 放射線汚染情報の秘匿《ひとく》
原賠審 被災五町を視察 地元町長「中間指針」見直し陳情
その直後の対応は 聞く耳持たず『最終指針』の如し
早期救済の 多くの集団ADR和解案
規定違反し 東電は全て拒否　政府は黙認を堅持
除染中間貯蔵施設の使用期間は あと二〇年
「最終貯蔵施設」は 今も不透明
ニューモ（NUMO）*は従前の植民地施政
地域振興は不実 地域の分断・対立は 常套《じょうとう》手段
今度は 放射性物質トリチウム処理水の海洋放出か
意見聴取会 公募は形だけ
五年程前「理解なしに処分しない」
県漁連・全漁連との約束は　反故《ほご》に
核災は 過失の人災
国策の責任 無過失を理由に 逃避する政府
幾度となく 国民を愚弄《ぐろう》し続けてきた
政府と東京電力の「規制の虜《とりこ》*」
恥知らずな棄民政治
その正犯は　詐欺師の 政府

*ニューモ（NUMO）
原子力発電環境整備機構～目的は高レベル放射能廃棄物の最終処分場設置。北海道寿都《すっつ》町と神恵内《かもえない》村で文献調査実施中。

*「規制の虜」
規制機関が被規制側の勢力に実質的に支配されてしまう状況で、被規制産業が規制当局をコントロールできる余地がありうる相互関係のこと、政府の失政である。

ふるさとの 終《つい》の住処

友と汗を流した 天王山の登山
高瀬・室原川での鮎の友釣り 仕掛けは親爺《おやじ》譲り
商工会青年部伝統の河川敷 桜祭り
仲間と創めたサマーフェスティバル
請戸《うけど》浜の地曳網大会と 観客数万人集う お盆の花火大会
街中で 複数台の矢倉を 踊り子が囲む 盆踊り大会 等
歩け歩け初日詣大会 行政区対抗町民体育大会　等々
地域の 親密な絆が頼り
生来 私を守り育んだ源泉それは　ふるさと
鶯が鳴き 山桜が咲きほこる
窓際には 卵を抱く山鳩の巣
時には 散歩している雉《きじ》のつがい　鶉《うずら》の親子との出会い
茸・タラの芽・ウド・山栗等　自然の恵みを満喫

隣接のため池は 鯉・鮒・公魚《わかさぎ》の棲家
休日は釣り人達が集う
冬には 白鳥が飛来し 餌をやるのが日課
私の密かな楽しみ
自宅は 雑木林に溶け込んだ 自慢の住処《すみか》
あの原発事故が 起きる前までは・・・
一瞬にして　私の人生とふるさとは　奪われた
そして　住人の居なくなった　終の住処

無言の 断罪

ある時　消防団の友人　うな垂れたままの独り言
「毎晩眠れないんだ　耳から離れないんだよ・・・」
「助けてくれ～　助けてくれ～」　微かな必死の声
何度も何度も叫んだ　彼の約束
「明日　必ず来るから！　頑張ってくれ！」
翌三月十二日　午前五時四四分
東京電力福島第一原発半径一〇km圏内　避難指示命令
町長 全町民に避難発令
消防長としても苦渋の決断
友人は約束を果たせず
強いられた 無念の救命断念
消防団員 遺族の僅かな望みは　無惨に絶たれた
初日詣 地曳網 お盆の花火大会の会場だった　請戸浜
津波で亡くなった方 一八二人
未だに行方不明 三一人

放射線汚染情報の秘匿が無ければ
助けられた命も・・・
核災で 生きる力を奪われ自死した 人・人・人
疲労困憊《こんぱい》の苦渋を負わされた 原発関連死者 四四一人
掻《か》き消された 棄民の叫び
それらは　無言の 断罪

ふるさとの 復興

大平山霊園・災害等公営住宅整備「道の駅」オープン
常磐線全線開通 請戸漁港競り再開 花卉《かき》・水稲栽培開始
世界最大水素エナジー研究場誘致 一六〇事業所営業
福島県最大酪農復興牧場・町財源確保等の策定
視える確かな復興事業
中には 待ち焦がれる帰郷を 疎外する施策も
二万千人いた町民　避難指示解除後四年で 帰還住民は七％
創生小中学校開校　千七百人の児童生徒は 三〇人程に
誰しも抱く心の拠り所
請戸小学校は震災遺構で 保存決定
五つの小中学校は 別れの閉校式もなく　解体決定
住民意向調査の結果「帰還しない」は
町民の過半数を超えた　五四・九％
今も 強いられている 過酷な避難生活
「要介護認定率」（六五歳以上）は 郡内最大の増加幅一三・四％
内閣府は 帰還に関らず 二年前から固定資産課税の指導
更に 四月から自主財源確保を名目に

住民税等減免廃止を断行
核災は「担税力」の基盤をことごとく粉砕
加えて コロナ禍の生活困窮
「被災者に寄り添う」とは裏腹
余にも理不尽な　政府の圧政
喜びより怨めしさが募る　　ふるさとの復興

ふるさと の再生は遥か彼方に

あれから九年半　久しぶりの 久しぶりの帰郷
街並みは 砕石の更地と雑草の荒地に
所々にポッンと 取り壊しの順番を待つ 建物
郷土住民の結いの絆は 雲散霧消
動植物の有機的な命の連鎖　先人が築いた尊い風土
有形無形の至宝が全て 奪われた
帰還した住民には　被ばく不安の毎日が
帰還困難区域の除染は殆ど手付かず
一〇年経ても　計画迷走
環境省職員の言　「百年後も帰宅は無理かも」
朋友《ほうゆう》 嘆きの現実
心労は 時間の経過で軽減するか　否 増すばかり
ふるさとの　　ふるさとの　再生は遥か彼方に

核災原因の「規制の虜」

一九五三年 国連で米国大統領アイゼンハワーは
「核の平和利用」について演説
その直前 中曾根康弘が
原子力発電所建設邁進の急先鋒に
国策は 科学技術的検証抜きで策定
主導した政治家と官僚は
二〇年足らずで 原発建設を実現
後世に多大な禍根を残すことに
その後「核の平和利用」の誤りは
幾多の核災が 地球規模で証明
未処理の放射性廃棄物は
半減期で百万年超の物質も
全ての原発は　地球を創傷する 人間のおごり
人間は 自然の一つの小さな命
自然の創傷は 人間を自滅へと誘《いざな》う
生業訴訟仙台高裁判決（昨年九月三〇日）
国の規制権限不行使と 東京電力の安全操業義務の
度重なる違法行為を断罪
過失責任による 人災と認定
原発事故の原因と責任は
常軌を逸した　「規制の虜」
国と東京電力は 傲慢にも否認　最高裁へ上告
誠実な猛省が　無ければ　　繰り返す　核災
あれから一〇年　次もここか　　それとも
避難計画さえも無い　　あなたのところかも

海に向かって。

山﨑　夏代

言葉は　簡単単純なものがいい
たとえば
海に向かって。
言葉の後から言葉がうまれる
歩く。走る。翔《かけ》る。逃げる。飛び込む。
走らされる。投げ込まれる。捨てられる。

簡単な事柄　単純な事象　に　付属して　行動
その　行為のなかに　わたしは
どのようにかかわっているのか
主体はわたしか　わたしは　単なる見学者　脇役
例えば　投げ込まれる。
投げ込む行為の主体は何なのか

コロナ禍の電車の中で
わたしは　マスクを掛ける
いやいやながら　たまらぬ嫌悪をかみしめながら
マスクを掛ける
行為の主体は　わたしのようだが　わたしではない
わたしの意志は歪んで澱んで　耐えている
衆人への迎合か　他人への忖度か
マスクを強制するものはだれか　いや　何なのか

コロナ電車は
海へ向かって走っている
乗っているわたしは
出発地点を知り　目的を理解し　目的地もわかる
わたしの意志による
わたしの　行動
にもかかわらず
急にあやふやな気持ちになる
必要な行動か　必然の行為か

恐る恐る　周囲を見回す
マスクをつけて　帽子を目深《まぶか》に
個性をコートの襟《えり》に埋没させたものに
だれも　関心を払わない
見回せば　どの顔もこの顔も　みんな　同じで
わたしは　ひそやかに拳銃を取り出し
乱射するのを　夢見ている

海に向かって。行為は　どう続くのか

海星

淺山　泰美

流れつく渚に

沖をゆく水夫が見るのは
海辺に立ちつくさずにはおれぬ
ひとのかなしみ
涙もとうに涸れ果てたというのに
霧雨に濡れ
顫《ふる》える指先でなぞる喪失のくるしみ

水夫のこころは揺れる
光も届かない瞑《くら》い海底をゆく水母《くらげ》のように

冬になれば
海鳴りとともに粉雪が舞う浜に
雪片を繋ぎあわせて読もうとする
天からのつめたい音信。

帰っておいで
戻っておいで

どれだけ名を呼びつづけても
とおく曇天を海鳥は旋回するばかり。
蹲《うずくま》る歳月は人《ひとで》を待たず流れ去る
無数の海星が

虫は虫から虫に人は人から人に

根本　昌幸

虫は虫になるのが嫌だったが
虫から虫に産まれたのだから
仕方がなかった。
虫にはならないという方法は何一つない
運命なんだよ。
かく言うオレは人から人に
生まれてしまった。
どうせ人に生まれるなら
女に生まれたかった。
が　そううまくいくものではない。
お着物など着て
しゃなりしゃなりと歩いてみたかった。
ときどき口元に手を当てて
ホホホ、ホホホなあんて
笑ってもみたかった。
けれどもうおそいことだ。
今度いつかの話になるが
オレは虫に産まれてみたい。
悪い悪い害虫というものに。
虫よ　お前は今度人に生まれてこい。
悪い悪い悪女という者に。
どうだ　どうした

返事がないな。
言葉が話せない
おお　そうだったな。
そのことを
オレはすっかり忘れてしまっていたよ。
近頃はなんでもすぐに忘れる。
人間とは都合のいい
生物でもある。

冬眠

原　詩夏至

夜
布団の中にしまい忘れた手足を
自分の体温で
じいんと解凍する

不眠に任せて聴いていたのは
イヤホン越しのスマホの
ハイロウズ*「日曜日よりの使者」の
女子高生（多分）のソロの自宅での
たどたどしいギターの弾き語り
オリジナルは
「♪シャラララ　シャラララララ
　シャラララ　シャラララ……」という
ふり絞るような元気さノリのよさが好きなのだが
その子のそれは
少し歩いてはすぐ息切れして立ち止まり
ほうっとあたりを見回し
よっぽどしてからまたそろりと歩き出す
まるで十年後の俺たち夫婦が
今と同じように神田川べりを
散歩しているみたいな歌い方で
時折ギターの腹を叩いて
コツコツ拍子を取るのだがそれがまた
歩き始めの杖の音みたいで
声もかぼそくて
正直、上手くはない
それでも途中でやめられなかったのは
そんな中にも
まるで羊がうなだれて草を噛むような
もぐもぐとした幸せがそこに
冬日のように射していたからか

ときどき
イヤホンの結界を破って二階から
ギャハハハ、ヒャーッハッハと聞こえて来るのは
あれは魔女ではなく
もう何時間もぶっ続けで韓ドラを観ている
かみさんのど派手な笑い声
あっちはあっちでまだ眠れないらしい
それにしてもいいな韓ドラは
大財閥の家族が次期会長の座を巡って
陥れられたり復讐を誓ったり
過去を隠すために子供を捨て
大金持ちと結婚した母親が
ひょんなことからそうとも知らずに
家政婦になったその子と同居したり
女同士が水をぶっかけ合ったり

夫婦が掛け合い漫才みたいに
マシンガントークで連れ合いを罵倒したり
それでもびしばし伝わってくるのは
みんながみんな〝家族〟というものを
もう骨がらみで信じ抜いていること
そんなのもうないもんな日本のドラマには
いつのまにやらすっかりふにゃふにゃの
骨なしチキンみたいになっちゃって……

それでもやがて
どかすか階段を踏み鳴らしながら
かみさんもこっちに降りて来るだろう
そうして一度部屋の灯りを点け
水槽の亀がまだ生きていることをルーペで認し
ケケケ、と幸福そうに笑って
また灯りを消し眠りにつくだろう
その隣で
まるで亀のように布団の中に手足を
引っ込めて丸まっている亭主がまだ
本当に生きているのかどうかは
もちろん確かめもしないで
ぐっすりと

まったく
いつもここんところが
抜けてるんだよなあ
まあいいけどさ
こっちだってまだ死ぬ気はさらさらない
たとえ超高層ビルに飛行機が突っ込もうが
地震が来ようが
放射能が降ろうが
パンデミックが襲い掛かろうが
それは生きますとも
石にかじりついても
いやそれでもだめなら
死にもの狂いで
死んだふりしてでも
全てが過ぎ去るまで

ていうか何よりまず
かみさんの今後の行動についての
俺の予測が当たりか外れか
それを確かめるただそのためだけにも
さしあたりはそれまで生きている
或いは起きてはいる必要が
どうしても
あるわけなんだけど……

＊THE HIGH-LOWS「日曜日よりの使者」（作詞・作曲　甲本ヒロト）

春眠　其のⅡ

小山　修一

――字画の構図、人（ヒト・ひと・にん・り）。
九割九分九厘の人類コロニー、右がわの短いほう
ボクら同胞《はらから》、民草の象徴。
民草が支えている長いほうのカレら
制御装置をもたないごく少数のカレらは
人類派生このかた
壮大な人体実験を繰り返しながら
蟻地獄型システムを構築して富裕を手繰《たぐ》り寄せ
二十兆円の資産を私有する三十五人の勇者のように
あるいは神々のようにふるまって憚《はばか》らず
格差は落差へと広がり続けてきた。
（民ノ目ハ眠ッテイルノデス）

――人間の構図。
人と人の間に生きてこそ人間
というふうな
牧歌的で維新的な教育の継続と強化。
自己責任の名に値しない文明開化のもと
貯金残高と相談しながら曖昧な自由を謳歌し
支配する者の生き様を信奉しているある種の同胞は
正義の仮面を被って攻撃する側に身をゆだね
聞くに堪えない汚い言葉をツイートしてうっぷんを晴らす

背番号をもつ多数は少数におもね
与えられた場所で与えられた役割に甘んじ
本音と建て前をつかい分け
柵の中の平穏な生活に甘んじている。
（そんたくそんとくそんたくそんとく……）

――人類の構図。
汚染のような生産を重ね
除染のように消費を謳歌しているボクら。
ボクらに繋がっているすべてのかたちあるもの
かたちをもたないもの
しかたないもの、やむをえないもの。
足の踏み場もない産業廃棄物にまみれ
突き進むボクらの未来に足りなくなるのは地球。
歯の浮くようなロマンを求めて
急げ、開発の触手を
蒼ざめている宇宙へ！

春眠　其のⅢ

歯列はインプラント
眼球はレーシック

筋肉はイミダゾールジペプチド
神童のＤＮＡは冷暗所に永久保存される

内なるいのちは絶え間なく排出され
内部から外部へ、外部から内部へと
巡るいのちによって成立する肉体世界は
新陳代謝の日常に於いて五臓六腑の電食劣化を招き
皮脂《ひし》は粘膜のように疲弊を覆《おお》い隠す

僕らの（怪しげな）ポジティブは
握りしめた掌に滲み
脇汗《わきあせ》になって臭い立ち
腰のぐるりにアレルギーかぶれを発症させる

日々の生活に於いて
胃袋を溶解せしめ
穿孔《せんこう》うがつ豊穣を味わう僕らの顚末《てんまつ》

何ものかが発信する胡散臭《うさんくさ》い情報が捲《めく》れあがり
見え隠れするチラリズム

真偽を眺めまわして、尚
呑み込みの悪い水洗便器みたいに
ボコボコ喉を鳴らしながら
見栄えよく編纂《へんさん》されていく歴史の一ページ

鷲摑《わしづか》みしたい言葉にふれることさえ出来ないまま
抽象は具象化され
遺伝子は置き換えられ
しんじつは葬《ほうむ》られる

田園風景がひろがる山麓平原に足を踏み入れ
ふるさと限界集落に立てば
家々は傾き
荒地いちめんを陽光がへろへろ舐めまわし
ふきのとうが傘をひろげている

雨風は花々や樹々の新芽を叩き落としながら夜半のうちに通り
過ぎて行った

逆さピラミッド型社会が法則通り崩落するその日まで
ひび割れた岩穴に微睡《まどろ》む蛇のように
冷たい舌先で空気を読み
素早く目先の損得計算をしながら
春眠を貪《むさぼ》っている僕らに
天空から降りそそぐのは
あゝ　息苦しいほど眩《まばゆ》い発光体だ

コロナの次は鳥インフルエンザ

貝塚　津音魚

カモは鳥インフルエンザの宿主
ニワトリと違って感染しても弱ったり死んだりはしない
昨冬ヨーロッパで流行した
鳥インフルエンザ「H5N8亜型」が
シベリヤ経由で去年の秋飛来したカモが
ネギだけ背負って　来ればいいのに
ウイルスまで背負って来た
既に14県36養鶏所で600万羽が殺処分となった
鳥インフルエンザは世界各国を襲ってやまない
しかも彼らはカモという鳥に化けて空から爆撃機の様にやって
　くる
まだ多くの人びとはバーチャルの世界と錯覚し認識がない
2003年　H5N1は中国や東南アジアを中心に感染
一一月以降世界で861人が感染455人（52．8％）が亡く
　なった
2013年3月以降強毒の「H7N9」タイプに1568人が
　感染
615人（39．2％）が死亡している
H5N8タイプが変容し万が一　人から人に感染した場合
世界で7400万人が感染死されると予測されている
日本では最悪64万人が命を落とすと・・・
新型コロナの世界の感染死者数は既に200万人（R3・1月
　現在）
新型インフルエンザの予測値の37分の一に過ぎない
新型コロナの比ではない鳥インフルエンザの存在
35億年前この地球に生まれ凍土に眠ったウイルスたち
元をただせば温暖化による凍土の溶解が・・・
眠っていたウイルスたちを呼び起こしたのは
〝いったい誰だ〟
温暖化が進めば進むほど次々にウイルスたちは
野生動物を介して人間界に顔お出す
これ以上ウイルスをまき散らさない為には
人間の我儘《わがまま》な生活を戒めるほかはない
ウイルスは脅威ばかりではない
人間が胎児だったとき　あなたを守る
役割を果たしている善玉ウイルスもいるのだ
ジャングルを燃やした煙が地球を覆い
油まみれプラスチックまみれの海
毎年800万トン以上のプラスチックゴミが海に流れ込んでい
　る
やがて魚の量より多くなる
煙まみれ・油まみれ・プラスチックまみれの魚を食べて

このウイルスたちに立ち向かえるのか

まずは人間のその手で地球の汚れを
丁寧に拭いて自然を回復し
治癒力を高めることだ
地球が生まれたのは46億年前
ウイルスが生まれて35億年
新参者の人間はたった の６００万年
黙って自然の摂理に従って
共生と言う字を嚙みしめて
生きる術を求めよう

菜花《なばな》欠《か》き

秋野　かよ子

二月の風と雨が吹いた夜
闇夜の空気で春が来る　あわてた
木枝や山の木々が勢い付き
空気の変わり目だけで　誰に教わることもなく
老いた樹木の先から若木の芽をたてる

木々の世界は
数百年ここで何も訴えもせず　ただ太った

畑で
しゃくし菜を婆さんがよく植えていた
聖護院大根の太さに笑い
アスパラはたくさん取れた
トマトは夏の日向臭さと太陽と一緒に齧りつく
サヤエンドウは豆を取られまい
と絡むツルの恐ろしさ

菜花が咲きほこる手前で籠に抱え
あの婆さんは毎日ポキっと折れるところを
欠いていた　冬も毎日　菜を欠いていた
あの婆さんや　野菜を作っていた爺さんは
どうしたかね？

花の模様

この星はもう光らない
この星の行き末が危うい
と思ったのか
夕がたになると毎日老人は
光る星を探していた

その夕暮れのひと時は
人生の生きた時間以上に大きく
夢の過去を夜空の遠くへ投げ打っていた

＊

歩いていると　そら豆を5本植えている家を見た
白黒模様の大きな花が咲いている
そら豆の花を見ると
なぜか牡蠣の身とカブる
遠い過去　潮風を受けて育ったか
今夜は　牡蠣の酒蒸しにしよう

環境が良いというが　おげんきですか?

紀伊半島の山の中　そのまた奥の曲がりくねった所に
紀伊半島の岸壁の鷲やトンビが巣を作る高い岩場に
障害者施設や
老人施設がある

少し町中では当時地価が高く作れなかった、という
当時といってても日本はバブル期だった
それでも　何かの苦情が少ない所
なにも見えない所に
隠すつもりが無いが隠された施設がある
そこは　山や川　谷川が多くここは緑豊か
台風や豪雨は直撃する

それらの場を知っている
たくさんの施設を知っている
そこしか無かった　よく作ってくれたがその頃
他に　行き場が無い重度重複のろう者が多かった
支援をした　何度も足を運んだ
子どもたちは学校が二〇歳を過ぎ卒業する
ずっと学校に居ることができたらと何度も思った
和歌山市から　車で行くには六時間以上かかる

そこでは　近くの町に障害者を支援してきた先生が
勤務し懸命に町へ小さな新聞や通知を出していた

先生たちを　知っているあいだは良いが
仲間たちも老い　先生も老いていく

南紀の人たちは
海の波に添うように優しいが
個々にある施設は遠過ぎて
誰が居るのか誰も知らない

行事もあるという
新宮や田辺へ出向くのだろうか

もういくつになりましたか　五〇過ぎですか
それより　お元気ですか・・

君在りてこそ

佐々木　淑子

1

君よ　君よ　泣きたもうな
われは　われは　光となれど
故郷　故郷　この大地残れり
君よ　君よ　頬つたう涙ぬぐいて

2

祭りの囃子《はやし》が　風と歌う秋
遠田の向こうに　稲刈る父母《ちちはは》
ススキを高く掲げ　幼子たちは
畑の道を駆けて行く
わがふるさと

十六夜の月の浜辺を　君と歩けば
湖は静かに　やさしく波打つ
わが永遠《とわ》の愛

あのころは　なにもかもが眩しくて
君は月の光の中で　幸せに震えていた
少しの風にも　君の髪は揺れて
振り向いた　君の瞳はうるんでいた

3

誰が信じることが出来よう
三月の春まだ浅い寒い日に
突然の別れが来ようとは

激しく地は揺れ
立つことさえ　許されず
海は立ち上がり　駆け登って来た

誰が信じることが出来よう
君と再び逢えぬ日が来ようとは

4

われの名を呼び　一人たたずむ
君よ　君よ　泣きたもうな
君よ　生きて
われは　光となりて
ふるさとの大地　照らし包む

永遠《えいえん》は　この光の中にあり
思い出は　心の中に息づく

君よ　君よ　泣きたもうな
君との愛は　永遠《とわ》に消えず
ふるさと　この大地残れり

君よ　君よ　泣きたもうな
君生きてこそ　わがいのち
君在りてこそ　わが永遠《えいえん》のいのち

＊

「君在りてこそ」は先にベートーヴェンの「月光のソナタ」をイメージして作詞された詩である。

　二〇一一年三月一一日、東北地方を襲った未曽有の大災害は私にとって言葉に置き換えることは余りにも辛いことであった。

　けれども何故か、あの哀しみの浜辺を思い浮かべた時、私の頭の中にはずっと「月光のソナタ」の旋律が鳴り響いていた。

　そしてごく自然に「月光のソナタ」の各楽章に沿った詩が書けて行った。

　もちろん私は音楽の専門家ではないので、作曲家安藤由布樹氏にこのことをお伝えして、詩を託けた。

　安藤氏は専門性とその才能を発揮され、見事に「月光のソナタ」の旋律に言葉を音符として置き換え、構成して歌曲作品として完成させた。二〇一二年のことであった。

　それでも発表までには時間を要した。

　ベートーヴェン生誕２５０周年、また震災後一〇年を迎えようとする二〇二〇年に、歌曲集『いのちのソナタ』の最後の曲として発表することを決心し、出版した。

　芸術の永遠性によって尊い幾多の命が救われることを願って。

　今も「月光のソナタ」の旋律は東北の浜辺に鳴り響いている。

　そして亡くなられた人々の魂を慰め、残された人々に生きて欲しいと呼びかけている。

（佐々木淑子　記）

春と骸骨

柏木　咲哉

春吹雪　紅《くれない》の夕陽
星を弾《はじ》き　銀色の三日月に突っ伏す夜
音楽は溢れ　眠りから目覚め朝焼けの川を舟で往く
桜舞い散る骸骨の上
つくしつんざく、ザクザクザクザク
虫が這う青い静脈は
サラサラと春の小川のように流れゆく
せせらぐ骸骨　黄昏髑髏《どくろ》
しゃれこうべの春がしゃしゃり出てる
しなやかな桜の花弁を踏みしめ歩く
もう憎しみはいらないから
すっかり春と骸骨なのである
セロリをかじる
ただ哲学者になる春なのである

碧《あお》い林檎の夢

林檎を剝いてあげましょう
どぶねずみが僕の耳元で囁く
そして耳たぶをかじる
くすぐったいよ
ああ、僕は夢を見ているんだな…
林檎を剝《む》いてあげましょう
フラミンゴが僕の耳元で囁く
そして喉ちんこを揺さぶる
痛気持ちいいや
ああ、僕は夢を見ているんだな…

林檎を剝いてあげましょう
アダムがイブに囁きかける
そして乳房をナイフで切開する
碧い樹液が滴り落ちる
ああ、ここはもう天国か…

林檎は碧く　僕らは若い
林檎をかじると歯茎から林檎ジュースが滲む
ああ、僕はもう戻れないんだな…

夢見るように夢の中へ

風が燃えている

火の中で風が吹いているのか
風の中で火が燃えているのか

わからない…　だけれど僕はそれをずっと見ていた

水の中で月が揺らいでいるのか
月の中で水が煌めいているのか
わからない…　だけれど僕達は空をずっと見ていた

花の中に愛があるのか
愛の中に花が咲くのか
わからない…　だけれど僕達はお互いをずっと見ていた

僕の命はいつどこまで？
君の心はいつどこへ？
僕達の時間《とき》はいつどこまで？
わからない…　だけれど僕達は今共にいる
風が燃えるこの世界に

春待ち川

去り行く人の面影を偲び
一人佇む春待ち川の橋の上
もうじき桜がまた咲くわ、と
人々はいつの時代も希望を語る
川面に煌めく日の名残
せせらぎ色のランドセル
ガタゴト筆箱を鳴らして学校へ急ぐ子どもらの喚声
一瞬チラリと粉雪が舞う
私は手袋で摑んだコンビニの袋の中の割り箸に目をやり
しっかりマフラーを巻き直す
私の中から消えて行った人々の思い出は
そのまま川に流してしまおう
変わらぬ貴方を想い
来る春の光に心を注ぐ
春待ち川の橋の上

星屑のバッタ

俺はバッタ
しんと静まりかえった星空の下の草むらで
俺はじっと息を潜めてるんだ
青暗い夜の闇に耳を澄まして
ずっと星の聲を聴いているんだ
俺はこの一日を終えてひとり過ごす時間が好きなんだ
宇宙のゆりかごにゆったり揺られてるようで
とてもこの世界が愛おしく感じられて来るんだ
静かに静かに今宵も更けて行く…
綺麗な綺麗な星屑を見つめながら
誰もが誰も知らないメロディを聴いている

母の遺品

久嶋　信子

おもいがけなく
弟から
母の遺品を
もらった
見覚えのある
黒色の
ダウンジャケット

母は
そのダウンジャケットを
着て
入院していた
わたしを
毎日
見舞いに
来てくれた

母は
深い眠りに
ついている
わたしの
身体から
滲み出てくる
異様な
汗の感触に
不安を抱いて
祈り続けてくれた

なにもしらない
わたしは
毎日
顔を見ないと
安心できない
母のおもいを
拒絶した

そうやって
わたしは
何度も
母に
張り裂ける
おもいを
させてきた

あのときの
ダウンジャケット
よみがえってくる
母に対して
投げつけた
悪意の
棘

あのときの
破片が
ダウンジャケットに
染みついては
いないかと
おそるおそる
確かめた

クリーニングに
出されて
もう
母の体臭も
消された
母の
ダウンジャケット

母の存在が
無になった
ダウンジャケットから
母の何かを
探し求める
愚かな
わたしのすがたを
母は
笑っているだろう

母よ
わたしは
母に吐いた
棘の破片も
母との時間も
蒸発していく現実に
ただ　ただ
うろたえている

母よ
受け止めるしかない
わたしは
まだ
親離れできずに
母の何かを

もとめて
ダウンジャケットを
羽織っている

母よ
あのときの
ダウンジャケットを
着た
母のすがたを
おもいだしながら
まだ
守られている
感触を
感じながら

詩 Ⅱ

からだの名前

甘里　君香

わたしにはワギナがあって
男の子にはペニスがあるんだよ
きょう学校で習ったの

性教育一年生たちは
輝かしい未来を握りしめ
はじける笑顔で大地に立った

小学生に何てことを
秩序を乱すな美徳を守れ
恥じらいこそが日本の文化だ
臆病な悲鳴が響き渡り
数か月で奪われた
子どもたちのからだの名前

蛍の切実な瞬きと
蝶の華麗な戯れを
静かな静かな瞬きと
静かな静かな戯れを
数世紀の時を渡り
その手に取り戻したのに

ワギナがアソコに戻り
ペニスがソレに戻って
アソコの女の子は再び自分の価値に目隠しをされ
ソレの男の子はソレの意味を解せず
女の子たちは
情報に振り回されソレに振り回され
る男の子に振り回されて
きょうも蛍の役まで
演じている
世の末

キンチョール撒こう

教育費を盾に大手スーパーはやり放題
使い方は自由と辞められない母親パートに
身長より高い台車を二台操らせる
バックヤードは女性たちの船底

ペラペラの黒いワンピに身を包む蟻に
ペットボトルの段ボール運ばせる高給取り

すれ違うたびにお疲れさまと言い合うルール
悪い冗談声も出ないほど疲れた顔に

マネキンは無理です持てません
訴える蟻にそのうち筋肉がつくと嗤うホッパー
彼の主たる業務はモニターに映る蟻の観察
目を凝らしてる涎を垂らしている

もっと早く歩けないのかと責めたてられ
心拍数ぎりぎりで店内を駆けずりまわり
更衣室に続くのは踊り場のない四十段
毎日が体力検査落ちたらさようなら

最低賃金＋十三円子どもの顔が浮かび
帰路の電車で目にギュッとタオルを当てる
正規非正規同一賃金というキンチョールを撒こう
ホッパーと巨大スーパーは三日で死滅する

蔑んでいいですよ

日曜日の京都駅十五番ホーム
ベンチに腰を下ろし
半額シールのお寿司を膝に置いて
まぐろの握りを口に運ぶ
娘はベビーカーで夢のなかを漂う
向かいのホームから視線が刺す
家族連れのチチオヤが
えびの握りを
口に運ぶ私をじっと見ている
はまちの握りを
あなごの握りを
たまごの握りを
いかの握りを
かっぱ巻きを
口に運ぶ私をずっと見ている
体も心も飢えて一人で
子どもを育てている
束の間のランチを
目を逸らさずに
見ているどこかのチチオヤを
眺めながら
パック入りのお寿司を
食べている

閉じた子ども食堂

日野　笙子

あちらこちらから
雪解けの
水の音が聞こえる
それは幼い子らの
発生の言葉のように
今はなやいだ音を立てている
にこやかに芽吹いてくる
早春のうた

抜け上がった
冬の青空の
澄んだ思想は
もはや老いた私には
過去のもので
永遠の池に凍結した
絵画のようなのだ
けれどもどこまでも
それを描きたいのはどうしたわけか

閉じた子ども食堂と
廃屋
別れと旅立ちの
影絵を描いていた
未知を歩み出す者と
黄昏をゆく者
早春の町
対比の構図そのものだ

小さなかげろうのように
ためらいながら
さびしい子どもが
まとわりついてくる
少し離れたところから
まだ肌寒い風が吹いてくる
あの子どもは
いったいどこへ行くのだろう

景色の中で
立ち止まった

私は明日すぐに
暮らしに困るわけじゃないけれど

ベネチアマスク

古城　いつも

美しいものは
日々の暮らしをそれは豊かにするものだね
わたしはベネチアマスクを壁に飾り
日ごと見惚れているばかり

緑の髪、ペールグリーンの肌をして
黒い口紅
金粉が散りばめられている
欺瞞《ぎまん》と言うにはあまりに美しすぎるね
わたしは欺瞞に魅入られてしまったのか

それともこのベネチアマスクは
欺瞞を見破った
ミューズの似姿
ミューズが骨董商に囁いて
わたしに手渡せと言ったのか

白い壁におそらくずっと貼り付いて
わたしに幸いをもたらして
まるでラッキーチャームだね
女神と欺瞞　欺瞞とミューズ

いくさがみ

それは赤い馬に乗ってね
黒いマントをまとってね
右の人差し指で天を指すんだ
胸が躍ったよ
ドッドッドッドと
馬の蹄の音が聞こえると
空に黒雲が立ちこめる
あぁ、向こうの町に火の雨が降っている
赤い馬は現代の赤兎馬《せきとば》
歴史に名を残すよ
向うの町へ向けた僕の憎悪は
すっきりと消散した
やつらは死んだから
地獄を見ろよ
裁きを受けろ
制覇！　制覇！　制覇！
僕の名のために死ね
お前は死に値する
正義！　と言ってね
国！　と言ってね
それは剣を一振り
残らず首を刎ねたら

人差し指で天を指すんだ
黒雲は火の雨を降らせてね
もう　お前らの痕跡は無いさ
勝利！　勝利！　勝利！
僕の正義に神は味方した
その神はいくさがみ
軍　神
僕は死と言う本能を以て
歴史を制覇した
死は真実
未来永劫
誰も否定はできまい
軍神に忠誠を
人差し指で天を指せ

貧乏の手法

必要が我慢の縁を越えたら
出費も已むを得ない
仕事のための服と
毎日の食糧
生活の運営のための設備
小さなアパートの部屋

それ以上は欲しがるまい
富者の権益は富者のもの
わたしの財は培った貧乏道

パーティーなどへは誘わないで
愛想笑いも仕事ならでは
戯言を言っている間に
また富者は財産を増やす
富を侮ってはいけない
わたしは己が貧乏道

時に貧乏を憎んだ
憎んでいてもしょうがないし
折り合おうとしたら
そのうち
貧乏の上澄みを掬うことを覚えて
貧乏道は美学となる

お金は無いとしか言えないので
物品はリーズナブルに調達する
ネットでは中古検索
オークションに入り浸っては
情報、情報、と調査する
知識人と嘯く怠け者には
さよならをして

日銭を稼ぐ友とつるんで
作業服を汚して夜勤に応じる

友の数を数えてはならない
数えるものは
今日使うお札の数
お金は損益計算書にも載らないが
組織図描いて駒を並べれば
友はいつでもそこにいる

休日は臨海公園にお弁当持って
一日散策を計画して
家族連れの喧騒の中を
観覧車に乗る
地にへばり着くわたしの生は
メリーゴーランド
ひととき
高いところに連れて行ってくれるのは
大観覧車
初夏の東京湾の眺望は
小さなお金しか持てないわたしの
小さな遊び
小金は真実の貧乏道

夜更けの生きもの

坂本　麦彦

かすかに
濡れては解《ほつ》れる やるせなさを
蒲団の縁《へり》より掬い上げ
端の方から削ぎ落とす
それから
滑らかにして
火の灯る
放物線の内側で転がしてやると
淋しいのだろうか
あちら側から
こっちを
必死になって突っつく影が
左右に揺れだす
これはきっと
いっしょに夜を舐めながら
短い奇譚を編み上げたいという願いに
ちがいないから
翳りの型取りを筒状に丸め
影を呼び
なかへ流して
火炎すれすれまで傾けていてあげよう…
そう
思ったが
飾り窓は半分
開いたままなので
さまざまに撚《よ》られた夜が
墨染に袖を通し
ねじれては もたれあい
入ってきたり 出ていったり
放物線の内側はさながら果樹園で始まる葬礼
宇宙線が折れ曲がり
星辰は砕かれ
読経の韻律は捩《よじ》れだす

やがて黎明

火炎を掠《かす》めながら
筒のなかへ星屑たちが堕ちていく
小雪も舞い込み
冷気に唆《そそのか》され
星屑たちの時間は塞がれていく
それでも影だけは
あちら側まで流さねばならない
火炎の花びらへ紛れるにしても

なんとか影だけは
やるせなさまで
崩さぬように
渡してやらなければならない

だから指が

体のどこかに流せる場所はないか
渡せる窪みはないものか
と
遥か
背骨の奥まで伸びかけているが
そのときにはもう
体は
夜更けの果樹園のひび割れへ
誰かに連れ込まれたまま
隠されているので
もとより放物線なんてなかった
とばかりに
今ここは
内側も
あちら側も
なにも
ない

見えない顔の「罪と罰」

石川　樹林

日曜日の夕方
電車の席は
マスクが並び
スマホが並ぶ
同じように下を向き
コートの服が座っている
立つ人は少なく
一〇㎝下げられた窓の風
安心へと変わっていく

顔のない顔
見えない顔

電車のドア近く
隣に立つその人は
少し茶髪の若い女性
清楚に　時間を止めて
文庫本を読んでいた

「罪と罰」
表紙の文字　太く強く
貧乏青年ラスコーリニコフが
高利貸しの老婆を斧で殺し
奪った金を与えようとした
娼婦ソーニャの助言で
自殺をやめて自首をした場面を
若い女性は読んでいるのだろうか

寝ている猫が描かれた栞を
終わりのページへ移し
開いたドアから降りていく

同じ駅だったのですね…
電車から見えない顔が解き放たれ
プラットホームへの足取り
軽くなっていく

人生のたった三分…
白いマスクの沈黙
移動だけの時間なのに…
若い女性は「罪と罰」の遥かな物語を
胸に秘めて立ち去って行った

窓

青柳　晶子

ふたりでいてもさびしいのに
ひとりではなおさらのこと
二メートルのはるかさ

揺れているでしょう　幾千のコスモス
咲き乱れて広がり胸いっぱいを秋にする
　俯《うつむ》くコスモス
　憂えるコスモス
　嘆くコスモス
　倒れるコスモス
自由であったはずの国で
権力が学術会議に干渉して税を止めた
次は小説や詩だろうか
文芸に関心がある人の立場はそう強くない

国民の支持を得た官僚たちの矜持《きょうじ》は確《しっか》りしているか
たくさんの嘘や賄賂がまかりとおる赤絨毯
選良である人たちが顕《あらわ》にするある種の敵愾心《てきがいしん》
国民の命を守る未来の設計図に　核や戦は入れてはならない

今　蔓延する未知の病に
必要なのは暖かい人の手や国の支援

差別も偏見もなくさしだされる薬やベッド
昼夜の別なく治療しつづける白衣のパッション

じきに紅葉が空にまいあがり流れつく先は
もう　冬景色

朝

志甫　正夫

めぐりくる
朝
めぐりくる
朝

何故か
めぐってこない朝
そんな朝

波濤の朝
戦火炸裂
武も　人も
あすなき姿

時刻み
敗戦　歴然
こころも
いのちも
ものも
すべて失せ尽くし
重層の暗雲去りて
猛暑の極み
昼盛り

「あやまちは繰り返しません」

口走っても
唱えても
まだまだ足りぬ
この誓い
犯すことは許されず

碑
磐石か
幾十億の
人　と
人
碑文深々
こころ　と
こころ
染み入る誓い
碑に額《ぬか》づけば
異様な声

「風化するのか・させるのか」
これ至言

時には思い
時には反省もし
時には胸に刻して

この朝
古を偲べば
「勝って来るぞと勇ましく」
幼き日のこと
いまなお鮮烈

時経《へ》ることもなく
忽《たちま》ち
「海行かば水漬《みづ》く屍・・・」
メロディー悲し
悲壮な最期
「繰り返してはいけません」
超絶の戒《いまし》め

夜明けの彩雲五線譜流し
安寧《あんねい》を弾《ひ》く
深閑とした自然

命育む
人　と
人
破壊を嫌う

めぐりくる朝
自然の朝
永遠に

溶ける世界

植松　晃一

太陽を忘れた冬の月
角砂糖にしみる氷雨《ひさめ》
必ずやむと言っても
はやくも溶け崩れて
蟲蟲《むし》がおぼれている
甘さにまみれ覆われ
確かに夜は明けても
脚は天道を突くのみ
新しく眩しい世界で

跳ねるひと

比較という足がかりのない
つるつるの現実に耐えかねて
ひとは跳ねる　跳ねる　跳ねる

ほんの少し太陽に近づけた気がして
この道しかないと
上ばかり見つめて跳ねる　跳ねる　転ぶ

甲羅干《こうらぼ》しをしていた亀が
這いつくばって横目に過ぎていく
不器用な尻尾を愉快に揺らして

小品

大都会のたまの雪
たちまち穢《けが》れ
はかなく消える
常世に舞う詩想のように

※

世界が調和して在るのは
何かが欠けているから
人生に何かが欠けているのは
生きて在るための計らい

※

思い出は星のように
見えても届かない幸せ

まさぐる手

杉本　知政

寒気が肌をさす朝であった
キラキラ霜が光をはじいている
菜園でエンドウが
小さなつるの尖端をのばし
天空のいのちの声をまさぐっている
母の声をもとめ
あしたを生きようとする
赤子の手のように

日々時はあゆみを続け
その背にひかれ
共にうつろいつづけてゆく

道辺の草花にみとれ
くさはらの彩りにまよい

さざんかの小枝で羽化する
揚羽のひたむきさに心をあずけ

近所のひとと
笑いごえをころがし合うひととき

急にお礼をいい忘れていた人を
思いだしたりもする

物音のたえた里
ひるの鐘がなっている
ゆっくり右手を上げ
そらの声をまさぐっていく

コトバ

コトバハコワイ
コワイハコトバ

「頑張れ」
頑張ってもらいたい人に
よく言ってしまう

が
言われた当人は
すでに頑張っているのに
これ以上頑張れと言うのかと思い
生きる気力さえなくす場合もある

よかれと思って発した言葉が
逆に相手を追い詰めてしまう

コトバハビミョウ
ビミョウハコトバ

「いいんじゃないの」
人に評価を求められた時
つい言ってしまう

風守

いいことはいいんだが
もう少し何かが足りないと思う
だけど
それをうまく表現する言葉が
すぐには見つからない
また相手を傷つけたくはないという思いもある

が
それは本当に相手のためになるのだろうか

コトバハココロ
ココロハコトバ

「ありがとう」
この世で一番の感謝の言葉は
相手に自分の心が伝わる
至高の贈り物

が
言われた相手だけでなく
言った自分も幸せな気分にしてしまう
不思議な言葉

時の割れ目

オリオン座が東の空に凍てついた光を放つ深夜
私は疲れた足取りで家路を急ぐ
角を曲がった時
突然
時空が歪む
私の目の前に開けるはコロセウム
何万人もの観衆が叫ぶ
数メートル先にライオン一匹
飢えた目をぎらつかせ私を見ている
私は素手
剣も楯もなにもない
私はライオンから逃げる
しかし追いつかれ
ライオンに押し倒される
「こんなの不公平だ」
私は叫ぶが
観衆は私に同調せず
ライオンは私の喉に鋭い牙を立てる
時空が歪む
私は薄暗い異端審問所にいる
目の前の裁判官が言う
「お前は魔女だ。よって火刑にする」
私は引っ立てられ
広場で十字の柱に括り付けられる
周りを群衆が囲む
「私は魔女ではない」
私は叫ぶが
誰も私に賛同しない
足元に火が放たれる
私の体は熱い炎に焼き尽くされる
時空が歪む
目の前に広がるは強制収容所の門
私は大勢の人と一緒に連行される
「さあ入れ」
有無を言わさず
狭いシャワー室にぎゅうぎゅう詰めに入れられる
そしてシャワーの代わりに出たのは毒ガス
みんなは息ができなくなり
苦しみもがき壁を爪でかきむしる
「誰か助けてくれ」
私は叫ぶが
外の世界の誰の耳にも届かない
私は意識を失い
気が付くと私は自宅の部屋にいる
理不尽な世界は過去だけのものだろうか

記憶 ―二―

山口　修

〝お母さんはアナタ達が昨日来た事を
　すっかり忘れています…〟
正月三日、姉からのライン末尾に
ちょっと意地悪そうにそうあった
「今日はお昼食べてないからお腹空いたわ」
と、実家を訪ねた夕方度々耳にするから驚かない
一昨日の夕飯の献立、姉さんすぐ言える？
一歳の誕生日にどう祝ってもらったかも
夜泣きしたあなたに親父が怒鳴って
母さんにおぶわれて玄関の外であやされたことも
赤ん坊の時のいちいち、覚えてる？
ただその時その事実があるのみ
今、計ることも感じることもできない
積もり積もった覚えていない沢山のこと
もはや記憶ではない埋もれた記憶たち
誰の頭に残っていなくとも
母さんの眼差しが若さを湛えて
今も深く遠い記憶の向こうから見守っている
赤ん坊の時あんなに可愛がったのに、と
未だかつて嘆かれたこともないから
これでおあいこ――
いや、この先もし有り余る時間があっても
おあいこにはならないかもしれない

探しもの

お休み　と言った後で
押入れの　引き出しの
畳んで　積みっぱなしの
タオルやら　シーツやら　布っ切れやら
隣の部屋の灯りだけで
一枚一枚　めくって　別に移して
次から次へ、、、
半分開いた襖《ふすま》越しの後ろ姿に
何か探してるの　とは言わなかった
振り向いた母と　目を合わせた私
お互いどういう顔をするか
大凡見当がついたから
見合わす微笑みに　二人戸惑い
戸惑いが　また二人に微笑みかえす、、、
タオルとタオルの間に
シーツとシーツの間に
生きてる証が埋もれているかのように

「はじめに」の語源

狭間　孝

＊

『手話の知恵~その語源を中心に~』という大原省三さんの手話語源を探る本をインターネット古本屋で見つけた。
一九八七年初版の時は、定価三九七五円。
二〇〇二年第五刷の古本に
四倍以上のプレミアム価格がついていた。

＊

大原さんは小学生時代に失聴し、秋田市にある秋田盲唖学校に転校。その後、東京聾唖学校研究科を卒業後、同校美術科に勤務され、ヘレンケラー教育賞を受賞。全日本ろうあ連盟の顧問をされたが、一九九二年九月に亡くなった。

＊

この本は六三八頁、分厚く表紙をめくると「すいせんのことば」を窓際のトットちゃんだった黒柳徹子さんが書いている。

僕は漢字の成り立ちに興味深いものがあるのだが、何時だったか、電車のホームの両側で声を出すこともなく、タクトを素早く降る指揮者のような光景を見て、健聴の自分にはない手話言語のコミュニケーション法に驚いたことがあった。

＊

大原さん曰く、

「雨地《あめつち》のはじめの時、高天《たかま》の原になりませる地に名《おんな》は天之《あめの》御中主神《みかみぬしのかみ》・・・」ではじまる古事記に書かれた天地創造のサマ。

海中から隆起盛り上った国造りのはじまりが「はじめ」の手話源であるという。

＊

「はじめ」の手話は、何もない状態を表すように先ず「一」を出すイメージの表現を行う。
具体的には、「右の手の平を下に手を広げる」
次に「右の手を引き上げながら、人差し指だけを残して他の指を握る」と「一」となり、
これが「一番始め」「初めて」「最初」「初めまして」という言葉となる。

＊

僕の手話事始めは、二〇二一年。
聴覚障害高齢者施設での新年互礼会あいさつ。
右手と左手を上下に、
人差し指だけ伸ばし、左右から引き寄せるように体の前で、
人差し指を「一」と「一」
これで「お正月」「一月一日」
続けて、
つまんだ両手五指を上に向け、
少しだけ上へ上げながら指を開くと
「一月一日、おめでとうございます」

タクトを振るように

狭間　孝

音がきこえない世界で
オトは
どのように届いているのだろうか
形や色がみえない世界で
カタチやイロは
どのように届いているのだろうか

海峡に架かる大橋を渡る時
エアコンを止めて窓を全開すると
心地よい風が通り抜けていく

通勤している時
思いつく言葉の数々
ハンドルを握っているので
メモに書くことができず
せっかく思いついたのに書き留めることができず
覚えておこう
そう思う日々

初出勤の朝の会
ぎこちなく覚えたての指文字で
自己紹介を行った

顔の横に右手を挙げてグー
寝ている様子から顔を起こし
両手を顔の前で
人差し指だけ伸ばし
あとの指は握ったまま
向かい合わせた人差し指同士
お辞儀させると
「おはようございます」

左の手の平を内側に
親指と人差し指中指だけを伸ばし
指文字の「シ」を表す
その横から右手を下に向け右に引き
ビルの角のように直覚に下すと
「施設」となり
右手の親指を立て
上へ上げると「長」
「施設長です」と自己紹介を行う

車椅子に座った入居者とすれ違う時
その方の顔の位置までしゃがんで

挨拶の手話を何度も行う
「手話できるね！上手、上手」
左の手のひらを
右手でさする手話表現をしながら
笑顔を返して頂いた

相手の手話が分からない
会話ができない
覚えては忘れてしまい
高齢者から手話を教えて頂く日々

施設の南向きの窓辺で
日光浴をしながら
お互いに指を動かせている
まるで音楽の指揮者のような
タクトに見えてきた
手の先が
笑顔が
シルエットのように

瘤

座馬　寛彦

ようやく
春らしい陽射しが降り注いだ
休日の午後
公園の広場を渡っていると
靴底を不意に
突き上げてくるものがある
まだ痩せた芝生の下に潜む
土の瘤
あの大震災の日にできたらしい
瘤
元に戻ることのない
大地のいびつな隆起
しこりのような
いかりのような
かたいかたまりを内にもった瘤が
あちこちに隠れていて
まっすぐ進むことができない
足裏でひとつひとつ
瘤のかたちを
その心情を
捉え　確かめながらゆこうとする
けれど

地中に渦巻く
はかり知れない激しさが
瘤を繰り返し膨張収縮させ
歩行者を混乱させる
そうこうするうちに
スニーカーを湿らせる
悲しみのようなものが
皮膚に沁みこみ　血管へ侵入し
体をめぐる
次第におぼつかなくなる両足が
わたしを
わたしの亀裂へと運んでいく

詩

Ⅲ

浜辺で

坂井 一則

1 ザイル

浜辺で
切れたザイルが落ちている
簡単には切れそうにない
丈夫なザイルが
千切れている

そのザイル
誰の意図に切られたのか
或いは己自身が生きる術を失くしたのか
千切れたザイルが無造作に
落ちている

かつて
繋ぐものと耐久性の挟間にあって
信頼し不屈し結成しあったものたち
が
今は単に無性に洗われて
無言のない
海の呻きに晒されて
轢き千切られたザイルが
浜辺に「存在」しているだけだ

海の声を聴きながら…

2 シギ（鴫）

シギの鳴く声は哀しい
シギの尾を上下に振る様の
「鴫立つや　礎残る事五十／漱石」の跡の
憐《あわ》れ波間に杭に立つ姿は
真《まこと》に潔い立ち位置だ

長い嘴で餌を挟み
やがて旅行くときを得て
越冬のために南下する

シギはおのがじし
皆　生きている

尻《しり》振りながら繰り返しを
その目眩く夢の繰り返しを
ただ強《したた》かに飛ぶ繰り返しを

シギは明日の声に生きようとする
飛び去る先を精一杯の肉体に託して
シギは鳴くのだ

皆　生きていく！

3　貝

一個の殻の内の生命

固く閉ざされた出来事を
誰が知るだろう

沈む　沈む
一つの存在
だがそれには同じ速さで
埋め行くものがあるはずだ

砂の行為
砂の意図
砂の
繰り返される眩暈の中へ
確実に沈み行くもの

貝の閉ざされた精神を
重く耐えている
砂の重さ分だけ耐えている

妖怪図鑑「妖猫」

熊谷　直樹

ちょいとごめんくださいナ
元四郎さんって方のお住まいはこちらですか
と　ある日　ひとりの御婦人がたずねて来ましたので
ひとがたずねて来るなんてめずらしいね　誰だろう……
ハイハイ　どちらさまで……　と出てみますと
失礼しますよ　いえね
あたしは裏の小唄の師匠の知り合いの者で　おみつと言います
何でもあなた　このところ毎日のように師匠のところに
出入りしているっていうじゃあありませんか
聞けば　あなたのおっかさんに会うんだとか……
……でもね　あれはあなたの本当のおっかさんじゃあなくて
おっかさんの妹　あなたの叔母さんなんですよ
ここにね
あなたの本当のおっかさんが書き遺したものがありますからね
それを渡そうと思って来たんですよ
そう言うと一通の書きつけを取り出し
元四郎さんの前に置くと
そのまま姿を消すように帰ってしまいました
元四郎さん　狐につままれた気分でその手紙を手に
ご隠居さんのところへ行って事情を話しますと　ご隠居さん
手紙を前にして　なになに　う〜ん……　とうなっています
そして　元四郎さん　これを見てごらん　歌が書いてある
恋しくば　たづね来てみよ　荏原なる
鈴なる森の　うらみ葛の葉　……とある　これはね
恋しくば　たづね来てみよ　和泉なる
信太《しのだ》の森の　うらみ葛の葉
……という古歌をふまえた本歌取りだね
元四郎さん　その御婦人が言ったことは
ひょっとしたら本当のことかも知れないよ
つまりね　お前さんの本当のおっかさんは　何か事情があって
お前さんのことが育てられなくなり　お前さんのことを
妹に託して姿を消してしまった　……ということかも知れない
何ですって……？　師匠のところにある三味線は
私のおっかさんじゃあないかも知れない……ですって……？
ああ　その話が本当のことだとしたら
おおかた　叔母さんはお前さんのことを母親の代わりに
育ててくれたんだろう　いいかい元四郎さん
お前さんのおっかさんのことも叔母さんのことも
決して恨んじゃあいけないよ
元四郎さん　何を考えたか　じっと目に涙を浮かべて
……じゃあご隠居さん　私のおとっつあんは　一体……
さぁてねぇ……　だが　ひょっとしたら
お前さんのおとっつあんは　ネコじゃあなくて
人間だったのかも知れないね
たとえばこうだ　もともとお前さんのおとっつあんは
元は歌道《かどう》に長《た》けたお武家の出かなんかだった

お前のおっかさんはたまたまそのお武家の出と知り合ったが
その方はおっかさんのことをたいそう可愛がり
おっかさんはすっかり恋に落ちてしまったのかも知れないね
おっかさんはずっとその方のことを慕い続けて
その念が凝り固まって　お前さんを身ごもってしまった
なに　そんな不思議そうな顔をしなくってもいい
昔　安房の館山の伏姫《ふせひめ》というお姫さまが
八房《やつふさ》という犬の子を身ごもった　という話が
滝沢馬琴の読本にある
もしそうだとするとおっかさんは　道ならぬ恋に思い悩んで
お前さんを妹に託して身を隠してしまったのかも知れないね
おっかさんの遺した歌の　鈴なる森　というのは
おそらく　鈴ヶ森　のことだろう
鈴が成る　と　鈴が鳴る　という掛詞になっているところや
本歌取りをしているところからして
おっかさんは相当に深く　歌道に感じたのかも知れない
それまで黙って聞いていた元四郎さんは
ご隠居さん　そんなことってあるんですかね……
と　深く息をついたのでした

どうです　不思議な話でしょう　と
どうだという顔をして我が家の化け猫が言う
オイオイ　ちょっと待ってくれよ
確か以前　お前は
元四郎さんは私の御先祖だって言っただろう？
すると何かい？　私の御先祖は
元　ネコっていうだけじゃあなくって
そのネコは人間との混血っていうことなのかい？
ハイ　そういうことになりますね
オイオイ　冗談じゃあない　いくら何でも
そこまでいくと　ちょっと眉唾もんだね　と私が言うと
そうですかね　とネコは平気な顔をして
何でそんなことがわかるんですか　と言う
何でわかるかったってあまりにも話が突拍子もないじゃないか
と私が言うと　ネコは少しもあわてるふうもなく
私の目をじっと見つめると
よく考えてごらんなさい　今のあなたの仕事は何です　と言う
仮にも他人様に古典の話を講じたり　挙げ句の果てには
こうして詩歌のようなものまで
こさえたりしているじゃあないですか？　何でですか？
何か心当たりでもあるんですか？　何　無い？　そうでしょう
あなたには心当たりがなくっても
どこかでちゃあんと定められたものっていうのがあるんですよ
とネコは諭《さと》すかのように言う
そうかね　そんなものかね　と言うと　我が家の化け猫は
そうです　そんなものです　と応え　ニッと微笑むと
私との出逢いもね　とつけ加えて腕を組み
その上にあごをのせ　じっと眼をつぶった

しかまち、かんぱち…

高柴　三聞

その場所はもともと泊の外れといっても過言ではない場所であった。古くは農村が広がっていたが時代が下るにつれ女学校や陸軍の射撃場（どちらとも今でも碑がその跡地にあって往時をしのぶことができる）があった。戦後焼け野原になったこの地域は闇市からはじまって市場と社交街と呼ばれる歓楽街のような場所を備える地に生まれ変わるのだが、それも最早昔のこととなった。市場は営むほうもお客のほうも高齢化し年々ポツンポツンと閉店した店が増えている。一方の歓楽街は新興の若者相手の居酒屋と時代からすっかり取残された置屋のような店が同じ場所に互いに無言で肩を寄せ合ってひしめき合っていた。コロナ禍の中で発令された緊急事態宣言の影響はさすがにモノレール駅前の大型スーパーこそ勢いを保てていたものの、その裏手の市場や社交街の閑散ぶりは眉を顰めたくなるような状況だった。その夜の街中を一人の男が肩で風を切るようにして歩いていた。

まるで凧のような体つきの長身の男で年の頃は五十がらみといったところで目は一重瞼で鋭かった。ピシッとスーツを着込んでいが、眼光が鋭すぎてヤクザにも見える。男は周囲を窺《うかが》うような目で街をうろついた。もっとも男は酒を呑みたいだけだなのだが。さらに言ってしまえば自分をチヤホヤしてくれるホステスさんに酌をしてもらいながらカッコつけて呑みたいだけである。わがままで気性の荒い男であったが、男に言わせれば自分が独り身なのは運命や人のせいであった。男は周囲にとろくダサい奴は軽蔑すると公言してはばからず、実際に日頃実践している。結局の所この男は酒が好きなのではなく自分をチヤホヤしてくれる所を探していたのである。すっかり人のいなくなった暗い街で凧を肩で切りながら男は歩き続けた。

ふと奇跡的に一軒のスナックの看板に明かりが灯っているのを見つけた。そわそわする気持ちで店の扉を開けると果たして男の眼前にバーの中で佇む着物姿の女が飛び込んできた。抜けるような白い肌にしっとりと濡れた瞳、ショートヘアーから覗く形の良い耳、男にとってはどこをとっても理想的としか言いようがない。顔にこそ出さなかったが、男は心の中でガッツポーズをした。早速、促されるままにカウンターに坐りおしぼりを受け取る。男がビールを注文すると女は背を向けて店の小さな台所に入った。女のうなじを見つめながら思わずニンマリと男は笑った。

よく冷やされたコップにビールが注がれる。黄金色に真っ白な泡を伴った液体が透明のコップを満たすのを見つめながら、男ははしゃぎたい気持ちを押さえた。はしゃぐのは三枚目の男のすることだ。何かキザなことでも囁いてみせようかと、女の顔に視線を戻した。

突然視線の先の女の顔が狂気をはらんだような笑い顔になった。途端に女の顔はみるみる粘土細工のようにぐにゃりと伸びてぱかりと口を開いた。その口は男の顔の三倍はあって中は真っ暗である。同時にあたりも真っ暗闇になり、男の鼻孔には何かが焼けた後に生ずる焦げた臭いと埃の臭いが殺到していた。

男は何事かわからぬまま四つん這いになって店の外に飛び出すと、そのまま気を失った。

どれくらいたっただろう、男に声をかける者があった。

「ええ、兄さんよ。あんた世の中こんなに大変なのに、いいやんべぇだねえ。私のコーヒー上げるから、おきてお家に帰りなさい。」

声の主はマスクに老眼をかけてカートを引く老婆であった。男は突っ伏していた場所から、バネ仕掛けのように立ち上がると砂利と涎塗れになった顔を拭うことなく何事か甲高い声で叫びながらまだ明けきれぬ街の中を駆けていった。すぐさま男は一度顔から転んで、四つん這いでおろおろと動き回って再びふらふらと走り出した。多分、男が常日頃言っているとろくてダサい姿そのものであったに違いない。

老婆は差し出した缶コーヒーを手にしたままどうする事も出来ず唖然としていた。老婆の視線は男の背中とちょうど男が倒れていた場所（去年火事で廃業したスナックの建物の入り口）を交互に彷徨《さまよ》った。店の前に張られていた立ち入り禁止のピケがちぎれて風に煽られてひらひらと舞っていた。

コスモス畑で

高田　一葉

日溜りに抱かれたら眠くなる
電車の中でも
会議中でも
この子を寝せたらやりたい仕事が待ってても

日溜りに抱かれたら眠くなる
眠くなりにやって来る
コスモス畑の車椅子
止まったままの赤とんぼ

日溜りに抱かれたら眠くなる
ずーと昔からそうだった
凪も小鳥も
私も時も

日なたのお腹は覚えてる
懐かしい声が呼んでてくれる
うとうとすーっと忘れても
日なたのお腹のその中へ

ふ

ふの字の音の
キスする形の唇で
ふの字の遊び年始め

福餅　福耳　太っ腹
ファイトだ　フォルテ　ファンファーレ
富士山　不死鳥　ファンタジー
褌《ふんどし》　吹っ飛び　不覚の　風神
不届き　フーテン　ふらつく　奮起
太股　ふっくら　フリフリ　ファッション
二人で　ふやける　冬の　風呂
ふかふか　布団の　夫婦の　不思議
触れる　古傷　懐《ふところ》　深く
ふうふう　吹いてた　蒸かし芋
ふと　吹っ切れる　フィニッシュ　ふわり
ふふふ　ふふふの　福笑い

放つ

譜面に残された音の形
最初の一音に
マウス　トゥ　マウス（mouth-to-mouth）
吸って　吹き込む　息

吸って吐いて　吸って吐いて
零《こぼ》れ続ける音の川
岸辺の月見草の黄色い明りに
持ち主の無くなった思い出たちの
匂いが点る

いつかのあの日が
川面に浮かび
知ってる筈の知らない時を
吸って吐いて　吸って吐いて

やがて
指揮棒が止まった先
音楽が
吸い込んだあの日を
静かに空白に放つ

狼のジョン

石川　啓

旭川市の「旭山動物園」が改築されるもう何十年も前
砂川市にいた頃　突然狼を見たくなって
スケッチブックと鉛筆を袋に入れた日曜日
とても方向音痴の私が列車で一時間程の街から旭川へ行き
バスに乗り動物園に辿り着いた
狼を目当てに探し回り見つけた
一頭だけの檻の隣りにペアの檻がある
お客がいないので
一頭の前でスケッチブックを広げた
「ジョン」という名から雄だと知った
けれどジョンというのはあまりにも犬らしくて
狼の名前としては少し哀しかった
片耳の先端がギザギザに噛み切られていて
隣りの雄とやり合った姿を思い浮かべた

ジョンは物憂げに寝そべっていた
狼なら広い草原を疾走したいだろうと考えた
視線を合わせず私を気に留めていない
どんな気持ちでいるのだろうと思いながら
絵を描き始めたがうまく描けない
もどかしい指先でぎこちない絵ができていく
どう見ても犬との区別がつかない
ギザギザの片耳が可哀想で三角形の頂点を描き足した
今思うとあるがまま描いた方が良かったと考える
そのうち親子がやってきて
小学校一・二年生くらいの男の子が私の手元を覗きこんだ
羞ずかしさで手は止まった
しばらくしてそっとスケッチブックを閉じた
お父さんと男の子がいなくなってから
二人の目の前でスケッチブックを閉じたのを申し訳なく思った

気怠《けだる》そうなジョンの眸《め》を見ているうちに
急にジョンが立ち上がり
檻の中をせわしなく左右に歩き回った
眸は一点を見つめ慕わしい感情を浮かべている
私はその視線の先を辿って振り返った
小高い場所にコンクリートの建物があって
青い上下の作業衣を着た男の人が出入りしていた
ジョンはその人の姿を追って動いていた

きっとジョンの飼育係の人なのだろう
その人に世話をしてもらう時の喜びようを想像した
「狼は力には屈しないが愛情には敏感だ」
という言葉を思い出した
狼の生態に触れたようで嬉しかった
今となってはジョンや他の狼達の詳しい毛色や
眸の色も忘れてしまったが

ジョンの眸の喜色だけは忘れない
帰途に就く間　この一日を反芻し
ジョンの退屈そうな眸と
生き生きした眸を交互に想い浮かべた

古平町の狼

もう何十年も前の話だが札幌にいた時
夏に小樽市を通り越した古平町を訪れた
知人のOさんの所用に誘われ友人の女の子と一緒に行った
Oさんが地元の人と会話をしている間私達はブラブラと歩いた
民家の横に二m四方くらいの檻を見つけた
中には犬が一頭いたので近寄った
檻の中央にシェパードを一回り小型にした犬がいた
近くで見た瞬間
シェパードではない、狼の血が入っている！と思った
まだ成獣にはなっていず　キョトンとした無我の眸《め》で私を見た
私も力を抜いてその眸を黙って見つめていた
するとトコトコ　と私の所に歩いてきて
檻の間から鼻先を突き出した
尻尾は振っていなかったが唸りもせず耳は立てたままで
眸にも殺気はなかった

しばらく見つめ合っていた後
『うん、大丈夫。もし噛まれたら自己責任。でも噛まない』
私は檻の間から手を入れ頭を撫でた
「おまえは狼系だね」
「おまえは寒い所から来たんだね」
と撫でながら話しかけた
狼は無言で温和《おとな》しく撫でられていた
相変わらず尻尾は振らず　キョトンとした眸も変わらなかった
そうこうしているうちに
「オーイ！　それ狼だぞうー!!」と
Oさんと話していた地元の人が走ってきた
聞くと犬とのハーフらしい
それを知ってより愛しくなり撫で続けた
友人は驚いていた
檻の中にいる事で
子供達が石などを投げつけませんように
この狼の仔が人間嫌いになることがありませんように
と願いながら別れた

何年も経って
俳優のキアヌ・リーヴスが出現した時
その眸に見覚えがあった
私は視点を内側に向け　頭の中に巡らした
突然思い当たった

あの古平町の狼と同じ眸なのだった
透明感のある無欲さ
懐かしい思いが湧いた
あの狼は順調に成長しただろうか
人に可愛がられただろうか

どんないきさつであの家に来たのか
何を食べて育ったのか
狼だから尻尾を振らなかったのだろうか
吠える代わりに遠吠えをしていただろうか
いろいろと思いが湧いてきた
御伽噺《おとぎばなし》のせいで狼は悪者にされているが
本当は愛情深い生き物だ
一度パートナーになると殆どが終生の仲になるという
いいパートナーを得られただろうか
子供を持っただろうか
もうとうにこの世を去ってはいるが
幸せな一生を過ごせたと思いたい

マースへ

母性溢れる黒い眸《ひとみ》の白い狼マース
その慈愛に包《くる》まれ癒される
寝ている姿に名を呼ぶと
耳をそば立てながら判断し
穏やかで適確に私の目を見てくれた
それがどれほど嬉しかったか
一度ならず三度まで私たちは交歓した
見つめあっているだけだが
テレパシーが通じたように
心の底を表した

足にあるという傷跡は判らなかった
優しいマースでも闘った時があったのか
それとも一方的に攻撃されたのか
今度会った時にはその謎を解きたい

旭山の「オオカミの森」で
上に行ったり下に行ったり　走る姿が喜ばしかった
シートンはブランカを「今まで見た狼の中で一番美しかった」
と称賛したが
マースも繊細で賢く穏やかで
映像も含めて今まで目にした狼の中で一番美しい
三ヶ月が過ぎた今でもその眸を思い浮かべると
静かな感動と優しい力が私を勇気づける
アニマルセラピーで安定し満たされる
私は笑まひ《えまい》と一緒に揺れ動く水のような心を預けると
マースの中で不純物が濾過され取り除かれる
天日で良く干されたようにフカフカになって還ってきた
まるい温もりを両腕で受け取り胸の中に収める

枯れ葉が流れる

植木　信子

何処か忘れてしまった
湯気でかすむ向こうにダルマストーブの火が燃えていた
初老の男が林檎の転がるテーブルの椅子に掛け
初老の女を見つめている
女は気づいてふっと目をそらした
　あの男は奥さんを亡くしたのね…
女は半年前に夫を亡くしていた
林檎の香が湯気のなかを漂ってきた
曇りガラスから木の枝がまるく黒く広がっていた
木の幹は堅く太く小さな人が昇り降りしている
小枝が揺れ動いていたが切り絵の黒いシルエットに見えた
暗く暮れてもシルエットの小さい人は動いていた

初冬の晴れた夕暮れ近く
枯れ葉が一枚風に流れてくる
砂遊びのようにガラスの破片を壊れかけた引き出しから
取り除いていた
茜の陽が差して君は夕の光のように微笑み
枯れ葉をつまむ
風はあたたかく傍らの木に黒いシルエットが動いて見えた
君の微笑みがやわらかくほそく差してくる

公孫樹の黄葉が夕陽に光って黄一色に敷きつめている
さくさく歩けば誰もいない
いなくなった人たちの幻に思えて空を見あげれば
半月が血に赤く膨らんでいる
信じるものがあるのならあの半月かも知れない
満ち、欠け　くり返しうまれる日
あんなにも膨らんでしっかりと血に赤く
空に半分嵌《は》め込んでいる

光明 ―如意輪観音《にょいりんかんのん》―

宮川　達二

鎌倉の森の急峻な坂道
両側に百日紅の咲く長い石段を
ひとつひとつ踏みしめて
私はゆっくりと登り切る
西の方向に開けた丘の頂上には
如意輪観音を祀《まつ》る小さな祠《ほこら》がある

六本の腕を持つ如意輪観音
蓮の台座
丸い冠
金色の首輪
端正な表情と切れ長の瞳

右膝を立て
その膝で支えた右の肘
蓮華を握る左手
頬に添えられる右手
半跏思惟像《はんかしゆいぞう》と呼ばれる悟りの姿

如意輪観音は無言で私に語る
あなたの求めるものは
すべてここにある

旅とは
遠くへ行くことではない
森を歩きながら
内なる心の旅を続けなさい

生も死も
自らが選び取ることはできない
与えられた運命に
逆らうことなく
身を託しなさい
光明はその先にある

夕暮れの時
如意輪観音の背後の
真っ赤に染まる空の照り返しに
富士山、丹沢、伊豆の山々が
シルエットとなった

星と月が夜空を彩り
如意輪観音を包み込む森に
漆黒の闇が迫りつつある

こぶしの花は咲いたけれど

榊原　敬子

夜　窓から見える風景に
思わず息をのんだ
隣家の庭いちめん
月の光を浴びて輝く白い花々
咲きはじめた頃は白木蓮かと思ったが
花びらの様子から見ると
どうやら　こぶしの花らしい
昼間に見ても美しい花だが
月の光の下で見るこの花は神秘的でさえある

夜の静けさを破る猫の鳴き声
どこからかやって来る猫達は
まるで家の主の不在を知っているかのように
すっかり我が物顔で住み着いている
その家の主は一人暮らしの高齢男性だった
脳梗塞を起こして入院し
退院後は施設に入っていたが
最近　亡くなったと聞いている

海抜百メートルに近いこの辺りは
昭和の終り頃から
急速に家が建ち始めた
だが　買物の不便さや坂道だらけの環境の為
転居する人達もあり
最近では　空き家が目立つようになった

月の光に照らされて　花は益々輝き
時折吹く風に頷くように揺れている
遠くで光る街の灯は
夜の深さを忘れたように数を増してゆく

主を失った庭で
こぶしの花は今年も咲いたけれど

マイクを置いて

外村　文象

「さよならの向こう側」を
涙ながらに歌い了《お》えて
山口百恵はマイクを舞台に置いた

四十年の歳月を得て甦る映像
若い日の笑顔　ドレス姿
しなやかな歌声　のびやかな肢体

八年間の歌手生活を了えて
結婚生活へと歩む
二時間二十分のステージ
日本武道館は満員の聴衆
二十八曲を熱唱した

素晴らしいメロディに恵まれた
幸せな歌手人生
素敵な男性に
めぐり会えて

一途に生きた彼女
二度と舞台へは戻らない
伝説のコンサート　山口百恵

時を忘れてテレビ画面を観る
純白のドレスで歌い了えて
白いマイクを舞台の中央に置いた

打ち上げ花火

今年はコロナの影響で
花火を観る機会が少なかった

予告なしに
突然打ち上げられる花火
夜空に美しい輪を描く
自主的に打ち上げられる
有志による花火
スポンサーのない自腹で
観る人を励ますために
希望の灯をともすために
例年にない信念の花火

花火の最後は

打ち上げ花火
夜空に華が開く
絶え間なく連続して
幾重にも重なって
ひまわりのように
ダリアのように
やがて果てしない闇夜
沈黙の静寂
明日のために
やすらかな眠り　深い眠り

仲秋の名月

十月一日の夜
十五夜の月を見る
夜空に浮かぶ満月
晴天に恵まれて
秋の夜空にくっきりと

しみじみと名月を眺めるのは
久しぶりのこと
この夜の月は
日本の各地から目にしている
世界中の人々も見ている
アメリカで二女の家族も
夜空を見上げているだろう

平和な日常であって
衣食住に不自由がなく
身体は健全で
幸せな暮らしがある
八十六歳の今宵
あと何年　仲秋の名月を
見ることができるだろう

西果《さいは》ての島に

志田　昌教

西果ての島に　沈む夕陽は
海に消えても　なお空を染め
白夜のように　淡い光が
海を見つめる　あなたを包む

この海が異国と　分かつのかと聞けば
いいえ繋ぐのと　応えたあなた
そして指差す　朽ち果てた船に
止むことのない　波が押し寄せる

例えば海が　悲しみならば
僕らは波に　揺らぐ小舟
例えば嵐で　散り散りになろうと
僕らの心は　海が繋ぐ
緩やかに暮れ行く　西果ての島に
いつしか二人は　身を寄せあう

夏のためらい

君の項に残る　白い襟《えり》の跡
夏はほかに　なにひとつ残さず
何処かに去った

例え唇奪って　愛を誓っても
君は僕に　なにひとつ応えず
光に溶ける

君の心は　いま何色
夕暮れの風の中に　涼む人よ
逝く秋は思い出を　穏やかに締めくくり
去年とはまた違う　君に染め変えていく
この僕の眼差しに　君は気づくことなく
変わるよ留まらず　巡る季節のように

ママへのレクイエム

ママ　ママ　終わったね
哀しい人生
ママ　ママ　安らかな
笑顔に満ちて
ママ　ママ　自由かい
今いる場所は
ママ　ママ　光あれ
静かに眠れ

ママ　ママ　何ゆえの
咎《とが》なんだろう
ママ　ママ　癒やし得ぬ
病を背負い
ママ　ママ　その日から
光を失くし
ママ　ママ　暗闇に
怯《おび》えて狂う

ママ　ママ　僕だって
疲れていたんだ
ママ　ママ　人知れず
幾度泣いたろう

ママ　ママ
遣り場ない　怒りをぶつけ
ママ　ママ　ごめんよね
赦《ゆる》しておくれ

ママ　ママ　さようなら
生きてるときには
ママ　ママ　忘れてた
笑顔に満ちて
ママ　ママ　巡りくる
輪廻《りんね》があれば
ママ　ママ　今度こそ
幸せになれ

岩

酒井　力

空にむかって
そそりたつ岩がある

億年の歴史を秘め
空のはてをみつめているようだ

雨がとおりすぎ
やがて頭上をゆっくりと
渡っていく時間に
肌はにぶく照り返し
かすかに孤影をとどめはするが
何ひとつ
まわりでは起きなかった
――ときおり訪れる山の訪問者をのぞいては

人里からへだたって
身を隠すように押し黙ったまま
巨体は
悠然とそこに息づいていた

いまは寂《しず》かさという
生き方に身をゆだね
心音をとぎすませ
――彼は待ちつづけるのだ

はるか宇宙の果てから
飛来した隕石の
つい昨日のことのように
鮮明なその記憶のふちを破って

やがて空からおとずれる
巨大な光が
共鳴し
新たにみずからを再生する
その瞬間《とき》を

（Ｎ）ＭＲＩ（核磁気共鳴映像法）

不意に視野が揺れ
吐き気を催し
直立歩行が困難になった

緊急入院をし
集中治療を受ける

体温
血圧　血糖値
視座が安定せず
ひとみがかすかにゆれる
頭の中がもあんと霞む

車椅子で移動し
ＣＴ検査の後
ＭＲＩ検査室にはいる

ギーギー　ギーギー　ギギー
ギュイーン　ギュイーン
グアーン　クアーン　グアーン
ビュアーン　カーン　ビュアーン　カーン
・・・・・・・・・

頭脳の中心部に
ＵＦＯからの攻撃を受けたような衝撃が
全身を震わせる
――もう耐えられない
いや何とか……なる
苦闘の二十分
未知の空間から無事生還する

原因は脳梗塞ではなく
三半規管にウィルスが侵入したため
結局その日から九日間
点滴治療によって完治した

＊（Ｎ）ＭＲＩ（核磁気共鳴映像法）……穴を開けた大きな磁石のついた装置の中に入り磁力を外から働きかけることで、体を構成する水素原子が小さい磁石として働くようになる性質を用い、画像が撮れる原理を用いた画期的な検査。

思いの糸

大城　静子

傘寿《さんじゅ》から先の道のりは
何がおきるかわからないので
自分をしっかり見詰めて
黙黙と歩くのがいい

口は小さく
耳の葉は少し立て
家族に邪魔にならぬように
壁に沿うて歩くのがいい

老同士の立ち話には
耳の葉傾けて
いろいろな世間話を聞き
日記の種にするのがいい

公園のベンチで
泣きそうな老女を見かけたら
やさしく声をかけて
話を聞いてあげるのがいい

高年同士
袖ふり合えば
長寿の果報をよろこび
励まし合うのがいい

転んだ老い人を見かけたら
声をかけてはげまし
もしも立てない時は
救急車を呼んであげるのがいい

現世とのお別れは
いつのことかわからないので
時がくるまでは自分に負けず
黙黙と歩くのがいい

雨の降る夜は
さみしさを運んでくるので
思いの糸を手繰《たぐ》りつつ
夢路を辿るのがいい

無題の腸詰5（六篇）

福山　重博

（二五）

コップに注がれる
ミルクの白
を描くインクの
黒

（二六）

不完全燃焼の
夕暮れ
前世の記憶を秋の風が
かきまぜる

（二七）

赤い鼻に悩む
トナカイ
鬱に傾いて見つめる
紅い花

（二八）

坂の上に
雲はないけど青空に
雑煮の餅が
のびてちぎれて白い鳩

（二九）

廃屋に
今年も届く年賀状
みんな　ぼくが
死んだことを忘れてる

（三〇）

くりかえされる
負の歴史
切っても切っても
金太郎

橋を渡る

水崎　野里子

橋を渡った
起伏がいくつもある橋
ひとつ　山を越えれば　また一つ
天に上がれば　地に落ちる
上がって　下りて　また上がる

幾度か繰り返せば　橋の向こう
今度は引き返す　上がる　沈む
錦帯橋の造りは　頑強だ
下駄で上がれば　下駄音が響く
きっちりと組まれた　木材の橋

真ん中で立ち止まる
河が流れる　川風に吹かれ
橋を渡る
あの世とこの世を結ぶ橋
行ったり来たり　あの世とこの世

錦川の名前が浮かぶ
錦はどこだ？季節は遅い春
紅葉と黄色い楓の織り成す錦
それは　今は　夢
川風は寒い

半円形の起伏の橋
うまく登らないと　滑り落ちる
この世から　地獄へ
山あり谷あり　橋は帯
錦川は帯　唐の錦の夢を纏う

向こう側の橋のたもとで　城を見上げた
こちら側の橋のたもとで　鮎の塩焼きを食べた
薄く　帯のように切り裂いた卵焼きも
寿司飯にのる　岩国の寿司
私は金色の帯を喰う

錦帯橋の思い出　岩国の思い出
東京から飛んだ飛行機は　岩国基地に着陸
御庄博美と最後の出会い
徳永節夫は車で来た
私の飛行機は　弓型の橋の形に飛んだ
基地から　遠く　錦帯橋は私を乗せて
川風に吹かれる帯　私は帯を解く
天に投げる

橋の上の人は　誰だ？
今もなお　動かない　じっと立っている
あの人は　誰だ？

反歌／橋の上帯を結ばむ錦帯の神の錦はいまだ見えむも

俳句・短歌

俳句や詩歌にとって持続可能性とは
――『地球の生物多様性詩歌集』公募に寄せて

鈴木　光影

地球・ウイルス・人間

新型コロナウイルス感染症の流行が続いている。本誌が刊行される約一年前の三月二十四日、安倍前総理は、二〇二〇年夏に開催予定だった東京五輪の一年延期を発表し、「人類が新型コロナウイルス感染症に打ち勝った証しとして、完全な形で東京オリンピック・パラリンピックを開催する」と宣言した。またその後を受けた菅総理もほぼ同じ言葉を繰り返した。

ウイルスから人類に仕掛けられた戦争のように、それに「打ち勝つ」という人の意識は、自分達だけがただ生き延びることを今生の目的とするならば、至極妥当であろう。しかし、地球という資源の限られた惑星に共生する生物の一種であると想像を転換すれば、その言葉がいかに人間中心主義に囚われた世界認識であるかが露呈するだろう。コロナ禍のさ中、世界三十カ国以上で出版され読まれたエッセイ集の中で、イタリア人小説家は次のように述べていた。

ウイルスは、細菌に菌類、原生動物と並び、環境破壊が生んだ多くの難民の一部だ。自己中心的な世界観を少しでも脇に置くことができれば、新しい微生物が人間を探すのではなく、僕らのほうが彼らを巣から引っ張り出しているのがわかるはずだ。

増え続ける食糧需要が、手を出さずにおけばよかった動物を食べる方向に無数の人々を導く。たとえばアフリカ東部では、絶滅が危惧される野生動物の肉の消費量が増えており、そのなかにはコウモリもいる。同地域のコウモリは不運なことにエボラウイルスの貯蔵タンクでもある。

コウモリとゴリラ――エボラはゴリラから簡単に人間へ伝染する――の接触は、木になる果実の過剰な豊作が原因とみなされている。豊作の原因は、ますます頻繁になっている豪雨と干ばつの激しく交互する異常気象で、異常気象の原因は温暖化による気象変動で、さらにその原因は……。

頭がくらくらする話だ。原因と結果の致命的連鎖。しかしほかにいくらでもあるこの手の連鎖は、以前に増して多くのひとが考えるべき喫緊の課題となっている。なぜならそれらの連鎖の果てには、また新たな、今回のウイルスよりも恐ろしい感染症のパンデミックが待っているかもしれないからだ。そして連鎖のきっかけとなった遠因には必ずなんらかのかたちで人間がおり、僕らのあらゆる行動が関係しているからだ。

（パオロジョルダーノ『コロナの時代の僕ら』早川書房）

直面する持続可能性の危機

二〇一六年、気候変動対策の国際枠組み「パリ協定」は、長期目標として気温上昇を産業革命前に比べて二度未満に抑えることを目指し（これまで既に約一度地球を温暖化させたと推定される）、可能なら一・五度に抑えるという努力目標を掲げた。しかし、国際的な専門家らによる機関、国連気候変動に関する政府間パネル（ＩＰＣＣ）が二〇一八年に公表した「一・五度特別報告書」によると、近年にみられる進行速度で続けば、二〇三〇年から二〇五二年の間に一・五℃に達する可能性が高い。世界の潮流に押されるように、菅総理は昨年十月の所信表明演説で、二〇五〇年までの温室効果ガス実質排出ゼロをめざすと宣言した。Youtubeで「グレタ・トゥーンベリ」を検索すれば、スウェーデン出身の十八歳の環境活動家の次のような切実な訴えを視聴することができる。

もしあなたが現在の世界最先端とされている科学的知識に耳を傾ければ、気候と生態系の危機は、システムの変革なしでは解決できないことがわかります。／それはもはや「意見」ではありません。／「事実」です。／気候危機は、より大きな持続可能性の危機の一部に過ぎません。／長い間、私たちは自然から距離を置き、唯一の故郷である地球を酷使してきました。明日のことなどお構いなしに生きてきました。／現在のＣＯ$_2$排出量では、一・五度以下に気温上昇を止めるために、残された排出可能なＣＯ$_2$の量は七年後には完全に消えてしまいます。／二〇三〇年や二〇五〇年の目標を達成するずっと前に、手遅れになります。

（グレタ・トゥーンベリ「Hope」日本語字幕　Fridays For Future Japan）

一・五度という目標を決めたところで、「システムの変革」が無ければ、達成への実現性は危うい。このようなグレタの地球の危機に警鐘を鳴らす言動に対して、インターネットの一部の匿名者からは、冷笑的なコメントが投稿されている。グレタが依拠しているのは科学的「事実」で、近い将来に環境被害が彼ら自身にふりかかり、その冷笑が凍りついてしまうかもしれないにも関わらず。若年者にこれまでの自分の常識を否定される屈辱感か、そもそも現実を受け入れられないのだろうか。

ＳＤＧｓという広告的戦略と生物多様性

二〇一五年、国連加盟の一九三カ国すべてが賛同した国際目標がＳＤＧｓ（Sustainable Development Goals）（持続可能な開発目標）だ。ＳＤＧｓは、十七の目標（ヴィジョン）と一六九のターゲット（達成を目指す年や数値など具体的な到達目標）から成る。カラフルなアイコンが印象的で、最近企業活動など様々な場面で目にする［図1］。なお、このアイコンを作ったのはスウェーデンのデザイナーで、各アイコンの標語の日本語化を手がけたのは博報堂

図１

のコピーライターだ。ＳＤＧｓは市民向けのコミュニケーション戦略であり、ヴィジュアルや惹句によって印象づけ、ターゲットをある一定方向へ動かそうとする意味において広告的である。

このＳＤＧｓが画期的なのは、全ての国連加盟国が互いの利害関係を越えて未来のかたちを合意したものである点と、経済・社会・環境の三側面を調和させることを目的としたものである点だという。また〝持続可能な開発〟の定義は「現在および将来の世代の人類の繁栄が依存している地球の生命維持システムを保護しつつ、現在の世代の欲求を満足させるような開発」という。（参考　蟹江憲史『ＳＤＧｓ（持続可能な開発目標）』中公新書）ＳＤＧｓの目標は二〇三〇年の達成を目指す。既に時限のストップウォッチは押されている。

持続可能な未来に向けて明るい希望のようにも見えるこのＳＤＧｓに対して「アリバイ作り」「大衆のアヘン」であると批判的な意見もある。斎藤幸平は『人新世の「資本論」』（集英社新書）で、世界が資本主義の仕組みで回っている限り、資本は増殖を止めず、無限の略奪（先進国が発展途上国から、そして地球の自然から）を繰り返し、危機的状況は進行し続けるという。斎藤は、その破滅の道から脱し持続可能な未来社会のために、市民レベルの「コモン（公的領域）」を立ち上げ、ポスト資本主義世界への変革を提案している。ＳＤＧｓのような企業、国家レベルの目標を立て、進めるのは――「エコ」な気分の消費で終らないのであれば――いい。しかし、それを資本や政治の「アリバイ」にせず、市民個人個人（特に物質的に豊かな人々こそ）が、地球の危機を知り、意識変革をして行動につなげてゆく必要があるだろう。

地球の持続可能性において「生物多様性」も大きなキーワードである。一九九三年に国連環境開発会議で発行した「生物多様性条約」は、その目的として「1、生物の多様性の保全」「2、生物の多様性の持続可能な利用」「3、遺伝資源の利用から生じる利益の公正かつ衡平な配分」を挙げている。また高橋進『生物多様性を問いなおす』（ちくま新書）によると、生物多様性保全には次の二つのアプローチがある。

種や遺伝子を医薬品や食料品などの生物資源として直接的に利用することから生じる価値「生物資源保全アプローチ」と、大気や水の浄化、水循環や土壌生産力などの改善など人類の生存基盤となるような生態系からの間接的な価値「生命保持機構保全」アプローチである。そのような考えは人類が生き延びるために現実的である半面、私にはこのようなアプローチや、生物多様性条約もまた、人間中心主義的思想の産物であるように思える。

高橋は、これらでは計れない「倫理的な価値」を加える考えもあるとし、人間は自然の支配者ではなく一員であるべきだとして次のように続ける。

自然界は、多くの生物種によって構成された生態系の方が健全である（略）生物学における「共生（symbiosis）」では、二種以上の生物種がお互いに利益を受けながら、いわば助け合いの中で生活している関係を示す「相利共生」

と、片方だけが利益を受ける「片利共生」とがある。これまで人間は、一方的に自然界から恩恵を受ける「片利共生」ではなかっただろうか。人間が一方的に享受してきた恩恵を自然界にも還元する「相利共生」の関係にまで高めることを目指す必要がある。

（前掲書『生物多様性を問いなおす』）

俳句と持続可能性

さて、本論の半分以上を俳句や詩歌と関係のない話題を連ねてきたが、最後に、これまでの持続可能性や生物多様性という社会的な課題と、季節や自然を詠う文芸である俳句や詩歌がいかに関わりうるかについて考えてみたい。現代俳句においても典型的な俳句の形である有季定型を定着させた高浜虚子は、『俳句とはどんなものか』（角川ソフィア文庫）で次の様に断言する。「俳句はこの時候の変化につれて起ってくるいろいろの現象を諷《うた》う文学であります」。時候の変化とはつまり、春夏秋冬の四季の循環であろう。虚子が生きたのは一八七四～一九五九年。世界のCO_2排出量が増え始めたのは産業革命（一七六〇～一八四〇年頃）以後で、さらにそのグラフの角度が急激に上がるのは第二次世界大戦後だ［図2］。虚子がいう時候の変化は毎年定常的に繰り返す変化だろうが、今我々世代の人類が直面しているのは、放っておいたら不可逆的となってしまう変化だ。異常気象やコロナ禍、さらには原発被害も含め、人間の生命活動に端を発する、循環的な季節の変化を享受できない「非俳句的」状況が実際に起こり始めている。

図2

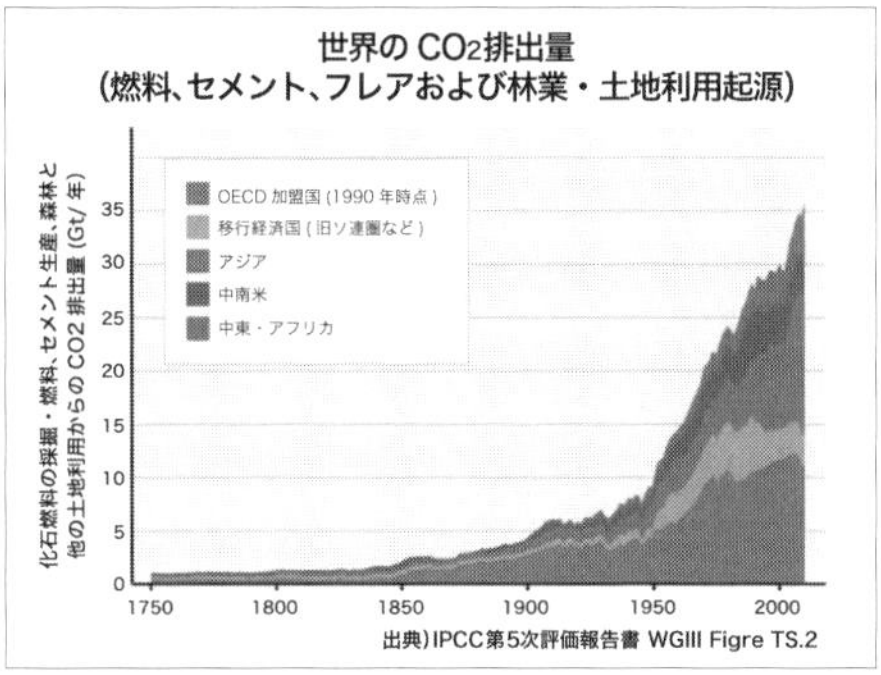

出典）IPCC第5次評価報告書 WGIII Figre TS.2

また虚子は前掲書で次のようにもいう。「私共は常に、自然の、偉大で創造的で変化に富んでいることに驚嘆するのであります。その自然に比べると人間の頭は小さくて単調なものであります。（略）変化のある新しいことを見出すのには自然を十分に観察し研究する必要がある、この自然の観察研究からくる句作法を私共は写生と呼んでいるのであります」。

虚子のこのような人間を低めて自然を高めそこに驚き賛嘆する姿勢は、「生物多様性」の理念にも合致するだろう。そしてこれは、季語を必須とする有季の俳句作家の根底にある理念であろう。

この虚子が俳句の創始者と呼んだ松尾芭蕉（一六四四～一六九四年）が生きたのは、もちろん産業革命以前だ。紀行文『笈の小文』の有名な一節を引く。

西行の和歌における、宗祇の連歌における、雪舟の絵における、利休が茶における、其《その》貫道する物は一なり。しかも風雅におけるもの、造化にしたがひて四時《しいじ》を友とす。見る処《ところ》花にあらずといふ事なし。おもふ所月にあらずといふ事なし。像《かたち》、花にあらざる時は夷狄《いてき》にひとし。心花にあらざる時は鳥獣に類す。夷狄を出《いで》、鳥獣を離れて、造化にしたがひ、造化にかへれとなり。

「四時」とは四季であり、虚子の言う「時候の変化」であろう。そして「造化」とは、中国の古典『荘子』大宗師篇で最初に使われた言葉で、そこでの使われ方は「万物の生死の変化を無限にくりかえさせる偉大な自然の働きのこと」（参考　森三樹三郎『無の思想』講談社学術文庫）である。山本健吉は「芭蕉は造化を、造物主によって作り出された森羅万象という意味においてより、森羅万象が無限に生滅変転して行く、その推移の意味に傾いている」（山本健吉『いのちとかたち―日本美の源を探る―』新潮社）という。芭蕉、そして虚子の俳句観は、世界が形を変えつつも「持続可能」であることが前提とされている。

ただしかし、花や月のような風雅の美から外れるものを「夷狄」（野蛮人）や「鳥獣」と分別して排除することは、本来的な全的な造化と矛盾しないだろうか。また虚子の「観察研究」という姿勢にも、自然をあくまで対象化して人間中心の視点を離れないところに、同様の違和感を覚えてしまう。

俳句には自然や造化が根本思想にある一面、俳人を、四季絶対化や風雅至上主義の思考停止サイクルに誘う危うい一面もあるのではないだろうか。世界環境が悪化し四季が壊れ生物が絶滅していくのに目をつむり、歳時記上の季語に縋って句を量産していてはあまりにも悲しい。

前掲の書で山本健吉は、日本人の芸術観の底にある日本人の自然観、思想として次のようにいう。

すべてのものに精霊《スピリット》のようなものを考え、日本ではそれは八百万の神々と言われる。すべての生き物をはじめ、山、川、森、海はもとより、風にも雨にも雷にも、竈にも厨にも屋根にも、石にも武器にも衣類にも装飾にも調度品にも、すべて「いのち」の所在を考える。（略）世界を人間中心に考えない。人間も含めて、万物を等しく生きたものとして「縁」すなわち相関連する道理において、その共存を考えるのである。（前掲書『いのちとかたち』）

前進を止めない文明社会の中にいて、このようなアニミズム精神の復興を説くのは、虚しいことだろうか？　否、現在を生きながら資本主義システムの限界をうすうす感じ取っている若者は多い。そして、何より世界最短の自然文学、俳句がある。俳句はその根本に「生物多様性」の思想を宿した文学であり、森羅万象に「いのち」の所在を見、万物の共生を志向し一句が立ち上がる時、真に豊かで持続可能な人類文明の精神的支柱の詩となりうるのではないだろうか。地球の持続可能性に対して、俳句や詩歌にしかできない関わり方が、言葉が、あるはずだ。

現在公募中の『地球の生物多様性詩歌集―生態系への友愛を共有するために』（公募趣意書は本書312頁）へのご参加をお待ちしております。

花にあそぶ虻な喰《くら》ひそ友雀　芭蕉

檸檬

中原　かな

おひとりでそれがどうした檸檬切る
花茣蓙に助六寿司の残りけり
水仙花夕日明かりの岸沿いに
金魚玉買いに古町坂越えて
面売りと風船売りの立ち話
春愁もかれ果て油屋店たたむ
荒梅雨の縄で括りし屋台かな
遠足へあちちあちちと握り飯
料理屋の蹲割れて寒椿
時雨るるや海抜0の町灯り
鯛や露西亜仕込みのシェフ境界に
缶蹴りの缶は何処に暮れの秋
ご本家の守銭奴あるじ春埃
柚子釜や私失敗だらけです
沢に散る人もありけり峰の月
凩の居場所を探す母の里
虫売りの行灯暗し川の町
冬薔薇嘘も真もほどほどに
前栽に雪降り積むや夜半の家
天秤の均衡崩す春の月
文月の昔語りを飛行機雲
銀漢や時計職人眼を凝らす

星辰

原　詩夏至

友ひとり鬼灯市に見失ふ

薄れゆきつつ虹今も雨上がり

兄ちゃんと遠くきみ呼ぶ蟬の森

傘傾げをり星合の夜の雨に

冷奴端より崩し病気がち

炎昼の空燃え過ぎて黝《あをぐろ》く

色鯉のかほ迫り来て遂に泛く

それを見に来しにあらねど遠花火

橋脚の殊に輝か秋の虹

夕空に鳴り秋蟬の死のアリア

鵙叫ぶとき瘡蓋《かさぶた》を剝ぐ痛み

赤とんぼ去りて一人の物思ひ

蛇穴に入り神天《そら》にひとりきり

童貞のまま来世へ鉦叩

鰯雲美《は》し目は空に吸はれしまま

論《あげつら》ふこゑ地に空に稲光

星辰の巡りの如く去年今年

その巡りのみ陽の栄光《さかえ》冬薔薇《さうび》

寒夜こゑなくウィルスも人間も

挽歌《ひきうた》に似て氷原の軍歌《いくさうた》

秋の物語

松本　高直

黄蝶舞う暗き歴史の木戸の前
初嵐暴論吐いて北上す
金木犀砂金となって散りしきる
里山の紅葉が隠す来し方を
斑《ぶち》犬が腹見せ眠る小春空
掃き寄せて落葉と燃やす免罪符
占い師開く手札は凶ばかり
老いらくの恋と冷やかす虎落笛
軒下に陰嚢《ふぐり》みたいな吊し柿
疫病が南瓜の角灯《ランタン》下げ回る
外つ国の選挙噯えば鏡も笑う

虫の音を王女の鼾が掻き乱す
恋人の語らい歯痒い社会的距離
流星雨萎えた心に降り注ぐ
秋日浴び熟れ柿突く山烏
化け猫も鏡花も縁で昼寝する
夕雲が黄金《こがね》を喰らう秋の暮れ
茜雲滅びの美学が雲染める
二兎を追う宰相虚し首都の冬
裸木と問答続く旧街道
季語もなく鬼も笑わぬ理想郷《ユートピア》
切り札を犬がくわえて春を待つ

思い出保存棚

岡田　美幸

梅ジュース作り近所で流行す
梅雨前の貴重な晴れ日お弁当
梅雨明けて宿の波音冴え返る
桃パフェの終わりのソースなお甘し
夕立で雨宿りした金曜日
地下鉄の迷い蜻蛉は帰れたか
ご当地のプリンを食べる秋の旅
山間の町を秋雲蓋をせり
山寺に我が物顔の彼岸花
山肌に霞湧き立つ旅の窓
銀杏を土産に買ってバスの旅
人として生きていきたい神無月
コンクリの蔓植物も紅葉す
三つ首の矢車菊の阿修羅かな
色むらのない秋空に雲はなし
山神の心のままに紅葉ふる
掃く人の無くて落葉積もる道
電飾の聖樹見たくて寄り道す
厳冬の保護猫カフェに相談者
ずたずたの自画像ひとつ冬の椅子
冬薔薇の佇む花屋特売日
寒月のさやけく澄むや帰り道

冬俳句2020年

水崎　野里子

黒き無のブラックホールに太陽爆発
無人星二億年過ぐどこか？地球か？
光飛ぶダイヤモンドのわれも破片に
われコロナ宝冠被りて噛ひ響かせ
われ不死身ワクチン無力よ世界制覇す
寒いからネコちゃん三匹マフラーに
ネコ会議冬は寒くて床下で丸くなり
銀河ゆく鉄道冬はコロナ線
ゆく当ても止まる駅なくどこまでも
歩みゆくロシアンブルーのネコ毛皮

川柳丑・二〇二一年干支を祝ひて

われはウシ　ぐふたら反芻　昼飯時間
急がずに　車よ停まれ　時ぞゆるやか
のんびりと　生きるがわれの　ならひなる
息子ウシ　共に道草　のんびりと
太陽も　負けず長閑に　われら待つ
われ喰ふな　われ黒牛ぞ　印度なる神
日の本の　われこそ会津の　あかべこなりし
べこと云へ　民のためなる　われの働き
わが乳は　仔牛ばかりか　民ぞやしなふ
われかぐや　月から牛車　妻恋に

不発弾

福山　重博

だまりこむ八月のふうりん犬あえぐ
日々増えてゆく更地まだつづく夏
陽は病んで渇く魚の晩夏かな
息絶える犬たそがれの青りんご
妻のうそ夫のためいき秋の風
秋の蚊や庭のトマトが赤すぎる
満月や笑顔の仮面の静かな亀裂
望月や装幀不満なニーチェ読む
シャンパンの泡を知らない秋の蝶
欲望の残骸に白い鳩群れる夜
鏡の国の荒地やカラスの足あと深し
行く秋や砂が埋めつくす少年期
王様は今日も裸だ文化の日
過去からの友のあしおと憂国忌
冬蜂や朽ちる陽だまりの乳母車
地の果ての薔薇のつぼみや冬の蠅
箱舟を知らない鳩が明日も飛ぶ
ゴミの日や鳩が弄ぶ不発弾
カラス啼く陽だまり深き落とし穴
狐火や廃屋に残る松葉杖
病む街や仮想現実の冬銀河
ゆっくりと毒がまわって除夜の鐘

霜夜行

鈴木　光影

マスクして哀しき眼《まなこ》分かち合ふ
北風と深海いつか交はらめ
寒風や我一本の筒であり
狐火や電話ボックスとうめいに
群衆の一人と化して冬ぬくし
冴ゆる夜をイルミネーション折り返す
産声は此の世を斬りぬ憂国忌
冬銀河みな沈黙の言葉持ち
冬の星その一隅の時を止め
牡蠣しろく震へて唇に迎へらる
蹴り上げしかかとひらひらか雪女

根元よりスカイツリーの枯れてゐし
ラガーマン綿虫と掌を広げたり
人は未だ飛べず霜夜を逃げ続け
被曝牛の眼の中にゐて氷りをり
フレコンバッグ呑みて光の山眠る
冬菫旅の終はりの音に似て
白猫のひなたひろげて日向ぼこ
イヤホンの外側の音冬深し
初日の出渚に朱を塗り重ね
筆始まづは余白の決まりけり
なまはげのまこと清しく怒りけり

Turning off
house lights
the stars brighten

電燈を
消せば星々
金色ピカピカ

Starlight traveling
from so far away
to charm us

星光る
遠き旅路の
果ての美よ

Stargazer Lilies
a universe of fragrance
fills the room

スターゲイザー百合の花
宇宙の香り
部屋に満つ

Old geezers –
what we called them before
we became them

爺婆と
かつて呼びしも
今われら

Anniversary –
fifty-three years gone by
in a flash

記念日や
五十三年
矢の如し

Eating ice cream
with our grandchildren –
Kona breakfast

孫たちと
ホテルの朝食
アイスクリーム

Simplify –
discard all but the essential
hold tight to love

限りなく
余計捨て去り
愛だけに

The past stretches back
the future uncertain –
the sound of your heart

過去背後
未来不確か
心音高く

The most important
election of our lifetimes –
the planet's future

大事なる
われらの選挙
地球の未来

Boxcars on a hill –
not going, not going
nowhere

丘に貨車
どこへも行かず
行けません

The sun rises
above the mountains
as the earth rolls on

山の上
地球は自転
陽は昇る

9 ／ 14 ／ 20　夏から秋へ

I

From 102 Summer Haiku (2)
by David Krieger
Translated by Noriko Mizusaki

夏俳句１０２吟より（２）
デイヴィッド・クリーガー作
水崎野里子日本語訳

Schoolyard bully – who are you trying to scare with your missile test?	いじめっこ ミサイル実験 誰威嚇？
Seeking beauty so exquisite it's excruciatin	至高の美 追及するも 狂気沙汰
An old couple holding hands like young lovers	老夫婦 若き日のごと 手をつなぎ
The magical house on Shawnee Road – four stories	魔法館 ショーニー通り 四階の家
A war to end all wars – they always say so	戦《いくさ》する 絶滅のため いつも聞く
Nothing is forever not the sun, not the stars not even the universe	太陽も 星も宇宙も 永久《とわ》でなく
Reading Lao Tzu at breakfast – a bowl of paradox	朝食に 逆説サラダの 老子読む
Hummingbirds – hovering like seahorses treading air	ハチドリは 宙で羽ばたく タツノオトシゴ
Gazing at stars light years away yet so close to you	星を見る 近く見えしも 光年彼方

Sad squirrel –
the circus left town
without you

リス哀れ
サーカス去りぬ
君置いて

The full moon
appeared in all its glory –
luminous lunacy

満月や
栄光輝き
狂ふほど

Sweet memories –
riding my pony bareback
through the apple orchard

思い出や
仔馬で抜けし
林檎畑

You and I
are among the fortunate –
growing old together

君と僕
なんてしあわせ
共に老ひ

Five large onions
on a cobalt blue plate
waiting to sizzle

玉葱や
料理を待って
青い皿上

Sprays of white orchids
on a soundless piano –
silent harmony

白き蘭
鳴らないピアノ
沈黙の和

No matter what we do
to the earth and each othe
the full moon returns

われら何
為そうと満月
戻り来る

II
11 ／ 25 ／ 20
Autumn Haiku

II
11 ／ 25 ／ 20
秋俳句

Poetry and peace –
they embrace each other
as dear old friends

詩と平和
いつも一緒の
友なりし

The ominous air
tinted with ash and fire –
no day for a walk

空怪し
炎と灰の
色に染む

A friend brings us
home-made banana bread –
still warm from the oven

友くれし
手作りホカホカ
バナナパン

A warm summer day –
the sun dips into the ocean
with barely a splash

暑き日や
太陽海に
禊かな

Social isolation
I find myself talking
to our fluffy dog

ソーシアルディスタンス
われ話しかけ
ムク犬に

A white butterfly
fluttering in our garden
like Tinkerbell

妖精や
庭に羽ばたく
白き蝶

One hundred seconds
to midnight – time to save
our only planet

真夜中に
百秒付けたし
わが星救え

In this election
vote as though the very future
were at stake

この選挙
未来を賭けて
投票へ

Sand is
silently slipping
through the hour glass

砂時計
音なく落ちる
時の砂

The moon –
nowhere to be seen
this dark night

月いずこ
どこにも見えぬ
闇の夜

Suddenly
it appears –
the moon

突然に
現れ出づる
空の月

Haunting sounds –
the priest of nothingness
plays his bamboo flute

忘られず
虚無僧の吹く
尺八の音

Watermelon –
so crisp and sweet
this summer day

西瓜甘し
取り立ての味
夏の日や

Two-day old
gardenia blossoms
starting to yellow

くちなしの
花の咲きしが
すぐ黄ばみ

Walls of fire rise up
earth grows ever warmer
midnight draws closer

風熱く
火の壁立ちて
夜深く

Transformation –
a field of bright sunflowers
where missiles once lurked

変化しつ
ひまわり畑に
ミサイルの基地

She wore flower leis
for her 75th birthday –
and an elegant smile

花のレイ
七十五歳の
誕生祝

Tree work –
cutting out dead branches
to open the sky

木の仕事
枯れ枝刈れば
空開く

Trying to capture
the great soul of peace
with a gentle word

つかまえよ
やさし言葉で
和のこころ

Betrayal –
a new generation turns
its back on the past

裏切りや
新し世代
過去を無視

Making peace
is difficult – living peace
almost impossible

むずかしは
平和の作り
その暮らし

A gathering of crows
in a twisted old oak tree –
autumn dusk

カラス群れ
曲がりし樫に
秋の夕暮

「コールサック104号」の俳句短歌欄を読んで

木幡　忠文

　普段私たちが自然の中を歩いていると、ふっと心の琴線に触れる景色や出来事がある。俳句や短歌を読んでいるときも同じで、ふっと気になるフレーズに出合う。その時、そのまま読み流してしまっても良いのかもしれないのだけれど、少し立ち止まって「一体ここの何が自分を引き付けたのだろう」と考えてみると、思いもしない発見や解釈に出会う。視覚では認知できない景色や、大きな時間が隠れていたりもする。そのたびに、驚きとともに、わくわくした感じを体験する。コールサック誌に掲載されている作品は、そのような作品が多い。前号にも良い俳句や短歌があったので、いくつか紹介したい。

　鈴虫の声がたゆたう人工庭園　　松本　高直

　人工の自然に本物の自然が混ざり合った句。自然はしなやかだ。いくら人工物を作っても、少しずつ元の自然へと戻してしまう。この句も同じ。最初は人工庭園の中に、小動物の声など無かったはずだが、いつのころからか鈴虫の声も聞こえるようになってきた。さりげない日常の一片を詠んでいるのだけれど、自然が織りなす、大きくて長い時間の流れを感じることができる。

　終戦日なにも映っていない鏡　　福山　重博

　何も映っていないのは何故か。何も映っていない鏡がどうしたのか。ここでは何も言っていない。何も言っていないけれど「終戦日」という言葉が置かれていることで、物語が紡がれる。例えば私は遺品としての鏡を想像した。そこには自分や戦後の平和な景色が映っているが、鏡の持ち主であった大切な人は二度と映らない。いくら平和な世界が映っていても、それでは何も映っていないのと同じではないか。そのような寂しさを句の中に感じた。

　蜥蜴尾を持たれ暴れてゐる静寂　　原　詩夏至

「静寂」は、周りの自然を指しているように感じる。動物は、死を前にしたときに恐怖にかられる。しかし、動物以外の自然は死に対して何も感じない。花は散る時に、自身の細胞を殺めて花びらを散らすが、花の一枚一枚はさんざめくことも無くひたすら静かだ。周囲が静かであればあるほど、死に抗う動物の姿が、哀れに感じる。

　天高し天馬の羽のような雲　　岡田　美幸

　秋の澄み渡った空の中に雲がある、という当たり前といえば当たり前の景。しかしこの句を読むと、空の高さだけでなく、広さまでも感じられる。「天馬の羽」の語で、大空の躍動感までも見事に表現されている。ただの一語で、これほどまでに景が広がるのかと思う。俳句というものの表現の可能性の大きさも感じた。

　いま風のしんがりにをり花芒　　鈴木　光影

芒原の景色の中に、風の姿が浮かび上がっている。風が走り去り、しんがりの後を花芒が揺れ戻る。やわらかで美しい景が広がる。ただこの句は、美しい景色を描いただけでなく、（風と言う）見えないものを描き出すことに成功している。

バス窓を叩く激しさ外見えず　水崎　野里子

句を詠んだほとんどの人が、激し雨が打ち付けるバスの中に、作者がいることを思い浮かべるだろう。雨という単語も、濡れるといった関連語も入れずに、読者に想像させる上手さがある。句が終わった瞬間に、小さな鉄の箱の中にただ一人。周りは雨音ばかりの世界。そんな世界に迷い込んだような錯覚が生じる。

杏ジャムとろとろ煮しめ愛に混ぜ　デイヴィッド・クリーガー

愛は甘くて、とろけるようだ。そのようなことを直接言っているわけではないが、言っているように感じる。言葉の取り合わせが上手で、かつ新鮮である。「愛に混ぜる」という能動的な言葉にもセンスの高さを感じる。

虫の声落葉の音にも馴染みつつ恋歌書こうか白髪撫でつつ　大城　静子

「虫の声が落葉の音に馴染む」に、自然をとらえる感覚の鋭さを感じた。無関係に思える物同士のつながりを上手く掬い上げて言葉にする力も感じた。その自然の中に自分も参加して「恋歌を書こうか」。この展開もまた鮮やか。恋歌というと若者の専売特許。ただ若者の場合、武骨さや力みの強い作品が多い。この作者はさらりと「白髪を撫でながら、恋歌でも書きましょうか」と余裕を感じる口ぶり。

収容所摩文仁ヶ原の真夜に聞く海鳥の声海馬に消えず　大城　静子

沖縄戦終焉の地。そこで聞いた海鳥の激しい鳴き声は、そこで命を落とした人たちの叫びのようにも聞こえたかもしれない。鳴き声がただ消えないのではなく、脳に刻みこまれて、消したくても消えない。戦争の悲惨さが伝わってくる。

道渡りかけて轢かれた蛙まだ前を見つめたまま甃　原　詩夏至

死んだ蛙の時間はそこで止まってしまった。しかし、蛙の視線の時間はまだ微かに進んでいるように感じる。時間というものを、人間はまだ正確に理解できていないのだけれど。そんな時間の本質の一端が、この句から垣間見えるような感じを受ける。

旅にもう連れて行かないぬいぐるみ今頃家でごろごろしてる　岡田　美幸

旅にはもう連れて行かないぬいぐるみ。幼少期は一緒に行った旅行も、今ではまったく行かなくなった。年齢と共にぬいぐるみから心も離れていったのだろう。ただそれでも、完全に離れてしまった訳ではない。旅行の際は「今頃は家でごろごろしているのだろう」と、家族のように思ったりもする。成長に伴う心の時系列の変化を、一つの歌に収める力が凄い。

この道はまっすぐな道うそつきとばかりであうけれどまっすぐな道　福山　重博

種田山頭火に「まっすぐな道でさみしい」という句がある。この作品の「道」も同じかもしれない。自分の選んだ道をまっすぐ歩いている。ただ、途中では何度も嘘をつく自分に出会ってきた。そんな道だけれど、やっぱり自分が選んだ道なのだ。読者は、作品の「道」を、実際の道と読んでも良いし、別の道として読んでも良いのだろう。百人いれば百通りの道が現れる。その道を他者は見ることができないけれど、想像するだけでその広がりの大きさにわくわくする。

ちはやぶる富士の山こそ尊けれ民ぞ拝みて目を高く上ぐ　水崎　野里子

大空に立ちすくむ巨大な富士に、まず視線が向かう。次に、富士を取り囲むように裾野に立ち並ぶ、多くの人々に視線は移る。最後に、その人々の視線と一緒になって、読者の視線も富士の頂へと向かう。巨大かつ広大に景が移り替わる迫力を感じた。

硝子戸をきしませるほど膨らんだ今宵の闇は腐葉土のくろ　座馬　寛彦

「硝子戸をきしませるほど膨らんだ闇」の表現が新鮮。その様な景を視覚では認知できない。それにも関わらず脳裏に景が浮かぶ。浮かぶというより、浮かばせる表現力があると言った方が正しいのだろう。畳みかけるように「闇は腐葉土のくろ」と言い切る。力強い歌である。

あべの浦　よくよく見れば　管ばかり　軽々しくて　中身さえ無い　高柴　三聞

こちらの作品は狂歌。自然の風景を上手く取り入れて、また、植物の特徴を織り交ぜながら風刺している。俳句や短歌は文字が極端に少ないため類例が仕方ないと言われるが、狂歌の場合は類例があるのかと思うほど新しい視点の作品が多い。時事問題を詠むことで、新しい内容にもなりやすいのかもしれないが、それにしても発想の飛ばし方は、想像を超えるし、勉強になる。

コールサック句会は、変化に富んでいて新鮮だ。

消ゆるとき闇の端を吸ひ秋灯　光影

蘭の香のつつぬけに議員会館　桃瑪

秋天は大きな余白地図開く　牧

人類は流謫の身なり冬銀河　月石

をんな一人ぽつりと座る送り盆　美玖

今回、取り上げることのできなかった作品の方が多いが、どれも読み応えのある作品ばかりだった。これからもコールサックの誌上で、素晴らしい作品に出合えることを楽しみにしたい。

怒りの日《ディエス・エレ》

原　詩夏至

まるでモスラに守られた絶海の孤島の夜の森きみの部屋

水上を歩くイエスの足裏《あなうら》を仰ぐ魚の群れ湖《うみ》昏く

母よこの白く音なく降りつのる夕雨は恐らく走り梅雨

屈託のない爆笑はもう遠い記憶巷《ちまた》は雨コメディアン

見てるだけなら美しいラッキョウの裸形《らぎょう》また見つめて夏の卓

「おいしいね」「うんおいしい」と呷《あお》る青汁 iPad 壊れた朝も

どうしてもくの字に窪むサイダーの王冠に浜砂《海ゆかば》

鶏冠《とさか》の青い恐竜が草原をゆくＡ．Ｉ．のまだない時空

恐竜の卵の化石永遠に恐竜の未来を抱いたまま

時限装置の配線の赤・青が絡みつく爆薬《怒りの日《ディエス・エレ》》

※怒りの日…キリスト教における「世界の終末」。

羊肉《ラム》を噛むとき青臭いそれでいて泥臭い聖書の男の香
ずしん、どしんと足音が近づいてたちまち窓に顔神様の
不覚にも癒されたくて癒されている波音とピアノ星の夜
燈台を兼ねた岬の大仏の白毫が薙ぐ闇台風下
コメントの義務も笑顔もかなぐり捨ててMCの孤独な怒号
みんな心にそれぞれの頑なな鳩を抱き翳《ひかげ》る占領地
毛布から出たつま先を入れてまた追うもう戻らない夢の先
焼身の僧侶のような鶏頭の鶏冠《とさか》に秋のひかり被災地
スコップを脇に刺された砂山を抱いて夜更けのピエタの砂場
地球儀にだけ残された真っ青な海に雪めく塵核廃墟

老人日記（一）

大城　静子

野良猫は庭蹴散らして春の声雑草生き生き老いはもたもた

ひらひらと梅雨の間に間に蝶は舞う老いはてふてふ足腰運動

狂おしく野良猫《のら》は雄叫び野は春よ裡なる猫は寂しらの声

今一度春風抱いてかけてみたい野良猫《のら》よ嗤《わら》うな張りはまだある

散るまでに愚草の花も咲かせたい老いの片意地コロナに負けるな

老眼鏡片手にルーペで文字追えばだんだん文字が霧隠れする

コロナ魔風旅に行けないもやもやを電車眺めて物思いおり

コロナ危機町の公園ひっそりとベンチは野良猫《のら》が昼ねしており

コロナマスク知人はみんな他人顔駅ビル広場は鳩が３羽

じわじわと攻め入るような令和コロナ感染強力変異種現わる

老人日記（二一）

八歳の夢の続きみるように君住む東京行きつ戻りつ

戦禍《きず》負いし美男医博の君在りき主治医のように吾を守りたり

二度のオペ十字架のごとき胸の戦禍《きず》切なく寄り添う幾年月か

血管を蚯蚓のように抜き出して心臓《こころ》に橋をかけたというが

とりあえず笑って聞こうそのジョーク男の涙見たくないから

医者を止め旅に出たいと言う君の肋骨のない右肩傾《かし》ぐ

戦《せん》無常　言わず語らず今在るをただに愛しく逢う瀬重ねつ

東京はふたりの夏を生きた町故郷のごとく思い愛しむ

やさしき声幽《かす》かにきこゆ代々木の森ふたりのベンチ今はもうない

思い出がしんしん過《よ》ぎる桜雨花降り注ぐ上野の蓮池

憂き世の声（一）

大城　静子

コロナ危機　風雨凄々日本列島鴉も戦慄く森も異変が

ネットの世　裏に渦巻く民間の兵器ビジネス請負殺人

極秘事　傍受可能な通信網情報乱れ国交は罅《ひび》が

啀み合い絶えぬ国交繰り返せばいずれ烽煙の上がる恐れも

ヒト蜘蛛の吐きたるネットの忽ちに獲物仕留める網の目時代

窃盗も詐欺の手口もネット時代猾知な人ら闊歩する憂き世

大空に無人殺人機ドローンが飛べばたのしく泳げぬ鯉幟《こいのぼり》たち

大空にネット張られた人界は迂闊に翔《か》ければ網に絡まる

美しい海の底にも闇がある機雷原とう水雷区域

プラスチック爆弾屑を含みたる魚群が浮いてる暮色の海原

憂き世の声（二）

東京湾勝関橋《かちどきばし》は影うすれ雲の上にもビルの屋根並む

活断層　日本列島グラグラの上高層ビル群増え続けおり

高層ビル増えて東都の空狭し東京タワーの姿が見えぬ

花の都ながらスマホの人の波コロナマスクで葬列のごと

もぐるもぐる大江戸線に乗り継げば東都の地下は要塞のごと

堀り止まぬ東都の地下の気になる日グラリと揺れて立ち暗みたり

エレクトロスポーツと称うゲーム流行る落ち込み易い危うい（e）スポーツ

少年らを悪いネットが狙ってる窃盗　詐欺の使い走りに

少女らが遊び感覚で春を売るＪＫビジネスとうネットの罠あり

モラルハラ　パワハラセクハラ　エイジハラ　ハラハラ乱吹く灰色桜

すゐの松山

水崎　野里子

門松を立てて祝はむ正月を今年も神よ恙無《つつがな》き日を

マンションの小さき玄関松立たぬ贖《あがな》ひて来る飾り門松

とこしへの緑の針なる松の葉を門に飾りて悪鬼を払ふ

われは待つ打ち出の小槌の大福の金の笑ひのいざ来たる日を

君去りし門に常青《とこあほ》松を置き今か今かと月出づる待つ

ひがな一日君待ち行き来のときしげくわが影長く伸びし黒髪

今來むと言ひし君を待ち出でてわれ待つ袖に針の葉の刺す

ふるさとの浜の松原いま恋ひし幼きわれらの遊びし松陰

潮風の荒くも吹きしかふるさとの松原とうに枯れ果てたらし

いざ発たむすゐの松山いざ越えむ大波小波のこの世の旅路

歳月

福山　重博

間一髪きわどく逃げたカマキリのオスのためいき巨大な夕陽

とおい日の万年筆《ペン》と原稿用紙のきおく　令和のわれは「山月記」の虎

きょうのゆめ四色刷の海鮮丼　まだまだつづく炬燵の惰眠

死ねなくてひとりぼっちで首長竜　化石の海をさまよっている

昼下り廃墟に集う冬の蠅　スケープゴートを探す週末

過去からの熱い空気で咲く冬の真っ赤な薔薇がぼくを裏切る

よこたわるアルミのキリン　カビ生えてあした粉ごなになる鏡餅

花冷えのくしゃみこだます大空のかなたの巴里で売れる贋作《がんさく》

巨大な亀の死骸とタロウ・ウラシマの子孫が出会う終末の浜辺

わるいことしてもしなくても歳月はこうしてぼくらを白骨にする

空の割合

座馬　寛彦

のっそりと低空飛行の輸送機が現れ通りを斜によこ切る
輸送機は朝陽を背にし仄暗い翼のうらを頭上に翳す
轟音で平らな宙をぼこぼこに凹ませながら過ぎる輸送機
鱗粉のようなねばりけ輸送機の影が屋根路《みち》梢に残る
円錐に雲のきっさき地《つち》をさす過剰なまでの空の割合

＊

列車という箱に小さく詰められて無菌の闇へ放たれてゆく
マンションの灯りが移動遊園地の電飾みたいに車窓に映る
とうめいな夜の軀体はばらばらに底暗い屋根屋根の波間に
快速はカーブに入る　暗闇に吊るされた灯がみんな震える

狂歌（令和2年11月頃から12月末頃まで8首）

高柴　三聞

独裁に　逆らうやつは　シベリアへ
　石破窓際　いつか岸田も…

雨合羽　夢に破れて　民意あり
　落ちた威信に　残るイソジン

パンケーキ　おみの褌《ふんどし》　五つの小《こ》
　神のみぞ知る　日本の未来

こしばいに　こふざけこぼけ　小役人
　こどもだましで「いつつのこ」だと

嘘と金　固めて作る　五輪舟
　やがて沈んで　哀れ御破算

トランプの　カード尽きても　しがみ付く
　問われるべきは　国の品格

年末の　大売出しよ　あべかわい
　次に売られる？　あそうとにかい

仙人が　そろそろ見えた　ころなかに
　旅行く先は　黄泉の国かも

飽かず哀し―『小説伊勢物語業平』を読む―

岡田　美幸

気軽に出掛けにくい昨今、厚みのある本をゆっくり読む機会があった。そこで今後の短歌の参考になる本や、旅物語を読みたくなり『小説伊勢物語業平』を読んだ。それが面白かったので記録かつ記念として書評を書く。

この物語は登場人物が多い。業平と出会った女性たちは様々な身分や年齢で、読者も飽きることが無い。一部を大まかに紹介すると、将来の国母（天皇の母）、白髪の女性、若い頃に一目惚れした姉妹など、枚挙に暇がない。

小説なので原作の伊勢物語に多少脚色されている。例えば原作で女としか表記されていない登場人物に紫苑の方など名前が付いていることや、原作には無い話として、恬《やす》子内親王が斎宮になった後での業平と密会が追加され、後に斎宮が出産した男の子が業平の子だと辻褄が合うようになっている。

さて、この書評のタイトル「飽かず哀し」について書く。小説中の業平のセリフで

「私は、飽かず哀し、の情を尊く存じます。叶わぬことへのひたすらな思いこそ、生ある限り、逃れること叶わぬ人の実情でありましょう」

とある。業平は桓武天皇の直系の血筋だが、父の阿保新王が薬子の変のあおりを受け、臣籍に降下。それにより在原姓を名乗り、天皇になる可能性を諦めた家系だ。その後の時代は藤原氏が娘を天皇家に嫁がせ、天皇の外戚として地位を固めた。そんな時代背景や血筋、女性たちとの出会いを通じ、業平は飽かず哀しの境地にたどり着いたのだろう。またこういうセリフもある。

「歌は叶わぬこと、成しえぬことも、詠み込むことが出来ます。命を超えて生きながらえるのも、歌でございます」

「満足ではございませぬが、叶わぬこともまた、歌には必要なのでございます」

これを踏まえて業平の晩年の歌を読む。

思うこと言はでぞただに止みぬべき我とひとしき人しなければ

（小説中の訳）思っていることは言わずに、そのまま終えるべきであろう。私と同じ人などこの世には居ないのだから、心の底より解ってもらえるはずなどないのだ。

様々な女性と恋をし、和歌だけではなく晩年は政治的にも出世をした業平。それでも晩年にこの和歌を詠んだ点に雅なうたびとらしさを感じる。自分ですら自分の事を全て解るわけではないのだから、他人相手では解りあう事はさらに難しいだろう。これは人間関係だけではなく、創作活動の上でも必要な視点だと思う。

それにしても晩年の歌が、藤原道長のようでなくて良かった。

この世をばわが世とぞ思ふ望月の欠けたることもなしと思へば

のように、全てを手に入れて満足と自慢する歌ではない。業平

が晩年に過去を振り返るシーンはあるが、しみじみとした回顧で自慢ではない。自慢で物語が終わったら物語の味わい深さが半減しただろう。

この一冊で読者は様々な人生に触れ、人生その時々の和歌を味わい、歴史や時代の変化を学ぶことが出来る。日本古来のものを物語として味わうことが出来て、良い読書体験だった。

（参考文献）

・『小説伊勢物語業平』髙樹のぶ子（日本経済新聞出版）
・「ＮＨＫテキスト１００分ｄｅ名著２０２０年１１月号『伊勢物語』―ためらいを肯定する―」（ＮＨＫ出版）
・『伊勢物語在原業平恋と誠』髙樹のぶ子（日本経済新聞出版）

コロナ禍にいかに詠い続けるか

座馬　寛彦

手作りのマスクポストに刻々と非日常の日常化成る
福井孝「地に立つ命」

短歌誌「舟」第37号（二〇二〇年十二月一日発行）掲載の一首。市場にマスクが不足していた時期に詠われたものだろう。近所に住む友人か、あるいは家族か、マスクを手作りし、それを感染防止のため直接会わず家のポストに入れてくれた。贈り主の温かな心遣いを感じられる。が、これはコロナ禍の前の常識を考えれば、まったく異常な出来事と言える。ここで用いられている「非日常」は、マスクがなければ生活もままならない事態、そして、このように人と人とが直に対面することを憚らなければならない事態の二つを指す。そして、それらを当たり前のこととして人々が受け入れられてしまうことを「日常化」と言うのだろう。「刻々と」という句から、この出来事の「非日常」性を見過ごすまいとする意思と共に、「非日常」の「日常化」に歯止めがかからないことの怖さも感じさせる。

WHOの「パンデミック」宣言から間もなく一年になるが、ウイルス感染防止のための3密回避、ソーシャルディスタンス、種々の活動の自粛など、生身の人間同士のふれあいを避けさせる「新しい生活様式」は、それ自体やむを得ないことではあるが、感染の恐怖と相まって様々な社会問題を引き起こし、多くの人々の精神に「刻々と」ダメージを与え続けているように見える。そんな「日常」にさらされ続けている以上、身めぐりを詠う歌人たちも、コロナ禍を歌うことを避けて通れない。ただ、どう詠うかという問題が常に重くのしかかってくる。歌人は三十一という限られた字数の中でいかに独自のテーマをもち、誰も使っていない語句、オリジナルな表現、比喩を用いるかということを本分とする。ゆえに、コロナ禍を詠う場合、例えば、世界中のほとんどの人が当事者である、コロナについての歌とわかるようなキーワードを用いることが避けがたい、そして、（自分もしくは身近な人が感染者や医療従事者ということでもなければ）報道を受けての感懐や「新しい生活様式」への違和感や反発といったものを詠うしかない、といったところにも難しさがある。時を経て、多くのコロナ禍の歌が発表され、また、「刻々と非日常の日常化」が成されるほどに詠う難しさは増す。

歌を詠み続けることが試される不要不急の白昼に見る夢
荒川源吾「八月の川」

歌になる　歌にならない　なる　ならない　で没コロナウイルス詠
赤木恵（二〇二〇年六月例会・自由詠）

二首とも「舟」37号からの作品。一首目、「歌を詠み続けることが試される」というのは先に述べたような背景を負っているのではないか。さらに、緊急事態宣言下で、美術展、映画、演劇、音楽ライブ、歌会などに出かけることが「不要不急の外出」とされ、芸術・文学が「不要不急」と見做されたに等しいという感慨を持つ故に、歌を詠むことの意味と改めて向き合ったのだろう。しかし、そのような状況でも、歌人は白昼夢を見る。白昼夢は歌の揺り籠ともなるものとして、ここで詠われていると読んだ。白昼夢も「不要不急」か、という皮肉も込められているようだ。

二首目は、試行錯誤して「コロナウイルス詠」を作ろうとしたものの、これは「歌になるのか、ならないのか」と懊悩し、結局うまくいかず、「没」となる。コロナウイルス、コロナ禍の題材としての難しさを訴えている。歌えないことを歌にしたという点でもユニークであり、歌意に合った一字アキや字余り字足らずが効果的だ。

以上の二首は「ひねり」を利かせ、作歌という切り口でコロナ禍を詠んだ稀有な作品と言える。「舟」第37号には、その他にも、「記録」的な歌に留まらない歌に挑む歌人がいる。

不要不急の時間のなかにてんてんと暗紅色の吾亦紅咲く
小島熱子「二〇二〇年夏」

ヘリコプターの音に仰げば塀の上さるすべりの花いま盛りなり
小出千歳「コロナ禍の夏」

おほいなるマスクが人を攫ひたり鳥や虫らの春の街なりき
北神照美（二〇二〇年六月例会・自由詠）

一首目、「不要不急」の活動を控えることが求められる日々の、ともすれば潤いの乏しい生活の中で見る吾亦紅の花。「てんてんと」という副詞によって、「暗紅色」の花穂だけが切り取られ、宙に浮いているような心象風景が見えてくる。「不要不急」の要請という外圧に抗して、美を、愛を、芸術を表出しようとする力なき者の静かな熱情、血潮の比喩かもしれない。批評性のあるテーマでありながら、深い抒情を醸す歌だ。

二首目、ドクターヘリか、報道ヘリか、自衛隊のヘリか、その存在に物々しさや非常性を感じるゆえに轟音に思わず天を仰ぐに違いない。そして、その時はじめて、さるすべりの花が今「盛り」であることに気が付くのだ。歌の背後には、外出自粛や感染への恐れから季節の花を愛でることすら忘れてしまい、緊急性のあることにしか反応しなくなっている感覚の鈍化を憂いている歌人がいる。「コロナ禍の夏」という題が付いた連作の中の一首ではあるが、直接にコロナ禍を示唆する言葉はなく、今読まれることに重きを置いた作品とも言える。

三首目、ここでの「マスク」は人間たちの様々な営為の自粛も象徴し、巨大な匙状のもので人間たちを一網打尽に攫って行く、SFスリラーかダークファンタジーのようなイメージを描く。「おほいなる」という言葉には、「偉大な」「立派な」という意味もある。それをマスクに冠することにアイロニーがある。さらに、マスクさえ付けていればという過度な信頼への危惧を示すとともに、鳥、虫たちの立場からすれば、このマスクは「邪魔」な人間を街から攫ってくれたアリガタイ存在だというアイロニーも表現される。「地球にとっては人間こそウイルスである」という意識を今一度思い知らされることにもなった、コロナ禍の一現象を詠いこんでもいる。

短歌を中心に詩、俳句、小説を収録した雑誌「文藝別人誌扉のない鍵」は作家たちの「個」が重んじられ、毎号、独創的、先鋭的な作品を見せてくれる。第4号（二〇二〇年十一月十五日発行）の「特集＊新型ウィルス――。」には、十四人の短歌（一人九～二十首）が掲載されている。次のような歌が印象に残った。

第二派の線うつくしく伸びてゆくゴーヤーの蔓整へる
勺禰子「瑕持たぬ腹」

ウイルスも雨に打たるることありや冷たき皮膚は電車に揺れる　　二三川練「ヨット」

WEB授業の向こうで雨が降っている　はだしの足をゆらゆらさせる　　蒼井杏「きれいな飛沫」

一首目、第二派の感染者数を表すグラフの、日に日に「上」に向かって伸びていく曲線を「うつくし」いものとして捉え、日光を求める「向日性」を持つゴーヤーの蔓に比している。これは、感染者数が増えることに対する人々の感覚の麻痺と共に、人間と反比例するかの、「向日性」にも似たウイルスの底知れない上昇エネルギーに対する恐怖感を表現しているようだ。

二首目、「雨に打たるることありや」とウイルスに親しみを抱くかのように思いを馳せる。ウイルスは単独では生命活動ができず生きた細胞に寄生するもの。他者に依存しなければ生きていけない人間とウイルスを重ねているのか。下の句の主語は「われ」ではなく、「冷たき皮膚」となっている。まるで自らを中身のない皮膚だけの存在として詠っている。雨に打たれたから冷たくなってしまったのだろうが、それだけではなくもっと精神的な「冷え」も感じさせる。皮膚は外界、他者と触れ合う器官、それが冷たいということは触れ合いが断たれている状態を意味するのかもしれない。コロナ禍の孤独を想起させる歌だ。

三首目、WEB授業を行う教師がいる建物の外で雨が降っていて、まるで自分がその戸外に臨む窓辺の椅子に座り、リラックスして「はだしの足をゆらゆらさせ」ているかのようだ。インターネットを通して、遠く離れた二つの空間が繋がっている。それが教諭や教諭のいる部屋の空間ではなく、その壁の向こうの世界であるというところに、子どもらしい自由さとともに、危うさがある。思春期・青年期ならではの社会や常識への抗いを、瑞々しく表現した一首だ。

以上の三首は、コロナ禍・新型コロナウイルスへの恐怖感や「新しい生活様式」への違和感、社会・政治批評を前面に押し出そうとしない。それはコロナにリアリティを感じられない、ということもあるかもしれないが、それ以上に、既存の観点を乗り越えようとする歌人としての「気概」を持つからだろう。

新型コロナウイルスによって、長らく世間の議論の俎上にのせられる機会が少なくなってしまっている諸問題がある。例えば、沖縄問題だ。沖縄の短歌誌「くれない」二〇二〇年十二月号には、コロナ禍の波に飲まれそうになっている辺野古基地移設問題を忘れさせまいという叫びが詠われている。

コロナ禍を衝きて辺野古に集いくる島人の雄叫び碧空に沁む　　玉城寛子「明日へつなげん」

辺野古工事止めよ「コロナ」の押し寄せる世界はすべて命に真向く　　嘉手納ハル子「あれから一年」

悲しかど「コロナ」の中を急ぎ行く「辺野古」死守の仲間の元へ　　玉城洋子「弾痕の穴」

間もなく、東日本大震災から十年となる。新型コロナウイルスを警戒し関連の様々な情報が乱れ飛ぶ中でも、震災と被災地・被災者のその後を改めて見つめ直し、震災が残した様々な課題、真の「復興」のために何をなすべきかをそれぞれが考える機会となるだろう。そこからまた新たに歌い継がれるような作品が生まれることを待望している。

詩
Ⅳ

「豚」と「銀河鉄道」
――村上昭夫の初期の詩をめぐって――

原　詩夏至

「思いきり宗教を罵倒して／思いきり神を否定したあとの／泣きたい淋しさ／／人の子にはみんな罪があるんです／イエス様はそれをひとりで背負われて／十字架におつきになったんです／だからイエス様を信ずることによって／みんなすくわれるんです／教会から来たという少女は／一生懸命身ぶりをしながら／それを説こうとする／／ほんとうはね／ぼくだって神が欲しいんだ／でもそれだけに人間の汚れた面を見ることは／小さなことでも反抗を感ずるんだ／／ほんとうにただ一途にイエス様を疑わない／少女の清澄さ／その瞳に泥をはきかけた私／少女は星の冷めたい中津川の夜道を／ひとりとぼとぼと歩きながら／なにを感じただろうか／肺をむしばまれた若い男の罪を／きれいな瞳になみだを浮べて／イエス様に祈って歩いてるだろうか／私も同じように／消燈の鐘の鳴り終ったベランダに／固く手をあわせて祈る／／神があると思うんです／果てのない宇宙の大きな心です／あの星のなかのどれかが／私の前の故郷だったような／そして更にどれかが／これから行く所のような気がするんです／その中に浮んだ私という存在の／なんという淋しさ／／月が出て来たな／少女の顔だな／月光に酔うことは／この頃のように堕落した精神にはよいことだ／真実の孤独というものは／なかなか得られないものだけど／私は今たしかにその中にいる／／名も知らない少女よ／あなたにこそイエス様の祝福がありますよう／私は心からそれを祈る」――北畑光男・鈴木比佐雄編『村上昭夫著作集　下』（二〇二〇年、コールサック社）より「サナトリウム　10」（全行）。「村上昭夫は多くの詩作ノート、原稿用紙の草稿、そして清書された原稿用紙の未発表詩九十五篇を残している。実は最近になってこの九十五篇には三枚の目次メモがあることが分かり『動物哀歌』割愛分目次（リスト）とたぶん高橋昭八郎（昭夫の友人。『動物詩集』装幀・編集者――引用者註）の筆跡で、Ⅳ二十一篇、Ⅴ七十四篇の作品名が記されていた。（中略）原稿を手渡した段階では村上昭夫はこれらの詩篇を掲載したかっただろうと考えて、今回の「著作集　下」では、私を含めた編集者たちは、初版の『動物哀歌』の最後に収録される可能性のあった九十五篇を新発見の詩として冒頭に収録することにした」（鈴木比佐雄「連作詩「サナトリウム」の「ほんとの悲しみ」と「自然の交響曲」」前掲書）。昭夫の病状が真に深刻化する以前、一九五〇年（二十三歳）から一九五三年（二十六歳）まで三年間の療養生活を送った岩手医科大学付属岩手サナトリウムでの日々を綴ったと思われる連作詩「サナトリウム1～13」はその巻頭作だ。

「以前サナトリウムにいた頃キリスト教について学ぶ機会があり私は信仰していました。ある時、説話の中で〈豚は殺されてもいいのです。何故なら人間より劣っているから…〉と言うのを聞き、私は猛烈に反対しました。生命の重さは人間も動物も同じだと思ったからです…と。その口調から激しい怒りが伝わってくるのだった」――大村孝子は同書解説「はじめての旅は」で、後年（一九五九年）、当時を追懐した昭夫の「一緒に街を歩きながらお聞きした話」をこう紹介している。歳月を経てなお癒えない憤りの深さが窺える。もちろん、「豚は殺されてもいい」と発言したのは「少女」本人ではないだろう。だが、それが分っていながらなお、「教会から来た」という彼女に「泥を吐きかけ」ずにいられなかった「ぼく」が、その後、自らも傷つきつつ、心に再度「ぼくだって神が欲しいんだ／でもそれだけに人間の汚れた面を見ることは／小さなことでも反抗を感ずるんだ」と呼びかける時、その胸中に谺していたのはやはり、それまで信仰を寄せていた当の説教壇から放たれたその忘れ難い一言だったのではないだろうか。

　思うに、この時、昭夫の激昂の根底にあったのは、単なる情緒的、進歩的、ないし啓蒙主義的「動物愛護精神」に留まるものではなかった――つまり、「より優れた者」たる「私たち（＝人間）」が、「より劣るモノ」である「彼ら・彼女ら（＝動物たち）」に投げ与えるべき「施しとしての憐れみや手加減」といったようなものでは。例えば、一九五三年十二月、所属詩誌「首輪」のアンケートで、「あなたは何を求めて来たか」という問いに、昭夫はこう答える――「「抵抗」（反戦）とか又（人類の苦悩に対して）もそうでしょうが、もっとそういうのでなしに、獣や植物や一切を含めた、消す事のできない苦悩に対して、人類の苦悩と犬馬や雑草木等の苦悩と、一体どこに区別があるのか、僕には全然分からなくなってきたものですから」（『村上昭夫著作集　上』（二〇一八年、コールサック社））。つまり、この時昭夫を真に慄《おのの》かせていたのは、言ってみれば「私たち（＝人間）」と「彼ら・彼女ら（＝動物）」の間の「線引き」の曖昧性・可変性、更には恣意性だった。かつ又、その混沌たる「彼我の一体性・弁別不可能性」は「動物だって人間だ（＝拡張されたヒューマニズム）」という「上昇相」ではなく、むしろ「人間だって動物だ（＝縮減されたヒューマニズム）」という「下降相」においてこそ凝視されているのだ。そしてそれは――屡々《しばしば》誤認されがちなように――「優しい（或いは優しすぎる）」一部の詩人や宗教家だけが心を痛める不要不急の、ないし永遠の宿題」などでは決してない。むしろ今こそ一刻の猶予もならない「火急の用」なのだ。

　だって、そうではないか。例えば、説教壇の上から、敬虔な説教師が「豚は殺されてもいいのです。何故なら人間より劣っているから」というとき、その「豚」の項には、或る日突然、しかも公然と「ユダヤ人」が代入されるかもしれない。「悲鳴をあげて殺されて行け／乾いた日ざしの屠殺場の道を／黒い鉄槌に頭を打たせて／重くぶざまに殺されて行け／／皮を剝がれてむき出しになって行け／軽いあい色のトラックに乗って／甘い散歩道を転がって行け／／（中略）人は涙など流さぬだろう／人は愛など語らぬだろう／人は舌鼓をうってやむだろう／その時お前は／曳光弾のように燃えて行け」（村上昭夫『動物哀歌』より「豚」）。だが、ここで「お前」と呼びかけられている「豚」とは、実はアンネ・フランクかも知れず、「軽いあい色のトラック」が向かう先は実はアウシュビッツかも知れないのだ。しかも、それでも「人」は「涙」流さず、「愛」も語らず、ただ「舌鼓をうってやむ」だけなのだ――何故なら「豚（＝ユダヤ人）は殺されてもいいのです。何故なら人間より劣っているから」。

かつ又、この「ユダヤ人」の項には、その時その時の風向きによりいつ何が代入されるか分からないのだ——曰く「黒人」「共産主義者」「イスラム原理主義者」「テロリスト」「不法移民」「中国人」「韓国人」「反日」等々。しかも、例えばそれに憤激してやられた方が挑発に乗って同じレトリックで「豚（＝白人差別主義者、ファシスト、キリスト教原理主義者、警官、既得権益層、ネトウヨ、愚民等々）は殺されてもいいのです。何故なら人間より劣っているから」とやり返したとしたら、そこに広がるのは、遂に「人」と「豚」との完全な平等を実現した「豚＝人間」が「収容所＝屠殺場」と化した世界で、相互に「悲鳴」と「舌鼓」を交しあう永遠のディストピアではあるまいか。そこでは「豚」と「人間」は同じ「豚＝人間」の裏表であり、どちらの面が表に出るかは全くの行き当たりばったりだ。そして「豚＝人間」たちは「早く『こいつが豚だ！』と名指さなければ（でないとこっちが『豚』にされてしまう）」という絶えざる衝迫に追い立てられ、「次に殺していいやつ（＝豚）は誰だ」と辺りを血眼になって見回し続けるのだ。しかも、この「豚＝人間」による「豚狩り（＝明日の自分狩り）」は「集団（国家、民族、体制、人種、階級、宗教等々）」同志の間で行われるだけではない。「集団」対「個」の間でも行われるのだ。学校における所謂「いじめ」はその最たるものだろう。「ヒューマニズム（＝「人間主義）」という美しい理想。そこでは「人間」が「人間」を殺したり虐《しいた》げたりすることは勿論、許されない。だが、何事にも「抜け穴」はある。つまり、どうしても殺したい（ないし殺さなければこっちがやられる）相手、或いは虐げたい（ないし諸般の事情——例えばそのものの犠牲の上に己の経済的繁栄や社会的地位が成立している等——により虐げざるを得ない）相手がいる場合には、それを「人間」というカテゴリーから根こそぎ除外してしまえばいいわけだ。というより、そうする他ないわけだ。しかも、そういう「都合の悪い相手（ないし「人間主義」にとって「都合の悪い真実」を体現した相手）というのは、たとえ「人間主義者」が己の偽善を認め、「人間」というカテゴリーを自ら解体したとしても、究極的にはやはり存在し続けるのだ。何故なら、「弱肉強食」というのは「（自称）人間社会」の掟であるだけでなく、同時に（というより、より一層）「ジャングル」や「サバンナ」の掟でもあるのだから。

例えば、昭夫が敬愛する宮沢賢治の「銀河鉄道の夜」。主人公の少年ジョバンニは、「お父さんが監獄に入れられた（或いは、そういう噂が流れた）」ことから、クラスのいじめの標的にされている。つまり彼は、「銀河鉄道」に乗車する前に既に、次のような「真実」に直面しているのだ——「「人間」はある日突然、「人間」のカテゴリーから締め出されて「豚」と名指しされることがあり得る。そして、「豚」には救いは決して訪れない。何故なら、それは「人間」だけのものだから」。これは、敢えてこう言ってよければ、パウル・ツェランがナチスの収容所で、石原吉郎がシベリアで直面したのと同じ「真実」だ。そして、そこから生まれるのは、例えばこんな問いだ。「だとしたら、つまりこの世に存在するのはただお互いを「豚だ」「人間だ」と呼び合い虐げ合う「豚＝人間」だけなのだとしたら、そしてそれが太初から今、そして未来永劫にも渡って変らない永遠の「真実」なのだとしたら、そこで自らを「救われる（側の）存在＝人間」だと自称したり証明しようとしたりすることに一体どれほどの意味があるのだろう」。そしてこれは、旅を共にする親友カムパネルラとも必ずしも共有出来ていない「真実」であり「問い」だ――何故なら、カムパネルラは、ジョバンニの境遇に心を痛めつつも彼をからかう級友たちの一群の中に身を置き、彼らと共に「高く口笛を吹いて向うにぼんやりと見える橋の方へ歩いて行ってしまった」のだから。もちろん、疑いなく彼の魂は気高い――意地悪なザネリを助けるために自らの命を擲つまでに。だが、それなら彼はなぜそれよりずっと簡単な筈の「一言、ジョバンニを庇ってやる」という、それだけの事が出来なかったのか。底意地が悪いようだが、答えは簡単だ――その時、ザネリは、たとえどんなに意地悪でも「人間」の仲間であり、一方ジョバンニはどんなに親友でも「豚」だったから。「人の子にはみんな罪があるんです／イエス様はそれをひとりで背負われて／十字架におつきになったんです／だからイエス様を信ずることによって／みんなすくわれるんです」――そう「一生懸命身ぶりをしながら」説こうとする「少女」。彼女も又、疑いなく純粋であり真摯だ――カムパネルラのように。だが、敗戦後のハルビンで「無実の処刑」や「シベリヤ送り」を危うく免れ、帰国後も不治の病によって健康な「人間」たちの世界から隔離されて、次第に「人間」と「豚」の表裏一体性――「豚＝人間」――に気づき始めていた当時の昭夫にとって、喫緊《きっきん》の問いはむしろこうだったのではないだろうか――では「人の子」ではない者はどうなのか。

「おや、こいつは大したもんですぜ。こいつはもう、ほんとうの天上へさえ行ける切符だ。天上どこじゃない、どこでも勝手にあるける通行券です。こいつをお持ちになれぁ、なるほど、こんな不完全な幻想第四次の銀河鉄道なんか、どこまででも行ける筈でさあ」――銀河鉄道の乗客の一人「鳥捕り」はジョバンニの切符を見て驚く。つまり、ジョバンニとカムパネルラが今旅しているのは、たとえどんなに美しくてもまだ「不完全な幻想第四次」の世界なのだ。例えば「鳥捕り」が分けてくれた雁を食べながらジョバンニは思う――「なんだ、やっぱりこいつはお菓子だ。チョコレートよりも、もっとおいしいけれども、こんな雁が飛んでいるもんか」。何故か。そこには「雁＝人間」の血塗れの真実が巧妙に迂回されているからだ。その証拠に、カムパネルラが「こいつは鳥じゃない。ただのお菓子でしょう」と思い切って問うと「鳥捕りは、何か大へんあわてた風で／「そうそう、ここで降りなけぁ」と云いながら、立って荷物をとったと思うと、もう見えなくなって」しまうのだ。銀河鉄道には又、キリスト教徒たちが「天上」へ旅立つ二か所の中継地点（「北十字」と「サザンクロス」）があり、多くの乗客がここで下車していく――それが「ほんとうの天上」か、それともやはりまだ不完全な「幻想第五次の天上」なのかは分からないけれども。だが、いずれにせよ、そこはまだ旅の真の終着点ではなく、その先には「天上どこじゃない」領域が無限に広がっているようなのだ。では、それはどこか。

「あ、あすこ石炭袋だよ。そらの孔だよ」――キリスト教徒たちの下車後、カムパネルラは「少しそっちを避けるようにしながら」窓外の一所を指さす。「ジョバンニはそっちを見てまるでぎくっとしてしまいました。天の川の一とこに大きなまっくらな孔がどほんとあいているのです。その底がどれほど深いかその奥に何があるのかいくら眼をこすってのぞいてもなんにも見えずただ眼がしんしんと痛むのでした」。だが、それでもジョバンニは言う――「僕もうあんな大きな暗の中だってこわくない。（中略）どこまでもどこまでも僕たち一緒に進んで行こう」。だが、カムパネルラは「ああきっと行くよ」と相槌を打ちつつ、その直後「俄かに窓の遠くに見えるきれいな野原」に心を奪われ、「あすこがほんとうの天上なんだ。あっあすこにいるのはぼくのお母さんだよ」と叫んで、それきり姿を消してしまう――ジョバンニには「そこはぼんやり白くけむっているばかり」でどうしてもカムパネルラが言ったようには思われなかったのだが。

「おっかさんは、ぼくをゆるして下さるだろうか」――思えばそれがカムパネルラを終始苦しめていた問いだった。つまりザネリのために命を擲つことで母を――もしかしたら世界中を敵に回してもその人だけは絶対に悲しませてはいけない、その当のたった一人を――償いようもなく悲しませてしまったのではないか、という自責と懐疑。そして、その彼にとって、旅の終わりは、結局、やはり「母の懐」だったのだ。と同時に、そのすぐ傍らに口を拡げている「石炭袋」――そこで「幻想第四次」の美しい夢の世界が避けようもなく破綻してしまう、その破れ目――の方は、入るどころか出来れば直視せずに済ませたい何かだったのだ。「石炭袋」に「人間」は怖くて入れない。入れるのは「豚」だけだ――例えばジョバンニのような、パウル・ツェランのような、石原吉郎のような、そして昭夫のような。「神があると思うんです／果てのない宇宙の大きな心です／あの星のなかのどれかが／私の前の故郷だったような／そして更にどれかが／これから行く所のような気がするんです／その中に浮んだ私という存在の／なんという淋しさ／／（中略）／真実の孤独というものは／なかなか得られないものだけど／私は今たしかにその中にいる」――そう、この時既に、若き村上昭夫は「石炭袋」の、そして後年の『動物哀歌』の世界の入口に、確かに立っている。だが、ならば、その出口は？――誰が知りえよう。誰がその謎を得々と解き得よう――例えば、「終りに」という詩は、こう告げるのだが。「終りに三つの真実が立つだろう／砂漠と沼沢地と大雪原／砂漠の鳥と沼沢地のマングローブと雪原の風だ／／終りに鳥のようなものが飛び／マングローブのようなものが生え／風のようなものが吹くだろう／其処から／明るい明日が生れるというのは嘘／生れるものを予告するのは嘘／／だからだから／終りに砂漠の鳥と／沼沢地のマングローブと雪原の風が／最後のとりでのように立つのだ／／鳥のようなものが飛び／マングローブのようなものが生え／風のようなものが吹く時が来ているのだ／／世界の待ち望んでいた／その時が来ているのだ」（全行）。

しかし――と、私は思う――「出口」は実はもう一つあるのではないか。例えば、同じ「サナトリウム」連作の「5」――「春になると俺はいつでも岩山にのぼり／てくてく草や木と話しながら／白くぼんやりとサナトリウムを見た／いかにもぼうっと弱々しくて／刑務所よりもまだ影がうすくて／おれは必ず十分間は立ち止まって／中にいる人達のことを考えた／どうかキリスト様／あの不自由な人達へあわれみを／それから佛陀様／どうかあの人達の苦しみをのぞき給え／そのように祈る自分が／いかにもあのたてものとはえんの遠い人間のように思われた／私はあほうらしいほこりを持ち／空は痛いほど高く／なにもかもが健康そのものであったから／今日もこのサナトリウムから／あの腰をおろした山を見る／今頃俺と同じような誰かが／俺のことを祈ってくれてると思って」（全行）。思えば、あの「教会から来たという少女」は、他でもない、ここでの「あほうらしいほこりを持ち」「なにもかも健康そのもの」で、でもその時はそれなりに精一杯の気持ちで「キリスト様」「佛陀様」に祈っていたかつての自分自身の姿ではなかったか。そして今、かつて自分が山の上から（それこそ「上から目線」で）祈りを捧げた「サナトリウム」に病を養いつつ、「俺」は「俺と同じような誰か」――例えばまさにあの「少女」のような誰か――が「俺のことを祈ってくれてる思って」、やっぱり、そうは言っても、慰められるのだ。或いは同じく「4」――「われわれ結核患者には／過去なんか用のないものです／とらわれると空洞が大きくなるばかりです／いいえそれでも捨てられませぬ／私の過去は真実を捜そうとした過去でした／山も空も海も／そしてたくさんの人達も／決して遊びではなかったのですから」（全行）。

共に溢れんばかりの愛と優しさと純粋さを抱きながら、結局はお互いを深く傷つけてしまった「サナトリウム　10」の「ぼく」と「少女」。だが、それでも、それは――そして、それにも拘らずなお、「真実の孤独」の裡で、お互いがお互いのために「祈る」ことは――この底知れない「石炭袋」の暗闇の中で「人間」と「人間」、もとい、「豚」と「豚」、ないし「豚＝人間」と「豚＝人間」がなし得る最善のことの一つなのではないだろうか。ちなみに『動物哀歌』全篇の末尾に置かれているのは、こんな詩だ――「それだけ言えば分ってくる／船について知っているひとつの言葉／安全なる航海を祈る／／その言葉で分ってくる／その船が何処から来たのか分らなくても／どこへ行くのか分ってくる／／寄辺のない不安な大洋の中に／誰もが去り果てた暗いくらがりの中に／船と船とが交しあうひとつの言葉／安全なる航海を祈る／それを呪文のように唱えていると／するとあなたが分ってくる／あなたが何処から来たのか分らなくても／何処へ行くのか分ってくる／あなたを醜く憎んでいた人は分らなくても／あなたを朝明けのくれないの極みのように愛している／ひとりの人が分ってくる／／あるいは荒れた茨の茂みの中の／一羽のつぐみが分ってくる／削られたこげ茶色の山肌の／巨熊のかなしみが分ってくる／／白い一抹の航跡を残して／船と船とが消えてゆく時／遠くひとすじに知らせ合う／たったひとつの言葉／安全なる航海を祈る」（「航海を祈る」全行）。

全身全霊で存在する「人」への目線

植松　晃一

「石の森」第一九〇号

夏山なお美さんは詩「たんぽぽへの道」で、たんぽぽへの憧れを吐露する。

「アステリスクに／葉を広げて／太陽からの恵みを／受け取る戦略／／一度にたくさんの種を／できるだけ遠くへ／風や動物や昆虫の／背を借りて／しなやかに／飛んでいく／／わたしは／一度も／あなたへ胸襟を開いたことがない／沈黙の戦略で身を護る／駆け出して／追いつきたくても／叫んで訴えたくても／硬直したまま」。まわりを信頼し、てらうことなく、天真爛漫なたんぽぽのように生きられたら「しびれる光も／焼けるような風も／さらっと　かわして／踏まれてもなお／アステリスクを／作り続けられるだろう」。暖かな日差しの中で、たんぽぽの野生の強さが、傷つき、荒んだ人々の心を癒やしてくれることを願う。

西岡彩乃さんは詩「表舞台」で「明確な輪郭をもち／ひとり　光を放っている／その存在は唯一でありながら／常に二つのうちの一つであり／選び取られ続けて　そこに立っている／／生み出されたときから／生き残ることを運命づけられ／片割れの選択肢を／何度も殺し続けてきた／愛されているかのように／眼差しを　温もりを　一身に引き受けて／栄光と息苦しさの中で／名前を呼ばれ続けてきた」と綴る。表舞台でスポットライトを浴びるのは他人の期待にそった自分であり、そうでない自分は陰に追いやっているということだろうか。「ときには影と重なり合い／姿がより一層明らかになる／二重星／影を飲み込み／功績を得て欠陥を埋め／再び目の前に現れる／冷たいその光で／消し去ってきた他方を愛しみながら／宙を回り　追いかけて／いつか　選ばれる前の一つに戻ろうとする」。光と影、表と裏に分かれていたとしても、それらは「一対であり　双つであるからこそ／それは生き続けることができた」。書かれた言葉と、書かれなかった言葉の関係にも似ている。突き詰めれば生と死、在ることと無いこととの関係性にも通じると感じた。

「那須の緒」第一一号

こやま　きおさんは詩「アンコウⅡ」で、吊るし切りの実演を行う「あんこう祭り」の情景に、人間の本性を見つめようとしているようだ。

「見た目の醜さなのか／人目に晒し／冬の風物詩などともてはやしながら／ぬめった衣をはがす／素っ裸の魚体を／なんのためらいもなく切り裂いていく／吊るし切り／見せしめのように／腑の一つ一つを切り分けるごとに／勝ち誇った兵士のように／歓声が上がる／かくも正しく品よく／掛け声よく心地よく聞こえるとしたら／ゲルニカよりも劣る／今だからこそ／人権は叫ばれるが／底辺に生きるものの／権利などはじめからさらさらない／全てが人のはかりごとだ」。そうした人間の実相を知ればこそ、先人は社会を成り立たせるために、つまり生き抜くために、人間の権利を明文化したのかもしれない。「全てが人のはかりごと」であるがゆえに、権利が帳消しになる危険も常にあることを肝に銘じたい。

同じくこやま　きおさんは詩「送り火」で、発生から一〇年になる東日本大震災について詠う。

「静かすぎる海に気づくべきだった／／ひずみに耐えられなかった断層は／列島を引きずり弾いた／海の秩序は崩れ／海嘯のような／魔の手になった黒い波が／何もかも奪い去っていった／／送り火の淡い光が／焦点の定まらないまま／天に向かっていく／きみの無事な還りを願うたびに想う／「奴は突然やってきたのではない」／「前兆も備えも想定できたのではないか」と／／一人ひとり懸命に生きてきたはずなのに／たった一つの命なのに／希望も夢も優しさも／のみこまれて逝ってしまった／／墓前の煙は哀しみをまといながら／いつまでも揺らいでいる」。直接別れを告げること、葬儀を執り行うことが、遺された人のグリーフケアには重要だという。コロナ禍では知恵を絞り、最期の区切りがつけられるように配慮を願いたい。

「ここから」第一一号

平木たんまさんは詩「蓮ひらく」で「緑紫色のめだたない蓮の蕾／先を尖らせ水中から出ると／群がる蓮の葉を抜け／まっすぐ伸びる／花はまだこの世の空気に触れてない／水中にいたときの鎧の中だ／／蕾がふくらんで開くとき／ポンと音がするという／赤ん坊が生れて／この世の空気を初めて肺に入れるとき／私たちに大きな声が聞こえるように／蓮たちには聞こえるのだろう／ポンという元気な声が」と綴る。水滴を弾いて花開く瑞々しさが伝わってくる。蓮は花と実を同時につけることから、仏教では因果倶時の象徴とされる。原因と結果がともにあるのなら、元気に花開いた蓮は健やかに散っていけるのだろう。産声を上げて生まれてきた我々もそうでありたいと願う。

作田教子さんは詩「歩き続ける者」で「何度でも／ぼくらは生まれかわり／すべて失い／またそこから歩き出す／不純な地平線へ向かうのではなく／煉獄に似た真実の樹の方角へ／歩き出す」と力強く詠う。ゲーテが『西東詩集』に記した詩句「死ね　そして成れ！」を思い起こした。ひとは何度でも死と再生を繰り返し、新たな日を歩いてゆける。「たくさんの魂が／かすかに喘ぐ／その声／耳を開きさえすれば／聴くこともできる／遠くのその声も／耳元のそのささやきも／はっきりと聴き取るために／／歩き続ける」

「冊」第六二号

本多寿さんは詩「日の変幻」で「きのう、その場に有って／きょう、この場に無いもの／／空の雲のように生成し消滅する瞬時／枝々に芽吹き枯れ落ちる　木葉／／あしたを夢みる、いま、この時／きのうを振りかえる、いま、この時／／有るといえば有り、無いといえば無い、空／その空の下で、刻々と変成している、日／／はたして、有るといえるか」と問いかける。「きのう、水の中に生きていたヤゴが／きょう、蜻蛉になって空を飛んでいる」のだから、「きょう、空を旋回していた鷹が／あした、窓ガラスを這う蝸牛だったとして／／何の不思議があるというのか」と思う。「きょう、農夫の憂鬱は、きっと牛になる／あした、岩となって空と対峙する／／その時、荒くれ雷神は／稲妻をもって岩を愛撫するだろう／／その時、死が花となり　虚空が／非時香果として実を結ぶはずだ／／かならず」。常世の国に実るという永遠性の象徴。有ることと無いことを内包して千変万化する生命という不可思議を思う。

「小学校の校庭では／教員の声が列を促した／五十音か　背の順だったか／あの頃はみんな同い年／／高校　大学　就職　結婚／前の人に続いて／ここまで来たはずが／／逝去の知らせは／無作為に届き／親族の中にも　不自然な空席」ができると、武田いずみさんは詩「つらなり」に綴る。死の順番は、何によって決まるのか。「自分の場所を自分では決められない／長い列／／子ども　若い人　老人　入り混じり／私も立っている／年齢と残りの時間のねじれ／／目を凝らし　先の先を見る／列の始まりあたり／銀色に光っている／怖くはないと　さざめいている／／振り返ればまた　どこまでも続く人　人／終わりは知れず／ぼんやり泡立つ輝き」。順番通り先に逝くと言った旦那さんの姿は、前にも後ろにもない（そのときがいつかは分からない）。コロナ禍以前、満員電車から吐き出されて改札までの通路を流れていくとき、前を行く無数の人々の後頭部を眺めながら「死に向かう人生の行列だ」と思った。果たして順番はあらかじめ決まっているのか。入れ替わることもあるのか。分からないことばかりだが、自分も列に並んでいることは確かだ。

「新燎原」第三七号

平野育枝さんは詩「秋日和」で「木屑か、はたまた何者かの排泄物か／触ったこともない不思議なものが／ベニカナメの根元に散らばっております／一体これは何でしょう／かぐわしくもなく　さりとて／想像するにおいはいたしません」と冗談めかして詠う。不思議な物体を残した犯人は「瑠璃色のカミキリムシ」だ。「誰に頼まれたのでもなく／カミキリムシは誕生し／がむしゃらに草木を食べ／卵を産んで産み続けた　果て／庭先のベニカナメモチは／もはや倒れる寸前です」。大きく見れば、人と地球の関係もそのようなものかもしれない。

魚本藤子さんは詩「ひとりの　人」で、「人」という漢字から「人」のありようを思う。「人はどのあたりから／自分のことを人と自覚するのか／わからないけれど／知らない間に虫ではなく鳥でもなく／人だと思っている／シンプルな二本の曲線でできた文字／それはひとりの人が手を下げて／自信無げに前かがみになっている象形文字／だという／そうであれば／胸を張って堂々としていなくても／いいわけだ／足元をころばないように見つめて／とぼとぼと歩いていてもいいのだ／うなだれて悩んでいても／かっこよく走ることができなくても／人はもともと／そのような生きものではないのだから／と斜めに傾いていよう」。アルベルト・ジャコメッティの「歩く男」のようでもある。「古代の人は／人間をよく観察して横向きの姿から／文字を作ったのだろう／

自分では見ることができない側面は／いつも無防備だ／人の目は／前方ばかりを注視するようにできているから／横は弱点で狙われたら危ない／だから／弱点をいっぱい抱えて／とぼとぼ生きる」。ひとりの「人」とは、そのような存在かもしれない。

「詩人の輪通信」第五三号

井上敬二さんは詩「嘗てのように」で「総理大臣は偉い人なのに／ちっとも立派でないと／子どもが言う」と綴る。九歳の私の子どもも「偉い人」は嫌いだと言う。テレビで見る言動が「偉そうだから」ということらしい。

「別に／総理と同じ党の者ではないので／そんなことはないと／含めて優しく否定する方便もない／むしろ／本当にそうだ／自分と取り巻きだけのために／この国を牛耳っている／と／声高に言い放ちたい／／だけど／他の手立てがあるのかと／質されれば／性懲りもなく黙ってしまう」

日本の民主主義の宿痾だろうか。有権者の責任は、求めることを声高に言い放ち、仕事を任せられる人間を選ぶことだ。自ら立候補してもいいが、願いを実現する手立てを考えるのはあくまで選ばれた人であり、選んだ有権者ではない。現在の政治がおかしいとするなら、それは選ばれた人たちの責任だ。しかし、現行制度の下では、有権者は何度失望させられても繰り返し選び直すしかない。まるで賽の河原の石積みだ。デジタル庁創設を機に、インターネットなどを使って市民の声を政策に反映する仕組みを構築してほしい。

鈴木宏幸さんはエッセイ「ネットに見る分断社会」で「SNSの普及は、個人発信でありつつ多くの人が気軽に反応でき、拡散力を飛躍的に高めた。『いいね』数やリツイート（転送）数の多さが、そのまま煽動や片寄った社会風潮に結びつきやすくなった」と指摘する。リツイートボタンを開発したクリス・ウェザレル氏自身「弾をこめた銃を四歳児に持たせてしまったのかもしれない」と後悔していた（BuzzFeed News 二〇一九年八月四日）。よくも悪くもSNSは「日常に埋没している個人が、オリジナルであるかのような正義をかざし、注目を集め、英雄にさえなれるプラットホームとなった」と言えなくもない。

しかし、テクノロジーの進化は指数関数的だ。一〇年後のSNSでは、現実と仮想の境界はよりあいまいに、事実とフェイクを見分けることはさらに難しくなり、社会のあり方や人々の生き方に決定的な影響を及ぼしているかもしれない。テクノロジーに対する個人の自律性が今以上に問われるようになったとき、果たして「大衆」という集合体はどのような変化を見せるだろうか。

鈴木さんは「私は障害者という立場なので、社会的弱者に向けての『命の問題』に敏感にならざるを得ない。さらに、共生をうたいながら、人間関係が希薄になっているという現実。パソコンを前にして、ただ理不尽を問うていくしかない」と綴る。どんなに時代や社会が変わろうと、あくまで「人」が出発点であり、終着点でもあることを忘れないようにしたい。

連載　迷宮としての詩集（二）
対比は可視を造形する—模索する現代詩の迷宮（2）

岡本　勝人

（1）芸術にさそわれて『両つの掌に』（**清水茂・土曜美術社出版販売**）**・機知の時代が示す『ゆめみる手控』**（**岩佐なお・思潮社**）

昨年の一月に亡くなられた清水茂先生の遺稿詩集『両つの掌に』には、若い日に書かれた「雲」「夜」「母」「モーツァルトの音楽に」や「ヘルマン・ヘッセに」（一九五三年～五年）の詩が、先生のよすがを偲ぶように、巻末に掲載されている。「あとがきにかえて」には、「私にとって詩とは…」にこめられた、芸術にさそわれて詩を書いてきた精神史と思索の深まりをみせる清水茂先生がいる。何よりもその核心は、高校在学時からのロマン・ロランへの傾倒であり、『地下の聖堂　詩人片山敏彦』（小沢書店）に結実する、私にとっては『ドイツ詩集』で知られる片山敏彦に師事したことである。矢内原伊作や宇佐見英治に誘われて詩誌「同時代」に参加し、のちに代表となった。「モーツァルト」「中村真一郎」など多くの特集を組み、詩人を送り出した。フランス文学研究者として、「イヴ・ボヌフォアとともに」（舷燈社）に集約される詩人で批評家であったボヌフォアと親交をもち、その詩の翻訳は、日本への紹介者の中心だった。「絶望して死んではならないと私たちに言い遺すがいい。」３・11の震災後に、ボヌフォアから届いた手紙の末尾である。

詩人にとって、早稲田と武蔵野の自宅の往還に、独自のトポスがあった。自宅で、ヘッセからの手紙をみせていただいたことがある。そこに、「空の高みで　詩と蝶とが縺れあって／飛んでいる、やわらかい風に乗って。／ほどなく夏が終ろうとしている夕暮れ…」（「蝶を追って」）や「あの冬の記憶も私とともに　ほどなく／消えてゆこうというのに、齢老いて／なお訪ねてみたいと」（「あの冬」）のような、窓辺に文字を綴る、武蔵野の抒情が発生した。その精神には、文学や芸術を高く思考しながらも、抒情にこめられた文明批評には、「世界との繋がり」や「責任」という晩年の発言にみられる強い社会への批評をにじませていた。思い出の高原から地つづきの武蔵野に暮した清水茂先生に、心からの追悼をする。「必要なことだけを語ってきたにしても／その痕跡は多過ぎるようにも思われた。／だが目を瞑って考えてみれば　それも／ほんの僅かだ。空っぽの両つの掌に／何かを持っていたいと絶えず願っていたのに／大事なものは指のあいだから　いつも」（「両つの掌に」）

岩佐なをの詩集『ゆめみる手控』には、詩の現在性を象徴する、ライト・ヴァースの傾向を見過ごすことができない。「喫茶店にて／カヘオレというと／アイスですかホットですか／おっと／なんとなくでもカフェオレのホットが出る／運のいい一日だった／ざっといきていきたい」（「喫茶」）。そこには、シュルレアリズムの姿はない。多様な二字のタイトルによって、異質な部分対象の言語の連鎖に触れて感性が喜ぶ、短く素描された詩の集まりだ。

言葉の転換（あそび）による人間と社会への機知だけではなく、言葉の結び目を緩やかにして、裂け目や淵から言葉を突破させる「ボロメオの環」の特有の言葉の連鎖には、言葉からイメージへと連結する力の強度がみられる。詩人の作画は社会で評価されているが、そうした挿画とのコラボレーションの効果もある。東京をトポスとし、なおかつ歴史を遡りつつ、江戸の感性を表現する情動には、江戸文化への郷愁感がにじみでている。「春朗と呼べば／江戸がひらける／どこまで見せようか／初刷りでおどかし／後刷りでうならせる／思い通りにいかないサラリーマンが／なにかをなにかに／見立てて初夏」（「春朗」）。機知によって、軽いユーモアやペーソスにたどりつく姿には、時代の影響を考えることが肝要だ。「昭和も暮れかかったころ／指を練る　なら　屁を畳む／（略）／黒糖を祀る　うん　江戸を揉む／ふたりで大川べりのベンチに腰かけて／わらったね」（昭和）。時代が追い詰められていると考える根拠は、表現がユーモアのなかに透明な現代味を帯びてくるからだ。そこに、詩人の「ゆめ」があり、「手控」帳のポエジーがある。

（2）青森に持続する内的な時間『幻の白鳥』（小笠原茂介・思潮社）・丹波篠山から発する空間の思想『ほとぼりが冷めるまで』（細見和之・澪標）・ゲニウス・ロキを詩にする『地図と夢』（千石英世・七月堂）

詩集『幻の白鳥』を一読すると、「人が年をとるにつれて自己の背後に引きずる常に一そう重みを増してゆく負荷をその連続的な質の変化によって証し立てる」（ベルグソン「形而上学入門」）という言葉が浮かんでくる。

詩人には、北東北（青森・岩手）に発するポエジーの持続性がある。「朝子が初めて迎える北国の夜」と語られる弘前に持続する内的時間だ。過去は現在のなかで延長されて、記憶は、連続的生命となった。詩人が記憶から取り出すものは、弘前と東京を行き来する時空間の結び目である。「ぼくが大学院に入り上京してすぐの翌月の／指輪もない　二人だけの自称婚約」（「幻の白鳥」）。「あたりには人影もまばら／国会議事堂までの一〇キロを黙々と進む」（「折れた洋傘」）。そうした時代に、大衆の原像として沈潜して、生活そのものとともにあった「朝子」に形象される反復する純粋時間を詩にした。「働き疲れた人々はもう眠っている／やすらかな寝息を立てて眠っている」（「真夜中に昇る月」）。「朝子」という対幻想を通して、本源的な弱者大衆への視線も感ぜられる。過去は、絶えず増大されたイメージとなって、詩人の現在に訪れている。

次に印象を強くするものは、「神曲」やレンブラントの絵に感動する、「弘大」でドイツ語を教える詩人の憧れのドイツと文化への思いである。「ノイシュヴァーンシュタイン城」と「ホーエンシュヴァーンガウ城」に、林檎園の丘に立つ過去からの生活の記憶の連鎖が、「幻」の「白鳥」となって、詩節と詩節の連鎖を結ぶポエジーの繋がりが、誠に印象的である。

丹波篠山は、栗や小豆や黒枝豆で知られるが、歴史のあるトポスである。丹波焼だけではない。足利尊氏が、二度の巻き返しのために集結した土地だ。

何気ない小さな日常の光景からはじまる家族の詩が、丹波篠山と大阪や京都との往還をしつつ、次第に意味をましてゆく。詩にこめられたものは、「神戸に震災のあったその秋のことだった」（「その秋」）、「眼を閉じていても分かる／そこを通過するとき／ことさら電車の速度がゆるやかになるから」（「JR東西線尼崎駅の手前」）、さらに「そのあたり、三十年前には／壁が東と西に／ちょうど分断していたところ」（「旅のソネット」）と、歴史的「出来事」の現場にふれる詩がたゆたう。そこに感ぜられて流れるものは、言葉の表出にある、ほんのりとした苦くも甘くもある身体感覚である。なかでも、父の病室、通夜、焼き場、三回忌のくだりは、石原吉郎とのレゾナンスを奏でて継起する書く場所である。丹波篠山を起点とする詩は、家族の肖像と研究者としての歴史との遭遇に至るが、それは、書物を歩行することと、現実の世界の町々の歩行を重ねることによって可能であった。「クラクフの駅からバス乗り場へ急いで／「アウシュヴィッツ行き」に乗った／（略）／私がはじめてそこについたのは九月初旬／空は青く澄みわたり／風がさわやかに吹いていた／絶滅収容所の跡地の周辺には人家が立ち並び／窓辺にとりどりの洗濯物がゆれていた」（「アウシュヴィッツへの道」）。アドルノ研究家として、ユダヤの存在と全体主義が、みえてくる。詩集には、何よりも、批評意識がある。

メルヴィルの『白鯨』（講談社文芸文庫）の翻訳や『白い鯨のなかへ　メルヴィルの世界』（南雲堂／増補版・彩流社）で知られる千石英世も、長年、英文学者・文芸評論家として研究活動をしている。詩人の福間健二や平田俊子とも、交友がある。

詩集『地図と夢』は、若き日のノートに書かれた詩が、現在のコロナ禍にまとめあげられた。「いちめん／こおろぎのなきわたる／紫の原野／この夢のなかで／知らない歌をうたう／むこうから／巨大な／地球がでてくる」（「消えた家　湘南辻堂」）、「言葉をくり返す／猫のように／ぼくは／夜の中で宙返りしながら／魚のあぎとをあばいた」（「夜よ来い鐘よ鳴れ　練馬小竹向原」）。研ぎ澄まされた言葉による詩の運びは、風景そのもののポエジーである。意味を凝縮させる場所の記述には、ふとした恐怖感や身体的な痛みを伴う土地の事件なども書きこまれている。秘儀的な世界をも記述する、そうした表現には、みえない土地の霊と交換しつつ、日常と言葉に迷路を求める成熟した精神の現在性がみえる。

詩集に折りこめられた「序」や「地名私注」が、批評性を示している。グーグル・アースによって、「トポス」や「場所」や「ゲニウス・ロキ」が重層し、明らかな追憶の場所として示現された。「3・11の記憶地」や「9・11の爆心地に近いメルヴィルの生地」もある。メルヴィルは、晩年、詩を書いていた。「静かにのぼる／静かにのぼる／梅干し太陽が／／赤くなる／赤くなる／梅干し太陽が」（朝　淀川右岸河口福）。

久しぶりにみる「地名」をテーマとした詩集である。

(3)「パレスティナ」から「井の頭公園」を結ぶ『パレスティナから』（竹田日出夫・砂子屋書房）・「ゲルニカ」と「首里城炎上」が重層する『血債の言葉は何度でも甦る』（八重洋一郎・コールサック社）・葉陰が揺れる奈良の『庭園考』（塩嵜緑・書肆山田）

詩を書いてきたひとならば、詩集『パレスティナから』には、とても深い意義が感ぜられる。著者は、「私家版」の三つの詩集を出してきた。今回、まとめて「拾遺の詩」を収めた。「パレスティナ」には、旅でみた記録を行分け詩にかたどる一貫する形がある。「死海」「難民キャンプ」「ユダヤ人家族」「国境」「フェニキア」などの固有名詞によって、旅の記録を表象した。徳富蘇峰の巡礼を描いた「パレスティナ順禮　徳富蘆花―一九〇六年（明治三十九年）」や、世界に衝撃をもたらした「旧リッダ空港襲撃事件―テルアビブ空港、現ベングリオン空港」の詩もある。著者には、日本でのユダヤ人との交流があるようだ。しかし、民族の異種が交差する土地を舞台にして、日常の生活と今尚世界に大きな問題を残す国際事情を詩に書き続ける指向性には、「ユダヤ人証明書をもつ自画像」にみる著者の「ディアスポラ（離散）」への航海がある。それにたいして、「井の頭公園春夢譚」は、日常性の生活空間に思考変容する。「井の頭公園の桜…四月の初めの七井ばしに立てば　池をめぐらす桜の満開の森」。散文のなかに生活の詩がかたどられ、好対象の詩の図像である。

パレスティナから沖縄への道は、砂漠とサバンナと南回りの海のシルクロードがある。沖縄。日本現代詩人会の関西ゼミナールが那覇で開催された時に、訪問することができた。八重洋一郎は、石垣島出身である。そこにあるのは、本土と沖縄本島との二重にも三重にも抑圧されてきた島の歴史である。沖縄は、地中海やギリシアの文化とも比較できる自然と文化が息づくともいわれるが、本島の民族音楽を聴いた翌日、以倉紘平さんの手配により、継承されてきた島の音楽を鑑賞した。メロディーにも歌詞にも、本島にはない哀愁感が感ぜられる。その時、首里城は元気だった。久高島も、御嶽からのぞむことができた。南部の海岸線をバスで行くと、大きなメモリアムの記念塔があった。白波が激しく寄せる断崖の海もみた。

詩集は、沖縄の「島」から核心に触れる。詩集を飾るのは、ピカソの絵「ゲルニカ」だが、「私たちは何を見たか　汝たちは何を見ないか」（「ゲルニカ」）と、「島」との同一的な社会性を明示する。また、世界遺産である首里城が炎上した事件に詩を寄せた。こうした「出来事」への告発調の詩のなかには、「きてみれば／断崖絶壁　その向こう／青空ばかり　足もとの岩は崩れて　石片が激しく尖る／もう鳥になるほかないのか／傷ついた羽をひろげて」（「きてみれば」）と、淡々と歴史に思いをはせる詩や「長安羨望」の詩もある。

詩集『庭園考』では、「私は／力が入りすぎている」ので、「歩く速度も／ゆっくりとね／変えてみようと／思っているんだ」（「今朝　君につたえたかったこと」）の詩が印象的である。著者は、大阪生まれだが、現在は、「飛鳥」「斎庭」「斗《ひつきぼし》」「時守」の詩に象徴されるように、奈良に住む。

奈良への道には、地中海世界と結び、インドや中央アジアから砂漠のシルクロードと中国や朝鮮半島を経て渡り着いた文化がある。詩の言葉は、比較的短く、それほど難しい言葉を意識して書いているわけではない。詩に盛られた詩人の言葉に散見できる感覚の現象学は、なよやかな感性を発している。「私のいない時間に／草木は伸び／花木は／老いながら蕾をふくらませ／鳥は卵をあたためている」（「庭はだれのもの」）。詩の言葉が穏やかな余白にまで響きあうと、詩の余韻が読む人の心の声まで届いてくる。「私はラヴェルのメヌエットを弾きたい／戦のあとの　鳥の囀りを取り戻した草原と／草原にとどまり眠る青年たちのために／（略）／私はここに／私を鎮めるための閾を求めていたのだと知る」（「白の領域」）。奏でられた言葉の質と形象が、心のなかにある詩人の思いをいかに表現するか、静かな佇まいに知覚された思いをこめた詩集である。

（続く）

高橋郁男・小詩集『風信』

二十一

続々・東京・全球感染日誌

十月三日　土
トランプ米大統領が新コロナに感染し　入院
四日　日曜
デザイナーの高田賢三さんが
パリ郊外の病院で　新コロナで死去　八十一歳

十八日　日曜
一年ぶりに　東京駅近くの「大江戸骨董市」を覗く
昔の都庁の跡にある広場で
覆いの無い　青空の市だが
会場の周りにロープを巡らせ
入り口では　額の温度を計られる
胸に　来訪者のシールを貼って入場する

昨年迄より　規模は小さくなったが
それでも　百店は出ているようだ
人々は　さざめきながら楽しんでいる
やはり　外国人は　ごく少ない

以前は　日本の土産ものを物色するような
数多の外国人でにぎわっていた
いつか　ドナルド・キーンさんを見かけたこともあった
雅号は　鬼《きーん》怒鳴門《どなるど》
ご存命なら　この全球感染の世を　どう語られたか

鬼《きーん》師にコロナの役《えき》を尋ねたし

二十一日　水
千駄ヶ谷駅前の　新しい国立競技場に行く
五十六年前のこの日は
昭和の東京オリンピックの陸上競技の最終日で
マラソンの号砲が響いた
甲州街道の調布までの往復を経て
アベベがゴールして　しばらくの後
入って来た円谷が　最後にヒートリーに抜かれた

このオリンピックから二十一年前のこの日には
明治神宮外苑競技場と呼ばれたこの地で
学徒出陣の壮行会があった
真珠湾攻撃から二年近く後で　敗色が濃くなり
それまで出征を猶予されていた学生も
戦場に送られていった
戦後に　出陣の記念碑が建てられたが
その碑は　新しい競技場の敷地内に移されて

イベントの無い日には　見られなくなった
　秋深し足音刻むスタジアム

二十四日　土
築地の場外市場へ
ひと月前よりも　人がかなり増えている
外国人は　変わらずに少ないが
軒下の狭い通路での歩きにくさは　ほぼ一年ぶり
東京も「ＧＯＴＯ割引」に入ったせいか

十一月三日　火
アメリカ大統領選　投開票
四日　接戦
五日　まだ接戦
六日　まだまだ接戦
　「選挙が盗まれている」（トランプ会見）
　「票が魔法のように消えていった」（〃）
七日　大接戦を「バイデン候補が制す」と米メディア
　「まだ終わっていない」とトランプ側
八日
世界の新コロナ感染者が５０００万人を超す
二十三日　勤労感謝の日
青山通りと交わる外苑の銀杏並木が　半分ほど黄葉した

「三連休」の最終日で
この地では久々となる　大きな人波を見た
並木沿いに連なるカフェには　行列ができ
車道にはみ出して　黄葉を背に自撮りする人も多い
道に　マスクがあふれている
白　黒　灰　青　紫　クリーム　ピンク　モスグリーン
色も柄も　とりどりのマスクが行き交っていたが
全面が真赤のものだけは　この日も見当たらなかった

十二月一日　火
今年の流行語大賞は「３密」とか
たしかに「密」は　このコロナ禍の年を象徴する字だが
そもそも「密」とは　大都会を象徴する文字でもある
もともと都会では　人は上下左右斜めに密集して住まい
密閉された密室の中で密に会し　仕事する
「密」を避けることは　都会的なものを避け
散開し　疎開することに傾く

コロナ禍の中　東京都の人口が少しずつ減り始めたという
３密の回避や移動の制約で　リモート化が進み
東京に居なくとも　仕事ができるようになったからか
あるいは　通勤の苦行も避けられる地方を
本格的に目指すのか
百年ぶりの　世紀の疫病は
都市の未来を変えるかもしれない

コロナ禍や東京時代過ぎ行くか

八日　火
日本軍の真珠湾攻撃から　七十九年
ジョン・レノン殺害から　四十年
十六日頃
ベートーヴェン誕生から　二百五十年
今から四十年ほど前の晩秋のある日
ドイツ・ボンの　彼の生家跡の前に立ったことがある
当時　ボンは西ドイツの首都で
政府機関への取材の合間に立ち寄った
ボンは　首都とはいえ　地方によくある静かな中都市で
なだらかな丘の鮮やかな黄葉が　記憶に残っている
彼が幼少時代をすごした　この街の静穏な佇まいと
彼が築いた音楽世界の革命的な激しさとの対比を思った

ロマン・ロランの『ベートーヴェンの生涯』によると
彼は　ウイーンに出て　作曲家になる頃にも
ボンへの郷愁を強く感じていた
一八〇一年の夏　旧友への手紙に　こう記した

——僕の故郷、僕がこの世の光をそこで始めて見たあの美しい土地は、君たちと別れて来たあの時の姿のままにいつも明らかに生き生きと僕のこころに生きている。
——僕の芸術は貧しい人々の運命を改善するために捧げられねばならない・・
——三年以来僕の聴覚は次第に弱くなった。
（片山敏彦訳・岩波文庫）

失聴という厳しい病が募る中で「傑作の森」を築いてゆく
その不屈な姿と　未踏の楽曲が
今も尚　人々の胸を打ち続ける

この　聴覚を失った音楽家は
視覚を失った画家や
触覚を失った彫刻家
あるいは
声を失った歌手や
言葉を失った詩人
味覚を失った調理人
のみならず
あらゆる困難な運命を内に抱えた人々を励まし
時には　一筋の光をもたらしてきた

近年　歳末に「第九」が演奏されるのも
明るいとは言えない　この世界と　その未来とに
一条の曙光を求めるこころの傾きを映している

この年末には　近接・密集での大合唱を避けて

幕のような大きなマスクやフェース・ガード
別々に録画した「別唱」の合成画面など
苦心しながら　演奏された

合唱はリモートなれど第九かな

二十七日　日曜
世界の新コロナ感染者が　８０００万人を超す

＊

新コロナによる「全球・感染日誌」を記すため
二回休載してきた「古今の時への旅」を
マスクを一時外して　再開する

時を遙かに旅して
十九歳の青年ベートーヴェンが　まだボンに居た
一七八九年のフランスの首都パリに
辿り着いたとする

七月の二日　といえば
フランス革命勃発の十二日前になる
パリの中心から少し東に外れたバスティーユ監獄で
一人の囚人が　外に通ずる下水の管を外していた
それを　ラッパのように口にあてがい
外の市民に向けて大声で叫ぶ
「われわれは迫害されている。救いにきてくれ」
この囚人は　後に「サディズム」という言葉の由来となる
サド侯爵（四九）だった
この監獄には　囚人だけではなく
王権にとって危険思想とみなされた本も収監されていた
「百科全書」も　その一つだった

（澁澤龍彦『サド侯爵の生涯』桃源社）

フランス革命を思想的に準備したとされる
この膨大な叢書を企画・刊行したディドロは
かつて　この本だけではなく　彼自身も
パリ郊外のヴァンセーヌの城に監禁されたことがあった
ディドロとの面会に出かけたジャン＝ジャック・ルソーは
ディジョンのアカデミーが
論文を募集していることを知る　その論題は
「学問と芸術の進歩は、習俗を純化することに寄与したか」
彼は　この問いに「否」と答える「学問・芸術論」で応募し
当選して　世に知られるようになった
ルソーは「百科全書」には「音楽」の項を寄稿する
スイス生まれの彼は
パリに出てきた当初は音楽家を志していた

——むすんで　ひらいて　手をうって　むすんで
また　ひらいて　手をうって　その手を上に

この　昔懐かしい童謡のメロディは
ルソーが作曲したオペラ「村の占い師」の中の一節で
フランスの国王ルイ十五世の前で初演された
（『世界の名著・ルソー』平岡昇・責任編集　中央公論社）

ルソーやディドロ　サドらと同じく
千七百年代・十八世紀に生まれた
西洋と日本の歴史上の人物を　生年の順に辿ってみる

仏王・ルイ十五世　１７１０～７４
ルソー　１２～７８
ディドロ　１３～８４
与謝蕪村　１６～８３
ダランベール　１７～８３
ポンパドール侯夫人　２１～６４
ジョージ・ワシントン　３２～９９
杉田玄白　３３～１８１７
十代将軍・家治　３７～８６
サド　４０～１８１４
ルイ＝Ｓ・メルシエ　４０～１８１４
ゲーテ　４９～１８３２
喜多川歌麿　５３～１８０６
仏王・ルイ十六世　５４～９３
マリー・アントワネット　５５～９３
モーツァルト　５６～９１
松平定信　５８～１８２９
葛飾北斎　６０～１８４９
山東京伝　６１～１８１６
小林一茶　６３～１８２７
滝沢馬琴　６７～１８４８
ナポレオン　６９～１８２１
ベートーヴェン　７０～１８２７
ヘーゲル　７０～１８３１
十一代将軍・家斉　７３～１８４１
安藤広重　９７～１８５８
バルザック　９９～１８５０

ルイ十五世の愛妾ポンパドールは　贅沢・乱費で知られるが
ディドロらの「百科全書」の出版にも手を貸した

ルイ十六世と妃アントワネットは
バスティーユ陥落から四年後に　断頭台で処刑された

サドとメルシエは　生・没年ともに同じで
同じく　パリに生まれている
「人間の性」と　「パリの風俗」と
二人が分け入った道は　かなり異なったが
同じく　革命の時代の空気を吸い　生きた
メルシエは　革命前夜の「首都の実相」を

詳細なルポルタージュで著述する一方で
未来小説「西暦二千四百四十年」も著す
そこでは　パリの空に中国からの飛行船が現れる

――（飛行船は）ゆっくりと降りてきた。それが広場に着陸
すると、飛行船に吊るされていた車から八人の中国人高
官（マンダラン）が出てきた。飛行船は北京からやって
きたのだった。七日半の横断旅行だったという。
（『フランス幻想文学傑作選』植田祐次訳　白水社）

フランス革命の前後は　日本では
江戸時代の天明・寛政から文化・文政期にあたる
町人文化の隆盛で　黄表紙や読本《よみほん》が流行り
浮世絵の世界でも　名手が輩出した

この時代に着目した現代作家の一人が藤沢周平さんだった
「冥《くら》い海」では　北斎と広重を
「喜多川歌麿女絵草紙」では
歌麿と京伝　馬琴らとの交わりを描く
江戸の市井に生きる人々の　悩みの多い営みを背景にして
北斎や歌麿の心の内奥にまで迫った

――浮世絵師という存在に惹かれるのは、彼らの
描き残した作品が、官製の匂いをもたず、
自由に人間や風景を写していること・・
（『喜多川歌麿女絵草紙』著者あとがき　講談社文庫）

この「女絵草紙」では　松平定信による寛政の改革で
浮世絵の出版を含む様々な自由が制約されてゆく中での
歌麿の反骨心と　自由への希求も描かれている
「自由」は
あのフランス革命の三つの旗印の先頭にも掲げられていた

江戸の鎖国の時代　世界の情報の多くは
長崎の出島に着くオランダ船から　もたらされた
その聞き取りによって編まれた「オランダ風説書」で
最初にフランス革命が言及されたのは　一七九四年だった

――フランス国臣下之者共《ものども》徒党仕《つかまつり》、
国王並王子を弑《しい》し国中乱妨におよび・・・
（松方冬子『オランダ風説書』中公新書）

バスティーユの陥落からは　既に五年が経っていたが
国王ルイ十六世を弑する処刑は　そのわずか一年後に
東洋の果ての島国にまで　伝わっていたことになる

井上摩耶・小詩集『瞑想 迷走 また瞑想』四篇

よっちゃん

よっちゃん、ねぇよっちゃん
どうしていつも下を向いているの？

よっちゃん、ねぇよっちゃん
なんでそんなに悲しそうなの？

「転びたくないから」
「仲良くなっちゃいけないから」

よっちゃんは私の顔を見ずに言った

「怒られちゃうから」

少し手を握って言った

私は転んでも怒られたことはなかった
悲しんでいたら　慰められた
だから　よっちゃんの気持ちがわからなかった

よっちゃん、ねぇよっちゃん
大丈夫だよ　お友達になろう

一緒に空を見たり
冗談を言って笑ったりしよう

よっちゃん、ねぇよっちゃん
ダメかな？

「いつか居なくなるから」
「その時につらくなりたくないから」

よっちゃんは言った
私は何も答えられなくて
その晩　泣いた

八ヶ岳の夏

森の中の小川の水が
透明なこと透明なこと

裸足でじゃぶじゃぶと石ころの上を歩く
水が跳ねて冷たい

すくって飲んでみる
美味しいこと美味しいこと

川縁で父と母が座ってこちらを見ている
私は木々の間から降り注ぐ太陽の光りを見ている

鳥たちも鳴いて
可愛いこと可愛いこと

太陽と緑と水と…愛
幼い私を包んで光る

ゴツゴツした小さな石を裏返せばヌルヌルの藻
面白いこと面白いこと

全てに包まれてどれだけ幸せだったか
川から上がればロールパンと三角チーズ

脚を伸ばして寝っ転がる
気持ち良いこと気持ち良いこと

八ヶ岳の夏
大自然と家族の愛に包まれて…

幸せなこと幸せなこと

陽の昇る家

夜中の信号がチカチカ滲んでいる
陽の昇る家にタクシーを飛ばしたんだ

何かを感じて
衝動で動いた

貴方が一番して欲しくないこと
今夜初めてやった

ドアは開けてくれなかった
壁越しに電話をする私たちは
崩れ落ちるしかなく
冷たい空気が　携帯を持つ手を振るわせる

もう会わないと言ったり
会う事は出来ると言ったり

顔を見せてよと言ったり
寒いからドアを開けてと言ったり

ごちゃごちゃの会話の中で
何かを読み取り　感じ取り
自分のしている事の馬鹿らしさと
達成されなかった目的に落胆して

夜の澄んだ空気と
空に浮かぶ半月
涙は生きた証で生温く

来た道を思い出して歩く
声を殺して　つまづきそうになりながら

どこにいるのかわからなかったけれど
何とかタクシーを呼んで帰宅した時

私は生きているんだと思った

押し殺していた想いが溢れて　溢れて
私は生きたいんだと確信した
生殺しは嫌なんだと

後悔はない
悔いのないように生きる為の
精一杯の行動だった
今まで出来なかったことだから

例えそれが　貴方に嫌われることでも
私はやり遂げた達成感で涙を流しながら
微笑んでいた

顔も見せなかった
ドアも開けてくれなかった
その事実だけは　受け入れなければ

部屋は暖かく
出迎えてくれた猫を撫でると
自然に眠気が来た

境界線

考えれば何度もの境界線
善とか悪とか関係なくなる
「青春」とかキレイなのもだけではない
「危険」を伴った若過ぎたあの頃

いつからこんな真面目になった?
残す跡は鼻のピアス

そんなもの取ってしまえば良いのに
取れずにいる　私の顔の一部になっている

怖かったな　怖いものなんてなかったな
そのどちらもだった
一つ言えるのは死にそびれたのか
死にたくないと思っていた頃が一番「死」に近かった

愛した　だから付いて行った
警察　何度も呼んだ　呼ばれた

交差する記憶の中
狂気の始まりはとっくに始まっていたという事
病とか関係なかった

既に脳みその伝達機能は崩壊していたのだろう

私は今　引きこもりかもしれない
こんな時代だし　逆に良いかもしれない
今までになく真っ当に日々を過ごしている

肩身の狭くなったタバコだけが
まだ私にくっついて回るけれど
それくらいは許してよ…

「生と死」その境界線で
狂気も混じった時には誰にも手は付けられなかった
悪い事をしているなんて意識もなく
瞑想　迷走　また瞑想

今になってこんな事を書いている自分　どうしたのかな?
何かをやり直したいかと問われたら
何ひとつないかもしれない
ただ　もう泣かせたくない大切な人
傷付けくない　大切な人

一人想い出に浸《ひた》る位　罪にもならない
もうないよバックパック
歩き回った　走り回った
足　車

風を感じて　髪を揺らして
星と話した時の感動
初対面のキス
付けていた香水の香り

頭の中で風船が爆発しそう

今夜はこれくらいにしておこうか
救われた今　もう感謝しかないから

一言「ありがとう」しかないから
「大丈夫、大丈夫！」って聞こえるから

残したのは　鼻のピアスとタバコ
新たに迎え入れたのは可愛い愛猫二匹
ただそれだけ
ただそれだけ

永山絹枝・小詩集『フランスの明暗』

【一、芸術の都・パリ】

◆カンバスに対ひゐるなかにいちにんの日本人
　みたりモンマルトルの丘　　（黒石登美子）

文化の先進地　パリ　ボンジュール　きょうも良い日
「自由・平等・博愛」の縦三分割旗
フランス国歌「ラ・マルセーユズ」が鳴り響く
胸ポケットにミモザの一房、山高帽のフロックコート
ロンポワンと呼ばれる雪の結晶のように広がる交差点
シンボル　エッフェル塔　オレンジ色の温かいネオン
アコーディオンの響き　耳触りのよい会話
与謝野晶子が鉄幹を追いかけて訪欧し
彫刻家・ロダンと交流　四男に名付けたアウグスト
アウギュスト・ロダンは／この帽の下にて／わが手に口づけ
　ラパン・アジルに集まる／新しき詩人と書画の群れは
　この帽子を被れる我を／中央に据ゑて歌ひき（晶子）
おおらかで　自由な表現
ミレー・ルノアール・ロートレック等が画材を広げた
モンマルトルへ　似顔絵を描く画学生が居た
遠くにはモンサンミッシェルを眺望しながら
ロワール城でのワインの一息

【二、表現の自由と繰り返されるテロ】

凱旋門からコンコルドまでの長い石畳
シャンゼリゼ通りでのできごと
ネッカティーフを購入し老舗店を出ようとしたら
ビー！　強烈な機械音が鳴り響いた
値札の取り忘れだとお詫びも微塵もない
悔し心に共鳴する遠雷の爆破テロ
「反テロ」の声が埋め尽くした二〇一五年
風刺週刊誌「シャルリエブド」が襲撃された
表現の自由を守る「私はシャルリ」運動
筋道を立てて批判し　風刺画を書くのは
この国のアイデンティティ
街を縦横するのは待遇改善のストライキ
病院数減少の危機を訴える看護士集団
羊連れで鈴を鳴らし抗議するは酪農家
移民労働者達はテンポよくリズムかき鳴らす
マリーアントワネットが赤旗に取り囲まれた
シャンデリアが豪華なヴェルサイユ宮殿とは裏腹に
年代物のホテルのエレベーターは
牢獄並みで　ぎしぎしと軋む
フランス国民でなくても生活改善に声を上げる
第二、第三弾のコロナ禍も知らぬげに
セーヌは滔々《とうとう》と流れ　沈みゆく夕陽を背景に
エッフェル塔が生真面目に佇んでいた

【三、ムーラン・ルージュ】

パリにはいろいろな色彩の雨が降る
モンマルトルには白い雨が
ブーローニュの森には季節ごとに緑・黄・赤色
今の季節なら冬枯れの褐色の雨
枯葉と共に　日本より一足早い秋の夕暮れに
ムーランルージュに出かけた
唄ってあげましょ・わたしでよけりゃ・
セーヌのたそがれ・まぶたの都・
花はマロニエシャンゼリゼ・赤い風車の踊り子の・・・
歌詞に出てくる・赤い風車がお出迎え
食卓メニューはフランス語のみで
あみだくじを引く思いでご注文
ショーは・カンカン娘から
均整の取れた踊り子が横一列に並び
ラインダンスが始まった
いつか読んだ　背むしの鐘つき男が瞼に現われ
オペラ座の怪人が天井を掻きまわす
幻覚と夢想と熱気に　酔い痺れ
舞踏会の輪に入って踊る、巡る、奏でる
紅い風車　羽広げ　麗しのその調べ
夜に輝くムーラン・ルージュ

【四、ルーブル美術館】

広大で温室みたいなルーブル美術館
莫大の作品の中からモナリザ・ミロのビーナスへ直行
江口季好の「ヴィーナス誕生」の朗読が蘇る
エーゲ海に浮かぶ　ミロ島は、縦二十キロ、横十キロ
小麦と綿の島／／いまヴィーナスはルーヴルの首座で
愛と美のエーテルを世界の人々に送っている
肩から下に向かう右手と／やや上に向かっている左手は
何をしていたのであろう／／
いま　ここに／両腕を切断した／障害者ヴィーナスは
それでもうまれながらの愛と美を保っている
ふるさとを想う／ほのかな哀愁を見せて／／
　アルジャントゥイユのヒナゲシ
　広い野原の　土手に／群れて朱色に咲き乱れる
　：愛する妻カミーユと息子のジャン
　モネは　時の移動を描きとめたのだ
フランコ・ヒトラーの密約と爆撃に
怒りと抗議で作製した万博のゲルニカ
ルーブルからオルセへ　セーヌ河に架かる橋を渡り
モネのオランジェリーから　ピカソ美術館へ
スペインでは　青の時代の作品が　ここでは
解きにくいキュピスムから　次第に豊満に花開く
何人の女性の樹液を吸った　ふくよかさだろう

【五、ストラスブール大学の歌】

◆戦争の怖さ虚しさひもじさを
　　　母はぼつぼつかたりはじめぬ　　　（谷光順晏）
一〇四〇年　ヒットラーのドイツ部隊は
北フランスに侵入しストラスブールを占領した
抵抗する官吏やマルキストたちが銃殺された
アラゴンはリヨンやドロームに逃げ詩を書き続ける
六月にはパリが陥落し
映画「カサブランカ」の主人公たちも
自由・平等・博愛を旗印に愛とレジスタンスに命を捧げる
ああ　イングリットバーグマンの澄み切った美しさ
アラゴンは嘆き　怒り　悼む
そして誇りをもって勝ち取ったことを
書かずにはいられなかった「ストラスブール大学の詩」
陽の色に輝やくカテドラル／　ドイツ人どもに囚われながら
「教えるとは　希望を語ること　学ぶとは　誠実を胸にきざむ
　こと」
学生たちは別れを告げて逃れ出た／
背負袋を肩に　それは　ながい別れとなる
かれらはなおも苦難のなかで／その大学をふたたび開いた
フランスのまんなかクレルモンに／／
第二次大戦後、フランス共和国憲法の前文には
「フランス共和国は征服を目的とするいかなる戦争をも企てず、
又、如何なる国民の自由に対してもその武力行使しない」とある。

【六、フランスの沈黙を破った大統領】

レジスタンスの国　このことばを
覆す選択をしたのは　大統領だったジャック・シラク氏
第二次世界大戦中の一九四二年七月一六日の明け方
ナチス・ドイツの占領下にあったフランスの対独協力政権は
パリ地域のユダヤ人約一万人を一斉に逮捕した
ナチスの強制収容所に送り込まれたのは八万人近く
官僚機構はナチスの支配を支えた
その沈黙をシラク氏は破った
初当選したばかりの九五年犠牲者を悼む式典で演説
そうです。占領者の犯罪的な狂気を補佐したのは
フランス人でありフランス国家だったのです
啓蒙思想の国、人権の国、難民をかくまう国であるはずが
守るべき人たちを処刑人に引き渡したのです
自国の歴史への大統領の仮借のない言葉
何度も何度も証言すること
過去の過ち　国家の過ちを認め
歴史の暗部を決して隠さないこと
それは人間とその自由と尊厳という理念を守ること
フランス人は愛想笑いを嫌うという
同調することから会話を成り立たせるのではなく
自分の意見を通し認められる強さを持つという
日本人や統治者にとっても見習うべき姿がここにある
　＊2019／10／13［朝日新聞］引用

藤谷恵一郎・小詩集『風の船』*抄（一）五篇

朝が来ると

朝が来ると
突然に無尽数の蜉蝣《かげろう》が空へ空へと飛び立つ
朝の光が降りあえぬほどの蜉蝣が
母なる川からいっせいに飛び立つ

川はやさしく流れている
緑の空気を映し
蜉蝣の影を映し
川は静かに流れている

ああ蜉蝣よ
おまえに許されてある時間はすべてを削ぎ落さなければ
間に合わない

ああ蜉蝣よ
生きてあることがすべてなのか
恋がすべてなのか
産卵がすべてなのか
向こうへ向こうへとすいよせられる乱舞

喜びと絶望と悲しみと諦めと生と死と愛の乱舞

ああ蜉蝣よ
おまえは私だなどとは言うまい
死ぬことを宿命づけられた蜉蝣よ
生きることと死ぬことを与えられた人間よ
紙幣の方舟に乗った人間よ
欲望の馬を馳せる人間よ
虚飾の車に乗った人間よ
青年の時を終えた人間よ
生きることと死ぬことを与えられた人間よ
蜉蝣のあとの生に魂を耀かしめよ
喜びと絶望と悲しみと諦めと愛の乱舞の後に

昼を過ぎると
川は待っている
樹々がざわめき葉を悪戯に落としても
強風が水面をゆすっても
心の静けさを破られることはなく
川は静かに待っている

生を終えた蜉蝣を

蜉蝣の屍をやさしくやさしく流してやるために
樹と光と風に鎮魂歌を歌わせながら
やさしくやさしく流してやるために
川は静かに流れている

あんなにも優しい微笑みが

　あんなにも優しい微笑みがあるのに
孤立している人がいる
　あんなにも優しい微笑みがあるのに
微笑みの優しさを知れば知るほど
風に寂しさを見る人がいる

　あんなにも善意に溢れているのに
闘っている人がいる
　あんなにも善意に溢れているのに
偶然に翻弄《ほんろう》されて
狂気に自分も他人も傷つけている人がいる

　あんなにも恋しい人がいるのに
背を向けている人がいる
　あんなにも恋しい人がいるのに
恋しければ恋しいほど
海に生きたいと思う人がいる

　あんなにも愛した人を抱いているのに
堕《お》ちゆく翼しか見えない人がいる
　あんなにも愛した人を抱いているのに
抱けば抱くほど
死と話す人がいる

　あんなにも美しさを秘めているのに
自分を醜《みにく》いと思っている人がいる
　あんなにも美しさを秘めているのに
美しければ美しいほど
イソギンチャクの触手で自分を覆いたい人がいる

　あんなにも優しい感受性があるのに
黙り続ける人がいる
　あんなにも優しい感受性があるのに
幼い心のままどうしていいか判らない人がいる

　あんなにも優しい微笑みがあるのに……

あの坂道を越えて

今日は何処にも行かない
あの坂道を越えて
コーヒーを飲みにも
映画を見にも

今日は奴が来るから
日がな一日ゴロゴロしていよう
今日は何処にも行けない
あの坂道を越えて
花を見にも
本屋にも

今日は奴が来るから
誰にも顔を合わせないでいよう
でも明日は
奴がきっと夜の内に消えているから
あなたに会いに行こう
あの坂道を越えて

百合のように開くでしょうか

私の魂は海と同じ大きさです
私の魂は芥子粒《けしつぶ》と同じ大きさです

あなたの魂が私の魂に触れたなら
私の魂は百合のように開いていくでしょうか

あなたの魂が私の魂に背を向けるなら
私の魂は病葉《わくらば》のように落ちてゆくでしょうか

私の魂は水のように像がありません
私の魂は石のように頑固です

私の魂は憎しみに戦いています
私の魂は欲望に固まっています
私の魂は愛を求めています

私の魂は原子と原子が細胞と細胞がくっつきあって創りあげる
　パズルなのでしょうか
たった一つのピースが欠けていつまでも出来上がらないパズル
　なのでしょうか

宇宙はあなたなのでしょうか

あなたは宇宙なのでしょうか
それともなくしたピースがあなただったのでしょうか

私の魂は海と同じ大きさです
私の魂は無と同じ大きさです

あなたは野に花を咲かせたように人間を咲かせたのでしょうか
虚無とともに
あなたの魂はシリウスのように輝いているのでしょうか
あなたの魂は真っ黒な真っ黒な透明なのでしょうか
それともあなたは人間の魂が無数に縒り合わさった巨大な無なのでしょうか
無数の魂が法則のない法則に並べられた巨大な無の暴風なのでしょうか

私の魂は　あなたの真っ黒な透明をすり抜けていく

通学路

紫の孤蝶の羽の色深き二輪の花は活けられて
窓の外には
凪の川
右へ左へ茜蜻蛉
東に流され西へ飛ぶ

二輪のコスモス少ししおたれて
窓の下には通学路
君の通わなくなった通学路

＊『凪の船』【一九九八年一月三〇日発行　発行 ㈱日本図書刊行会
発売 ㈱近代文芸社】

柏原充侍・小詩集『カミナリ』九篇

カミナリ

雨の日は憂鬱だ
不吉な予感がする
傘をさして　駅へとむかう
いつも雨の日に　悩むことがある
もしも・・・もしも・・・
傘にカミナリが落ちてきたらどうしようと
友はわらった
「何のために避雷針があると思っているんだ」
だとすると　どこに　落ちるのだろう
謎は深まるばかり
俗世間で〈カミナリ親父〉
うちのおとんとは　まったく無縁だ
神様か　仏さまか　わからないけど
カミナリが鳴るたびに　生きていることの　不思議
どこからともなく　カラスの叫び声が　聴こえる
冬に生きた　わたしたち
コロナはおそろしいけれども
コロナの避雷針は　何処にあるのだろう
謎は深まるばかり
ただ　わかることは
もうすぐ　春がやってくるということを

冬の神様

おそろしい　おそろしい
冬の神様　冬の将軍様
鋼鉄の御空と　舞い上がる　雪の踊り子たち
降り積もる　雪は　だれのために
いのちが眠る季節
ただ　貴方に逢いに行きたい

将軍様　わたしに　春をもたらす　ちからを
沈黙の季節　とめどなく　雪はふりつづける
ふと「富士山を見にいきたい」
冬の将軍様に　そのさきは　なにが舞っているのだろう

冬に別れた
師走の街は　あわただしくて　こころせつなく
それでも「つよく生きよ」と
背広につつんだ　コートを羽織って
また　もういちど　やりなおそう
そう　想ったとき
やがて　季節がうつりかわり
新生の季節　そう・・・
貴方に　逢えるから

また、人生に春がやってきた

清らかな冬の朝
澄んだ空気は　希望の朝
やがて　別れと出逢いの季節が
うつくしい春のかおり
どこまでもとおい　とおい　青空に
ささやかな　ひとの命　冬の空は　どこまでもたかく
雀たちは　幸福の詩を歌いあげて
春の日々　二度とはもどれぬ　青春の尊さ
ともにあゆんだ　ひかりの日々
もういちど　貴方と出会うなら
あの　たかくて　澄んだ青空のもとで
あのとき　けっして言えなかった
あの　すこしだけ気弱な　そして
純粋で誠実な　こころを
伝えたい・・・
どれほど恋心を懐いていたかということを
だれよりも大切にしたい
あれから　長い歳月が　すぎていった
ひとり　あのころの　桜並木
いまでも想い出す
あの若かりし　春の日のことを

春におぼえた桜色

ながい冬が去っていこうとする
はたして人生に冬はあるのだろうか
あるひとが、わたしにこう言った
「ながい人生の中で、一度や二度、冬の時代はあるんだ」

春　ああ春よ
青春の輝き　川沿いに　一面の　桜色
あの　忍耐の冬　そして　失われた愛
新年を迎えて　また　今年も　元気でいられますように
「ありがとう」
また　春の日々が　めぐりゆく
はなさきをくすぐる　春のかおり
あたらしい季節がやってきた

桜がふぶく　あの　川沿いの　幸福の色そして
幸福の青空　いつまでもわすれない
ともにすごした　あの　春の日々

あなただけがすべてでした
いまなら言える
なぜなら桜色にそまった　青春だから

天の御国

なあ　おぼえているかなぁ
はじめて　高校にすすんだ　春の日を
あまり　最初は仲が良くなかった
けれども　音楽　音楽！
ロックミュージシャンにあこがれて
髪をながくして　茶髪にして
まいにちが　まるで自分のためだけにあるような
そんな　或る意味で　盲目の　青春　春の日々
風に吹かれた旅人たち　風に身をまかせた　少年のまなざし
一年　また　一年　思春期そして　おとなになってゆく
音楽をつうじて　ともだちに　親友になってくれた
やがて　夢のような　若き春から　おとなへの途と
「ありがとう」
それすらいえなかった
なぜなら、あまりにもたくさんの　こころの財産をくれたから・・・

それから　三年の歳月がながれた
〈君〉は天に召された
あの　青き春　そして　満開の桜・・・
おおぞらに手を伸ばして
「もう　〈君〉は生まれ変わったかな」

希望へといざなう青空

春のはじめ　こころ震わす　雀たちの
愛の歌　どこまでも　青空はとおく
冬を乗り越えた　かけがえのない　〈命〉たち
あたらしく　新学年がはじまる
おともだちが　できるかな
体育の授業　将来の夢　将来の自分にむかって
ただ　走る・・・走る・・・いつまでも
こどものころはわからなかった
おとうさん　おかあさん
ただ　感謝するだけで
「親のありがたさは、いなくなってから　わかるものだよ」
春の日々　春の青空　春の愛　ただ
貴方だけでした
先生は　言いました
「親を泣かせることだけは、するな」
太陽はあかるい　いのちをはぐくみ
やがて　さくらの花が散るころに
もういちど　もういちど
「ぼくの、おともだちになってくれる」
えがおで　こう答えた
「いっしょに　学校から帰ろうよ」

希望の桜へと

残酷な冬は去っていった
つつましく暮らす　庶民の人生
亡国病　かっては　結核のことだった
戦時中は　みな　貧しかった
おとんもおかんも　戦前生まれ
生きてゆく知恵　たくさんいただいた
「水やお茶に、おかねをつかうな」
「水道の水を飲め」
戦時中　じいじ　ばあさん　旧満州国にいた
もう　戦争に敗れると　そう悟った時
船で　日本にかえってきた
かっての敵に　桜を　つまり　戦争を避ける
また　パンダが　こどもたちを　喜ばす
アメリカにも　桜の樹々を　平和と友好の〈証〉
はるかシベリアで　労働をしいられた　兵士たち
人格が変わったひともいたという
平和に暮らす　わたしらの生活
やがて　絶望の冬を乗り越えて
ふたたび立ちあがろう
コロナという　人類の敵に
打ち勝つことを

みんなどうしているのかな

こどものころ　いつも想い描いたことがある
どうして　日本は　春　夏　秋　冬　があるの
春になると　出逢い
夏に恋して
秋にかなしみのなみだを
冬になると　雪が舞う空

田舎は　瀬戸内海だった
海の恵みに　育まれ

夏になると　いとこと　みんなで
海開き　足がつかないと　ふあんだった
蟬をつかまえにいこう
クマゼミ　ミンミンゼミ　ツクツクボウシ　アブラゼミ
蜂が　夏の花々に　恋をして
やがて　たのしい　たのしい　潮干狩り
イソギンチャク　くらげ　カニ　やどかり
また　来年も来るからね
おばあさん　えがおで
どこまでも　どこまでも
手をふっていた

まけるな

まけるな　まけるな
ぼくは　つよい　ぼくは　つよい
かぜがふく　かぜがふく
がんばれ　がんばれ
おとん　おとん　おとん
だいすきだ　だいすきだよ
おかんは　かいもの　そうじ　せんたく
とおい　とおい　とおい・・・
ふゆの　あさ
つめたい　つめたい
かぜが　ぼくに　こころを　つよくして
ことりたち　ささやく
そんな　きみたちが　いのちの　みちへと
はしろう　はしろう　どこまでも　どこまでも
おそとが　すきだから
ひとがすきだから
くじけない　たとえ　しんどいとき
それでも　まもられている
おそらの　とおくから
みんなが　みまもっている
だから　まけるな

小説

連載　第十三回
予感の悲哀―小泉八雲私論―

宮川　達二

私が今日にしているのは、もはや炎のゆらめく古《いにしえ》の東洋の海ではなく、その幅と深さと高さとが、「永遠の夜」と一体になった海―岸辺も時間もない「生と死の大海」なのであった。幾百万の恒星から成っている、あの輝く霞のような銀河の架け橋さえ、「無限の潮」の流れの中で燻《くすぶ》っている波のひとうねりに過ぎなかったのだ。

小泉八雲「夜光るもの」Noctilucae（原名　夜光虫）

と、風鈴を思わせるやさしい声が鄭重な言葉を響かせて、私の夢想は破られた。気がついてみると、宮殿の女主人が先程の茶代のお礼を言いに来ていたのだ。私も畳の上に手をついて、それに応えた。その女《ひと》は妙齢の惚れ惚れするような美しい人だった―国貞描くところの蛾の娘、蝶の女のようだった。たちまちにして、私は死を思った。美は時に予感の悲哀なのだから。

小泉八雲「夏の日の夢」The Dream of a Summer Day

―明治二六年七月、ハーンは長崎旅行の帰途、熊本の宇土半島三角《みすみ》港に立ち寄り浦島屋に宿泊する。

―小泉八雲という文学者―

三十年ほど前に、ヨーロッパの西の果ての島国アイルランドを訪ねたことがある。私は、愛読していた小泉八雲（ラフカディオ・ハーン）が少年時代を過ごしたこの国を旅してみたかった。明治二十三年（一八九〇）三十九歳の時に日本へ辿り着き、亡くなる五十四歳まで日本で暮らした八雲。この間に、彼は日本を題材とした著作を十冊以上書き残した。何が彼を遠い日本へ導き、日本との関りを深くしたのか。彼は一八五〇年、ギリシャのレフカダ島生まれ、母はギリシャ人、父はアイルランド人で英国陸軍軍医だった。二歳の時、父の祖国アイルランドへ移り住むが、間もなく父母は離婚、父と母とも生き別れ、大叔母に引き取られ孤独な少年時代を過ごす。だが、晩年には望郷の想いを持ち、幾つかの作品でアイルランドを振り返る。

私は、晩年に妻セツの協力を得て彼が書いた『怪談』に含まれる数篇が好きだ。八雲が英語で書き、翻訳の妙もあり、もともと日本語で書かれたような錯覚を覚える。だが私は、彼の紀行文、随筆、また『怪談』以外の短編にむしろ彼の本質的な作家魂を感じる。例えば、冒頭にあげた「夜光るもの」「夏の日の夢」などは、霊感に満ちた詩人気質、そして哲学者、神秘思想家としての八雲が顕著に表れた文章である。

彼は日本の過去の伝説や怪奇物語を基にした、単なる再話文学の名手ではない。日本に限らず世界にも小泉八雲に高い評価を与える文学者、学者が多数いる。だが日本では現在も、明治中期に日本を訪れ、日本の古き文化、伝統を深く愛し、幾つもの『怪談』を英語で書いた文学者として位置付けされ、日本文学史の枠外という扱いから大きく変わっていない。

―肖像写真の八雲―

二〇二〇年秋、東京四谷に近い新宿歴史博物館で『生誕一七〇年記念―小泉八雲―放浪するゴースト』（十月十日～十二月六日）が開催された。十月中旬にこの博物館を訪れた私は、八雲の最晩年の肖像写真が大きく写ったポスターを見た。頭髪も髭もすでに白い。右頬を正面に見せて、視線は遥か遠くを見つめている。左目も、左頬もほとんど見えない。この日の展覧会は、ギリシャ、アイルランド、イギリス、アメリカ、そして日本に於ける八雲の人生と文学を詳細に伝える魅力的なものだった。

その後、数冊の小泉八雲文学アルバムで彼の写った肖像写真、集合写真を数多く見た。一部例外を除き、八雲の写った写真は、新宿歴史博物館で見たポスターと同じく、頑なと言えるまでに右頬を見せ、完全な横顔さえある。彼は十六歳の時、イギリス・ダラム州の全寮制カトリック神学校に在籍中、校庭で学友と遊んでいる時事故で左目を失明する。以後、左目失明は彼の大きな負い目となり、来日以前はもちろん、日本に来てからも残された写真は意識的に左目を見せないポーズである。

一九〇四年（明治三十七年）九月十一日、東京上野精養軒で開かれた早稲田大学講師招待会で撮られた集合写真がある。早稲田大学の講師一三〇名の男たちが写真に写っている。最前列中央に、小柄で目立たない中年の外国人が立っている。他の男たちは全員がカメラに視線を向けているが、この外国人だけは顔を左下方に向け、右頬だけを正面に向けている。この外国人こそ、小泉八雲である。彼は、この写真が撮影された二週間後の九月二十六日に新宿大久保の自宅にて心臓発作で命を落とす。

日本に住んだ後、妻と子を得て平穏な生活を送ったとはいえ、写真を撮られる時はこのポーズを続けた八雲。少年時代の孤独、そして失明という宿命が彼の文学者としての出発点だった。

―夢の国日本へ―

八雲は、ヨーロッパでの少年時代を経て、新たな人生を開拓しようと十九歳でアメリカへ渡る。彼はニューヨークからシンシナティ、ニューオーリンズで新聞記者を務め、三十代後半は西インド諸島マルティニークで二年間を過ごす。この間、小説、紀行文、再話を刊行し作家としての地位を固めていた。個人的にはアリシア・フォリーという混血女性との結婚と破綻、新聞記者の同僚で恋愛感情もあったエリザベス・ビスランドとの交友があった。ビスランドとの関係は遠い日本とアメリカと離れた後も断続的に文通を通じて続き、彼女は八雲の死後に『ラフカディオ・ハーン　伝記と書簡』（一九〇六年）を刊行する。美貌と才気に恵まれたビスランドとの交友は、こうして一冊の本となり残った。

一八九〇年四月四日、彼はアメリカの出版社の特派員として横浜港に到着する。来日後三週間余りの間に、彼が訪れた場所は、到着地横浜の神社仏閣、そして江ノ島、鎌倉である。友人に書いた手紙に八雲は日本を「夢の国」と書いている。だがこの時、京都も、奈良も、そして深く愛して住んだ松江もまだ訪れていない。結局、出版社とは契約を破棄、彼は松江で一年余り、熊本では三年近く英語教師を務めた。神戸では英字新聞「神戸クロニカル」の記者となり、ここで「小泉八雲」と改名し日本へ帰化、東京では帝国大学、早稲田大学で教鞭をとる。

八雲が「夢の国」と感じた日本は、明治時代に西洋文明へ追いつくことを国全体の第一の使命としていた。近代日本に八雲は大きく失望感を抱いたこともあったが、彼は日本に住む人々、生活、自然、芸術へ共感し、それらを文章にした。来日四年後に書いた『知られざる日本の面影』に発し、最晩年の代表作『怪談』に至るまで十三作の著書を刊行した。それらは、世界に日本を知らしめたことに留まらず、我々に日本とは何かを認識させる契機となり、彼が亡くなり百年以上経過した今も色あせない。

―『日本の面影』脚本山田太一―

脚本家山田太一（一九三四～）は、『岸辺のアルバム』『ふぞろいの林檎たち』など数々の優れたTVドラマの名作を書いた。彼が脚本を担当した『日本の面影―ラフカディオ・ハーンの世界―』が、一九八四年三月にNHKで放映された。連続四回のタイトルは

第一回　ニューオーリンズから
第二回　神々の国の首都
第三回　夜光るもの
第四回　生と死の断章

とされ、八雲のアメリカ時代から日本へ、そして死までを魅力的な映像で見せた。小泉八雲役は映画俳優ジョージ・チャキリス、妻セツは檀ふみだった。ジョージ・チャキリスは『ウエストサイド物語』『ブーベの恋人』などで知られている。彼はアメリカ生まれだが、父母はギリシャ系移民である。八雲も母がギリシャ人である。私はこの時すでに八雲の作品を読んでおり、期待してこのドラマを見た。脚本はもちろん、役者の演技、演出とともに期待を裏切らない作品だった。山田太一の八雲への情熱を込めた脚本による三六年前のこの作品、機会があれば私は是非もう一度見たいと思っている。

―彼方からの音楽―

晩年の八雲は、夏になると家族を連れて東京から静岡県の港町焼津へ行き、地元の魚屋山口乙吉宅二階に長期間滞在していた。意外にも八雲は泳ぎが得意で、海が遠浅ではなく砂利で深い焼津の海が大好きだった。明治三十年の初めての焼津滞在の帰途、御殿場口から富士山へ登っている。

そんな八雲に『焼津にて』という長文の随筆がある。この中に、魂の深奥で海の声、そして音楽を聞き取ろうとする文章がある。とくに、焼津の海に喚起された文章の後に続く「音楽」に言及する次の部分は私を驚かせた。

> しかし、海も声よりずっと深く、しかも更に奇妙な遣り方で私たちを動かす音がある。これも私たちを時には真剣にさせる、とても真剣にさせる音で―それは他でもない、楽《がく》の音《ね》―音楽なのだ。
>
> 　偉大な音楽は私たちの内部にある過去の神秘を想像できない深いところまで揺り動かす、からだの中の嵐である。
>
> （略）
>
> 　ある意味では私たち自身が神のようなものである。なぜならば、生まれる前から続いている記憶を音楽の恍惚境を私たちにもたらすのは、数限りない過去の生者たちの痛みと喜びの総和そのものに他ならないから。死んだ世々代々の人たちのすべての喜びと悲しみの感情が数えきれない諧調と旋律の姿をとって帰って来て私たちの回りに行き交うのだ。丁度それと同じように私たちが日の光が目に映らなくなるだろう時から百万年も後に、私たち自身の生涯の喜びと悲しみは、もっと豊かな音楽となって他の人々の心に

入ってゆくだろう、そこで何時か、ある神秘な瞬間に、誰かの胸に官能をそそる痛みの激しくも微妙なときめきを誘い起こすことであろう。

「焼津にて」が収められた『霊の日本』（一八九九年）の英語タイトルはー In Ghostly Japan—である。ゴーストリーは「霊の」と訳されているが、八雲が用いた意味は「超自然的な」「聖なる」「魂の」「奇跡の」という意味合いがある。つまり八雲のいう音楽とは、耳に聞こえる日本の雅楽や民衆の好む唄、ヨーロッパの教会音楽や古典音楽ではない。時と空間を越え、宇宙に響き、生死を越え、ある境地に達した者だけが聞き取れる魂の波動や旋律である。八雲の十年余りの日本での生活を経て、神秘の音楽が聞こえる域へ達した文が「焼津にて」だった。

音楽と命の不思議議に関しては、他の作品『門つけ』『草雲雀』『餓鬼』『夜光るもの』『セレナーデ』などで繰り返し語られ、八雲のなかの詩人的、哲学的気質と文学性がよくわかる。八雲によれば、今を生きる我々の肉体も魂も、数百万年を超える遥かなる過去から継承されたものである。西洋から東洋へ移り住んだ果てに、彼がたどり着いたこころの在り方、仏教に於ける輪廻転生の思想ともいえる境地がこれだった。

—『蓬萊《ほうらい》』という仙境へ—

八雲の妻セツに『思ひ出の記』という回想記がある。八雲との出会いから死までを、飾らずに語られた素晴らしい回想である。この中で八雲の好きな物が次のように書かれている。

　ヘルンの好きな物を列べて申しますと、西、夕焼、夏、海、遊泳、芭蕉、杉、寂しい墓地、虫、怪談、浦島、蓬萊などでございました。場所では、マルティニークと松江、美保の関、日御碕、それから焼津、食物や嗜好品ではビフテキとプラムプーデン、と煙草。（略）先ず、書斎で浴衣を着て、静かに蟬の声を聞いて居る事などは、楽しみの一つでございました。

また、八雲の死の日（一九〇四年九月二六日）の逸話を、妻セツは印象的に伝える。

　この日の午前十一時でした。廊下をあちこち散歩していまして、書院の床に掛けてある絵をのぞいて見ました。これは「朝日」と申します題で、海岸の景色で、沢山の鳥が起きて飛んで行くところが描いてありまして夢のような絵でした。ヘルンは「美しい景色、私このやうなところに生きる。好みます」と心を留めてゐました。

＊「朝日」—岡田桜郁画、焼津小泉八雲記念館蔵

海から昇り流れゆく雲にかすむ太陽、中国風な屹立する峨々たる岩山、その間を飛ぶ鳥の群れ。八雲の好んだ「蓬萊」である。「蓬萊」とは、古代中国で不老不死の薬を持つ仙人の住む山で、仙境のひとつと言われる。冒頭に掲げた「夏の日の夢」で八雲が述べた「美は時に予感の悲哀なのだ」とは、蓬萊への憧憬と迫りくる死の予感だろう。

わずか二歳で母に連れられギリシャのレフカダ島を去った八雲。彼には、地球の裏側の遠き故郷の島の海に昇る朝日の記憶はない。しかし、心のどこかに潜むレフカダ島の朝と東洋の朝の光景が重なり、死を迎える日に絵を見て、「美しい景色」と妻に告げたのかもしれない。

草莽伝

青年期　5

前田　新

町議に当選して、農作業する時間が少なくなり、農作業が遅れがちになった。それを挽回して両立させるには、耕運機を購入せざるを得なくなり、祖父信助が真のために残してくれ、六年にわたって真とともに農作業をやって来た農耕馬の桜三号を売らざるを得なくなった。

　信助は戦争に供用されていった愛馬を惜しんで、それ以後の農耕馬には桜何号と命名していた。桜三号は真が高校三年のときに一歳の道産馬《どさんば》を飼って、真のために農作業を教えて、真が就農すると馬が関わる全ての農作業をともにしてきた愛馬であった。二歳のときは代掻き中に田のなかに座ってしまうのを真は泣きながら鞭打って立たせ、桜三号は涙をこぼしながら仕事をした。夏は川に往き、澄んだ冷たい水で洗ってやり、冬は鈴を鳴らしながら桜三号は喜々として馬橇を引いた。桜三号は真の言葉を聞き分ける心の友であった。辛い時には裸の桜三号に乗って野を駆けて人知れず涙を干した。今年六歳になる桜三号を、真は農繁期を前に一汁・膳を食わせて、信助の弟亡き信継の手代であった馬喰文吉に売った。

　桜三号は真との別れを知ってか、家を出るときに二度ほど振り返って真を見た。大きな目が泣いているように思えた。農業構造改善政策によって、はしめに村から消えて行ったのは、多くの農耕馬たちであった。

　物言わぬ生き物との別れを真は一篇の詩に記録した。（詩集『貧農記―わが鎮魂』に収録）

形見の馬

私を溺愛した祖父は、私が高校卒業を待って死んだ
その祖父はたてがみと尾の白い小さな道産馬を私の
ために買って残した。祖父の葬式が終わると季節に
追われて私はその馬と野良に出た。葦や榛の木に囲
まれる湿田は私の膝までも泥に沈み、私の背丈しか
ない小さな馬は代掻きになると、その泥になかに倒
れた。その度に私は激しく馬を打った。

私が馬を打つように、貧農の日々は容赦なく私を
打った。その時、寄る辺ない私は黙って裸の馬を
駆って野の道を走った。馬は優しく私を慰撫した。
湿る私の心を野の風で干してくれた。その馬を私
は耕運機を買うために売った。ひ弱な私の心を襤
褸のように引き裂いて、馬は私に生きる非情を残
した。

　真は共産党員であることが公然となった為に、青年運動や社会教育活動から身を引かされた。演劇活動も後輩たちにまかせた。人も来なくなり、夜もそれまでのように出て歩くことも、

飲酒をすることも少なくなった。

議会では若造扱いをされたが、共産党議員は複数になり野中さんが総務、常任委員会に真は文教厚生常任委員会に入った。そのころ教育行政における反動化の波が、教育委員会の公選制から首長の任命制になり教師に対する勤務評定が制度化され、生徒への学力テストの実施と、矢継ぎ早に押し寄せてきた。そのなかで全生徒が白紙答案をもって抵抗する事件が町の中学校で起きた。当然、教組加盟の教師達への処罰と生徒達への圧力がかけられた。学校教育のなかに選別と差別が法律として持ち込まれてきたのである。真は教師たちともに生達とも話し合った。教育行政の管理化がめざすものは、教育本来の目的である知識の習得と併せて人間性の陶冶《とうや》に、競争原理を持ち込み、選別による差別意識を刷り込んで、支配と被支配という社会構造を意図するものであると、議会で訴えた。同時に生徒達との話し合いのなかで、生活困窮世帯の生徒のために、町独自の奨学金制度の創設に取り組み、既存の公的奨学金制度から除かれた生徒への高校、大学、専修学校などへの進学に対する町独自の奨学金制度の創設を議会に請願し、付託された文教常任委員会でその条例と規約等の制定に関わり、昭和四十年度からの実現を見た。

満二五歳と六ヶ月という年齢は、党派を問わず県内最年少であった。当然、共産党の若造に何ができるかと揶揄《やゆ》されたが、たしかに、シベリヤ帰りの野中さんは見るからに労働者の代表という風格をもっていたが、真は青年団あがりの若造という印象だった。そこでの力とは何かと考えたときに、まずは現行の行政の諸法に精通することだと気付かされた。自治六法を手始めに、教育六法や農地六法など、町条例や規則、規定の根拠法を独習した。同時に共産党の方針と政策を必死になって学んだ。当時の会津地区委員会のメンバーは、京大や早大卒といった高学歴の方が多く、真らの新入党者の教育には、地区教育係の小林栄三さんが当たっていた。小林さんは会津の山間地の生まれだが、東大経済学部を卒業して、郷里の会津で夜間高校の教師をしていた。朴訥《ぼくとつ》な話ぶりでレーニン選集やマルクス・エンゲルスの言説を引きながら、党綱領と党史を講義した。真には解ったつもりでも一知半解であった共産党の党史や綱領確定に至る経緯の詳細の講義は実に説得力があった。先生は数年後に、『前衛』の論文募集に応募されて、党中央委員になり、幹部会員になった。

真は町議に当選したことで、地区員候補として県委員会主催の学習会や地区の農民部会のメンバーにもなり、二十六歳のときには党の講師資格の初級全般と中級の政策部門を取得した。また、青年団活動のころのような多忙な日が続くようになった。何処に行くにも真には公安とよばれる私服の警察が付いて回り、真の家にも「息子さんは今日はどちらにお出かけですか」などと言って、家で孫の子守をしている佐和に聞きにきた。佐和は「さあ、役場でねえかし、おめさえさん方が解らねえこと、おらが解るはずもねえべし」とやり返していた。佐和は小地主の娘として少女時代は「乳母日傘」で育ったが、気丈な性格と戦争未亡人として戦後を生き抜いてきて、真の共産党入党に最初は驚いたが、町議に当選してからは、世間から何んといわれようとも、「おらの息子には違えない。これも運命だ。なるようにしかならない」と、動じなかった。

真は教育の民主化と選挙公約である農繁期の幼児の保育についても取り組んだ。前述したように、集落で農繁期に幼児が誤って囲炉裏《いろり》に落ちて、大やけどをするということが起きていて子守をまかされていたその子の祖父母は、その子の両親に詫びて、必死になって治療したが娘には後遺症が残った。それを苦にした祖母は憔悴《しょうすい》の末に亡くなった。

もし、農繁期の村に保育施設があったら、安心して親は働けるし祖父母が責任を問われて苦しむこともない。何としても実現しなければならないと、文教常任委員会で真は農村における幼児保育施設の必要性を訴え、町長に話した。町長は隣村から町に婿養子に入った人で、真の祖父や曾祖父と交流があり孫のような真の話を聞いてくれた。

「おめえの爺さんには世話になったでなぁ、何とかしてやりたいが、まだ、町立の保育施設もないのでなぁ、順序としては、まず町にと考えている。合併時の赤字で今は再建整備町村になっている、それは今年で終わるのだが、今すぐはとても無理だ」と、言った。

真は「町の事情は解るが、住民の切実な要望なので私も住民とともに知恵を出して見るので、力沿いをして欲しい」と要請した。

町長も「出来ることはする。君らのいう民主的な町政に、わしも異論はないが、なんでまた共産党に入ったんだ。おめえの一族は明治以来三人も村長が出ているのに、世の中も変わったもんだと驚いているんだ」と応じてくれた。

真は、早速、村の青年団の仲間たちに相談して、さしあたっては農繁期だけの季節保育所を村につくる。場所は真の集落の無住のお寺の本堂を檀家から無償で借りる。乳幼児は無理なので村内の四歳児から就学前の児童を対象にする。児童の人数によって決まるが、二人乃至三人の保母さんが必要になるが、保母の資格が無くてもよいので、村の教師を退職した女性の方にお願いする。保育料はおやつ代程度の負担でお願いしたいと、要望をより具体的にして、保護者の陳情書を添付して担当課長を通して町長に要請した。議会にも同種の請願をして文教厚生常任委員会にこの問題を付託してもらって協議した。

町にはまだ、公立保育所の設置条例もなく、その制定や予算措置をふくめて議決案件なので、六月定例議会を経なければならないと言うことになった。寺の本堂の利用は集落には寺が二つあり、借りようする寺は会田一族の菩提寺なので借りられたが、そのままとはいかなかった。戦後、十年間は人に庫裏を貸していて、炊事場や風呂、便所などかあるが、幼児用ではないので外に簡単な便所をつくる必要があった。村の民生委員の方の協力も得て、地面に穴を掘りそこに幾つかの樽を埋めて、周りを板で囲み、トタンの屋根をつけただけのものを作った。そして九月から村に町立季節保育所が期間二か月で開始された。

入所児童は三十五人、二人の臨時保母さんによって運営された。

真と村の民生児童委員の方と毎朝、子供たちが来る前に、簡易便所の汲み取りをして振り桶で担ぎ、近くの真やその他の人の畑に撒いた。長閑《のどか》と言えば長閑な話だが、当時、人糞《じんぷん》は肥料であった。

季節保育所は村では大歓迎であった。特に年寄りと婦人に喜ばれた。寺には入所規定に達しない児童まで付いていきて、鎮守様の境内が遊び場兼運動場になり、そこまで、野の道には雨の日以外は、連日、喚声を上げる幼児たちの列が続いた。

そのことがきっかけになって、町は昭和三十九年に町立第一保育所の建設に着手して、翌年の四月に定員九〇名の町立保育所を町に開所した。

同時に旧村単位の季節保育所が各村につくられていった。

真は補欠選挙で当選したので、その任期は残任期間の一年で昭和三十九年の三月には、通常の町議会議員選挙が行われた。それに真は立候補することになった。村では当然、アカ攻撃が展開された。特に真の集落では現職の人が出馬を取りやめ、代わりに区長が集落推薦で出馬した。区長は真の家の隣の家の人であった。共産党が村から当選するようでは村の恥だ。補欠の選挙のときは虚を突かれたが、今度は叩き落せ、と集落のサブリーダーを自認する人達が総がかりで臨んできた。

戦後になって、すでに二十年近くが過ぎていたが、地方行政にかかわる者は村の裕福な有力者とされ、買収が法に抵触すると言う認識も希薄であった。立候補する区長は、集落の全役員を自宅に集めて、連夜の酒盛りで気勢を上げた。その勢いに押されて、真の選挙に表だって集落の人が出入りできるような状態ではなくなり、迂闊《うかつ》に出入りをするものなら「おまえもアカか」と言われ、数日後には、ちょっと話を聞かせてくれと駐在や私服の公安警察が訊ねてきた。村の青年層には消防団組織による春の防火運動にことよせて、村内巡回などを通して真の選挙への出入りを監視させた。

一方、共産党としては、複数立候補なので区域を分けて選挙活動することになり、真の方の選対には非公然の党員が配置された。非公然だから選挙責任者がいない。やむなく、真は喜与に入党を奨め、喜与が入党し告示の数日前に入党許可証が来て、ポスターの掲示責任者の印刷に間に合った。

補欠選挙のときは党の決定に無条件で従い当落よりも党の宣伝のために任務として戦ったが、現職となれば議席を守るために当選しなければならない。選挙の情勢は補欠選挙とはまったく異なり、保守系で定数程立候補し、共産党と社会党の四人が定数外という構図で進められていった。

真は「ここからが本当の始りだ。補欠選挙での当選はフロックだ。党といっても、村には俺たち二人だ。二人で始めるのだ」と、喜与に言った。

ガリを切り、「さしあたっては季節保育所の継続を、寺を借りての間に合わせではなく、村に幼児のために常設の保育所をつくろう」と書いたチラシを喜与は、三歳の次女を背負って村中に配って歩いた。

村では保育所はいいが、共産党では駄目だ。天皇制を否定するのは日本人ではない。党が良くない。と、戦前の反共宣伝を持ち出してきた。

村の秩序は有力者の思惑で成り立っている。それに異を唱えることは、その内容がどうであれ、排除の対象とされる。まして母子家庭の子が選挙に出ることなど論外であった。当時、池田内閣は高度経済成長政策をかかげ、同時に国民皆保険制度の実現を打ち出していた。党の政策には、老人医療費の無料化が掲げられ、革新首長の地方自治体における実現例が報告されていた。それを選挙政策として真は訴えた。これは受けた。戦争で苦労した年寄りたちの医者代をタダにする。という真の訴えを「そんなことが出来るか」と否定していた他の候補者たちも、実際に、どこの町ではではすでに行われている。と具体的にしかも国保の五割給付を十割給付にするのには、わが町ではこれだけ財源で足りる。と数値を上げて話した。

　選挙カーは前年に続いて内山さんの家畜運搬車で村を回ったが、他の候補者が名前の連呼で通り過ぎるのに対して、真は全集落で政策を訴えた。どの集落でも、年寄りたちがぞろぞろと出て来て真の演説を聞いてくれた。駐在が自転車で追いかけてきても、年寄りたちは「いい話だぞい、あんたも聞きなよ」と、言って気にもしなくなった。

　真は三百五十三票で二期目の当選を果たした。共産党は野中さんも当選し複数議席を維持した。当選するとすぐに真は「村に季節ではなく常設の保育所を」「老人医療費の無料化」の署名活動を開始して、町の定例議会に請願した。請願は常任委員会に付託され、現地調査が行われた。季節保育所の寺の境内《けいだい》は広いのだが、戦後の食糧増産のときに畑にして、それを耕作しているのは、前議員の人と今度議員になった区長その人であった。

　農地法を楯に、開墾地として取得を主張しているが、もともとは戦後、引き上げて来て寺を借りていた人が畑にしたもので、その人が去った後、二人が耕作したものであった。どのような経緯なのかも不明なため、檀家の総意は、もし、保育所をつくるならそこがよい。町に保育所の敷地として寄付して、懸案の問題も解決したい。という意向であった。

　勿論二人はそのことには反対であったが、檀家としては解決をしなければならない懸案事項であった。

　真はそうした事情を町長に話し、保育所が当面無理なら、まだ、一般化しないので国や県が希望する市町村はないかと言っているという児童館として施設を建設して、保育所として使用することはどうか、と、提案した。町長はそんなことが出来るのか、と、県に問い合わせたら、乳幼児の保育は駄目だが、就学前の児童なら可能だと言われ、村に町立児童館の建設が具体化した。昭和四十一年度に町の振興計画に加えられ、四十二年度に建設、四十三年の四月に開所のロードマップが議決された。この経験から真は行政に要請するだけではなく、要求実現のためには行政の担当者と問題意識を共有し一緒になって行動することの重要性を学んだ。

　一方、真は地区党の農業問題活動者会議で、喜多方の農民詩人の斉藤諭吉氏に出会い、彼と文学活動をともにすることにした。真とは親子ほど年の差があったが、斉藤さんに誘われて、真は昭和三十八年の二月、東京で壺井繁治が立ち上げた「詩人会議」に参加した。十二月には斉藤諭吉さん、小島一夫さん、佐藤審也さん、ひのこういちさん、赤城毅さんたちと、会津民主主義文学会を立ち上げ、月刊誌『変革』を発行した。

さらに三十九年には「日本農民文学会」に入会した。同年『文化評論』が募集した第二回文化評論文学賞に、真の詩「地中の村」が佳作一席に入選した。

地中の村

出稼ぎのkと
首都の
黒い運河沿いの路を歩いてゆく
その切れた地点から
数条、薄い光が漏れてくる
―地下鉄飯田橋工事現場入口
ここが現場か
地中の村はここか、と
青いておれはkと穴を降りる
路面の下は広く
胴のようにのびる内部に
肋骨のような足場が組まれる
その足場を無言で渡る
渡り出して見下ろすと
油紋を浮かべた汚水が
サーチライトにひかりながら
揚水機のほうに流れている
運河沿いに聞いた水音は、これか
振り向きざま
奴が落ちたのはここだよ
kは無造作に足場の下を指す
貧農のSが白木の箱に入って
村に帰ってきたが
ここがその事故の現場か
かがみこんで覗くと
その頭上を振動とともに轟音が
身体を振るわせて通ってゆく
ここは首都環状線のレールの下なのだ
足場の勾配に沿って
おれはさらに下へと降りる
すると前方から
エアーコンプレッサーの振動音に混じって
聞きなれた訛の音が聞こえてくる
村だ、まぎれもなくおれの村だ
真夜中、首都の底を掘る
地中の村に
おれは吹雪く北の村の伝言を語る
下層からさらに下層へと
追いつめられて
地中の村に逃れてくる農民
Fも昨日、村を逃げた
Hも牛飼いから土工に落ちた

その村に降り積もる雪を踏んで
巨大なキャタピラがくる
だが、その荒涼とした冬だから
出稼ぎのkよ
おれは見る
地中の村と北の村の
その固く結ばれている深部を
いま、美しく染めながら移ってゆく
新しい季節を

詩人の松永伍一が、真のこの詩を、共産党の文化政策を反映した詩と評したが、オリンピックのために首都のインフラ整備に、東北地方の村々から、零細農民が大量の出稼ぎ労働者として狩りだされていた。それによる悲劇も村では、方々で起きていた。真は村でその現実に向き合っていた。

昭和四二年、四月、町長選挙が行われて、新しい町長が当選した。

真とは遠縁に当たり、山林地主の長男だが、シベリア抑留を経験していた。元農林官僚の保守党の代議士とは旧制中学の同級生とかで、新町長は町の農業振興政策をメーンに掲げた。

彼は町の四千町歩の農地を整備して、農業の近代化を図り、農家の所得倍増を謳っていた。戦後になって集落単位で土地改良事業が行われてきたが、それは全耕地の十%にも達せず、作物の選択的拡大や生産性の向上に資する農業機械が普及するためには、何よりも土地の整備がその前提的条件であった。共産党は、その政策に対して、政府の進める農業構造改善政策は、農民の要求である農地の整備をすすめるのは、大資本家のために農村から安い労働力と土地と水資源を奪取するものであると、反対した。政策は県営圃《ほ》場《じょう》整《せい》備《び》事業として計画され、水利の体系に即して隣接する町村とも工区を共同設定して、およそ六千町歩を十年計画で実施するもので、そのために国土調査による地籍と権利者の確定を、昭和四十三年から先行実施するものであった。

社会党も農業構造改善政策に反対を表明して、昭和四十三年の町議会の選挙はそのことが争点となった。推進派は議員定数を二十八から、四名減にして、農業構造改善政策に反対する社会党と共産党の議員を議会から排除する戦略で臨んできた。土地改良事業に対する要求は全農民の積年の要求であった。とくに戦後の小作地解放によって自作農になった農民層がその中核となっていた。彼らはすべての組織を動員して県営圃場整備事業反対派に対するシフトを敷いた。真の村でも全集落に圃場整備推進委員会がつくられ、反対する候補者を議会に出さないことで意思統一した。

共産党としてそれにどう対応すべきかを検討したが、農業構造改善政策は高度経済政策のもっとも基本的な政策でその根幹には日米経済協定に基づく農産物の輸入の拡大があり、長期的には日本農業の主体性の崩壊につながるので、そのことを農民に明らかにしていくためにも、その政策の一環として遂行される基盤整備事業には反対の立場をとるべきだと言う結論になった。当時は五十五年体制といわれ、自民党に対して社会党が対峙するという政治構造のなかで農民運動は社会党が主導する日本農民組合（以下日農という）が多数派を形成していた。真はその日農に入り、村に農民組合（日農支部）の結成を社会党支持者とともに図った。村の十二の集落に三十名ほどの組合員を組織したが選挙では基盤整備推進派に押しつぶされた。

選挙の結果、野中さんはわずか一票差で次点となり真は十票差で次々点で落選した。更にそれよりも下位で二人の社会党の現職町議も落選した。

しかし、真夫婦はこの選挙のなかで一人の入党者を迎えて、村に農村支部を結成した。選挙が終わるとすぐに農繁期になり、真は七月の農業委員の選挙に、日本共産党公認で立候補することが決定された。農業委員は当時は旧村単位の選挙区で争われたが、定数三のなかでトップ当選を果した。それまでは集落からの推薦候補が集まって無競争にしてきたので、連日のように推進派の人たちが押し寄せてきて、立候補を取りやめるように迫ったが、真は農業構造改善政策が進められるなかでは、小規模の農家の立場からの問題提起は、事業の民主的な実施には必要であることを主張し、合併後初めての選挙となったが、中小農民の支持を得たのであった。農業委員になり真は改めて、農業構造改善政策下における町の農業の現状分析とそこでの農家の経営を守るための共産党としての具体的な振興政策の策定に取り組んだ。そのために共産党の綱領の見地から基盤整備事業にどう取り組むべきかを、党中央委員会の雪野農民部長や県委員会の農民部、県の農業問題研究会のメンバーと検討を重ねて、「県営圃場整備事業について日本共産党Ａ村支部は訴える」というガリ版刷り、Ａ4、十五ページのパンフレットを発行して村の全戸に配った。その内容は1、はじめに、2、土地改良に対するわれわれの要求、3、県営圃場整備事業の内容とねらい、4、施工区内の農業農民の現状と事業後のわれわれの展望、5、事業に対する基本的な立場と当面の要求、であったが、結論としては、農民の要求である土地改良事業を支持し、民主的な事業実施を要求するものであった。村のなかで推進派と反対派で争うことは愚の骨頂である。農民は一致できる要求で団結して、その要求の実現を図るべきである。として農民負担の軽減や事業の民主的な実施のための役員構成など十二の項目を要求としてかかげるものであった。

政策の策定に当たって、真は早世した伯父が残していった『農民の生きる途』という小冊子を参考にした。伯父は前述したように明大商学部でドイツ語と統計学を専攻していた。学徒動員で召集され、戦後、復学したが結核に侵されて亡くなったが、その形見として統計学に関する本が残されてあった。現状を動態として捉えて、それを数値として解析して政策の根拠とした。農民要求の妥当性と合理性も統計的な数値を裏付けとした。

それは所有面積の多い富農層や農協の営農担当や振興計画を策定する役場の職員も納得させた。

しかし、その一方で社会党やその支持者からは、共産党の会田は反対者を裏切って賛成になったと宣伝され、怒鳴り込んでくる者もあった。日農は徹底抗戦を叫んで、集落内で対立していたが、その大方は権力を争う有力者が陰から糸引くものや、造成農地の利権に関わる背景があった。

そうした騒然としているなか、村の消防団長が真のところへ来た。

彼は構造改善推進委員会のメンバーだが、大規模の農家ではなかった。

団長は真に「君に折り入っての頼みがある」という。聞けば、今年の秋に行われる消防団の自動車ポンプ操法大会に、順番でわが村の分団が町の代表として出場することになった。就いてはその自動車ポンプ操法の指揮者を真に頼みたい。練習は一か月くらいだが早朝か夕方に小学校の校庭でやる。忙しいとは思うが、頼まれてくれと言う。

真は消防団員になって十一年、日ごろ、何かと迷惑をかけているので、断り切れずに引き受けることにした。集落の若い団員六名は真とは一回りほど若く、高校柔道部の後輩たちであった。真の集落は戦前から柔道が盛んで、全国大会や戦後は国体選手を輩出していた。真も講道館二段だが、後輩たちも皆有段者であった。彼らと合宿気分で練習をして八月の地区大会に臨んだら、そこで優勝し、続く会津大会でもまた優勝し、ついに福島市で九月に行われる県大会に出場するハメになった。全県から郡大会を勝ち抜いてきた選手たちが集まっていて、それぞれに幟《のぼり》を立てて大変な勢いなので、まさかここで、優勝することはないと、無欲でやったらそこでも優勝してしまった。想定外のことなので真はもとより団長もあっけにとられたが、その報が町に伝わるや大歓迎となり、その夜、優勝旗を持ってポンプ車で町内と真の集落をパレートした。たまたま運が良かったと、言われたが、その功績で真はいきなり団本部の訓練部長に抜擢された。それから十五年間、村の分団長が町の団長なって終えるまで、真はその職に就いた。

共産党は、ただ反対するだけだ。何でも反対の共産党という村の有力者の反共攻撃は通用しなくなった。

落選によって、真が得たものはもう一つあった。

特別職の町議の報酬規程はまだなく、年金制度も勿論なかった。現職議員が選挙で落選した場合、在職期間に応じて、報酬から積み立てていた退職一時金四万円が支給された。それで、その年の春に雑誌『変革』で特集を組んでもらった詩作品に、近作を加えてタイプ印刷の詩集『小年抄』を発行した。落選の記念にと村野先生に贈呈したら、先生に県の文学賞に応募を奨められて応募し、第二十一回福島県文学賞詩の部の準賞を受賞した。

これも意想外で、授賞式にも行かなかったが、そのささやかな祝賀会が町の公民館で行われ、町からは三人目の受賞者なので、町長や教育長が発起人となってペンクラブが結成された。翌年七月に編集長村野先生で『高田文学』の創刊号が発行された。真もその発起人並びに編集委員として加わった。以来、五十一年が経過し、八代目の会長を歴任して顧問になっているが、一昨年、ペンクラブ結成五十周年記念式典が開催された。

（つづく）

にがくてあまい午後（二）

葉山　美玖

第十七章　本音

その晩、あたしは牛肉のこま切れとレタスと卵を炒めて、ビーフペッパーライスを作った。冷凍の王将の餃子も焼いた。パパはいつも通り五時に来た。

「油っぽいけど、おいしそうだな」

パパはよくしゃべった。だけどあたしは、正直頭が痛くて、何を演説してるんだかほとんど聞き取れないくらいだった。

「敦美、あずきアイス」

あたしは冷蔵庫からパパの好物を出した。頭は割れそうだった。

「あたしちょっと、気分わるいから寝てくる」「いいぞ別に」パパはスプーンをなめてご満悦だった。あたしは寝室にもどって突っ伏した。

パパは確かに立派だ。……高ちゃんも立派なのにちがいない。だけどあたしは、立派過ぎる人と一緒にいると頭痛がするって、はっきり思った。っていうか、パパも高ちゃんもあたしのことを真剣に考えてはいるのだろう。だけど二人とも、あたしの表情とか気分をしっかり観察したことが一度もない。あたしの感情なんんか、どうでもいいとしか思えない。

（けいちゃん）

（けいちゃん）

けいちゃんは、だらしないのかも知れない。だけど、いつもあたしのこと、あたしの表情や気持ちをちゃんと見てた。

（りんご）

（けいちゃんの買ってくれたりんご……）

あたしははっと気づいた。たぶん、牢屋みたいなアルコール依存症専門の病院で、けいちゃんはりんごと一緒にいるのだ。あたしの作ったパッチワークのりんごと。

（けいちゃん！）

あたしは叫びだしたくなった。

パパも高ちゃんも、江崎さんも神木さんも、そして今まであたしが寝た全部の人も、ただあたしにご飯作ってSEXしてほしいだけだった。あたしの存在を。あたしのしたことを。あたしのつくったものを評価して、ただあたしの作ったものと、つまりあたしの心と一緒にいたいって思ってくれてるのはけいちゃんだけだ。

（こんな風に考えちゃうのはあたしがまだ病気だからなのか）

「おおい」

「……」

「パパ帰るぞ、敦美」

あたしは、それでも何とか我慢して部屋から出た。そしてドアのチェーンを外した。パパは、あたしの顔色なんかまったく見ずにただのんきに言った。

「気をつけるんだぞ」

「（何に？）うん」

「じゃ、な」パパは出て行った。

あたしは、突然家族に対するものすごい怒りが沸きあがってくるのを抑えられなかった。側にある、ぶたのぬいぐるみを思いっきり壁にぶつけた。あたしの気持ちをほったらかしのパパ。あたしのやりたいことの邪魔ばっかりするママ。あたしのこのマンションを羨んでるにちがいない弟……。

あたしはかぶりをふってベッドに寝転んだ。薬が切れそうになるとあたしはこうなる。

(パパここに住みたいんだ)

(ママもここに住みたいわ)

(お姉ちゃん、病院にもどって僕にここゆずって)

幻聴なんだろうか。そんな、皆の「本音」が耳にこだました。家族なんてこんなもんだってあたしは朦朧とする意識で思った。もちろんあたしの被害妄想だ。でも。

けいちゃん。どこにいるの。どこの病院にいるの……。うっかり個人情報を漏らしたチーフから、何とかけいちゃんの居場所を聞き出さなくっちゃならない。

第十八章　建前

しかし、次の日はクリニックだった。あたしはいつものように、小綺麗な待合室のドアを開けた。壁にはいっぱい色んな自助グループのパンフレットがつるしてある。それから、目立たないところにＤＶホットラインの番号の書いたポスターも貼ってあった。あたしはちょっとぞっとして考えた。

(けいちゃん、酔っ払って暴れたから収容されたのかな)

そうに、違いない。

あたしは、どこまでもやさしいけいちゃんしか知らないけど。その、やさしさの裏に、お酒で鬱屈をごまかさざるを得ないけいちゃんもいる。

あたしが、女性週刊誌の「転落！ＤＶ夫と別れてどん底生活」という記事を開きながら、自助グループで聞いたいろんなＤＶの話を思い出してるうちに、順番が来た。

「こんにちわ」

「こんにちわ。今週の調子は？」

「……遅くなりましたけど、本が出ました」

「ほう？」

「今度持ってきます」

処方箋を受け取ると、あたしは外に出た。もう九月の半ばなのに、きつい日差しがまぶしかった。けいちゃんが、お酒をやめたいと思わない限り、けいちゃんのお酒は治らないだろう。それでも、あたしは百均でまっ白い便箋を買った。(手紙添えて、本段ボール紙に包んで、チーフに病院に送ってもらうように頼んでみよう)

帰ると、結構クリニックで待ったので、マンションはもう日がかげりはじめていた。あたしは、レトルトの鯖の味噌煮をあっためて、春雨のスープを作って、ご飯をよそった。

「パパ」

「ん？」やってきたパパは靴をぬぎながら聞いた。「なんで昨日は頭痛酷かったんだ？」

「あのね」

「なんだ」

「変えられるのは自分と未来だけだって本当?」

「そうだなぁ」パパは言った。「他人と過去は変えられないってのはほんとだな」

パパは、大酒飲みのお祖父ちゃんに小さいころものすごく苦労した。だから、一滴も飲まないのだ。

「パパが小さいときな」

「うん」

「お祖母ちゃん、お祖父ちゃんと喧嘩して風呂敷しょって、電車の側の道へふらふら歩いて行っちゃうんだ」

「……」

「お祖父ちゃんが、酔っ払って『探しに行け!』ってパパに言うだろ」

「うん」

「子どもってクールでさ。『死なないで』とか思わないんだ。『めんどくさいなぁ』とか、『お祖母ちゃん、ほんとに電車に飛び込んだらみっともないなぁ』って思うんだ」

「うん」

「だけどな」パパは続けた。「暗い道いやだなぁって、それでも探しに行く。今と違ってほんとに真っ暗なんだぞ。そうすると、お祖母ちゃん泣いてるんだ」

「……」

「で、連れ帰ると」パパは伸びをした。「次の朝、お祖父ちゃんとけたけた笑ってご飯食べてるのさ」

「それが、パパの小さいころ?」

「そう」パパは言った。「他人と過去は変えられない。さて、食べるか」

あたしはめずらしくしゅんとして、もものシャーベットをパパと一緒に食べた。なんとなく、ニュースをつけてあれこれパパが演説したあと、天気予報を見ながらあたしが忘れてた洗濯物を取り入れると、パパは帰って行った。

(いっつもすれ違い)

(でも)

(なにも考えてないわけじゃないんだ)

ふと、郵便受けを見ると、一冊の書籍小包が入ってた。(?)

開けてみると、小説だった。小説講座で、一番年長で、おだやかでだけど、どっか間が抜けた感じのする新城さんというおじいさんが送って来たのだ。頁をすこしめくって、あたしはうなった。

(うまい……)

(新城さんって)

(間、抜けてない。……誰が読んでもこれは受ける)

(講師の先生よりうまいかも)

あたしは、この時けいちゃんのことはきれいさっぱり忘れて、初めて「他人」に圧倒された気がしてた。

第十九章　休み

新城さんから送られて来た小説をずっと読んでて、よく眠れなかったあたしは早起きしてダウニーで洗濯したけど、ものすごく頭が痛かった。それでも、我慢してハムエッグとハッシュドポテトを焼いて、にんじんとレタスのサラダを作って、イングリッシュマフィンと食べた。そのうち、あたしはけだるくなって眠り込んでしまった。気がつくともう十一時だった。

(いっけない) あたしは、初めて自分から支援所に電話した。

「やあ」

「風間さん」

「どうしたの?」

「今日、出るつもりだったけど、疲れて眠っちゃったんです」

あたしは正直に言った。

「そう」

「今日、洲村さんいますか?」洲村さんとは、落ち着いた感じのビーズ細工の先生だ。

「いるけど」風間さんは、ちょっと電話口からいったん離れて言った。「午前で帰るみたい」

「じゃ、今日はお休みします」

「やっと、連絡できるようになったね」

「はい」あたしはちょっと恥ずかしくなって言った。「出る曜日もはっきり決まってなくて、すみません」

「手芸は、待ってる人いないからいいけど」風間さんは続けた。

「就労のためには、きちんとする習慣つけた方がいいね」

「はい」

「何曜日、来れる?」

「第二を除いた火曜日と、金曜日なら」

「わかった」電話は切れた。

(就労のため、かぁ……) あたしはふと、髪の毛に手をやった。夏中、ながく伸ばして結んでたのでぼさぼさしている。ひさしぶりに、なんと美容院に行くことにあたしは決めた。身だしなみも大事だもんね。

しかし。半年ぶりに、席につくと、差し出されてきた雑誌はなんと「INRED」だった。げ。

あたしは大きな鏡の中の自分をまじまじと見た。確かに、目の下のしわが目立ってきてる。(回復すると、玉手箱から出たみたいに老ける、って言ったの誰だったっけ)

それでも、男の美容師さんにシャンプーされてるとあたしはなんだかむずむずした。何だかけいちゃんにシャンプーされてるような気がするのだ。いつか見た、井上陽水の主題歌のドラマをあたしは思い出してた。酔っ払った田村正和を、岸本加世子が介抱するのだ。お礼に、加世子は正和に髪をシャンプーしてもらう。

(してもらうなら、シャンプーの方がロマンチックだなぁ)

ばさっと切った、髪はここちよかった。長さは変わってないけど、ルーズな感じにだいぶ削いでもらった。

「四千二百円です」

「はい」

あたしは外に出た。陽光はもうそんなにきつくなかった。(けいちゃんに、なんて書こう)

「好きです」とか。「大切にしてくれてうれしかったです」とか。

「もし、退院できたら連絡ください」とか。……ふと、気づくとマンションの前でうろうろしてる六十くらいの、耳の辺が白髪になった男の人がいた。

「こんにちわ」

「こんにちわ」その人は、うつむいて挨拶を返した。

あたしはびっくり仰天した。それは、昨日、小説を送ってきた新城智仁さんだった。

第二十章　偶然

「あの」

「あ、木村敦美さん」新城さんは何の気なし、という感じで頭を下げた。「こんにちわ」

（気持ち悪いなぁ）

（これ、ストーカーかなぁ）それでもあたしも一応頭を下げた。

「こんにちわ」

「僕の本、届きました?」

「ええ」

「あなたの本も、届きましたよ」

（そりゃ、そうよ。五十冊献本分来ちゃったから、講座の人には全部配ったんだもん）あたしはちょっと、いつものように間がちょっと抜けててもたついた普段の新城さんに、いらっとしながら答えた。「それで?」

「私、今日からここの管理人です」

ぶっ。

「それって」

「女房と、昨年の大みそかに別れたんです」

（あたしと芹田と同じじゃん）「はぁ……」

「定年を迎えまして、離婚されました」新城さんは腰を少し曲げた。（……熟年離婚かぁ）

「それで、マンションの管理人に」

「はいそうです。奇遇です」

「そうですね」

「できたら、いろいろ教えて頂けますか?」あたしはむっとして言った。「これから忙しいので。それに、教えてくださるのは管理人さんの仕事でしょう?」

「はい。私はいろいろなことを教えることができます」

あたしは、新城さんへの共感とか尊敬を通り越して頭がくらくらしてきた。この人、小説講座にいるころから変人だと内々思ってたけど、あたしと同じく頭おかしいんじゃないだろうか……。

「ちょっとすみません」あたしは行こうとした。

「待ってください」新城さんはすがるように言った。「小説、どうでした?」

「うまかったですよ」

「そうですか」

「本当にうまかったです!」あたしは怒鳴った。「もういいですか?」

「いいです」新城さんはにっこりした。

「……」

「では、また」新城さんは、カーキの制服を着こんだまま去って行った。

(なるほど)

(前の管理人さん、ここのところ姿が見えなかった)

(けど)ほんとに偶然なんだろうか。あたしの住むこのマンションに来るなんて。

あたしは、箒で駐車場を掃きはじめた新城さんから逃げるように、エレベーターのボタンを押した。新城さんは箒を不器用に動かしている。

第二十一章　疲れ

三連休が来た。だけどあたしは、何にも予定は入ってなかった。朝起きて、何だか疲れがたまっているのに気付いて、洗濯した後、南高梅のおにぎりを簡単に握って、シャビイと食べた。それから、サークルのお題「エピグラフ」をやるために、大好きな室生犀星とヴェルレーヌの文庫本を、本屋で買ってこようと思ったけど、もう元気が続かなかった。郵便受けを見たけど、広告以外何にも入っていなかった。あたしは冷房をかけてごろっとして、ふと枕元の小さな鏡を見た。

(老けてる)

(髪もセットしてない)

爪も、洗い物のせいでマニキュアが剝げている。あたしはふと、友実のくりんくりんの巻き髪と、ジェルネイルを思い出していた。

友実は努力してた。

あたしにとってはいやな子だったけど、神木さんのために努力を惜しまなかった。頭のいい、神木さんの翻訳した自助グループの資料を暗記してて、いつも真っ先に会計係やら会場係に奔走してた。誰かが、神木さんに近づくと全力で、神木さんの見えないところで蹴っ飛ばして容赦なくグループから放り出していた。それに友実は可愛い。

あたしが振られたのは、何にもしなかったからだ。自分のなかに引きこもってただ、王子様を待ってたからだ。

(だめだ)

(疲れてる)

(考えがわるい方へわるい方へ行く)

でも、これは事実だ。あたしが引きこもりをやめたのは、そんな自分がいやになったからだ。でも、家を出てもあたしの行動パターンはちっとも変ってなかったのだ。ただ自分のために自分のために毎日PCに向かって小説書いてるだけだ。それだけだ。

(だめだ)

(外に出よう)

ふと、あたしは起き上がって窓から駐車場を見た。昨日の新城さんがまた、箒でぐずっとした感じでごみを掃いていた。あたしは、黒の部屋着っぽいマキシワンピにサーモンピンクのTシャツをはおって外に出た。

「こんにちわ」

「あ」新城さんは嬉しそうに返事した。「こんにちわ」

「お仕事ですか？」

「いいえ、休みです」新城さんはぺこっと頭を下げた。「じゃ、なんで？」「家に帰っても誰もおりませんので」

（そうか）

「あなたの小説ね」

「は？」

「よかったですよ。三垣先生はもっと直せって言ってましたが」

「そうですね」あたしはつぶやいた。

「男性が、童貞喪失をテーマにすることはよくありますが、女性のロストヴァージンものは僕は初めて読みました」

「はぁ」

「生々しい。でもそこが面白いです」

「はぁ……」

「僕のどうでしたか」

「ええ」あたしは少し考えて言った。「元東電の社員とキャバ嬢の恋愛が面白かったです」

「具体的に、どこのあたりでしょうか？」

「左だなぁと思いました」あたしは率直に言った。

「左？」

「反体制的と言う意味です」

「それは意外です。僕は赤川次郎を目指しているので」

（それ古くない？）と思いつつ、「僕」と言い出した新城さんにあたしは曖昧に言った。「ええ。ちなみに新城さん、おいくつですか？たしか定年退職されたと仰られていましたが」

「僕はいつも五十一に見られると言われます」新城さんは胸を張った。（だめだこりゃ）

「あたしもう三十六です。じゃあ」

「あの」新城さんは追いすがるように言った。

「は？」

「また、書いてくださいね」

「……」

「僕は木村さんの作品が読みたいです」

「はい」

あたしは一礼すると、ふと空を見上げた。ぽつぽつとアスファルトに雨の染みが出来てきていた。

「台風ですな」

「いっけない、あたし洗濯物取り込まないと」

「じゃ」

「また」

部屋にもどって、大急ぎでベランダに出た。ブラやバスタオルを大急ぎで取り入れながら、あたしはなんだか、疲れがさっぱり取れたことに気がついていた。

第二十二章　雨

雨が、来た。夏中降ってなかった雨が、一度に来て関東はずぶ濡れだった。あたしは、いつものようにお弁当箱にご飯とハンバーグと冷凍のポテトサラダとかぼちゃと枝豆のサラダを詰めた。傘をもって、ドアの外に出るとびくっとするほど大きな声であいさつされた。

「おはようございます」

「新城さん」

「私、本日は掃除機をかけております」

(見りゃわかるよ)「ご苦労様です」「では」

廊下をがーがーやっている新城さんを取り残して、あたしはいつものように郵便局へ行った。「これ、宛先あとで書きますので、切手だけお願いします」「二百九十円です」あたしは切手を受け取ると、外へ出て道路をぐるっと迂回して、就労支援所についた。

「おはよう」

「おっは」

「敦美ちゃん、最近頑張ってるじゃない」

「へへ」

「トートバッグ、もうすぐ完成ね。いくらにする?」

「えーと……千二百円」

「だめよこれは。よく出来てるもん。二千五百円くらいにしないと。安くすれば売れるってもんじゃないのよ」あたしは、錨柄のバッグを改めてみた。厳しい元木さんのこの言葉は嬉しかった。

「苦手なまつり縫い、どうする?」

「教えてください」

「ここ縫って。向こう側をこうすくうの」

「やってみます」

あたしは、細い糸がなかなか針に通らないことに気づいた。

「そろそろ、針仕事用の老眼鏡いるかもね」

「ええ」

「早い人は、四十近くなると来るからね。PCのやり過ぎに気をつけてね」

また、お金いるなぁ。でも、これが売れればちゃらになるかも知れない。出来上がったトートバッグは、ちょっと自分で使いたいくらいだった。肩にかけてみてるあたしを見て、元木さんは言った。

「誰でもね」

「ええ」

「だんだん、自分で使いたくなるの。売りたくなくなるの。でも、ここでは出来上がった瞬間、ここの商品だからね」

「はい」

チーフも、今日は機嫌がよさそうだった。あたしは思い切って聞いた。「あのう」「ん?敦美ちゃん」「ちょっと、お願いがあります」あたしは半ば無理やり、チーフを相談室に押し込んだ。

「なんなの一体」

「これ」あたしは小包を取り出した。「近藤さんに送ってほしいんです」

「もう、あの人には関わってほしくないんだけどなぁ」チーフはぽつんと言った。「あたし、近藤さん……いえ、他人に初めて褒められて嬉しかったです」「……」「りんご買ってってたの、近藤さんでしょう?」

「今頃閉鎖病棟よ、たぶん」

「それは」

「敦美ちゃん」チーフはあたしの目をまっすぐに見た。「もし近藤さんとお付き合いして、そのあとどうするの？　一体」

「……」

「あたしからは出せないなぁ、これは」チーフは言った。「所長にお願いしてみて。じゃ」

ちょうど元木さんが部屋をノックした。「コーヒーいれました」

「ああ、いいのよ」チーフは立ち上がった。「今日はめずらしく、皆で昔みたいに休憩しましょ」

あたしは、帰り道雨に降られながら考えた。

（確かに）

（先のことどうする）

チーフの、コーヒーを皆と飲みながらなにげなく言った一言が、胸に焼き付いていた。

「恋愛ってね、競馬と同じよ」

「それどういう意味ですか」佳奈美ちゃんが質問した。

「全財産賭けたらいけないの。自分が生活できる分だけとっておかないと」「むつかしいなぁ」それきり皆は黙った。あたしは思った。（けいちゃんにすべてを賭けても、何も返ってこないかも知れない）

あたしはマンションに戻ると、きつねうどんをゆでながら考えた。

（高ちゃんには）

（未来がある。いろんな意味で）

（あの神木さんより、今グループでほんとの人望があるのは高ちゃんだ）

これは打算だ。

パパがベルを鳴らした。あたしは、うどんをつゆに放り込んで、揚げとねぎとごまを浮かべるとドアを開けた。

「パパぁ」

「なんだ敦美」

「あのね、人生に打算ってよくないの？」

「急にまた」パパは靴を脱ぎながら言った。「よくもわるくもない。大体、打算がなかったらここに帰れなくなるだろ」

「家ていうかここのマンションに？」

「そう」パパは言った。「こういうこと今まで言わなかったけどな、敦美のために実家を売ったんだ」

「……」

「結婚できるさ、敦美」

それきりあたしが黙ってしまったので、二人でだまって甘いきつねうどんを啜った。お食後にピオーネを食べた。やっぱり甘かった。台風は容赦なく窓ガラスに打ちつけていた。

第二十三章　一日

次の日は穏やかな日だった。雨はかすかに降り続けてたけど、あたしは健康診査へ行った。内科は静かで空いていた。検尿をして、身長と体重を測っておへその周りを測った。「75ｃｍです」

う。これは完全にメタボ予備軍だ。

去年の末、芹田と別れてから半年くらいあたしはずーっと落ち込んでた。毎日毎日、ただご飯を作って洗濯して掃除して泣いてた。……風の具合や、雨の音が気になってきたのが六月ごろだったっけ。その間運動しなかったから太ったのだ。

(なんで高ちゃんはこんなでぶに親切なんだろう)

それでも、あたしは気を取り直して採血を受けた。ぶどうジュースみたいな血が注射器に吸い込まれていった。「結果はいつ出ますか」

「肺がんの検査はちょっと時間がかかるので、水曜です」

あたしは六百円払うと外に出てバスを待った。予定より二十分遅れてバスは来た。駅への道は渋滞してた。湿っぽい空気が充満してる。クリニックにつくと、客は二、三人だった。順番はすぐに来た。

「木村さん」イケメンと言える先生があたしを呼んだ。

「はい」あたしは診察室に入った。

「最近の調子はどうですか」

「週に二、三回就労支援所に出てます。あと、朝飯毎日と、支援所に行く日はできあいのものでお弁当を詰めてます。ヘルパーさんの来ない日は、あたしが父の夕食作ってます」

「頑張ってるね」先生はつぶやくように言った。

「それから」

「?」

「遅くなりましたけど」あたしは鞄をごそごそすると、ソフトカバーの単行本を差し出した。「うん」

「これ、地方の詩人会の先生に言われました。痛々しい魅力があるけど、地に足がついてないって」「過去だからね、君の」先生は本をぱらぱらっとめくって言った。

「だから、今ちゃんと生きようとしてます」

「そうか」先生は診察簿に目を落として言った。「お薬はいつものままね」「はい」

あたしは深呼吸すると外に出た。通りを歩く、どの幸せそうなカップルも全部全部、あたしとけいちゃんにだぶって見えた。

(けいちゃんが与えてくれたものは大きかった)

けいちゃんは。短いたった二週間の間に、あたしに、あたしを大事にする人と付き合えって教えてくれた。

通りの途中の店で、あたしは足を止めた。大好きなアバンギャルド系の店で、スカートを五百円で投げ売りしてる。「これください」

「あら、似合いますよ」店員はにっこりした。「前がわざと短い形ですから、スパッツと合わせても素敵です」

あたしはちょっと不思議な気分で、手提げ袋を抱えて思った。(スカートはくの久しぶりだ)(これ着て、高ちゃんのいる自助グループに戻ろう)

空気はほんの少し秋めいてきていた。

第二十四章　秋の風

目が覚めると、もうそんなに気の狂うような暑さは遠のいていた。あたしは、冷房を消すと顔を洗って生協の化粧水と乳液をつけた。少し空いた気分を見透かすように、郵便物がどさっとまとめて来た。

（小説の会の軽井沢文学散歩のお知らせ）

（友達の短編小説朗読の会）

（エッセイ講座の先生の本の批評と、先生の本の贈呈）いろいろ見て、カレンダーにしるしをつけてるうちにあたしはうなった。

（一番大事な、小説講座の益田先生がゲストに来る飲み会、自助グループの総会の日とだぶってる……）高ちゃんが、めずらしく強硬に「出来るだけ来て」と、皆にパンフを渡した総会の日だ。（これは無理だなぁ）高ちゃんの晴れの舞台なんだけど。

だけど、あたしも益田先生にどうしてもどうしてもあたしの本を渡したいのだ。うなりながら、エッセイ講座の涼坂先生の手紙をあたしは開いた。

「暑さもだんだん収まってきましたね。主人公の置かれた壮絶な状況もさることながら、脇役を決して単なる悪役にせず、距離を置いて突っ放して書いている。これだけ書けるのは木村さんの力です。自信を持って生きていって欲しいです」

あたしはちょっと、いやかなりにやけた。涼坂先生は講評が全体に甘いのだ。それはわかってるけど、やっぱり嬉しいものは素直に嬉しい。「なお、私の作品のトークショウを二十二日に銀座でやります。よかったら来てください」二十二日？

明後日だ。しかも土曜日だ。これじゃぁえんえんと高ちゃんには会えない。だけど。あたしはふと芹田との最後の会話を思い出してた。「敦美さぁ」

「ん？」

「……俺に、合わせすぎなんだよ、いつも」

「なによいいやなの？」

「俺はさぁ」芹田はめずらしく強い語調で言った。「敦美の意志で俺に賛成してくれるなら嬉しいの。だけど敦美は、気を使ってるだけだろ単に」

「それはさ」

「意味がないんだよ、俺にとって」「……」

「反対なら反対って、違うなら違うってはっきり言って欲しい」

芹田はそっぽを向いた。「俺のこと、たいしたことないって思ってるのわかるんだよ」

「そんなことない」

「敦美は人の顔色見る割に、自分の顔色人が見てるってわからないのな」

それが最後だった。あたしは、郵便物の束をたばねながら思った。（高ちゃんに合わせられない時もある）明後日、自助グループをさぼることにあたしは決めた。

夜空のトランペット

古城　いつも

十一月も終わりになると街はすっかり歳末モードに変わって、俺常住仁三は丸の内の約束のカフェに急いだ。用を頼んだこっちが遅れてはすまないので、会社の仕事を四時には終わらせて、その後の手続きや後始末や申し送りを片づけて、六時には会社を出ることができた。地下鉄大手町駅で電車を降りると、手慣れた風情で地下道を突っ切ってTビルに到着する。ここの「モンスーンぱらぱら」というカフェで木嶋百合阿は待っている。タブレットで読書をしている彼女を見つけると、手を挙げて近づいて行った。彼女は言った。

「先月ぶり。」

彼女への頼み事は娘の晶良へのクリスマスプレゼントの見立てだった。

木嶋百合阿は長かった派遣業務での仕事をリタイアすると、アクセサリーの輸入販売を始めた。海外の製造元から直に買い入れ、日本で売るのだ。

「人も欲しいけど、英語のやり取りで間違いの契約されても困るのよ。」

という話。

売るのはネットのサイトで、お買い物カートをプログラムして商品を並べている。鑑定書付きの高級なものと違って、デザイン命、だそうだ。そして「粗利」もいい線だと言う。俺は、自分の仕事はもっぱらひと様のために仕事を取ってくるいわゆる営業代行で、業種や規模によって粗利はかなり違ってくることは知っているけれど、輸入小売業の粗利がどの線いけばいい線なのだかよく判らない。

彼女に言わせると、

「仕入原価は企業秘密。」

で、これを明かすと牙城は見る間に崩れていくのだそうだ。そうだ、そうだ、と聞いたまま語っているわけだ。

娘晶良は今年中学三年で、今受験勉強の真っただ中だ。俺としては私立女子高へ入れてやりたい。花嫁修業をさせるわけではなく、女性社会で「頭」を出してもらいたいのだ。男女共学の女子生徒がもっぱら男子生徒頼みだったことは、俺の高校生活で身に沁みている。だからまず、小さな成功を一つづつ積み上げていって欲しい。受験業界は、お正月を受験戦争の休戦期としてはくれない。そんなわけで、クリスマスイブの夜、嫁の手料理で、俺のプレゼントで、年の終わりを祝いたい、そして百合阿を呼んだのだ。

こんな家族の私情を木嶋百合阿はなんの抵抗もなく受け入れてくれた。

この日百合阿は、アクセサリーの写真とサイズと材質が書かれたカラーのプリントを持って来てくれていて、

「ふむふむ、プレゼントはサプライズ。」

「なにがプレゼントとなるかはお楽しみ。」

などと言って、そのプリントに載せられた三十あまりのペンダントや、指輪や、ネックレスの説明をした。

百合阿は始終、

「晶良ちゃん。」

「晶良ちゃん。」

と口にした。その響きは心地よく、俺は自分の娘が他人に愛される喜びを今更ながら感じていた。百合阿はもちろん、晶良とは会ったことはない。しかし、商売人の物腰と、女性としてのたしなみと、そして気づいたことは百合阿の人柄だった。

年端もいかない余所の娘を一人前のレディーとして扱ってくれている。

その夜は、俺好みのペンダントと指輪を二つずつほど選んで、

「結論は先延ばし。」

としてディナーを始めた。

飲食店とは不思議なもので、今の世の中、

「こんな美味いもの、どーやってつくるの？」

と言ったお皿が何皿も何皿も提供される。俺は美食家じゃないので、「だいたいなものは美味いもの。」という公式に従い、出されたものは大抵は文句も言わずたいらげる。運ばれたお皿は、ピリ辛のたれがかかった蒸し鶏や、小さなグリーンカレーや、野菜とフルーツをエスニックドレッシングで和えたサラダや、ナッツとパプリカと茄子を胡麻のディップで和えたものとか、その他、俺の好みで生ハムを追加して、あとは定番で白ワインを一本空けた。

百合阿は、

「十七日には商品持って来るから、常さんの会社行ってもいいよ。」

と言ってその夜は終わりになった。

木嶋百合阿とはもう十年近い付き合いだ。今年で四十五にはなっているはずだ。俺が今四十八だからね。当時百合阿は派遣社員だったのだけれど、いわゆる格差処遇の派遣社員とは少し違って、少しばかり専門性の高い仕事をしていた。プロジェクトのスーパーバイザーのような仕事だ。ある会社ではセミナーの工程づくりをしていたし、ある会社では引っ越しの段取り作りもしていた。その会社その会社で需要はあったらしく、俺と会ったのは、展示会商品の搬入段取りの仕事でだった。俺は出展会社に雇われて販促の仕事をしていた。彼女は言った。

「収入が安定しないのが怖ろしい。」

「見境なく仕事請けて、ようやく世間の月給が出る感じ。」

それでも、世間の男性並みの給料は出ていたはずだ。

当時から彼女には男の気配はなかった。男の影をまとわせなかったことで、百合阿は仕事仲間の男性たちと折り合いよくやってこれたのではないか。一度、独りでいる理由を聞いたことがある。彼女は言った。

「言い寄られたことがなかったから仕方がなかった。」

「男は自分の地位に値段をつけていて、『俺は高いよ。』と言った尊大な態度を取る。」

「みんな、女を前にするとお金の計算しだしたわ。」

そして、言った。

「わたしは男女の愛情なんてものは信じてはいない。」

百合阿は、十人並み以上の容姿を持っていたはずだ。

十七日に百合阿が俺の会社に来ると、俺はまた夕飯に誘った。私用に使い立てして申し訳ないこともあった。ただ、少し話がしたかった。

神田の会社の近くの洋風居酒屋で、「ブッ」は手に入った。ペンダントはトルコ石のまわりに銀細工がしてあり、銀のチェーンがついていた。石はけっこう大きい。

「うん。高校生の宝石箱の一番乗りだな。」

百合阿は自分から話し始めた。

「収入が軌道に乗ったら、少し違うことをやってみたい。」

「流行の世界とは離れたところで、十代の子たちに自分の世界を紹介してゆきたい。」

「子供を育てるよりウキウキする。」

「自分で子供産めばよかったろうに・・・・。」

「自分の人生で精一杯だったのよ。」

百合阿の不思議は、男の影を周囲に悟らせなかったことだけではない。他人の子供を厭わないことにある。子供を持って、親同士の付き合いをしてきた俺にはよく判る。父性、母性、とは一種の心の病で、ほとんどの親が自分の子供の優位性を主張している。よその子よりうちの子、と言う心理。百合阿はそういう付き合いは知らないだろう。

「綺麗ごととビジネスの線引きをしないとな。」

「判ってるって。」

そして、自然の成り行きで、十代の子に関わりたい理由を尋ねていた。

「少年・・・。」

百合阿は呟いた。

「少年には『生』が凝縮されている。」

「大人はもう、少年には戻れない。」

「でも、私は、少年と言う『観念』を形作りたい。」

「大人の持つことができる、たったひとつの心の宝石として。」

「『観念』ときたか。」

「それは、百合阿の『恋』だな。」

俺は気づいたのだった。

私は大学を出てから、当時開発が進んでいたコンピューターで図面を描くというプログラムソフトを動かす仕事を覚えた。大きい会社に入ることも考えたが、大学の工学部という専門課程を卒業して、表計算ソフトやワープロに毛の生えた仕事を追及するのも嫌だったし、だいたいが就職させてくれる上場企業は無かったのだ。零細企業のマニア経営者が覚えた、そのＣＡＤというプログラムソフトを教えてあげるから、と彼の会社に採用されて、ものの三か月で動かし方は覚えた。業界の中堅どころのコンサル会社から下請けで図面の仕事をもらってきて経営者は私にやらせたのだけれど、一年で飽きたわけ。新しい仕事を探そうと、就職情報誌に頼って面接に行った先で出会った経営者が社長だった。社長の会社は一部屋のフロアで、同じ部屋に知り合いが二人机を並べていた。やっている仕事は違うのだと言った。社員は四人ほどいて、事務員さん一人を除いて三人とも大手企業に出向していた。今だったら派遣社員を使う大手も、かつては下請けの社員たちを丸抱えしていたのだ。社員たちにとっても身分は下請けの正社員で、ボーナスも出れば、残業代も社会保険も出た。この会社に限れば月給もそこそこよかったのだ。わたしは出向に出ない技術社員で、社長から仕事をもらい、大手さんとの報告書や書類のやりとり、もちろんCADで変換作業をしたりもしていた。

社長とは上手くいっていた。彼はときどきケータリングのランチを事務員さんと私とフロアの仲間にご馳走してくれたり、出先から帰ってくると、独りごとを言うかのように私に話しかけてもくれるのだった。そして、ミーティングひとつに主導権争いをするような野卑な男たちとは違って、育ちがよい、とでもいうようなたしなみもあった。決して、「主」を気取らなかったのだ。半年も過ぎた夏休みの前に社員五人と社長とで夕食会を持って、その会話の中で社長は家族の話をした。と言っても奥さんは出てはこず、息子さんの話だった。

「この前、息子がね、『お父さん、お金儲けのために仕事をするの?』って聞くんだよ。」

と軽く語り始めた。

「お金に貪欲になってもらいたくなくて、遊びも勉強も、不自由はさせないように便宜してきたんだけど、それが当たり前のことだと思っているらしい。」

と続けた。

「朝起きれば、ご飯が食べられて、学校は都内の私立小学校で、当然のように進学をするつもりで、そして将来の仕事を考えるときに、俺のこと思い出したんだろうな。」

と、ため息をついた。

座のみんなは気を使って、

「坊ちゃん、お医者さんにでもなるのかな?」

と笑顔を返して、

「いや、NPOの活動家だろう。」

と社長を励ますつもりだったのだけれど、社長が言葉を続けなかったので話はそれで終わりになった。

後の社長との話で判ったことは、ご子息は「浅海君」と言って、小学校の五年生で、都心部の私立小学校へ通っている。「お金儲け」と言う以外は、実に慕っていてくれている様子なのだという。

入社して一年を過ぎると、社長と二人だけで会話することも多くなった。社長は四十を過ぎたころで、もう少し羽振りのいい社長さんだったらさぞモテただろう、という姿をしている。私は当時は男としての関心はなかった。学生時代に実らなかった恋の不思議や、絡んでくるばかりで決して恋には進展しない、クラスメートの不思議や、失恋しては得恋を繰り返す女友だちの不思議や、そんなことで頭がいっぱいで、恋愛には積極的ではなかったこともあった。

社長はいつも浅海君のことを語った。スポーツをやりたかったらしいけれど、都心の学校で戸外活動は限られていて、バスケットボールやバレーボールは小学生にはまだ少し難しかった。それで、チームプレイのできるブラスバンド部へ入って楽器を始めたのだ。社長は「トランペット」を勧めたと言う。

「そりゃ、花形をやらせたいだろ？」

というのが社長の言い分。小学生から私立へやるだけあって、それは大事な息子なようだった。ふだんかまってやれないせいもあった。

「ニニ・ロッソみたいにソロが出来るようになればね。」

にこにこして、いかにトランペット奏者が花形であるか語るのだ。あ、『夜空のトランペット』を口ずさんでる・・・。

そして、「お金儲けの話」だ。

「社長がお金を儲けて何が悪いんだ。」

実際、会社の利益の四分の三は、社長一人で出している。社員を大手さんに送り込むマージンなんて、たかが知れてるでしょ。そうだな、小学生にお金の話は遠い世界。子供にとってお金稼ぎはさしづめ「点数稼ぎ」に似ているんだと思うのだけれど、僕ちゃん浅海君は中学校へ持ち上がりなので、得点目当てに受験勉強することもない。

「その『夜空のトランペット』のＣＤ、プレゼントしたらいかがでしょう？」

ふと思ったことを口にしてみた。

そして、思い浮かべた。少年楽団員が赤いボータイ締めて、スタンドアップして、ソロの触りをトランペットで奏でている様子。浅海君、お母さんじゃなくても涙出てきちゃうね。

社長には気に入られていたと思う。ただ、社長には遠慮と距離があるのだ。奥さんの話をこれ見よがしに聞かせることもなかった。実際、奥さんの話は聞いたことがない。

事務員さんに花を買ってきて、

「活けてくれる？」

と言った洒落たこともした。飾りのないただのオフィスに花瓶の花は映えた。

時に、

「木嶋さん、木嶋さん。」

を連呼することもあった。

「浜崎コンサルの安藤課長、なに勘違いしてるんだか出張費ダブルになってるよ。」

「安藤さん、木嶋さんにＣＡＤの雑用作業やらせたでしょ？」

「木嶋さん、請求書出しちゃおうよ。」

「木嶋さん、木嶋さん・・・。」

社長は、わたしの顔を見つめては微笑んでいる。ちょうど会社に出勤していた大手出向の大島さんは、私の脇に近づいてくると耳元でこう言った。

「・・・・イロ・・・ね？」

「・・・・色？」

イロね。初めて聞く単語だわ。要するに、職場で上司を「色めかせている」女性のことね。イロって言われて不愉快ではないわ。と言うより、その「イロ」という存在は愉快なものね。私ではないにせよ。うん、面白い単語だわ。

ここで若き日々を消費するのだ、と思うようになったのは、入社して三年も過ぎたころだろうか。私は生活の照準をすべて仕事に合わせて、学生時代の友人たちとの付き合いは遠のいた。フツウのOLみたいにお稽古事をする余裕は時間もなかったし、またそのつもりもなかった。付き合いはすべて仕事の付き合いになっていった。趣味らしい趣味と言えばショッピングだった。これはお金があればよく、時間は必要なかったから。会社の帰りに遠回りして百貨店へよると、帰宅時間のころにはしょっちゅうワゴンセールが開かれている。その激安なツーピースやバッグを買う。

読書もよくした。仕事関係の専門書が多かった。私の属する建設環境系にはコンサルタントという職能があって、それは経営コンサルタントとかの何をやっているのかよく判らない知らない世界のものとは違って、土木建設計画を調査したり設計したりする職種を言うのだ。女子である私は、ほとんどデスクワークでまかなえるこの職種に採用されることができたのだった。そして、社長の経営する小さな会社で仕事ができたことは幸運だった。男性の下位に置かれることなく仕事をすることができたのだ。もちろん、社長の下位ではあったけれど。

社長は電車通勤だったけれど、一度車に乗ってきたことがある。その日は朝から会社にはいなくて、午後、私は遅れたランチの帰り会社のビルの前で社長の乗った車と出会った。社長はウィンドウを開けると手を挙げた。助手席には小学生が座っていて、あ、これがご子息の浅海君、と悟ったのだ。浅海君の方も私が気になったらしく、社長にではなく私に向かって、

「だれ？」

と尋ねた。

「お父さんの彼女よ。」

少しかまってみた。浅海君は顔色一つ変えず、そして応答することもなかった。社長は笑っていた。

ただ、あの後浅海君は走る車の中で、

「綺麗なひとだね。」

と言ってくれたのだ。わたしは十人並みは自負しているけれど、取り立てて美人と持ち上げられたことはない。小学生にはこの程度でいいのかね？

そして、社長が付け加えたことには、

「お父さん、ぼやぼやしてると盗られちゃうよ。」

と言ったのだと言う。それを嬉しそうに報告する社長も社長だけど、わたしは無視をした。

もし、社長に誘われたとしても私は断ったと思うけれど、断る以前に社長にはたしなみと遠慮があった。わたしの方も、男と女が結婚と言う事業を成さないのだったとしたら、残る道はジャストゴートゥーホテルで、それは私のなかではあり得なかった。そして、オフィスで日常の社長を見ているだけで、それはそれで十分楽しめたのだ。今は雇用人に過ぎないけれど、男と女が色恋を超えてプロジェクトを成すことができるのだとしたら、それはそれで楽しかろうとも思っていた。

「ぼやぼやしてたら盗られちゃう・・・」

・・・・か。

三十を過ぎたころ、ここで若き日々を消費している私は自分

の未来を考えていた。今、事務員さんとふたりで社長をサポートしていて、この仕事はスキルアップもして満足だけれど、キャリアアップには少し不満があった。おばさんの歳になって通用することができるだろうか。そして、フツウの女性のフツウの願望として、

「結婚はどうなるのだろう。」

とこれからを思いやった。社員の男性たちも、大手の社員さんたちも、仕事にのめり込めば込むほど、恋愛の含みはまったく消えていった。そして、仕事以外の男性を付き合いに加えることはご免だった。仕事しているオトコは最高だったから。

社長は仕事相手であって、私に下心は何一つなかった。ただ、その翼の下から出なければならないだろう、という決意が芽生えていた。今は社長の庇護の下で社長の仕事をしているのであって、「私の仕事」を摑み得なかった。ただ、この会社を飛び出て男性社会でしのぐということは、怖いことだと思っていた。男社会でしのぐということは、その覇権争いに参戦するということで、その男同士の国盗りスキルを上回る処世術が必要なのは目に見えている。そして、学生時代体育会空手部に所属してはいたものの、監督から疎まれて陽の目をみなかった経験などを考えてみるとき、ひとえに女性の昇格は上官のさじ加減であることも判っている。今、社長のさじ加減で給料をもらい、今更そんな世渡りに挑むということは怖いことだと思っていた。そして、その人生の闘いの中で、並行して愛の生活を経営するという離れ業は、私には想像の域を越えていた。解を見いだせなかったのだ。

私にとって男と女がなにかを成すということは、子供を育てることだった。そして、自分で産むという本能的欲求は私にはまったく芽生えなかった。ただ、わたしは浅海君のような小学生を育てたいと思った。『夜空のトランペット』を吹く息子。演奏会やコンクールにカメラ持って出かけて行っては、自慢の息子の写真をぱちり。

私のイデアの中にすでに少年浅海は棲みついていた。

「お父さん、盗られちゃうよ。

「盗られちゃうよ。」

産まなくて済むのだったら産まずにいたい。私のイデアは永遠に孕んでいるだろう。少年と言う観念を。

浅海君はなぜ私のイデアに棲むのかを語った。

「木嶋さんはお父さんの彼女だから・・・。」

こんな話が彼女の言葉に変換されて語られた。この社長は、少年の言うとおり百合阿のオトコだろう。しかして何故、彼女は女男の愛を求めなかったのだろうか。今時分、家庭持ちだからなどという体裁は意味をなさない。彼女はおそらく、社会の方に目を奪われていたのだろう。その結果が今の商売か・・・・。その夢の実現は、少々ささやかすぎるが。

「夢は大きいほど、聞いていて心地いいものだよ。」

「ビジョンの根拠は判ったから、あとはプランだな。四十や五十の年代でこそ現実的なプランも立つだろうよ。俺なんか妻子持ちのローン持ちで、十万、二十万の出費でも及び腰になるんだぜ。百合阿は俺に比べれば、羨ましいほど自由だよ。」

実際、働く女性にとってオトコの存在とはどのようなものだろう。フェミニストも世論も見てくれればかりは「仕事も家庭も」とかまびすしいけれど、うちに限って言えば嫁は現在中学三年生の晶良の子育て真っ最中で、家事をやって、近隣づきあいや役員をやって、PTAに参加して、俺らの面倒を見て、これじゃ一日三時間のパートだって勤まらない。さらに一般の女性は百合阿と違って商売を手掛けるのだという考えは脳内に芽吹かない。産みっぱなしで、子育ては老親に丸投げの女性たちは両立できたのだろうけれど、うちのような庶民は無理無理。百合阿はとりあえず社会参加を果たして、独り者の身としてはお金も自由になって、社会に対峙することとはまた別個に一対一で互いに向き合わなければならない女男の関係は煩わしかったに違いない。男は、真向かうとお金の計算を始めたとも言っていたよね。

「浅海君はもう、大きくなったろうね。」

話を向けてみた。

「私のイデアの中では、彼は永遠に少年で、今の大人になった彼がどんな道に進んで、どんな恋をして、どんな愛を手に入れたか、なんてことは興味の外なんだな。」

「少年は大人にはならず、時間の流れの止まったタイムポケットの中で、いつまでも微笑んでいるの。」

「・・・なんだか、耽美的な世界になってきました。」

俺は呟くと、またこんな考えも浮かんできた。その社長と百合阿とはもう一度巡り合うだろうということだ。彼女がきっかけをつくるのか、社長が連絡を取ってくるのか、それは判らないけれど、あの物語は「終わっていない」のだから。

あの後、社長は同室の仲間たちと会社を一緒にして組織変更して、集金システムをこしらえたのだそうだ。調査と企画立案をウリにして、実際営業は社長が担当することになった。業界は多岐に広がって、専門の建設環境系からだいぶ離れていった。もちろん、社長の専門は情報を購うことだったから、どの道へ行ってもやることは同じなのだった。社長は育ちのよさと腰の低さとで、顧客の懐に入ることに長けていた。それほどデキる男だったわけだから、女のひとりやふたりその掌の中に握ることは容易かったはずだ。百合阿と社長は、少年浅海を媒介にして恋をしていたのだ。そのかえってセクシャルな関係が俺には羨ましく思えた。彼女の言う「少年と言う観念」は「セックス」を代任したのだ。

「うん。終わっていないな。」

「彼と彼女は・・・。」

十二月は冬の走りではあるけれど、すでに十分寒い。百合阿にタクシー代を出そうとすると、彼女はそれを遮って言った。

「次の商談待ってるわ。」

三月も中の土曜日の今日、会社は休みにして、十分休息を取り十時過ぎにベッドを出た俺は、焼き上がりのパンの匂いに嗅覚を奪われた。早起きしてしまった嫁が、ホームベーカリーでパンを焼いていたのだ。しめた、焼き上がりのパンのご馳走に与れる。晶良は高校に合格した。四月からの高校生活の準備も一通り済んで、平凡に過ぎてしまった中学生活を少し悔いながら、それでも高校へ入ったら美術部へ入るのだとウキウキしている。晶良の着ているタートルネックの白いセーターの胸には、昨年のクリスマスプレゼントに与えた、トルコ石のペンダントが下がっていた。ブルーとホワイト。まさに青春の色。

俺の高校生活はつるむことが出来なかった分友人の数も少なくて、その僅かの友人も年を経るに従い雲散霧消してしまった。今の交友関係は仕事上で一から築き上げたものでそれはそれで財産なのだが、いわゆる企業家、経営者たちが持つ人脈とは天上の天使と地の蟻ぐらいの差があることは判っている。だから百合阿が自分で仕事を始めて、人間関係をひとつひとつ手探りしながら構築してゆくのだろうということを手放しで賞賛しているわけだ。だからこそ言いたい。

「もっともっと、上を見ていいんだよ。」

こう言いながら、俺って百合阿のなに？という思いは浮かぶのだが、極めて率直に俺は百合阿には歯が立たない。彼女は自立している。俺はしがないマージン取りの自営業者だ。妻子持ちのローン持ちだ。

女子高へ上がる晶良は、百合阿のような自立した女性になってもらいたい。男次第の人生なんてダメだよ。それだったら独身を通した方がまだマシ。そりゃあ、家庭を持って子供を作れば我が家は子孫繁栄だけれど、俺はそんな小さな幸せを望んではいない。大きな大きな幸せを求めてもらいたい。俺は嫁にも娘にも満足で、家庭に関しては今あるだけで十分だ。この家庭を下敷きに、晶良には大きな世界に羽ばたいてもらいたい。だから、それ相応の応援はするけれど、甘やかすつもりはない。ブランドのバッグや服や靴を買い与えるつもりはない。このトルコ石はささやかな贅沢だと思って欲しい。

社長からの年賀状に、携帯電話の番号が手書きで書かれてきたのは年賀状を交換し続けてから初めてのことだった。なんのためらいもなく電話をかけて、社長と私は会った。そちらへ伺いますと、社長の会社のある神保町の駅を降りて、指定されたビストロに入った。季節は聖五月。若葉の間から陽が漏れて、なにか聖なるものに祝福されている気分になる季節だ。五月が私と社長を再会させたのかもしれない。こういう形での逢瀬はおそらく初めてのことだったけれど、お互いいい年になっていて何の衒いもなくなっていた。社長はやはり浅海君の話をした。

彼は三十になっていてまだ独身だという。とある証券会社で営業マンをやっていて、今がいちばん使われ時らしい。都内のマンションは高いので、郊外に独りにしては少し広めのアパートを借りている。そして社長は言った。

「営業職を選んだことも意外だったけれど、起業を見据えているらしいことが判ったときは、俺も少し考えたよ。」

「でも、お客さんに結構使われちゃってて、いつその構造から抜け出せるのか見ものだね。」

少年浅海が大人になって私の瞼の中に入ってきた。私なんかより知っている世間もそれは多いことだろう。男の子って頼もしいいね。

私は、携帯番号を書いてきてくれた理由を聞いた。

「君が前から独立したいって言っていたのを覚えていた。」

「役に立てないかなって思って。」

「なにか、相談ある？」

私はすかさず、東京の総武線サイドのホールで開催される某大学の演奏会のフライヤーを見せた。そのプログラムに『夜空のトランペット』があったので、自分の部屋に取っておいたのだ。まさにグッドタイミング。

「一緒に行ってくれませんか？」

社長は目を細めながらフライヤーを手に取った。そしてそこに『夜空のトランペット』の文字を認めると喜んだ。

「『夜空のトランペット』は昔話じゃなかったんだね。今もこうして一緒に楽しむことが出来るんだ。」

浅海君は小学校から持ち上がりで中学校へ行って、やっぱりブラスバンド部だった。そして、演奏会でソロで演奏することはなかったけれど、『夜空のトランペット』も吹けるようになった。浅海君は譜面も見ずに吹けるようになって、父親のリクエストに応えて家庭内コンサートもしたと言う。
・・・で、社長は目標を失ったのだった。少年浅海君が『夜空のトランペット』を吹く、という父親の願いは容易く叶って、そして浅海君は大人の世界に入っていった。父親はあとは見ているだけだ。
私は目をそらした。そしてビストロの壁面に掛かっている絵に焦点を合わせた。絵は袖なしのワンピースを着た女性の上半身で、両手で大き目のグラスを抱えている。この絵のバックの色は黄色で、女性のワンピースはオレンジ色だ。この女性は、夏の陽射しの下で『酒を飲んでいる』・・・？　でも、薄暗い店内で、黄色とオレンジは映えた。この店の名前は、「アテナ」と言う。兜を被っているのだったらアテナだとも認めようが、この酒を飲む女将軍は実に寛いで微笑んでいる。いずれにせよ店主のテイストなのだろう。

工学部を出た私は、リーダーになることは頭になかった。男社会で生きていければ上出来で、それ以上の地位や富が手に入ったとしたら、それは「誰か」に与えられたもので、女は受け取ってはならぬはずのもの、ということは判っていた。そして、椅子取りには参加せず、スキルアップ、キャリアアップのみに励んできた。そのスキルは人間関係をスムーズにするという点で、今の商売に役に立つはず。私は漠然と言う職業人としてずいぶん経験を積んだ。今、相談はないかと聞かれて、社長はたぶんお金のことを言っているのだろうけれど、それはないよ。資本も要らぬほどの小さな小さな商売なんだ。

社長ととりとめもない話をして、今の社長の律儀な事業や、業界の話や、小金を貯めるまでで終わった私のキャリアや、そう、やっぱり仕事の話に始終したのだった。

社長はもう六十を越えたころだろうか。社会的にも責任ある立場で、人を統べる地位にいる。私は私で今一家を構えたところ。社長の側に一歩近づける資格はできたのではないかな。まだまだ経営者とは名乗るつもりはないけれど。

演奏会は六月のある土曜日だった。梅雨に入り、その日は小雨が降っていて、開演時刻の六時半に間に合わせるべくアパートの家事を済ませて、木綿の単衣の小花模様のコートを羽織って、ランバンのモノグラム模様の傘を差して、総武線錦糸町の駅を降りた。

二十年前社長と知り合ってから初めてのデートだった。ホールのロビーが待ち合わせ場所で、なんと社長の方が先に来ていた。遠目で見る社長はスマートだった。背丈はさほど高くはないけれど、流行の細身のズボンが脚を長く見せて、ダークグレーの合服は染めることもない白髪とよく合っていた。

他愛無い日常のお喋りをしながらシートを探して並んで座った。恋人と言うよりはパパさんだった。十年もお給料貰ったんだから。

プログラムは二幕になっていて、一幕目はクラシックで、シャブリエの狂詩曲スペインをメインに、やはりシャブリエのハバネラ、村の踊り、ポーランドの祭りと続いた。これらのシャブリエの陽気な曲は、吹奏楽でアレンジしてもたいへん素晴らしい。

二幕目はポップス系で、イージーリスニング調の曲が三曲ほど続いた後、『夜空のトランペット』は始まった。イントロだけトランペットで、その後の主旋律をフレーズごとに代わってゆく金管楽器が吹き、他楽団員がトゥッティで被せてゆく。これが繰り返されてゆくのだ。アレンジは見事なもので、ＣＤで聴いていたオリジナルのものよりずっと長い時間演奏された。そして最後にまた、トランペットが主旋律を主導して曲はエンディングに向かう。

私は胸が一杯だった。何かがひとつ終わったのだ、という気がした。そしてこれからの人生への揺らぎや不安は消えていた。拍手をしながら社長は囁いた。

「この吹奏楽団、全然いいじゃない。」

私は今宵のふたりのイベントの成功を確信すると目が潤んだ。でも、涙は流さなかった。

プログラムの最後は『サバの女王』だった。そして、アンコール曲にサイモン・バタフライの『レイン・レイン』がかかって、雨降る六月の演奏会を言祝いで舞台は暗くなった。オーディエンスは演奏会の余韻に流されまいと足元を確かめながら、会場を後にしたのだ。

まったく気の利かないことではあるが、社長とは当たり前のように駅で別れた。私は総武線で、社長は半蔵門線で帰るために。

百合阿は、絵を描き始めた。自営業の合間に描きためた油絵を一度見せてもらったのだが、テーマは一目瞭然で「少年」だった。おおよそセクシュアルで半裸だった。十歳前後の少年が、画面画面で持ち物を変えてはモーションストップしている。背景には適度な装飾性もあった。蝶々が飛んでいたり、風船が舞っていたりする。画面の中に文字が書かれていたり、その文字は「MOMENT」と書かれていたりする。

「刹那・・・ね？」

油絵は仕事の合間に描けるように、せいぜいが大きさ各辺一メートル弱だった。だから、コンペには規格外で出品できないだろう。

元々、百合阿は高校時代は美術部だった。それで図面を描ける大学へ進んだのだったし、やっていた仕事も企画や工程もあり、図案をエスキースすることは容易かったのだろう。

昨年の年賀状は、コンピュータグラフィックスで描かれたイラストで、これは少年ではなかったけれど、着物を着た女性の胸元のクローズアップだった。

近年百合阿の父親が事業を畳んで、１ＬＤＫのマンションを一部屋譲ってくれたという。百合阿にとっては初めての富だった。少なくともアパート代を稼ぐために働くことはしなくてすんだようだ。会社員時代の仲間や、もちろんあの社長や、アクセサリービジネスの海外のメル友や、出店先の関係者たちとの付き合いも多くなり、百合阿は洗練されていった。

百合阿の絵の中の少年は、百合阿の目指していた十代の子たちのため、というよりは大人のために存在する少年だった。百合阿が二十代のころに得た「少年」と言う観念を、観客と共有したいとでもいうように、そう、いつのまにか俺も絵の中の少年を愛していたんだな。

つっ張ることはやめにして、社長の厚意を受け、販売チャネルを紹介してもらった。売り上げは伸びた。アクセサリーは衝動買い的要素が大きい商品で、ネットではあまり売り上げが上がらない。そこをプッシュして売り込む手法を得たわけ。いずれ事業拡張して法人成りしたら、ひとを雇わなければならない。その手探り状態の商売もそれはそれで床しいもの。

常さんから、

「絵がまとまったら書籍化すれば？」

とアドバイスされて、今自費出版はそれは安価だけれど、さすがにカラー印刷は手間がかかる。五か年計画と銘打って、油絵だけじゃなく、イラスト化してコンピュータで描くことも考えている。本を作ったら売り切らなければ。またまた販売チャネルの話。今現在、創作仲間はほとんどいない。だからこそこんな無謀な計画も立つのだろうけれど、出版したからといって出版マーケットに用はないの。口コミやフリマで少しづつ売れればそれでいい。私はマスメディアは嫌い。テレビもニュースじゃなかったら情報番組しか見ない。背表紙だけで買われてゆく有名人は可哀そうだとも思うし、私の世界『少年』の共有者と、密やかな共犯関係のようなものをつくってみたい。観念のグループには、管理関係もなければ支配関係もない。そう、その「刹那」、彼らは私の友となる。

もう後、五、六年もすれば、私の年頃は定年退職の準備で、そうしたら、サラリーマン、ＯＬとはまたまた世界を異にしてしまうだろう。父も母も今のところ元気で、住まいも千葉で近いから、何かあっても慌てふためくことはないだろう。私のこれまでには愛情生活こそなかったけれど、なんの引け目も感じてはいない。父と母には愛されていたし、職場の人間関係にも恵まれた。私は女男の愛はさほど信用してはいないのだ。友人を奪われた経験はあっても、愛人を奪われた経験はない。オトコは常に友人を奪っていった。そして、オンナに奪われる恋人がいたとしたら、その時点から遡ってすでに恋人ではなかったのだったろう・・。男はいつも女をひとり穢して、パートナーたる女を得ていった。女とは愛の生贄でもあるかのようだ。愛の生贄、愛の巣の人柱・・・。そんな愛の巣、脆いじゃないの。虚しいじゃないの。

明日からゴールデンウイークだ。私は五十になる。見た目は見栄張っているけれど、体のあちこちはだいぶ衰えた。老眼鏡も手放せないし、髪染めはかかせない。それでも洋服は高級ブランドの柄物スーツなどは極力着ないで、スタンダードな上着とスカートや、ブラウススーツでシンプルを旨としている。そして、あぁ、社長と再会してから四年になる。

浅海君は、お得意さんが多くいた業界で、ささやかな人脈を充てに独立を図っているそうだ。その業界のことはよく判らない。お父さんである社長は知らぬ顔をしているのだと言う。口出しをしてももう判らないんだって。営業は何を売るにせよ、売り手の情報量が物を言う。その意味ではお父さんと同業だね。社長の会社は今、従業員も三十人以上いて、決して傾いている などという状況ではなく、上手くいっている。なんだかよく判らないのだけれど、その昔社長が同じフロアの仲間をビジネスに引き込んだように、浅海君も社長の会社に合体してゆくような気がする。それは芸術的な勘。ビジネスはつねにビジョンと並行して昇ってゆくものだ。

社長とは、定期的に会うべく作業をしこんである。社長のようなデキてたしなみのある人間の近くに自分を置くことは、人生の処世術でもあることだから。社長の会社を訪ねるときは、総務課の女性にお土産を委ねて。あ、「イロ」を教えてくれた大島さんは社長の会社に見事残った。今は役をもらって、技術担当管理職になっている。

マンションにラタンの小箪笥を買ったので、このゴールデンウイークに常さんに車を出してもらう約束をした。引き取りに行くと割安なのだ。

晶良ちゃんはもう大学生で、東京郊外の美大に通っているのだという。私のころと違い、就職の門戸もだいぶ解放されたことだろう。

「いらっしゃい」と言ってくれる企業がいたら、それはやっぱりありがたいことだ。たとえ、出世競争の駒に勘定されていないのだとしたって・・・。

仕事は順調になってきた。開業当初はだいぶ貯金を切り崩したけれど、その綻びは修復されつつある。父のフォローもあったから。

五月の五日は火曜日で、その仲介商の倉庫が湾岸にあるので、地下鉄木場駅を出たところで待ち合わせた。ためらいもなく助手席に陣取って車を走らせると、ウィンドウを開けてみた。高層マンションが建ち、ガラスのビルが建ち、街には小商いする店もない。都市計画家や建築家は自分たちの腕を振るうべく、生活と言う面倒くさいものを切り捨ててしまったようだ。どのショップもモールやビルの中に納まり、賃料を払えない個人事業家は追い出されてゆく街。こんな状況を設計やプランニングを学んだ私が傍観していて、はたしていいのだろうかとも思ったけれど、それは黙って見ているしか今はできないのだろう。マインドユアオウンビジネス!

俺たち個人事業主は、「定年」というクレヴァスを跨ぐことなく齢をとってゆけることは幸福なことだと思う。百合阿のマンションの前で百合阿とラタンの箪笥を下してから、なんだか老年期の青春時代だな、と思えてきた。俺は今五十三で、あと二十年は頑張れる。病気さえしなければね。毎日毎日、白銅と青銅と黄銅を数えて、ときどき諭吉が入ってきては小躍りして、それに関しては変わることない未来なのだ。人が代わり、環境が代わり、住まいが代わったのだとしても・・・。百合阿は齢を重ねて綺麗になった。なにか吹っ切れたようにも見える。俺も百合阿も自分のビジネスでてんてこ舞いで、それでも一年に一、二度、電話したり、メールしたり、用事をつくって会ってみたり。

幸福論も人生観もここで語るつもりはないけれど、この物語は、百合阿と俺の「相聞」形式にしてみたよ。百合阿の社長への挑戦でもあるのだけれど、これが俺の百合阿へのラブレターだ。ただの友人として存在できなかった贖罪でもあり、仕事仲間としても中途半端でかつ、恋の俎上に乗ることも無理な俺の精いっぱいの気持ちなんだ。

百合阿の作品群の「少年」は、ぜひぜひ書籍化してもらいたい。カンパ募る役を仰せつかってもいい。百合阿みたいな男女観があることも判ったし、俺もなんだか洗脳されそうだ。

おそらく俺たち夫婦は二十年くらい先になって、お互い看取り合う決心をして、関わり合う社会は福祉センターと病院だけになったとき、さんざん依存関係にあったことに気づくんだ。

晶良を産んでおいてよかった。男と女は父親と母親になって、初めてひとになる。その顧みる方向がプラスかマイナスか、それによって父母となった他の仲間たちとの距離も測れるのだろう。輪廻のごとく、親の野望を子に託してゆく家庭もあるのだもの。

まさに「サークル・ゲーム」だね。

独り者の百合阿には、こんな宿業とは無縁で、なんだかこのまま、天使のように羽根をつけてずっと遠い行く末の天国まで一直線なような気がする。天使というよりは、俺のアイドルだったのかもしれない。

あぁ、どんより垂れ下がった六月の灰色の雲をバックに、ターコイズブルーの羽根をつけて飛翔する百合阿が今、見えるようだ！！　薄赤色の服をまとった従者の天使たちが幾人も、トランペットを吹き鳴らして・・・。

評論・エッセイ

『近藤益雄《えきお》を取り巻く詩人たち（一）』
江口季好（その４）―児童詩　この良きもの
詩教育に命をかけた人　―

永山　絹枝

耳をすましてごらん

江口　季好

耳をすましてごらん。
いなかの学校の窓からも、
まちの学校の窓からも、
詩を書くかすかな
えんぴつの音がする。／／
笑ったことも、怒ったことも、
楽しいことも、悲しいことも、
すなおに、そのまま詩に書けば、
みんなの胸に、あったかい火がともる。
もえろ、もえろ。
あかあかと。
心をむすぶ詩の光。

一、はじめに

江口季好の大きな功績が詩教育の普及であった。その執念に圧倒された。死ぬ間際まで「詩は感動である」「感動による教育こそ最もすばらしい」と、児童詩教育の意味深さを主張し、今後も途絶えることなく広がり継続していくことを希求された。

【教育とは感動である】

ところでなぜ江口は、この方法を考えついたのであろうか。

彼は、『詩情のある教室』の中（Ｐ68）で、

「わたしは四十年ちかく児童詩教育の実践をつづけてきた。この過程で、わたしのなかに教育の方法論としての「感動」の問題がしだいに熟してきたようである。命令、禁止、訓戒、叱責、競争、おだて、賞賛、ほうび、体罰などによることなく、子どもと教師の価値のある感動の共有ということが、わたしの教育方法論となってきた。やがて「教育とは感動である」と考えるようになった。子どもたちは、また広く人間は、感動によってこそ成長し変革されるのだと思うようになった。…

わたしは障害をもつ子どもたちと生きてきた。この子どもたちがことばを発するのはいつも感動によるものであった。

わたしは、教室に感動をと思いつづけてきた。

それは、詩のある教室をということであった。」

これを読んだ松尾静子氏（長崎詩人会議誌の仲間）は、

「『詩のある教室』とは、具体的にどのような教室でしょうか。でも、そこに薪ストーブの暖かさを思います。人と人が集い合う温もりを思います。そういう教室でしょうか。色々な家庭の様々な事情を、それぞれの運命を背負った児童と児童が一つのストーブに手をかざし暖をとる。そのストーブが『詩』であるとしたら、私も又、変革させられそうです。」

と、共感の思いを寄せた。

二、江口氏の夢

詩によって子どもたちの感覚の質をみがき、人間らしいやわらかな感情を伸ばし、真に正しく美しいものにたいしての実感を深くきざみ、豊かさとともに強さやたくましさを育てていきたいと願う彼は、

「日本中を、世界中を、詩を書く子ども達であふれさせたい」と全国を走り巡り、その広がりと掘り起こし継承に奮闘した

子どもの詩　江口季好

ひとつ
ひとつ
ひとつ
純白の梨の花びら　（『風、風、吹くな』）

右の詩でもわかるように、子どもの詩をひとつひとつ掌《たなごころ》にして慈しみ、「純白の梨の花びら」に例えた。

子どもの詩　江口季好

わら半紙半截《はんせつ》に書かせた詩をまるめて、
ポケットに入れ、
晩秋のはげしい風雨にたたかれながら、
傘をすぼめて校門を出た。
途中、どうしたことか、
わたしは子どもの詩を路上に落としてしまった。
詩はたちまち風にあおられ、とび散った。
傘をおいて、わたしは詩を追った。
道にへばりついたものもあり、／どぶ川に舞い落ちて、
流れていくものもあった。
ぬれて、どろのついた紙をひろい集め、
やぶれないようにポケットに入れていると、
見ていた同僚が、
「かぜひくぞ。またかかせればいいじゃないか。」
と、傘を持ってきてくれた。
わたしは同僚にわるいと思いながらも、
一枚残らずひろわないでいられなかった。
再び絶対に同じものを書くことのできない詩だ。
一枚残したその詩に、子どものどんないのちがあるか。
家に帰って、／石油ストーブでどろを落としながら、
一枚、一枚、かわかした。
紙は熱い湯気をたててかわいた。
ずいぶん長い時間かかった。／わたしは、
いつまでも、かわかすことをたのしんでいた。

（『子ども賛歌』）

雨の中に落としたこどもの詩を、また書かせればいいじゃないかという同僚の声を耳にしながらも、詩には子どもの命が宿っていると拾い集め、一枚一枚をストーブで乾かす江口。

後輩で同僚だった時崎幹男氏（元日本作文の会常任委員）は、「ご一緒に仕事をさせてもらっていた時には、江口先生の〝教師魂〟と〝詩人魂〟を理解できないでいました。どんな議論の際も、先生は優しく微笑んでいましたから。教師としての先生、詩人としての先生の極々一面からしか学んでいなかったのです。その分これからも江口先生から学びます。」と、江口氏の実践を再探求できる喜びを語った。

三、詩心の育ち方

ここでまた、益雄の実践を絡めて検証したい。

彼は徴兵から復職した一九五二年（四五歳）、長崎作文の会を創始し、その広がりと深まりを願って奮闘していた。サークル等を組織しては学びの場を設け、また職員研修等でも以下のように講話した。

（『著作集1』）

○子どもらしさを、生き生きとあらわしている子どもの詩がいちばんいいと思います。

○子どもに自由に言えるようにしてやることが、詩の指導のこつだと思います。子どもと先生の心が、一つにとけあって、あたたかな教室になると、生まれてくるでしょう。

○自分の生活を愛し、遊びの中にも、学習の中にも、お手伝いの中にも、自分でなければ発見できない新しいものを探し出し、それを詩という短い表現様式で書くようになったらその子はどんな子になっているでしょうか。

良い詩とは、

（1）素直につくりかざらないで自分の言いたいことを書いている詩

（2）詩の言葉が　おとなの言葉や教科書の言葉からの借り物でなくて、よく自分の身についた言葉である詩。

（3）子どもの心の成長にしたがっている詩

（4）子どもの生活の場や、その感情が自然のうちににじみでている詩

（5）自分の感情をあらわす言葉を的確につかっている詩。

（口石校の学校詩集「朝の口笛」1952）

花火　**近藤益雄**

この子たちと
ちあげ花火をみて／かえってきた／／
よしひこが
「花火が あがりました」と
みんなのまえで
ひとこと いった／／
花火のうつくしさが
よしひこの口を／ひらかせたのか／／
わたしは うれしくて
その まるい あたまを
なでていた

『魂の教育者・詩人近藤益雄』を読み取った、友人である加藤徹氏（元都立養護学校教諭）から次の言葉が届けられた。

「近藤益雄は・・・子の頭を、黙って撫でる詩人であった。

その方《ほう》が彼にとっては、最も手近な詩の世界であった」この評に、詩人としてほかに類を見ない近藤益雄の独創性があると強く考えられました。一人ひとり個性を持っている子らを愛情いっぱい膝にして、紡ぎだされる言葉はその世界のものです。

唯一無二の誰もが代われない世界があるからです。

「詩は才能でなく体験である」ということを身をもって証明している詩人なのですね。子ども、その不思議な深さにひきつけ

られる探求心が詩になっていると思います。」と…。

　江口は益雄の実践に深く共鳴した。益雄の著作集を手元に置いて何度も読んだという。その姿勢が次の詩から見えてくる。

詩　**江口季好**

ことばをさがすまい。／ことばをえらぶまい。／／
詩は、／いのちの、したたりなのだから。
いのちの、ほかには、／なんにも、
存在する意味もないのだから。（『風、風、吹くな』）

四、江口の熱情に導かれ

江口は、すべての子が喜んで詩作できる方法を模索し、益雄から一歩前進させ、子等自身に思いを詩作させたいと願った。その辿り着いた方法が「意欲喚起」からの「記述指導」。

「それは、感動である　感動で一気に書き込ませよう」。

　著者も、この方法なら、その感動の冷めやらぬうちに記述の場と時間を保障すると「よろんで書くにちがいない」と納得。詩指導に光がさす思いで実践に励むことができた。

詩のある教室　**永山絹枝**

「詩が大好き」と、こつこつと　書き写し
笑み、喜び、共感し合う。
こんな　ひたむきな　子どもたちを／見たことがあったろうか。
詩のある教室の　ぬくもりと輝き
心にそっと貯えられていた優しさの宝物が、
詩という形の羽根を得て、
ぷー　ぷー　と／たんぽぽの綿毛のように
自由自在に　飛び広がる。／／
よいものを吸収し、前進しつづける／　こどもたちよ
青い空を　上へ上へと／ゆうゆうと泳いだ凧のように
どこまでも　どこまでも／大きな夢と希望を持って
羽ばたいて　おくれ

　当時、日本作文の会では、「すべての子どもに書く力を！」が、スローガンに掲げられていた。そのために、より細やかな指導法（記述法）が求められ、月刊誌「作文と教育」誌は各地のゆたかな実践報告で盛り上がっていた。日本作文の会の全盛期とも言えただろう。

　筆者は、先輩江口が採りあげ掌《たなごころ》に載せた詩作品とその評語を何度も読みながら、「なぜこの作品が良いのか」と学びつつ、地域や子どもの実態に根ざした自分なりの実践を紡ぎ始めた。

　初めて「ししゅう」を作成した一九八二年には、江口は左記の詩を「少年少女新聞」に掲載。子どもが本音で発露する詩がよい詩なのであることを示してくれた。

せんせい　二年　**くぼ田　としひろ**

きょう、永山先生を　がようしに　かいたよ。
ぼくが、／「せんせい、うごかないで。」
といっても、せんせいは、なんかいも　うごいたから
えが　へんになった。
それに、からだも　でぶに　なった。
ほんとうは、／スマートに　かこうと　思ったんだけど、

せんせいが　うごいたから／でぶに　なっちゃった。

（1）詩情とは

一九九一年には、「詩情」について学ぶことができた。

すずめ

西大村小二年　まきしまけいいた

車この　上に　すずめが
すを　作っていた。
わらとわらを　つみかさねて
作っていた。
ぼうえんきょうで　ようく見ると、
口ばしを　とがらせて
わらを　かためていた。
すずめの　だいくさんみたいだった。
わらをさがしに　いくときは、
オスとメスが　右と左に　わかれて
さがしに　いっていた。
スズメは、オスとメスが
力をあわせて　すづくりするので
かんしんだなあ。

（『詩情のある教室』1991）筆者指導作品

この詩の「すずめの　だいくさんみたいだった」というところは、二年生らしい詩的表現である。こんな場合ただ「すずめがすを作っている。」と書いても、詩的表現にはならない。散文とはちがう詩の表現とは、「力をあわせてす作りをするので、かんしんだなあ。」と感じた、いわゆるポエジー（詩情）がポエム（詩作品）になる表現でなくてはならないところにある。

ポエジーがポエムになるというのは、感情が詩的な言葉になるということである。

詩的な言葉というのは、ある一つの事柄、またはある一つの意味に、もう一つの意味を加えて豊かに深く表現したものをいう。つまり、「すずめのだいくさんみたい。」と感じてその言葉をつかんだとき、詩的表現が成立するのである。

楽しいとか悲しいなどというポエジーがポエムになるのは、その事実が、味わい深い　いわばもう一つの意味の象徴的形象の表現で示されたとき詩作品になるのである。

だから、比ゆ表現は詩的表現の重要な特質である。

また、詩そのものは一つの象徴的作品で、人生への比ゆを持っている。

さらに、詩と散文のちがいを論理的に見るならば、次のように定義的に考えることもできる。

散文とは、認識が知性を中心とした論理的言語活動によって説明的または形象的に表現されたものであり、混沌とした認識世界を整理し秩序立てて真実を表現する方法である。

詩とは、認識が感性を中心とした心情的言語活動によって真実を情動的にまたは象徴的に表現する方法である。

この翌年、江口は、吉野弘・野口茂夫を編者として『新教育詩集』を刊行している。彼は、一九七二年に吉野弘と出会い、吉野の詩作品、とくに「奈々子に」に感じ入る。その縁でか、一九八四年の日本作文の会の第三三回京都大会の記念講演は、吉野弘であった。「新教育詩集」の「あとがき」には、「このたび、エミール社の長谷川氏の思い立ちで、全国の先生方が書いていられる詩を一冊にまとめて『新教育詩集』を刊行することができました。：日本の教育を考えるうえで、じつに貴重なものだと思われます。ここには、教師としての喜び、苦悩、悲しみ、怒り、思索、意志があり、それが、北海道から沖縄まで日本列島を縦断して芽吹いていて、それは子どものしあわせを求める上で、その貫通するものは一つです。」

：と詩教育の実践を紡ぐ全国の教師作品を一覧に纏めている。その一角《いっかく》に筆者の「むくどりの心」も挿入されていた。

むくどりの心

永山　絹枝

Y子よ
あなたは　母親がいないという
宿題をしてこなくて
毎日　のこされているY子
そっと…一つちがいの姉が
かべに　身をくっつけるように待っている／／
愛らしく　こだわりのないY子
「○○君のなわとびを　だまって
　つかっていました。」
「パンを半分のこして　おかずを
　二はいも　おかわりしていました。」
悲しいことばを耳にするが
温めてもらえなかった幼鳥の
身をかむ寒さを　だれが知ろう／／
歌のうまいY子よ
おさがりの赤いセーターを
にこっと着てくれたY子よ
道案内のうまい　たくましいY子よ／／
今は／両鳩の羽根の下で
ゆりかごの夢をとりもどしているだろうか
人間のぬくもりを
はだで感じとってくれているだろうか
Y子よ

（2）『えんぴつでおしゃべり』江口季好著（あゆみ出版）にはわたしが指導した「ギャグ」が紹介された。（2001年）

ギャグ　四年　江島　正和

国語の時間、じょう野君が
かん字を読むときがきた。

いっとき、考えていた。

その時、
目を検査をするように／片眼にてをあてた。

「わかりません。」

そのひとことで、みんな大わらい。

先生もはらをかかえて　わらった。

「ユニーク賞！」

チャンピオンぼうしをかぶった　じょうの君は

うれしそうだった。

生活綴方教師の目指した、「なんでも言える教室づくり」から生まれた作品の一つと評価されたのだと思う。

（3）全県の「児童詩本づくり」への願い
二〇〇六年には「私はこれから四十七都道府県児童詩の現状を纏めてみようと思っています。：先生の児童詩論が出ると、各県でも出る方向になるのかも知れません。」との便り。

何故これほど、江口が必死にならざるをえなかったのか、次の怒りと悔しさの文章に証左されている。

「従来児童詩を大切にしてきた教科書が一人の作家の発言によってこうも変容するものかと驚く、情けなさと恐ろしささえ感じないではいられない。北原白秋以来の七十年におよぶ日本の児童詩教育の理論は、T社の国語教科書からあっさりとこのように捨てられるほど簡単なものであろうか。わたしはこの事態から教育における叙情の否定と、技術主義・能力主義の強化の方向をとらえないわけにはいかない。」

＊（『詩情のある教室』P38）

（4）二〇〇八年発行『感動とその表現としての詩教育』
折々の便りから反骨精神並々ならぬものであることが伝わって来ていた。筆者は連帯を兼ね、これまでの詩指導の実践を発刊する。それが、二〇〇八年刊行の『感動とその表現としての詩教育』である。これは、作文全国大会・長崎大会を成功させるためでもあった。児童詩の意義や良さを紹介しながら、ラジオ放送等を通して大会参加を呼びかけた。

この出版に江口は非常に喜び、推薦文を寄稿。
『感動とその表現としての詩教育』（筆者著書）の推薦文
現代の心の飢えを抱えている子どもたちを、子どもらしい、また人間的な生活者として育てていく児童詩教育の理論と実践方法の書と言ったほうが適切な著書です。：
「低学年で詩の表現力をどう伸ばすか」という章では、第一節に「なにげないことばに命の息吹を吹き込んで書く」とあって、作品を読むと表現の新鮮さにひきつけられます。また、身近なことへの取材から社会的なことへの取材への歩みにも展開します。

ゆるせない

一年　**よね村りな**

きのうのニュースで
いちねんせいの女の子が
ゆくえふめいになったといってたよ。
かわいそうだったよ。
パパも
「かわいそうだね。」
といってたよ。
山の中でみつかったんだよ。
「でも、ほん人は見つかっていないよ。」
と、いってたよ。
その子は、
しにたくなかったとおもいました。

私たちは、低学年の子どもは身近な日常生活に取材して書き、しだいに学年が進むにつれて社会性にめざめて取材して書くと考えがちですが、そうではないことを実践は教えてくれます。

わたしの考え

大村小三年　中島禎子

本島市長さんがうたれた。
ニュースを聞いたとき、
ひどいと思った。
たしか昭和天皇に
せんそうせきにんがある
と言ったのに、
反対だたのだろう。
人には、一人ひとりの
考えがあるから、
意見が合わないこともあるはずなのに
ぼうりょうをふるうなんてゆるせない

（指導／永山絹枝先生）

作者は三年生です。民主主義と言う体制は、基本的人権として言論表現の自由が保障され、議会制によって社会が成立しているという理論は深く理解していなくても、この本質をこの詩は主張しています。そして、このことは日常生活のなかでの認識能力・認識内容は詩教育の実践によって育つのです。

（＊そして又、「子どもを守る」誌第６４８号でも同じ作品を採り上げ、次のような論評に及んだ。）

この詩は一九八八年十二月七日、本島等長崎市長が市議会の一般質問に対して「天皇に戦争責任があると思う」と答えたことで、一九九〇年一月十八日に狙撃されたニュースを聞いて書かれました。この詩は現在と未来にわたる大切な価値のある平和と民主主義のための詩であると思います。

民主主義という体制の思想は二つの概念の上に成立しています。

一つは言論表現の自由ということであり、もう一つはこのことによる議会制民主主義という制度です。「わたしの考え」という中島さんの詩の題にこの民主主義の思想がきちんと理解されていることがわかります。

本島さんは『長崎市長のことば』（岩波ブックレット№１４６）の中で「あの戦争で犠牲となった、内外二千数百万人を思い起こして今日、我々が反省し、なすべきことは何かということを考えることは、最も必要であり、大切なことだと思います。」

「言論の自由というものは時と所によって制約を受けるものではない。」と言っていられます。

私はこの文を読んで、徳富蘇峰が『官民調和論』（明治十八年）で「吾人ハ卑屈ノ平和ニ座センヨリモ自由ノ危キニ立ツ事ヲ欲ス」と主張したことや、板垣退助が「板垣死すとも自由は死せず」と言ったわが国の言論の自由の主張、フランスの啓蒙思想家ヴォルテールの「私はあなたの意見には反対だが、あなたがそれを発言する自由を私は命をかけて守る」と言った思想を大切にし、日本国憲法二十一条を守りたいと思います。

私は中島さんの詩に感動する以上に作者、中島禎子さんに感動します。しかしユーモアのあるすぐれた詩もこの本にはたくさんあります。

かえる　　三年　**藤木優壮**

かえるが
いじめられていた。
ぼくは
かわいそうと思った。
でも、やめろといったら
ぼくが
なかされてしまう。
ぼくが、みんなに
あそぼうといって
みんなで　あそんだ。
かえるは、にげていった。
うれしそうだった。

（指導／永山絹枝）

こういう詩が学級で理解され高く評価される指導は、人間としての全面的な成長となるもので、詩教育の深い教育的価値を確信させられます。

江口は、「学校教育のなかで児童詩はきわめて不当な位置にある。このことは、子ども生活感動の軽視、感覚や感受性をみがく教育の軽視、美意識や批評精神の教育の軽視、ということを証明している。また、美しい日本語を身につける教育の軽視ということの証明である。」と嘆き、自分の命が短いのを感じ取って、最後の力を振り絞り、遺言のように各地の実践家に連帯と奮闘のエール（バトン）を送り続けた。

五、おわりに

白いよめな　　**江口　季好**

人生は短い。
あれと、これと、手ぎわよくやらねばと、
考える。
足もとの白いよめなの花びらが、
半分ほどのこっていて、
たのしく風にゆれている。
わたしは
白いよめなのようになりたいと
そばによる。

（5）二〇一〇年には、
：私は大腿骨に人工骨15センチ入れる治療をしています。今は古典文学の中の障害児が書いたものについてコメントしながら奈良時代から江戸時代まで書いています。もう一度元気になります。精一杯治療して。児童詩の低調化を跳ね返して盛り上げていきたいと思います。

と、自分を叱咤激励しつつ尚も果敢に児童詩に挑んでいた。

児童詩教育　　**江口　季好**

子どもの詩を、
教師のいのちのように愛する人よ。
それは、／ことばだけを求めても

けっして育たないことを知っている人よ。
それは、
教師と子どもの優しい思いやりが
おりなすものであることを知っている人よ。
それは、子どもの生活のはげしい格闘の
所産であることを知っている人よ。
それは、／かすかな子どもの寝息のように
素朴なものであることを知っている人よ。
それは、
貧困と差別の中にも、はるかな戦場にさえも、
あどけないものとしてあることを知っている人よ。
それは、
社会的現実の反映であることをしっている人よ。
それは／子どもたちの生命をよみがえらせる
ものであることを知っている人よ。
多忙と苦難の中にいても子どもと詩の小径を歩み、
日本の児童詩の歴史に
美しい星座をちりばめる人よ。
一万年、一億年たとうと
再び絶対に生きることのできない
ただ一度だけのこの「生」を、
教師として子どもとともに児童詩の中に生きる人よ。
真実、／熱い思いをこめて、
児童詩教育の確かさと輝かしさを語り合おう。／／
この荒廃した日本に、・小さな、いのちたちよ
星のように輝け！

江口季好は病と共存しながら、「いのち」「じかん」「よみがえらせる」「一度だけの」「星のように」と、宇宙規模の世界観を抱きつつ最後まで詩教育へのエネルギーを滾《たぎ》らせ続けた。

児童詩集

これは／ぼくの手と／子どもたちの手で
心をぬくめあって咲かせた花です。
わたしはいつまでも、
この花の中に生きていきたい。／／
蝶のように　（『風、風、吹くな』）

教　師

肺癌の床頭にも／大腸癌のベッドにも
子どもたちは私に詩を書いて／はげましてくれた
病気は私にとって
児童詩教育の実践であった。／／
私の最後の日にも
子どもたちは詩を書いてくれるだろう
それが
私の児童詩教育の最期の日だろうか／／
私は／教師であった　（『生きる力‥』）

【参考・引用・参考文献】
・『詩情のある教室』エミール社 1991
・『感動とその表現としての詩教育』永山絹枝／2008

夭折した山形の女流詩人　その一
四季派の影響を受けた「日塔貞子」について

星　清彦

山形県は昨年、若くして亡くなった女流詩人のイベントが相次ぎました。それは天童市で生まれた「赤塚豊子」と河北町で生まれた「日塔貞子《にっとうさだこ》」の二人です。

「赤塚豊子」は東根市の公益文化施設内で九月十二日から十一月八日まで展覧会が行われました。展覧会というのは「赤塚豊子」の遺稿を書家の華雪氏が作品にした合作展であるためですが、折りしもコロナの発生により初日のトークイベントはライブ配信になってしまったようです。そしてその後の土、日曜日に関連した企画もだいぶ影響を受けてしまったようですが、「赤塚豊子」の名前と作品は地元メディアも取り上げてくれたことで、以前よりも確実に知れ渡ったことだと確信しています。

そしてもう一人の「日塔貞子」ですが、昨年は丁度生誕百年ということもあり、地元有志が企画展を立ち上げられました。「詩人・日塔貞子の世界」と銘打ち、山形県立図書館で十一月二十五日から年末の十二月二十八日まで開催されました。こちらも講演会や他の企画を開催期間中に予定していましたが、中止になったものもあるのではと思っています。けれどもこちらも地元メディアで取り上げられています。

という訳でこのコロナという難局の中、それにも負けず今でも地方で輝いている夭折の詩人についてご紹介したいと思います。今回はまず「日塔貞子」を取り上げました。

私の墓は

私の墓は
なに気ない一つの石であるように
昼の陽ざしのぬくもりが
夕べもほのかに残っているような
なつかしい小さな石くれであるように
私の墓は
うつくしい四季にめぐまれるように
どこよりも先に雪の消える山のなぞえの
多感な雑木林のほとりにあって
あけくれを雲のながれに耳かたむけているように
私の墓は
つつましい野生の花に色彩られるように
そして夏もすぎ秋もすぎ
小さな墓には訪う人もたえ
やがてきびしい風化もはじまるように
私の墓は
なに気ない一つの思出であるように
恋人の記憶に愛の証しをするだけの
ささやかな場所をあたえられたなら
しずかな悲哀のなかに古びてゆくように
私の墓は
雪さえやわらかく積るように

うすら明るい冬の光に照らされて
眠りもつめたくひっそりと雪に埋れて
しずかな忘却のなかに古びてゆくように

詩集『私の墓は』日塔貞子

この作品を読んで「これほど哀しく孤独で、それでいて美しく穏やかな言葉で人生の終焉を綴った詩」に出会った事がないと書かれた方がいらっしゃいましたが、確かに私もそう感じます。そして密かな覚悟も伝わってくるようです。ふと思ったのはこの作品の制作時期です。もし夫の日塔聰と一緒になる、あるいはなった時期に作られたとしたら、これは自分のことだけではなく、日塔聰への遺言のようにも思えるのです。特に終連から「自分が居なくなっても何時までも哀しまないで」とさえ言っているように思われます。このような美しい作品を残した「日塔貞子」の生涯についてそれでは触れてみましょう。

「日塔貞子」は大正九年十二月十四日、山形県河北町西里六七一に父逸見誠一と母セツの長女として生まれました。逸見家は当時地元の名家でした。その名家に在りながら、大正十年秋に生後僅か十ヶ月の貞子を残して、母親セツは逸見家を去ってしまいます。その原因は私の手元にある資料だけでは解りませんが、戦後昭和二十一年五月十二日に再会を果たしています。再会といっても母子ともに二十五年以上も会っていなかったので、きっと育ての母となった祖母が同席したのでしょう。何故にここまで日にちが解るのかというと、それは残された二十一冊の日記などに拠るものと想像します。そして母が生家を去って間もなく逸見家は没落し、祖父祖母がその後の面倒をみています。父親が引き取らないのも不思議ですが、それから貞子は祖母を「母ちゃん」と呼ぶ生活が始まりました。まだ幼い貞子を不憫に思ったのでしょう。そして祖母も母になるつもりで、そう呼ばせたのかも知れません。なおこの父親ともその後音信不通という訳ではなく、昭和十七年十二月十七日に父親誠一の急病の知らせを受けて祖母が上京していますし（ということは都内の病院にいたことになります）「昭和十九年九月十八日　父死亡」という記録も残されていますから、居場所ぐらいは知らされていたのでしょう。とにかく名家に生まれながらも通常とは違う、複雑な家庭環境の中で幼少期を貞子は過ごしています。

昭和二年に地元の西里村尋常小学校に入学しますがほどなく山形市内の山形師範付属小学校に転校しています。これは祖父母と山形市へ転居したためでした。もう西里村には居られなかったのでしょうか。その没落振りが痛いほど伺えます。そしてこれは祖父母にとっても区切りというか、けじめの取り方だったとも思えます。

昭和八年山形県立第一高等女学校に入学しますが、その年の秋に山形県立谷地高等女学校へ転校し、昭和十二年三月にこの学校を卒業しています。この転校は祖父の死去によるものでした。祖父が亡くなった後、祖母とまた西里村へ戻って来て暮らし始めたのでした。一度村を出たけれど二人で話し合いやはり西里村へ帰ろうという話になったのでしょう。年老いた祖母と成長した貞子の二人での話し合いの様子は今にしてはただ想像するのみです。翌昭和十三年に叔父の元に寄寓しながら洋裁学校に通っています。洋裁学校ということは和服ではなく洋服ですから、その当時若い女性憧れの学校だったことでしょう。貞子はここで学んでどんな洋服を作りたかったのか。きっとそれを考えただけで胸を躍らせていたのだと思います。この頃が一番貞子にとっては幸福であったのではないでしょうか。しかし昭和十四年に不幸にも「左膝関節炎」を発症し歩行困難になり、やがて右手も冒され、鋏を持つことも文字を書くことも困難になりました。当然洋裁学校に通うことができなくなり、西里村に帰ってきます。学校の夢を絶たれ、歩行が困難な上に右手も不自由になってしまった貞子。普通なら失意の中閉じ籠もってしまいそうですが、貞子は右手が使えないなら左手があるとばかりに、猛烈に左手で文字を書く練習を始めます。そしてある程度文字の形が整ってきたと判断できたときから、日記を書き始め細かい字ながら、二十一冊もの日記を残しているのです。不屈の精神というか、身体の内側に秘めた轟々たる炎を感じませんか。やがて昭和十七年六月二十一日、山形市立病院済生館に入院。この後、病院や施設の世話になることが多くなりますが、当時は日中戦争から太平洋戦争へと戦争が拡大されていった時代ですので、弱者の闘病生活は苦難の連続だったろうと思われます。この戦争も益々熾烈になってきた昭和十九年九月十八日、前述のように父誠一が死亡という知らせが入ります。貞子も幸せとは言い難いですが、この父親もまた名家を没落させて晩年は病気から病院内で過ごし亡くなるということを考えると、幸福であったのかと考えてしまいます。

終戦間際の昭和二十年五月三十日、教員で四季派の詩人でもある日塔聰（聴）と運命的な出会いを果たします。貞子はこの聰からたくさんの影響を受け、後日は一緒に暮らしますがこの聰の決断も凄いと思います。歩行困難であり右手も不自由な女性と一緒になることは、当時大変な決断だったと私は思ってしまうからです。けれどもそれだけに強く純粋な愛情を貞子に注いでくれたとも言えるでしょう。昭和二十二年九月西川町岩根沢で一緒に住むまでも寒河江市の大沼病院や、大江町左沢の光風園などで貞子は療養生活を続けていました。

戦後の混乱期に二人で生活を始めて暫くの後、昭和二十三年十二月二十四日のクリスマスイブに最愛の祖母を亡くします。その衝撃は計り知れないものだったことでしょう。祖母の死の影響が拭いきれないまま、この僅か三ヶ月後の昭和二十四年三月十四日に貞子も亡くなってしまいました。二十八年と三ヶ月という短い生涯を全力で駆け抜けた、と言えるのではないでしょうか。そして昭和三十二年五月五日、死後八年の時を待って詩集「私の墓は」（薔薇科社）が上梓されたのでした。

夫「日塔聰」と「丸山薫」の関係について

四季派の詩人「丸山薫」は終戦間際に西川町岩根沢に疎開し、そのまま三年以上もその地に留まったことは有名な話ですが、この岩根沢に疎開を薦めたのが「日塔聰」でした。そしてそこで丸山は代用教員として働くことになります。当初有名な詩人を山村の代用教員には申し訳なくてできないとして、地元の教育委員会は寒河江市の学校を薦めたそうですが、「日塔聡」への気遣いか、頑として譲らず「岩根沢国民学校」に行くことになりました。海の詩人が山の詩人としても活動を始めた瞬間でした。「日塔聡」と「丸山薫」は第三高等学校（現在の京都大学）での同級生です。そして同じ四季派の詩人として活動していたために、名前を見かけることもあった筈で卒業後も繋がりを持っていたと考えられます。岩根沢在住時代に「日塔聡婦人」となった「日塔貞子」とも顔を合わせていますが、丸山は貞子のことをこう記しています。「冷たい珠のような容姿。その内部に犯しがたい気品とはげしい気魄が燃えていた」と。ちょっと怖い感じがします。（その後の調べで三高ではなく一高の間違いでした。すみません。）
「丸山薫」はこの岩根沢で「北国」「仙境」「花の芯」などの詩集を出しています。

雪がつもる

丸山　薫

雪がつもる
山の上の小さな学校で
けさも始業の鐘が鳴る
オルガンがひびき
子どもたちの
本を読むこえや
手を挙げるこえが
かん高くきこえる

そしてしばらく
しんとする

あゝ　あゝ　しづかだ
まったくしずかだ

木々が黙って
それをきいている
何処か谷を隔てた遠くの
山々の兎や栗鼠たちが
耳を立てゝ　じっと
それを聴いている

また詩集「北国」の冒頭の詩にはこのような作品が載っています。

静かな夜

雪の降る日
谷底の部落で
静かな祭がある

太鼓も鳴らない
提灯も点らない
ただ家の中で
臼音だけがきこえる

息子が杵を振り上げる
娘たちが餅をちぎって
それを山の神の祠に供える

神様は険しい崖を背負って
つもる雪の中に
いらっしゃる
ひっそりなりを鎮めて
仄青い夕暮れの中に
いらっしゃる

山の詩人「丸山薫」がここにいます。岩根沢は積雪三メートルにもなる豪雪地帯ですが、その中にある村人の暮らしぶりが、土俗信仰的内容も交え、ひっそりと伝わってきます。それまでの「丸山薫」とは違う一面が見られます。この岩根沢には「丸山薫記念館」があります。今は閉校のようですが「岩根沢小学校」の校庭には、丸山薫の詩碑もあり、コロナ以前にはたくさんの「丸山薫」ファンが毎年訪れていたそうです。また早く以前のような賑わいを取り戻して頂きたいものです。

現在私の手元には漸く先日、日塔貞子詩集「私の墓は」が届いたところです。この「日塔夫妻」のことなどが詳しく書かれた安達徹著「雪に燃える花―詩人日塔貞子の生涯―」他を探しているところですが、どうにもそれぞれの発行部数が少なく、詳しい説明ができません。そこでもう少しお時間を頂いて、次号ではある程度自分なりに納得できるものでお知らせしたいと思っています。中途半端に終了することをお許し下さい。とにかく山形県に「日塔貞子」という詩人が居たということだけでも覚えていただければ幸いです。

ストップ・ザ・文明

黄輝　光一

私は以前から、この言葉を、こころの中で叫び続けております。そして、このコロナ禍で、更に思いを新たにしております。

「人類よ、そんなに急いでどこへ行く」、急激な経済成長は、大自然の破壊をもたらし、人類を破綻へ向かわせております。立ち止まって、理想の文明社会とは何かを、もう一度考え直してみませんかという問いかけです。

本来は、穏やかに「スローライフ」、「シンプルライフ」、『スローダウン文明』というべきところでしょうが、このコロナに直面して、人類は、もはや待ったなしの、警告から危険水域に突入している。

「幸せ」をもたらすはずの科学文明、物質文明社会は、経済至上主義の旗印のもとに、自然を破壊し、動物たちを絶滅させ続けております。

急激なる経済成長は、競争社会となり、強欲社会となり、人間の「こころ」をむしばんでおります。

多くの人が「もっと、もっと」と叫んでおります。「足るを知る」「小欲」とは程遠い「強欲」という身勝手な「自由」があたかも美しい言葉としてもてはやされて、もはや収拾のつかない状況になっているのではないのでしょうか。

道徳、倫理という言葉が追いやられて、協調、調和とは程遠い、個人主義が世界中に蔓延しております。自分さえよければいいという「自己中」が理想的理念として蔓延し、「利他」のこころ、「慈悲」のこころ、「奉仕」のこころ、共存共栄のこころが遠い彼方に追いやられております。

自己中は人類のがんです。国家中《ちゅう》（国益第一主義）は、人類を滅ぼす「がん」です。

いまこそ、このコロナが人類に、私たち一人一人に、あなたが築き上げてきた文明社会は、このままでいいのでしょうか、と問いかけているのではないでしょうか。

【もとの世界に戻ってはいけない】

コロナ禍で、世界は大きく変容しつつあります。その人間の思いは、早く元の世界に戻ってほしいという切なる願い。

あの平常、平安の日々に一日も早く、戻ってもらいたいと。

いつものように、仕事をしたい。中止したイタリア旅行へ早く行きたい。取りやめたイベントを再開したい。「昼カラオケ」で思いっきり歌いたい。居酒屋で、心おきなく時間を忘れて、酒を飲みたい。堂々とパチンコをしたい。

自由の前に立ちはだかる行動規制、「自粛」「厳戒令」。

もう我慢の限界だと、人々は叫ぶ。世界を見渡すと至る所で「自由」を求めて暴動が起こっている。

ある者は、これは「たんなる風邪」だ、だまされるな。私は、マスクなんてしない、俺は、短い人生を自分の好きなように生きるんだ、と。

コロナの原因は、天災だと思っている方もいると思いますが、私は、やりたい放題の人間、人類の悪しき行いの結果だと思っております。

原因は、わたしにあります。そう思うべきです。人のせいにしてはいけません。他人事ではなく、自分自身の大問題と思わないと、進めない問題だと思います。しかも、これは、これまで築き上げてきた文明社会への警告、人類への警告だと。

今、まず自分の心を変える（自己中、エゴから利他へ）、体制を変える（強欲資本主義、経済至上主義から、小さな経済に）、国を変える（国益第一主義から、国境を越えた、人類一丸となっての共同協力体制へ）

そして、大自然に対する畏敬の念、環境破壊への猛省。動物虐待、動物実験、肉食を減らす「食」の見直し、コロナこそが「神からのありがたい警告」だと受け止める。（神なんていないと思う人も）

人類の歩むべき道を、この誤ったエゴ社会、個人主義社会、間違った自由主義から、軌道修正しない限り、いつまでたっても、第二、第三の、更には最強の感染症が来るかもしれない。

だが、いたずらに恐れおののくことはありません。自らパニックになる必要はありません。やるべきことをやる、最善を尽くす、まさに、すべてを、見直すための「コロナ」だと思います。

今でしょ！　今こそ！　今すぐに！

【人類への警告】

あなたにとって、一番大切なものは何ですか？
人類にとって、一番大切なものは何ですか？

①大自然との共存共栄
②地球温暖化、オゾン層破壊、氷河溶解、森林火災、アマゾンの危機。
③物質文明が闊歩し、追いやられた精神文明。
④科学が、人類に幸せをもたらすという間違った神話。科学技術で、人間は楽になれたはずでした、しかし現実は、急がされ時間は無くなり、ノルマに追われ、緊張した「ストレス社会」になってしまった。
⑤人類の幸せは、大自然の中にある、大自然を無視して、人類は「幸せ」にはなれない。
⑥超高層ビルはいらない、「経済成長至上主義」からの脱却。
⑦GDP（国内総生産）の数字が増えても、幸せにはなれない。
⑧めざすべき数値目標だらけの経済学、人間不在の経済学。不毛の経済学（量を重視し、質を無視する。人間性は無視）
⑨工業中心社会から、農業中心社会への変換。（国をささえる根源は、農業）
⑩世の中は、すべてが博徒《ばくと》金融商品。証券取引所は、現代の賭

博場。（株式、各種ファンド、先物取引等）
賭博《とばく》経済から、エコロジー経済、環境経済、グリーン経済へ変換せよ。

⑪すさまじい生産拡大と、暴走する社会。勝者と敗者を生む、弱肉強食社会。
「人類は、肉食恐竜ですか?」

⑫経済至上主義、超ノルマ社会。生産効率。コスト削減。人員削減・・・。
働きバチは、休むことなく働かされ、耐えがたいストレスをかかえこむ。「働けど、働けど、わが暮らし楽にならざる」「こんなはずではなかった」

「疲れました、お願いだから、休ませてください」が、許されない世界。

⑬世界には、いらない物で、あふれている。
大量生産、大量消費、あふれるゴミ、果ては処理不可能な恐ろしい「核のゴミ」

⑭大量生産から、食料の自給自足へ、地産地消へ。

⑮「小さな経済」社会にせよ。
小都市の「環境共同体」すなはち、ローカリズムへ。

浪費経済から、節約経済へ。「もったいない」「ありがとう」

⑯一日の食にありつけない人が、1億人以上。強欲社会がもたらす、貧困、超、格差社会。（1兆円ためた人と、1000円もない人）

⑰やりたい放題の、地球の王者、人類。（獣性から、いまだに抜けきらない人類）

⑱地球温暖化。海洋汚染、海洋プラスチック。海鳥が泣いている、カメが泣いている、イルカが泣いている、南極のペンギンが泣いています。北極の白熊が絶滅寸前。

⑲最大の環境破壊は、戦争です。

⑳人類には、戦争という選択肢はない。

㉑人類には、地球を守る使命があります。

㉒化学添加物だらけの、加工食品。それを食べ続けて、薬物混入人間になってしまった人類。二人に一人が「がん」になる時代、それは、当然なのかもしれません。
「食」の見直し、「肉食」からの脱却。動物愛護。

㉓間違った自由主義から、「利他」の世界への変換。

㉔大欲の世界から、小欲の世界へ。足るを知るべし（小欲知足）

㉕蔓延する「うそ、うそ、うそ」の社会。偽装《ぎそう》世界（数値改ざん、食品偽装、食肉偽装、耐震偽装、手抜き工事、医薬品偽造、偽ブランド、フェイクニュース、果ては、オレオレ詐欺）
⇓世界は偽物であふれている。⇓すべての原因は、「お金」？

㉖無関心人間。ゲーム人間。携帯人間。引きこもり。「隣の人が、だれだか知りません」
孤独死の「無縁社会」そして、一方では、

㉗誹謗中傷の嵐、2チャンネル人間（ネット上の無記名の心ない書き込み）。こころの闇。
世界の鬱《うつ》は、1億人以上、病める社会。日本の自殺者は、年間2万人、世界の自殺者数は、毎年80万人以上。

「世をはかなむ」「僕は生きる価値のない人間だ」「自暴自棄」

「こころの闇」

㉘間違った身勝手な「自由主義」から、「利他」の世界へ変換すべし。
㉙ついに、やってきた「AIが支配する世界」効率化、機械が支配する世界、人が職場から追放される、「あなたがいらなくなる世界」
人間としての尊厳が無視されてはならない。「生命と人間性」が守られる世界へ
㉚犯罪的「マネーゲーム世界」からの完全脱却。（お金、お金、お金、今、世界は丁半バクチの賭博場です）
㉛原発は、人類の最大の過ちと知るべし。（精神的にも、科学的にも、まだまだ未熟な人類は、原発をコントロールできる状況に至っていない）
太陽エネルギー、自然エネルギーへの転換。
㉜すべての人は、つながっています！　共存共栄。人類はひとつ。（ガイア思想＝地球は一つの生命体）
㉝自己中心主義から、「人のために尽くす」愛と奉仕の世界へ。
㉞立ち返るべき原点、「生命の時代」「こころの時代」そして、「霊性進化への道」

目覚めよ、人類！

【コロナで死ぬか、経済で死ぬか？】

「コロナ対策のために、経済が破綻して、死（自殺）に至らしめる、この方がずっと恐ろしいことだと思います。コロナのために、経済を止めては絶対にいけないと思います」と

私は、大きな違和感を感じます。この「経済至上主義」が、コロナの原因の一つであると考えているからです。

一番大切なことは、人の命。たった一人でも、死なせてはいけないという思いです。今、何をなすべきか。コロナとはいったい何なのか、コロナは、油断すれば、あっという間に広まる、目に見えない「超危険ウイルス」だと思っております。また人類が越えなければいけない「警告ウイルス」だと思います。そのためには、今まで通りの生活をしてはいけないということでしょう。

近いうちに、いつか必ずやってくる「感染症」、パンデミックに対して、万全の医療体制ができていたのでしょうか。超高齢化社会に伴う、増加する医療費の反面、現実には、赤字病院、医師不足、保健所の統廃合による激減等、感染症の危険に対する医療体制はなされておらず、医療大国であるはずが、感染症後進国の側面が露呈しております。

もっとも大切なこと、人の命を守ることに、福祉に、お金が使われていないということです。使われるのは、軍事費と箱モノの公共事業費、超高層ビル、無駄なダム等に湯水のごとく使われる。格差と貧困を生む、使われ方です。弱者救済のために使うのではなく、強欲者のための、欲望経済大国です。

今こそ、地域社会、国境を越えて、国を超えて、協力し合って乗り越えるべき時。

争っている場合ではありません。

蕪蒸《かぶらむ》しの味

淺山　泰美

わが家から歩いて十分とかからない距離にその店はあった。今もまだ店はそのままで、『京料理　魚晋《ととしん》』の看板は上がっている。美味しい店だった。春に春の、夏には夏の、秋には秋の、冬には冬の趣向《しゅこう》をこらした料理の数々を思い出す。その店がすでに閉店していることをつい先日知って驚いた。父が健在で母もまだ元気だった頃、家族でよく訪れた店だった。あれから、もう三十年近い月日が流れたとは。一階のカウンター脇の小上がりの小部屋にいつも坐ったものである。一度、二階の部屋に上がらされて、父が激怒したことがある。父は子供の頃から怒りっぽかったと父の妹に聞いたことがある。彼女はさらにこう付け加えた。娘のあんたに言うのも何やけど、私はあの人が嫌いやったわ、と。その時、父はもう危篤であった。聞きたくもないことを、一番聞きたくない時に聞くものなのだろうか。そんな心が寒々とした日に食べたい一品がある。「蕪蒸《かぶらむ》し」である。

冬のさなか、あつあつの蕪蒸しをふうふうと息を吹きかけながら食べる嬉しさは格別のものである。ことにこの店の蕪蒸しは美味であった。蕪をすり下ろし、一汐の若狭のぐじ（甘鯛）、百合根、銀杏、穴子等の具を合わせて蒸し上げ、そこにとろりと透きとおった吉野葛の餡《あん》がかかっている。隠し味の山葵《わさび》がつんと鼻に香った。器は九谷焼きの華やかな彩色のものだった。その蓋を開けると立ちのぼる湯気が、心までも暖めてくれた。この冬も又、去年と同じように蕪蒸しを味わうことができた。

その味わいは京都の厳しい季節の何よりの恵みであった。丸鍋や伊勢海老の具足蒸。鴨ロースに鮑《あわび》バター。穴子豆腐、海老芋《いも》饅頭《まんじゅう》。豪華な料理は他にいくらもあったであろうが、心にも体にも優しいのは蕪蒸しである。人をもし料理にたとえるならば、蕪蒸しのような人に逢いたい。派手さはなくとも暖かくて淡白で、それでいて心に沁みて忘れられないような、そのような人が恋しいのである。

ここ何年も、私は蕪蒸しを口にすることなく冬を過ごした。『魚晋』にも十年以上訪れることはなかった。そのうち一度と思っているうちに、その機会は永遠に失われてしまった。今、しみじみとこの店の味を憶い出している。昭和から平成へと点り続けていた地元の名店の灯が、コロナウィルス禍によって失われたことを、心から寂しく残念に思う。

響き館の午後

『響き館』は、国際会議場へ向かう市バスの通る宝ヶ池通りに面した、上高野のバス停近くにある絵本カフェである。御主人の福田真人さんがかつて信州を旅していた折にたまたま訪れた『安曇野《あずみの》絵本館』にいたく感動し、彼の地元である京都市でこの様な場所を作りたいと一念発起し、開館にこぎつけたのが二〇一〇年の春のことであった。

絵本カフェとはいうものの、この店を利用できるのは大人《おとな》に限られている。残念ながら子供は入店することができない。大人のための、特別な読書空間なのである。ここで、ロンネフェルトの香り豊かな紅茶を味わいながら、客は展示された絵本の中から好みの一冊を選び、心ゆくまで味読することができた。

十五人も入れば満員になる『響き館』では絵本の朗読会やコンサートが開かれることがあった。ケルトハープ奏き語りの歌手、麻呼さんも一度コンサートをしてもらったことがある。真冬の寒い日だった。私もクリスマスの時期と春の頃にライアーを演奏させて戴いた。福田さんは宝ヶ池通りの車の音を心配しておられたが、さほど気にはならなかった。『響き館』の空間はライアーの響きととても相性が良く、アイルランドの名手であるジョンビリング氏も二〇一九年の六月に演奏されている。ひどく暑い日であったが、間近かでその素晴らしい演奏を聴くことができ、至福の時を過ごすことができた。

いつも静かで柔らかな語り口をされる福田さんであるけれど、芯の強いところもお持ちの方なのだろう。開館当時から十年を一区切りにと胸に秘めて営業されてきたのだという。だから、コロナ禍の影響ではないとのことなのだが、二〇二〇年の七月二十六日をもって、『小さな絵本　カフェ　響き館』は無期限の休館となったのである。私は七月の半ばに店を訪れることができた。いつになく長い梅雨が続いていた。避暑地にあるような優しい緑に守られるようにして建つ木のぬくもりのある絵本カフェ。そこは、絵本の力を信じて愛しつづける主人の「森かげの家」でもあろう。再開の日が待たれる。

三浦春馬の死

二〇二〇年の長梅雨のさなかの七月十八日、若くて人気も才能もある美男の俳優が自死した。三浦春馬、三十歳。まことにもったいなく、残念な悲しすぎる死である。彼のファンでなくとも、ただでさえ先の見えないコロナ禍が続く中、気持ちの沈む出来事であった。

幼くして地元茨城県内のタレントスクールに所属した三浦は、一九九七年、四歳でNHKの朝ドラ『あぐり』の端役で小役デビューしている。当時からとびぬけて美しい子供であったという。その後もNHK大河ドラマ『武蔵』で市川海老蔵と共演し、二〇〇六年にドラマ『14才の母』でヒロインの恋人役を演じて注目を集める。翌年、十六歳で映画主演を果たし、その映画『恋空』で日本アカデミー賞新人俳優賞を受賞している。

私が三浦春馬を俳優として認知したのは、TBSの連ドラ『ブラッディマンデー』であった。もう、十年以上も前のことである。バイオテロを疎止《そし》すべく巨悪に立ち向かう、若き天才ハッカーがその役どころであった。当時三浦春馬は十九歳。思わずハッとさせられるような美青年であった。どこかこの世ならざる透明感を身に纏《まと》っていたのを記憶している。おそらく、彼の短すぎる生涯においてこの頃が一つの頂点《ピーク》だったのではあるまいか。実際のところ、ここ十年程彼は俳優を続けるべきか否かを絶えず悩んでいたという。彼をよく知る仕事関係者は皆一様に、生真面目さを挙げている。と同時に完璧主義者であった、と。

　二年程前からその酒量が増え、酔い潰れるまで飲むことが多かったと証言する者もある。二〇一七年には舞台「キンキーブーツ」の主演により大きな演劇賞を受賞し、いやが上にも周囲の期待は高まったであろう。それに加えて過密なスケジュールが次第に彼を追いつめていったのであろうか。幼年期から芸能界に身を置いていた彼は、厳しい業界で常に輝き続けていなければならなかった。それはどれほど心身のエネルギーを枯渇さすものであったろう。では、彼はどうすればよかったのだろう。「放下著《ほうげじゃく》」という禅の言葉がある。すべてを投げ出して、逃げてもよかったではないか。自死は何の解決にもならないのである。

　三年程前の冬、カズオ・イシグロ原作の『わたしを離さないで』というドラマを見ていた。主役の一人であった三浦春馬の翳りを帯びた容貌が今も印象に残っている。クローンとして生を受け、見ず知らずの他人のために臓器を捧げて亡くなってゆく若者の悲劇に彼の風貌はよく合っていた。彼もやはり天使だったのかもしれない。この世の薄明に迷った天使だったのかもしれない。

「土」と「つまらぬもの」、そして／または「文学のふるさと」

原　詩夏至

「またつまらぬものを斬ってしまった」――「ルパン三世」一味の剣客・石川五右エ門の決め台詞だ。気持ちは分かる。だが、敢えて理屈を言うなら、それは結果論というものだろう。どんなものでも、斬られてしまえば、それは死んだものであり、「つまらぬもの」。逆に自分が斬られた場合でも、その自分は死んだ自分であり、これまた「つまらぬもの」。とすれば、本当につまらないのは己の周囲に際限もなく「つまらぬもの」を累積し続ける「斬る」という行為それ自体であり、そんなものに全てを預けてしまった五右エ門の人生それ自体だ。かつ又、それは言われなくても五右エ門自身が一番よく分かっているのだ――そして、それでもそのつまらぬ「斬る」を続ける他に己の生きる道が既にないことも。だが、それを言うなら、例えば、己の触れるもの全てを（「死体」ではなく）「黄金」に変えてしまったというかの古代ギリシャの王・ミダスは、どうだったか。彼の指は生を維持するための食事も、果ては愛娘の王女さえも、否応なく黄金に変えてしまった。いわば、彼も又、五右エ門と同じく、己の周囲に「黄金」という別の「つまらぬもの」を累積し続けただけなのだ。「またつまらぬものを…」――それは、或る意味、この生き難い世をそれでも生きねばならない全ての人々のひそかな嘆きだ。そして、だからこそ、あの五右エ門の「呟き（ツイート）」は、ただの「捨て台詞」乃至「自虐オチ」に留まらない、深みのある「決め台詞」となったのだ。

それでは、戦後間もない一九四五年（昭和二十年）冬に詠まれた山口誓子の次の句はどうだろう。

寒寒と懐中電灯の円の土

ここに見出されているのは、ただの「土」だ――それも（実景であれ、象徴的にであれ）敗戦で全てが灰燼に帰した後の、貧寒たる、無惨な、剝き出しの。夜、凍えるような闇の中、それでも何かの気配を感じて――或いは、思わぬ拾い物が見つかるかと期待して――照らし出した懐中電灯の光の円の中に浮かび出たのは、結局の所、それだけだったのだ。

だが、では、この句が詠っているのは「またつまらぬものを照らしてしまった」「またつまらぬものを見出してしまった」という失望、乃至ニヒリズムなのだろうか。私は、必ずしもそうと（ばかり）は思わない。だって、それなら、「土」の代わりに一体何を見出していれば、それは「つまらぬもの」ではなかったのか――どんなキラキラした、可憐な、心温まる、ドラマチックな、ヒロイックな、思わず「涙腺の崩壊」するような何だったら。それらはみんな空襲で燃え尽きた。滅びた。消え去った。そして、それでもなお、そこに「寒寒と」在り続ける「土」――それは、「もう土しかない。絶望だ」と斬り捨てても、或いは「まだ土がある。希望だ」と過度に持ち上げても、共に微妙に嘘に染まってしまう「何か」だ。かつ又、それが真に見出されるためには、一旦白昼の陽光と広い眺望を離れ、「闇」と「懐中電灯」という迂回路――或いは「奥の細道」乃至「狭き門」――を辿ることが、余人は知らず、こと晢子にとっては、どうしても必要だったのだ。

ありえない向きに体が曲ってて顔は笑っていて子供の絵

触れられて倒れのたうち回ってるサッカー選手を見下ろす主審

工藤吉生の第一歌集『世界で一番すばらしい俺』（短歌研究社、２０２０年）より。一首目、解剖学的には明らかに「ありえない」ポーズの、現実の世界に同じものを無理に探そうとすれば例えば飛び降り自殺の死体くらいしか連想させない「子供の絵」。だがそれは描いた本人にとってはあくまで楽しい絵なのであって、だからその「顔は笑って」いる。その不気味さ。だが、考えてみれば、児童画というのは実際は大体がこのようなものなのであり、それを不気味とも思わず「子供らしい」「元気いっぱい」などと、自動人形のように、口を揃えて賞賛しているオトナたちは、更に輪をかけて不気味なのではないだろうか。或いは二首目。「触れられただけで倒れのたうち回」るのは試合を有利に運ぶための一種の「演技」「駆け引き」であり、そういうことを恥ずかしげもなく出来るのがつまりは「勝利への執念」「プロ根性」ということなのだろう。だが、そういう「オトナの事情」を一度カッコに入れ、虚心坦懐に状況を眺めてみれば、この「サッカー選手」の姿は、或る意味、一首目の「子供の絵」と同じくらい不気味ではないだろうか。そして、それを不気味とも思わず、今しも何らかのもっともらしい判定を下そうとしている「主審」も、それを見守る相変わらず熱狂的な観衆も、やはり、それに輪をかけて、自動人形のように不気味ではないだろうか。

だが、そうした不気味さにも拘らず、私は工藤のこれらの歌に、先の晢子の「土」の句と同様、どこか人間や世界への「失望」「ニヒリズム」に紙一重のところで還元しきれない何かを感じる――つまり、「またつまらぬものを見てしまった」という呟きと（ばかり）は言い切れないような何かを。なるほど、ここには、或る意味「モラル」がない――言い換えれば「児童愛護の精神」とか「勝利への執念」とか、その種の人を駆り立てる、それも同じ方向に一斉に駆り立てる、大きく美しい「物語」が。何故なら、ここで工藤が見つめているのは、それらが全て焼き滅ぼされてしまった後に初めて見出される、晢子の「寒寒」しい「土」のようなものだからだ。しかし、それは――否、それこそは、かつて坂口安吾が「文学のふるさと」と呼んだものそのものではないだろうか。「モラルがないこと、突き放すこと、私はこれを文学の否定的な態度だとは思いません。むしろ、文学の建設的なもの、モラルとか社会性とかいうようなものは、この「ふるさと」の上に立たなければならないものだと思うのです」「アモラルな、この突き放した物語だけが文学だというのではありません。（中略）だが、このふるさとの意識・自覚のないところに文学があろうとは思われない。文学のモラルも、その社会性も、このふるさとの上に生育したものでなければ、私は決して信用しない。そして、文学の批評も、私はそのように信じています」（坂口安吾「文学のふるさと」）。

ノースランドカフェの片隅で―文学&紀行エッセイ
第二十七回　小津安二郎の鎌倉　宮川　達二

何でもないことは流行に従う
重大なことは道徳に従う
藝術のことは自分に従う

映画監督　小津安二郎の言葉
昭和三三年（一九五八年）キネマ旬報

―小津安二郎旧居―

北海道旭川から藤沢、鎌倉と移り住んでまもなく五年になる。現在、私は鎌倉駅の西にある桔梗山に住んでいる。自宅の裏山に縦横に巡る尾根道を歩き、北鎌倉へ降りる急な坂を下る。山間の住宅地を過ぎると、古寂びた長い石段の参道が続く浄智寺がある。山門には、漢詩人石川丈山の筆になる額が掲げられ、境内には歌人安藤寛の歌碑が置かれている。

浄智寺の脇道を挟んだ反対側の岩壁に、人が辛うじて通れる高さに穿たれたトンネルがある。闇の奥に光射す空間が微かに見える。この狭い谷間の奥に建つ一軒に、昭和初期から戦後にかけて松竹の映画監督を務め、独自の映像美を創造した小津安二郎が晩年に住んでいた。鎌倉は、映画の撮影現場だけではなく、小津の終の棲家でもあった。

私は浄智寺の傍らを歩くたび、生涯を通し妻と家族を持たず、母と二人でここで過ごした小津の人生を想う。人生の真実の姿をひたすら家族を描くことで追求しようとした小津、「小津調」といわれる徹底したこだわりを見せる映画作りは一体どこから来たのだろう。

横須賀線北鎌倉駅に近い山ノ内一四四五、彼が隠れ里のようなトンネルの奥に住み始めたのは昭和二七年（一九五三年）、四九歳の時だった。

―鎌倉と小津安二郎―

私が初めて、小津安二郎の映画を観たのは昭和四十七年、二十一歳の時である。文学仲間の友人と東京駅近くの国立東京近代美術館旧フィルムセンターで『東京物語』（昭和二十八年）を観た。尾道に住む老夫婦が、家族を持った長男、長女の住む東京を訪ねる。画面に映し出される戦後間もない東京は、戦災から復興したばかりとはいえ、長閑で懐かしい風景である。しかし、映画は老夫婦の子供たちへの失望を濃くし、最後は戻った尾道での老妻の死で終わる。ヒーローはおらず、恋愛や切実な現実の社会問題とは何の関係もない。原節子演じる戦争で亡くなった次男の嫁の優しさを前面へ押し出すものの、青年だった私にとって魅力ある傑作と感じられる作品ではなかった。

その後、私が小津監督作品を心から好んで見るようになるのは、鎌倉を舞台とした『晩春』『麦秋』の二作を見てからだった。小津にとって、松竹大船撮影所近くの北鎌倉は、その落ち着いた家並みや木立の美しさ、寺社が多く伝統に培われた雰囲気が魅力的な撮影地だったに違いない。しかし、ここに描かれたのも、社会的地位を得て豊かではあるが妻を失った父と娘、そして別れ行く家族に起きる問題であり、戦後の世相から見ても反動的、保守的、ブルジョア的と言わざるを得ない。しかし、笠智衆、原節子、田中絹代、杉村春子、佐分利信、佐野周二、東山千栄子、杉村春子、山村聰ら常連俳優の演技、小津の見事な演出、練られ尽くした脚本、ローアングルによる映像などに支えられ、私は小津の凄みを知ったように思う。

ほぼ同世代の黒澤明監督の『七人の侍』、小林正樹監督の『人間の条件』、世代は異なるが社会派と呼ばれた熊井啓監督の『帝銀事件』などとは作風も取り組んだ内容も違う。しかし、私は小津作品をこれらの映画と同等に価値あるものとして今まで繰り返し観ている。自分は何を描くべきか、自分は何者か、それを知った芸術家こそ、真に価値あるものを生み出せるのだ。

―小倉遊亀、母を詠む歌―

小津のトンネルの先の旧居のすぐ隣の敷地に、艶やかな画風で知られる女流日本画家小倉遊亀《ゆき》が住んでいた。次々と傑作を生みだしていた彼女は、小津がここに住み始めた当時五十七歳であった。小津より八歳年上である高名な日本画家と、巨匠と呼ばれる映画監督が、鎌倉の桃源郷のような山中で隣り合わせで住む奇縁、おそらく二人はしばしば言葉を交わしたことだろう。小津作品には、着物姿の女優がしばしば登場するが、小倉遊亀の着物の趣味、そして描かれた日本画を目にした影響があるかもしれない。着物だけではなく、映画に登場する小道具や色彩へのこだわりは、小倉遊亀との付き合いから生まれたとも考えられる。この付き合いは小津が亡くなった昭和三十八年まで十一年間続くことになる。小倉遊亀は、小津の死後もここに住み続け、二〇〇〇年に一〇五歳という長寿を全うしてこの地で亡くなる。

小津は、この浄智寺のトンネルの先の家に既に七六歳となっていた母と二人で住む。十一年後の昭和三八年に、小津の母は八十七歳で亡くなる。小津が書き残した、鎌倉と母を詠んだ印象的な歌がある。

　母と子の世帯久しきこの夏も北鎌倉の夕蟬をきく
　たらちねの母を背負いてそのあまり重きに泣きて楢山にゆく

後の歌は、明らかに啄木『一握の砂』に収められた次の歌を捩《もじ》っている。

　たわむれに母を背負いて
　そのあまり軽きに泣きて
　三歩あゆまず

小津の母への愛、そして映画にも表れるユーモア精神はこの地で磨かれたのだ。

―北鎌倉円覚寺に眠る小津―

小津の母が亡くなった年の翌年の昭和三八年（一九六三年）、小津は春に頸部悪性腫瘍を発病、闘病の末に同年十二月十二日、六十歳を迎えた彼自身の誕生日に亡くなる。つまり、小津は六十代を経験することなくこの世を去った。前年に亡くなった母を追うようでもある。彼は、北鎌倉駅に近い名刹円覚寺の「無」と書かれた墓に眠っている。

私は浄智寺を訪れるたび、浄智寺山門の反対側のトンネルから小津安二郎監督が、あのダンディな背広姿で歩いて出てくるような妄想を抱く。「藝術のことは自分に従う」と言い放った彼の死から、まもなく六十年が経過しようとしている。

アメリカ東海岸に暮らす（6）
日米の懸け橋になったエリザ・シドモア女史と桜

小島　まち子

米国中西部インディアナ州に住み始めた頃、春のうららかな時期になると桜が恋しくて仕方がなかった。私の住む町や近隣の町で桜の花を見かけることがなかったからだ。立ち上げたばかりの日系企業の広大な工場の周りにソメイヨシノの苗木を植えた、と夫から聞き、ひたすらその成長に期待を寄せるのみだった。しかし開花を待つことなく、私たち家族は本社の要請で急遽帰国することになった。短い引っ越し準備期間のさなか、喪失感ばかりが心を占めた。二年と少しの間私はここで何をしていたのだろう。子供たちが現地校に馴染んでいくのをハラハラする思いで見守り、ようやく高速道路を3時間半ドライブして、インディアナポリスにある日本食のスーパーに行けるようになった。あとは小学校でボランティア活動に参加し、近所のお年寄りのグループと遊んでもらうようになった。別れ難いほど親しくなった日本人の友もいる。しかしもっと自分がここに居た、という足跡が残せないものか。そうだ、私もこの地に桜の木を残すのはどうだろう、とふと思った。短い滞在ではあったが、私たち家族が離れがたいほど馴染んでいるスコッツバーグという町で、自分が残した桜が毎年春に花を咲かせてくれたらいい、と思うと荷造りで疲労困憊している神経がふわりと和らいだ。迷惑がらずに桜の苗木の世話をし、慈しんでくれる人、と考え、ミセス・マフィンの顔が浮かんだ。彼女は小学校の教師であり、私達赴任者の妻達の英会話の先生でもあった。明るくてエネルギッシュな彼女は、森林に囲まれた広大な庭を所有し、植物の世話が大好きな女性だ。私たちは週に一度、手入れの行き届いた自慢の庭を眺めながら、ダイニングテーブルに座ってレッスンを受けていた。あの日当たりのよい庭に桜の苗木を贈ろう、と思いつくと気持ちが晴れ晴れと明るくなった。

ミセス・マフィンとは個人的にも親しく、

「日本では地元のコーラス部に入っていました」

と、初めて会った日に自己紹介すると、

「では、私たちの教会の聖歌隊のグループに入っては」

との誘いを受け、聖歌隊で一緒に唄う仲でもあった。この辺りは「バイブルベルト」と呼ばれる地域で、住民の九割以上がクリスチャンであり、教会を媒体とした活動が盛んだった。同時に勧められた「聖書研究」のクラスでは落ちこぼれだったが、聖歌を歌うのは楽しかった。歌詞の唄い回しがどうしても遅れてしまう時は、ミセス・マフィンの自宅で、何度も同じフレーズを一緒に唄い、私が自信を持てるまで付き合ってくれた。彼女のお陰で日曜礼拝時の聖歌隊に参加したり、クリスマスやイースターでミュージカル仕立ての歌劇にも参加できたのは、思い起こす度に胸がときめく思い出となった。

インディアナ州スコッツバーグ市の桜を見たのは、それから四年後のことだ。

東海岸沿いのバージニア州に再赴任した夫に家族が合流した翌春のことだ。初めての赴任先であったその小さな町は、私たち家族にとって特別の場所だったのでスコッツバーグ行きは全員の願いだった。古い歌そのままに、カントリーロードをくねくねと辿って山越えをし、オハイオ州、ケンタッキー州を抜け、子供たちが歓声を上げる中インディアナ州に入り、スコッツバーグで小さなホテルに落ち着いた。晩春のうららかな日差しのなか、一人でミセス・マフィン宅を訪ねた。笑顔満面の彼女は大仰なハグをし終わると、そのまま裏庭へと誘う。芝生の中央にこんもりと土が盛られ、まだ若木のソメイヨシノであるが、満開だった。薄紅の花弁が折り重なって盛り上がり綿菓子のように丸みを帯び、うららかな日差しを浴びて微風にはらはらと花びらが舞っている。その静謐《せいひつ》な美しさに見惚れながら過ぎ去った日々のあれこれを思い起こす。

「ビューティフル」

と感極まった声を上げると、

「イエース。でもね、虫がついて大変だったのよ」

ミセス・マフィンは笑いながら片目を瞑って両肩を竦ませた。

その後、夫が立ち上げに奔走した日系企業工場の周囲に植えられたソメイヨシノも観に行った。広大な工場が淡い雲に取り巻かれているように見える。アメリカ大手の同業会社に技術提供をして既に手放してしまった工場の周りで、桜は陽炎のように儚く、幻のように美しかった。工場から少し離れた場所に佇み、夫はその全景を静かに見つめていた。

新しい赴任地であるバージニア州はインディアナ州とは違い、桜は至る所で見られる。温暖な気候と良質の水に恵まれた風土が日本によく似て、桜の育ちやすい環境なのだろうか。日本の桜と少しも変わらないこれら桜木のルーツはどこなのだろう、と不思議に感じた。ワシントンDCの桜は有名だが、その流れなのだろうか。

DCの桜については、若い時に読んだ有吉佐和子の小説、「非色」の中での描写が印象強かった。この小説は、終戦直後の日本に駐留していたアメリカ黒人兵士と恋に落ち結婚、兵役を終えて帰国した夫の後を追い子供を連れてアメリカに渡る、「戦争花嫁」と呼ばれた女性たちの物語だ。主人公の夫は日本では派手にお金を使い、お姫様のように彼女を扱ってくれたが、兵役を解かれた後はニューヨークの貧民街ハーレムで穴倉のような半地下に暮らし、いい仕事には就けず無気力な毎日を過ごしている。黒人に向けられる差別や偏見は結婚相手の彼女にも向けられ、ニグロと結婚した戦争花嫁、と蔑まれる。二人の間に次々に生まれた子供たちも同様である。しかし絶望的な境遇の中、次第に立ち上がり日本料理店のウェイトレスや家政婦をして夫を支え生き抜いていく。女性はある日勤め先の家族に連れられ、DCの「桜まつり」に出かける。懐かしい祖国の花を夢見た彼女がそこで見たのは、猛々しいほど力強く花弁を広げるおぞましい桜の姿だった。

この小説で描かれた桜は、アメリカという大地と気候に馴染み形を変えながらも、なお強く逞しく咲き誇る花として描かれている。主人公が自分の境遇を受け入れ、日本人であることにしがみつかずにニグロの社会で生きる覚悟を固めるきっかけとなる、象徴としての桜の姿だった。それなのに愚かな私は、「そうか、DCの桜はそんなものか」と思い込み、「桜まつり」に心惹かれることなく数年を過ごした。地元ニューポートニュース市には某日系企業の工場があり、工場を取り巻く十年ものの桜並木が春の訪れとともに私たちを和ませてくれた。それに私たちの暮らすバージニア半島の至る所で桜を観ることができたので十分満足していた。

しかしながら後年、友人に誘われて初めて出かけたDCの「桜まつり」の衝撃はいまだに忘れられない。ポトマック河畔沿いに約三千五百本といわれる桜の並木が続くさまは圧巻だった。日本の桜そのものに私には思えた。中には一〇〇年近い古木もあり、木肌の古さと可憐な花弁のコントラストがまた素晴らしい。ようやく立っている真っ黒な古木が瑞々しい花びらをほころばせているさまは、まるでほとばしる命の灯火が煌めいているように見え、そのいじらしさに胸が詰まった。花吹雪を浴びながら桜の並木の下を歩いていると、自分がどこにいるのか、一瞬わからなくなる。故郷の城址公園だったか、荒川土手だったかと思いながら、桜木に囲まれて佇み、ふいに熱いものがこみ上げてきた。郷愁というより、満開の桜そのものに心を動かされていた。同時にその時までに知り得たDCの桜の歴史が蘇り、日本の桜をこの地に植樹するために奔走した日米両国の人々の熱意と苦労にも思いが至った。

立役者の一人がエリザ・シドモア女史である。アメリカ本土でジャーナリストとして活躍していた女史は、DCのダウンタウンに住み、時々船に乗って見知らぬ地へ旅をしては紀行文を書くようになった。横浜に神奈川領事館に勤務する兄ジョージが住んでいる便利さもあり、日本にも度々訪れ、気ままに長期滞在もしている。初めての日本訪問は明治一七年、二五歳の時だった。翌年四月、エリザは上野公園と隅田川・向島で初めて桜を見物した。七年後、エリザは「シドモア日本紀行」という人力車に乗って日本の名所旧跡を巡った際に見聞きしたことを書き留めた本を出版した。その本を読むと、初めて日本を訪れた日から日本人の暮らしぶりや自然の佇まいの美しさに魅了されている様子がいきいきと伝わってくる。上野公園と隅田川・向島での花見についても触れている。群れを成して咲き誇る桜の美しさとその下で詩作したりしながら花見を楽しむ日本人の行儀良さ、暴れたり怒鳴ったりする人もなく皆明るく楽し気に花見酒を酌み交わし、共に食べては笑い合う様子に驚かされた、とエリザは書いている。エリザは、この忘れ難い思い出となる花見を楽しんだ後、夏にDCに戻り、ポトマック河畔の干拓工事を見た。当時、ポトマック河からワシントン記念塔の辺りは湿地帯で、氾濫を防ぐために岸辺や湿地帯を埋め立てていた。記念塔の南側には大池が掘られ、近い将来「ポトマック公園」が造られるのだという。エリザは干拓公園となる造成中の現場付近を歩きながら日本で観た桜並木を思い起こした。そして公園となるポトマック河畔沿いに日本の桜を植えて桜並木を作っては、と思いつく。満開の桜の下で楽しそうに過ごす日本人の笑顔が浮かび、DCでも花見を催したら人々はきっと笑顔で集い楽しむだろう。そう思うと矢も楯もたまらず、すぐに関係庁に陳情に向かうが、同意は得られなかった。しかしエリザは諦めず、その後も関係者や時の大統領に桜植樹を願う文書を二十年以上もの間提出し続けた、というから驚く。明治三三年、エリザは日本で横浜に寄港中の船に乗船していたヘレン・タフト一家と出会う。後のタフト大統領夫人である。また翌年には、マーラット米国農務省派遣研究員、また、フェアチャイルド植物学博士との出会いも日本である。エリザが日本で結んだ交友関係は、領事館勤務の兄ジョージを介して知り得た人々であるが、皆日本の桜木をDCへ植樹する、という同じ目的で繋がっていくのは不思議としかいいようがない。マーラットとフェアチャイルドは職業柄日本の桜に興味を持ち、日本の植木職人や桜の収集家などと懇意になって、試験植樹、研究のための苗木をDCへ送る手筈を整えて帰国する。明治三七年四月、マーラット家の日本桜が開花し、マーラットはエリザやフェアチャイルド博士を招いて、「お花見」を開催した。満開の桜の庭園ですっかり意気投合した三人は、次第に、DCに桜を移植してその美しさを多くの人たちに知ってもらおう、という願いを実現させるべく活動を始める。大統領に陳情を続けるエリザとは別に、マーラットとフェアチャイルド博士は民間レベルでの普及を目指し、桜の庭園に各小学校から生徒を招待し、桜について講義をして育て方を教えて苗木を各小学校に持ち帰らせた。一方明治四二年、エリザは大統領夫人となったヘレン・タフトと桜植樹について書簡を交わし、造成中のポトマック公園に日本の桜を植えることを進言した。日本で桜について知識を得ていたヘレンはすぐに賛同し、早速実現に向けて各方面へ働きかけを行う。ちょうど日露戦争後のアメリカ国内では、「日本人排斥論」が横行していたため、日本側も両国の友好関係存続のためには願ってもない、とばかりに喜んだ。こちらは外交ルートに乗り、時の両国外務省高官、政府高官レベルの話し合いになり、最終的に東京市からワシントンDCへ友好の証しとしての桜寄贈、という形を取ることが決定した。時を同じくしてニューヨークでは在住の科学者、高峰譲吉博士が「ニューヨークに桜の並木を作ろう」と、市に呼びかけを行っていた。

ポトマック公園の桜並木の計画をニュースで知った博士は、すぐに東京市長の尾崎行雄に連絡をとる。こうして桜苗木二千本が横浜港を出港することになった。

明治四二年一二月一〇日、日米両国の期待を一身に背負った桜の苗木が一六日間の航海を終えてシアトル港に到着した。一二月二四日、シアトル港から専用貨車でDCまで十日程かけて運ばれた苗木は農務省の園芸場に運ばれ、検疫検査を受ける。検査員の中にはフェアチャイルド博士やマーラット博士の姿もあった。しかし残念なことに農務省の調査の結果、ほとんどの苗木が害虫にやられ、病気に罹っている事が判明した。苗木は、即刻焼却処分されることとなった。その知らせを受けた外務省並びに尾崎東京市長は何としても米国との約束を果たすべく、兵庫県東野村に特別研究班を設けて、害虫や病気のない苗木作りの研究を始めた。試行錯誤の結果、見事に希望通りの苗木の育成に成功した研究班は明治四五年二月、横浜港から六千四十本の桜の苗木を「阿波丸」に積み込み、二度目の船出を成功させた。苗木の半数はDCのポトマック河畔植樹用に、残り半数は高峰博士の待つニューヨークへと旅立った。DCに着いた桜の苗木は、害虫にやられたり病気に罹《かか》ったものが一本もない完全な状態で、農務省の役人達を唸らせた、といわれている。同年三月二十七日、ポトマック公園で念願の植樹式が行われ、日本の桜はようやくアメリカに根付くこととなった。その日、タフト大統領夫人と珍田日本大使夫人によって最初の二本のソメイヨシノが植樹された。参列した人々の中には、エリザの姿もあった。この場所には今も記念の札が立てられている。

大正四年、今度はアメリカから桜の御礼としてアメリカ・ハナミズキが日本に向けて海を渡った。柑橘学の権威、スウィングル博士が柑橘類の病気調査や指導で日本を訪れた際に、ポトマックの桜の育成過程を報告し、東京市長に謝意を述べ、持参した白ハナミズキの苗四十本を東京市に贈呈した。アメリカ・ハナミズキは英語名では「ドッグウッド」と呼ばれるアメリカ人が愛する花の一つで、ミズーリー、ノースカロライナ、バージニア各州の州花としても知られている。クリスチャンであるニューポート・ニュース市の友人は、この花は、四弁の花びらが十字架に見え、花弁には釘の後のような斑点があることから、「ジーザス（イエス・キリスト）の花」とも呼ばれているのだ、と教えてくれた。

その後大正六年には、フェアチャイルド博士よりピンクの苗木十二本と種子が贈られたという。日本へ渡来した初めてのアメリカ・ハナミズキは小石川植物園、東京都立園芸高校の校庭、静岡県興津の園芸試験場などに植樹されたが、現在その原木は小石川植物園にたった一本だけ残っているらしい。太平洋戦争中、「敵国の贈り物」となってしまったハナミズキは焼かれたり倒されたりして長い事消息がつかめない有様だったという。不幸にも戦争に巻き込まれ、DCの桜のような輝かしい歴史を刻む事が出来なかったのが不憫だが、現在日本各地で涼やかな花を咲かせるハナミズキはこの最初の四十本から始まったことは間違いない。苦しい時代をくぐり抜け残存するハナミズキは恨み言も言わず、異国の地に毎年美しい花をほころばせ続けたことだろう。それのみが花の使命とばかりに。

日本を愛し、桜を愛してDCに桜並木を作るべく奔走したエリザ・シドモアはその後どんな人生を送ったのだろう。エリザは終生変わらず日米交流に協力して、高峰譲吉や新渡戸稲造夫妻と親交を温めた。彼女は以前から排日運動と日本人移民者への抑圧に心を痛め、反対意見を述べていた。しかし、大正一三年五月、米国議会が「排日移民制限法案」を通過させ、ウィルソン大統領がこの法案に署名したことを知り、すっかり失望したエリザは一年後にジュネーブに移住してしまう。ジュネーブには友人の新渡戸稲造が在住していたことも理由だったのではないか、といわれている。昭和三年、一一月三日、七二才になったエリザはジュネーブの自宅で帰らぬ人となった。翌年、エリザの遺骨は日本へ移送され、横浜山手にある外国人墓地に埋葬された。納骨式には、米国代理大使、領事、英国領事夫妻、横浜市長、新渡戸夫妻、槇原元大使、幣原外相代理等、所縁の人々が参列した。兄ジョージと横浜で暮らし九二歳で永眠した母と、明治一四年に神奈川領事館に着任して以降、四十年という長期の日本勤務を続け、横浜総領事在任のまま亡くなった兄のジョージと共に、エリザは愛する日本、横浜の外国人墓地に今も眠っている。著書は「ジャワ・東洋の庭園」、「チャイナ・老大帝国」、「インドの冬に」等の他、日本関連の論文が多数残されているという。

　DCの桜まつりは一九三五年に始まり、毎年開催されている。三月末から四月初めの二週間、DCは花見客で溢れかえる。夫と車で出かけた年には、ポトマック河を渡る直前の町に車を止め地下鉄でDCに入ったが、駅の構内も電車内も東京の通勤ラッシュ時のような混雑ぶりだった。DC内も人の波が続き、イベント場も満員という盛況ぶりを横目で見るだけで通り過ぎたが、仮設ステージでは日本の舞踊や太鼓の演奏がかかり、歩行者天国となった大通りの中央にはテントの列が続いて日本の食器や置物、書物、掛け軸など、あらゆるものを販売している。飲食コーナーの屋台からは、たこ焼きやお好み焼きの匂いが漂い、スピーカーから民謡が流れてくる。全く一大日本祭りだ。観光客は毎年およそ七十万人が訪れ、多い時には百万人にも上るといわれている。二週間の開催期間中、イベントが目白押しで、桜の女王コンテスト、パレードとか、クルーズ船から見る桜、とか、趣向に富んでいるらしい。しかし、観るべきは何といっても桜並木だ。およそ三千六百本の桜が薄紅のたなびく霞のごとく満開になり、白亜のジョン・F・ケネディセンターや、トーマス・ジェファーソンセンター、ワシントン記念塔を彩る美しさに息が詰まる。DCは美しい街だとしみじみ思う。ポトマック池のほとりを花びらが覆い尽くし、すっかり葉桜になった頃、真っ白いハナミズキとピンクのハナミズキがすっきりと涼やかに四ひらの花を広げ始める。時の流れも、人間の思惑も、過ぎた出来事も知らぬげにただ、今を盛りに咲き誇る。二つの花を愛でながら、遠い昔の先人達の情熱に瞠目し、花々の美しくたおやかな強さに憧れつつ、私はこの春もまたうっとりと花の季節を過ごす。

永遠性の由来

篠崎　フクシ

一者へと回収しようとする力に、芸術は抵抗可能だろうか。

大学入試センター試験が、今年から大学入学共通テストへと名称変更された。もちろん、理念の刷新に伴う名称変更であろうが、ここでは理念云々の件はひとまず措いて、仕事上必要で繰った頁から、思うところを綴ってみたい。仕事上、というのは、私は高等学校の教壇で倫理を担当しているので、必然、件の問題内容に関することである。

その頁には、高村光太郎（一八八三～一九五六）の随筆「永遠の感覚」から抜粋され、作者の意図を読み取らせる、まるで現代文のような出題があった。問題自体は平易であるが、私はふと、その一文に憑かれ、佇むことになった。

「或る一つの芸術作品が永遠性を持つというのは、既に作られたものが、或る個人的観念を離れてしまって、まるで無始の太元から存在していて今後無限に存在するとしか思えないような特質を持っている事を意味する。」

そして、この抜粋には続きがあって、「芸術に於ける永遠とは感覚であって、時間ではない。これが根本である。」という名言で中締めされる。では、その永遠性の由来は何かと問われれば、高村は「人間の揣摩《しま》の及ぶところではない。」と結論を宙づりにしている。

例えば、絵画であれば、額に収められたタブローは持ち運び可能なマテリアルな存在である。さらに作品が、美術館のような「場」で展示されることにより、観る主体と観られる客体との関係性が「感覚」の差異を生み出すことになるだろう。被写体が針葉樹林であり、それが実際の針葉樹林に展示されるとすれば、もはや作品は自然に溶融し、「感覚」の消失という事態を引き起こすかもしれない。

さて、「永遠の感覚」とは、たしかに詩的で美しいようにも思える。しかし、先に示したように、感覚が「場」や「関係性」のみでなく、主体の差異によっても多様であることを考慮するならば、もはやありもしないイデアを語るよりも、現存する宇宙の豊饒さを自由に経験する教育の方が意義深いだろう。現代の高校生が、法隆寺東院の夢殿に永遠性を伴う美を感じるか否かは、生育環境のみでなく、歴史教育の多寡と質にも左右されるからだ。

むしろ私は、絵画や音楽や現代詩でもよいのだが、作者の手を離れた芸術作品が、政治と資本の場にもさらされ得る、という観点を抜きに芸術が語られることを危惧する。古くて新しい問題だが、常に現代の眼で考察する必要がある。

実際、政治という観点からすれば、レニ・リーフェンシュタール（一九〇二～二〇〇三）のプロパガンダ映画を想起するだけでも十分だろう。ナチス党大会（一九三四）の記録映画『意志の勝利（Triumph des Willens）』やベルリン・オリンピック（一九三六）の記録映画『オリンピア（Olympia）』は独裁者とその体制の威を内外に宣揚する役割を果たした。翻るハーケンクロイツの下で、鮮やかな肉体美が披露され、音楽が鳴り響き、総統のファナティックな演説が迎合する民衆と軍隊を一つの方向に統率する。そのどれもが芸術作品として「美しい」(という感覚)ものとされていた。ちなみに、高村光太郎の「永遠の感覚」が発表されたのは一九四一年、真珠湾攻撃の年である。高村は戦意高揚のために、戦争協力の詩作品を多く残している。

芸術と資本という関係については、すでに多くの識者が論じているので繰り返さないが、最近、一つの教材となり得るのは、バンクシーのような存在ではないかと考えている。バンクシーはストリートで、ステンシル技法の落書きをゲリラ的に展開し、権力や戦争を風刺的にとらえ、匿名という戦略をとりながら、今なお世界に影響を与えている。しかし、グローバル資本主義は、どんな抵抗者をも飲み込み、もはやあらゆるメディアを通じて消費を強制し、バンクシーその人も商品化を免れない。おそらく彼はそのことを十分承知したうえで、あえて《無政府主義のネズミ(Anarohist rat)》を遊ばせているのだろう。「感覚」という観点からいえば、彼のメッセージに嫌悪感を抱く者、逆に反戦、反権力などのメッセージに共感する者と多様であるはずだ。

しかし、そこに「永遠の感覚」が生じ得るだろうか。一つ、バンクシーに《花束を投げる男性(Flower Thrower)》という、ベツレヘム(パレスチナ自治区)の壁画がある。爆弾の代わりに花束を投げるといった、分かりやすい作品である。分かりやすさは、時として普遍的なイメージを喚起させることに役立つ。パレスチナ紛争での、抗議のデモに参加している男性だろうか。覆面の男性は、しかし、礫や火炎瓶の代わりに、敵に花束を投げんとしている。人が憎しみあい、殺しあうことを止めよう、というその普遍(universal)的な問いかけは、「永遠の感覚」にもつながっていくものだろう。個(individual)としての芸術作品から無時間(永遠)的な普遍を感じ取ることができるのだ。ただし、普遍は一者ではない。普遍とは、個々の差異を保持したまま論じ合うための、人類の議題である。

各々の経験知や属する社会階層、文化的嗜好などによって、感覚的主体の受け止め方は様々である。「かわいいもの」や「かっこいいもの」に憧れ、SNSで自由に拡散できる時代である。しかし、だからといって、人権を侵害するような表現やファシズムを肯定するメッセージに取り込まれてしまうような感覚的な鈍化には警戒すべきであろう。私たちの自由を脅かす動きに対しては、常に鋭敏であること。それが、芸術を芸術たらしめる最低限の条件である。

そういう意味で、芸術とは、一者(ファシズム)に回収されず、常に表現・解釈・場の複数性を担保として生成変化していく、絶えざる(無時間=永遠の)運動である、といえるかもしれない。かつて高村が「超人的な境」とした領域は、実はこの永遠とも感じられる「運動」のことを示しているのではないか、と私は密かに考えている。

参考　『日本近代随筆選　1出会いの時』岩波文庫

私のインド紀行（3）――「座る」と「裸足」

水崎　野里子

私のインドへの旅は長く遠い。もう何年前か？は数えないことにしている。だが、記しておきたいことがいま一つある。生活風習（慣習）に関わることなので、現在のインドがいまだ同じか？は明確にはいえないが、少なくとも裸足の慣習だけは、同じであると信じるゆえんである。本欄では〈座る〉慣習と、〈裸足〉の慣習について述べたい。

アメリカの最初に一年居住の条件で夫に同伴して滞在したのは、もう四十年以上も前である。当時まずカルチャーギャップとして感じたのは、ひとつは自宅の部屋の中でも靴（履き物）を履いている慣習であり、床に座らないで椅子やソファ、長椅子に座る（腰掛ける）風習であった。もちろん、借りたアパートの大家から必要家具は借りたので、（レンタルではなくファーニッシュトと言って家具付き）であったので文句は言えないが、当然、日本式なるちゃぶ台などはない。（ヒバチは持ち込むなと契約入り）。畳の部屋や襖などは、ニューヨークあたりの（長住まいの）金持ちの家かアパートにはあるかもしれないが、こちらは一年契約の若手研究者（当時の夫と私）にはそんな贅沢な余分な資金などあろうはずはない。テーブルに椅子の生活は既に日本・東京の普通の家庭にも入り込んでいたので驚くことはなかったが、床に座るとか絨毯の上で眠るとかの行為はタブーであった。（やってはいけない規則はないはずであったが？）

アメリカ生活が私たちより長い日本人の知人（あらかじめ日本でボストンに滞在している人を紹介してもらって、向こうでコンタクト。定住までお世話になった）を招いてのパーティで、思わず生まれたての息子をパーティ支度で忙しいのでおんぶしないで（おぶい紐など近くのスーパーでは売っていない）泣いたら抱きやすいように絨毯の上に寝かせていたら、踏まれたら危ない、ベッドに寝かせろとアドヴァイス。たしかにそうだ。踏まれたら怪我をする。サンクス。だがまず覚えたこと。日本人同士のコミュニティでも、それなりのアメリカ生活の慣習が出来てしまう。もちろん、アメリカ寄りの思考である。

だが、彼らでも、くつろぐべき自宅（アパートや大学の寄宿舎賃借り）に入る前には靴を脱いだ。日本式玄関はない。いきなり部屋である。だからドアのそばで皆、靴を脱いでいた。それからあとは、日本でならスリッパと称する履き物であるが、これは日本独特の上履きである。英米人はあまり使わない。（英語ではmuleか、scuffという。slipperというと、マッチ売りの少女が履いていた簡易靴の一種を示す。これは日本での辞書には載っていない）。当時、ボストンのスーパーではスリッパは売っていなかった。サンダルは売っていた。亭主はやはりサンダルを履いていた。私はあるスーパーでビニール草履を売っていたので冗談に買ってスリッパ代わりに使用し、慣れると買い物など外へも履いて出た。靴下やストッキングはゆえに普段では履かなかった。靴で入る者もいるので床は汚れるからである。靴下履きではすぐに汚れる。いちいち洗濯は面倒である。裸足は楽であり、汚れたら洗えばよろしい。日本では「土足禁止」であるが、当地では「裸足禁止」であった。

だがアメリカ生活に慣れるに従い、やはりこちらも知人の日本人の宿舎で住人が裸足で、入り口に靴が並んでいるのを見るとやはりあら？と思うようになった。サンダルも履かない。もちろんアメリカ人は部屋に入るに靴は脱がない。どかどかと入る。アメリカの方に、部屋の入口で靴をいちいち脱げと言った在米日本人もいたそうだが、すべての人には無理であったであろう。生活習慣が違うからである。私たちでも、大学の教室や職場ではもう靴は脱がない。病院などは時々スリッパ（日本式）に履き替える場合もあるが、レストランやホテルの部屋には靴のまま入っている。脱げと言われても脱がないだろう。亭主は神奈川生まれでハイカラであったので、アメリカ風習にすぐさま慣れた。私もゆえに面倒は言わなかった。そのうち慣れた。

インドでも、ホテルやレストランにはもう靴のまま入る。だが嬉しかったのは、あるインドの友人が、私がインドのホテルで裸足（私は外国のホテルではしばしば裸足。このごろは日本人客用に紙スリッパが置いてある場合もある）であっても何も言わなかったことであった。インドは日本より暑いせいばかりではなかったがわかった。インドは日本より暑いせいばかりではなかった。

彼らの神社や寺社の境内に入るには、逆の慣習として靴を脱ぐ。門口に下足番がいて、靴を保管しておいてくれる。（ニホンジンである私は、しばしば現地人何人分かのチップを払わされた）。私のインドの友人が、私のインドホテルでの裸足を見て驚かなかったのは、むしろ驚くより、寺社の境内を歩くようで礼儀正しいと思ったのだ！そう理解したのはこのときである。「土足禁止」のモットーが今度は生き生きと私に迫って来た。そういえば、ガンジーは裸足でインド全国を行脚した。

「（日本式に）床に座る」生活慣習に関しては、初めてネパールに行ったとき、宿泊ホテルの客室はベッドに椅子テーブルであったが、朝早く起きてホテル内を徘徊していたら、使用人の方々であろうか？彼らが大きな部屋の壁側に敷いた大きな絨毯の上に座り（座禅スタイル）、並んだ食器の中から指で絨毯に置かれたご飯とカレーをずらりと座った形で食べているのを見た。もちろん裸足であった。この風景には瞠目した。ここでは土足禁止ではない！裸足賛美だ！私たちもインドでは、絨毯の上で座禅スタイルで座って食事すべきでは？と考えたのはこの時である。絨毯は装飾ばかりではなく日本の畳の役割をする便利な生活用品であることをこの時に同時に認識した。だが思えば、初めて日本人のグループでネパールに行ったとき、マスターは最後のさよならパーティでみんなを日本式に床に座らせてくれた。（だがスプーンとフォークは出た）。あとでマスターの奥さんは日本人と知った。当時のネパールはインド文化圏であった。

韓国ではやはりソウルの高級アパートでも、玄関があって部屋には靴を脱いで上がる。食堂も（東京よりも）玄関で靴を脱ぐ場合が多い。テーブルは脚が短い卓の場合が多い。ちゃんと座布団があった。「靴を脱いであがりなはれ」とは、関西でいつか聞いた言葉であるが、「くつろぐ」というのは、靴を脱ぐことを意味するのは、インド圏発祥の僧侶・人民文化発祥ではなかろうか?なお。韓国ではオンドル（温床）があり、上に布団を敷いて寝る。韓国の友人によると、日本を真似たのだということであった。

インドの寺社では境内に入るには靴を脱ぐ。サンダルも草履も脱ぐ。古い伝統を維持していた。この発見は嬉しかった。インドの寺社の床はほとんど石造りで、夏には陽を溜めてすこぶると熱かった。同行のオーストラリアの友人は裸足にはなったが、歩かないで立っていた。私は神々の像を見たくて、ピョンピョンと裸足で寺社の床をジャンプして回った。べたりべたりとはとても歩けなかったからであったが、同伴のオーストラリアの友人（女史、ホワイト）は、だが私には何も言わなかった。さすがだ。その思い出がある。境内には多数の神々の礼拝堂（テンプル）があり、神々は一柱ずつ供花やコインに埋もれていた。供花はどれも枯れてはいなかった。よく手入れされて祀られていた。日本の仏閣の僧侶や神官は足袋を履く。裸足で行脚するほど日本は暑くはない。言い換えれば、寒いから僧侶の寺社内での足袋はいたしかたないと思う。

もうひとつ付け加える。私はずいぶん以前に、デリー空港の構内で、日本のスリッパ形のインドの革製の履物を見つけて喜んで買った。次に行った時には、だがその民芸店はもうなかった。

私は世界旅行の経験は多いが、郷に入れば郷に従えで行く。半分は仕方がないからでもあるが、カルチャーギャップを越えるのも楽しい旅行の経験だからでもある。だが、日本が近代化の掛け声の下で捨て去った、あるいは捨て去ろうとしている「裸足」、「床に座る」慣習は、インド（天竺）の宗教文化に付随する厳粛な信仰行為であること（ヨガを含む）を、私の長いインド旅行の思い出として申し上げたい。日本の近代化と英米のグローバリスムの世界的な敷衍には、世界のだれもが賛同しているわけではない。だろう。今、さらにメソポタミア・中東の問題がある。これに関しては私は詳しくは知らないので言及を差し控える。

イサドラ・ダンカンにならひてわれも裸足のダンス
きっぱりと座れよサムライごとくなれ
座るのが上手はパンダよ中国生まれ
絨毯に座りてアラジン空を飛ぶ
この世界多元文化よひとつではなし

万葉集を楽しむ（八）高橋虫麻呂の真意

中津　攸子

高橋虫麻呂と藤原宇合《うまかい》

真の歴史は権力を握ったものが己を正当化するために成立させた正史より、説話や民話などの中に見られることがあります。またホメロスがトロイ戦争の出来事を歌った世界最古の英雄叙事詩イリアス・オデュッセイアを思い出しますと、人は心の微妙な揺れを表現する以前に叙事的なことを容易に表現し得たのかも知れないと思わせられます。

ところで日本最古の文学書は万葉集ですが、万葉集の中にホメロスと同じく叙事的な作品を多く書き残し伝説歌人として知られている高橋虫麻呂がいます。

高橋虫麻呂の生没年は分かっていません。

ただ万葉集の中に天平四年（七三二）に日本に接近していた新興の渤海国が、新羅との対立を深めていたため、新羅への備えの特使として藤原宇合《うまかい》が西海道節度使に任命されて九州に向かうことになった時、虫麻呂が宇合を讃え励ます長歌と短歌を詠んで宇合に贈っています。このことから高橋虫麻呂は藤原宇合と同時代の人であると分かります。

藤原宇合（六九四〜七三七）は大化の改新を断行した史上名高い藤原鎌足の二男で光明皇后の父でもある藤原不比等の第三子で藤原四家の中の式家の祖です。

高橋虫麻呂が宇合に贈った二首の歌だけに高橋虫麻呂の記名があります。

白雲の龍田の山の露霜に色づく時にうち越えて旅行く君は……（六―九七一）

―奈良からいくつもの山を越えて九州へ行き、外敵を見張る節度使としての職務を果たしての帰還を待ち望みます―

で、次はその反歌です。

千万《ちよろず》の軍《いくさ》なりとも言挙げせず取りて来《き》ぬべき男とぞ思ふ（六―九七二）

―たとえ千万の兵でもあなたはとやかく言わず討ち取って帰って来る勇猛な男子だと思います―

高橋虫麻呂と大伴旅人の出会い

記名のある右の二首の他に「高橋虫麻呂歌集中出」として万葉集に書かれている歌が三十一首あります。

これらの歌が高橋虫麻呂の伝説歌人としての名を高からしめているのですが、それらの歌には記名がなく、高橋虫麻呂歌集の中に出ず、と万葉集に書かれているために高橋虫麻呂が詠んだ歌と分かるのです。が、高橋虫麻呂歌集は現代まで伝わっていません。

大伴旅人は神亀五年（七二七）に太宰師として九州に下向していましたが、翌年、光明皇后を立てたい藤原氏に反対していた左大臣長屋王の邸を藤原氏の手勢が急襲して、長屋王を自害に追い込み、史上初めて皇族でない藤原不比等の三女を聖武天皇の妃にしました。光明皇后です。この藤原氏のクーデター故に旅人は十一月に大納言に任命され急ぎ帰京しました。が、帰京した翌年に亡くなっています。

しかしこの帰京の時に旅人は高橋虫麻呂にどんな形であれ旅人の思いを伝える機会を作ったはずと思います。旅人の虫麻呂に対する思いとは、

「蘇我氏の許に保管されていた天皇記も国記も焼かれてしまった。しかし、歴史的な事実を何としても後世に伝ねばならないと我は思う。故に事実が分かっている今のうちに記録しておかなくては権力者に都合の良い歴史だけが残り、事実は永久に後世に伝わらず跡形もなく消えてしまう。こんな理不尽なことを何としても防ぎたい。

そこで史実を残すために朝廷が目を光らせている歴史書には手を付けず、史実を歌に詠むことで、事実ありのままを後世に伝えることが我々の使命であると思いついた。歌の巧みな虫麻呂殿、どうか、史実を伝える歌を詠んではくれまいか。何の名誉にもならない仕事ながら後世の人々に史実を伝える大切な仕事である。是非歌を詠んで後世に残してほしい。幸い我が子家持が責任をもって全国から歌を集め歌集として完成させ、必ず後世に残すと言ってくれている」

という事だったのではないでしょうか。

当時は真正面から歴史的事実を書くと権力者にとって都合が悪ければ焼却されたのですから、日常さりげなく詠んでいる歌を使って史実を後世に伝えようとの旅人の志を知って、もちろん虫麻呂は心から共鳴したと思います。

そしてそれまで赴任した各地で詠んでおいた歌を基に、各地の史実を重ね、表現を練りに練って、史実を常に、人、時、所を鮮明に、しかも躍動感あふれる表現で物語的に書き表すことに全力を尽くし、完成させたのです。

そして先述の藤原宇合が西海道節度使として九州に赴任した時に詠んだ長歌と短歌に記名し、その二首の歌と共に、今まで詠んであった歌を高橋虫麻呂歌集として大伴家持に提出したのだと思われます。

何故なら旅人は帰京した翌年に亡くなっていますから虫麻呂の歌を受け取ったのは、父、旅人の志を継いだ家持のはずです。という事は虫麻呂も旅人と同じく万葉集の完成を夢見ながら、万葉集の完成を知らずに逝ったと私は思います。

こうして命懸けて歌集を残した虫麻呂の願いは、

「後世の人よ。私の歌を読んで史実を読みとってほしい」

ということだったのではないでしょうか。

大和勢力に滅ぼされた人々を詠んだ虫麻呂

高橋虫麻呂は養老三（七一九）年には常陸国にいましたが、

天平四年（七三二）には西海道節度使として九州に下った藤原宇合に従って九州へ行くなど各地へ行き各地で歌を詠んでいたと思われます。

高橋虫麻呂が詠んだ東国、西国の主な歌は次の通りです。

東国の歌
「富士を詠んだ歌」（三―三二一）
「上総の周淮《すえ》の珠名娘子《たまなのおとめ》を詠む歌」（九―一七三八・一七三九）
「武蔵の小崎の沼の鴨を見て作る歌」（九―一七四四）
「鹿嶋郡の苅野の橋にて大伴卿に別るる歌」（九―一七八〇・一七八一）
「勝鹿の真間の娘子を詠む歌」（九―一八〇七・一八〇八）

西国の歌
「水江の浦嶋の子を詠む」（九―一七四〇・一七四一）
「莵原處女の墓を見る歌」（九―一八〇九～一八一一）

伝説歌人と言われる高橋虫麻呂は大伴旅人が望んだ史実を後世に伝えるために大和の権力者に怪しまれることのない叙事詩として史実を巧みにまとめながら真の歴史を彷彿とさせる素晴らしい歌を命を削るようにして詠み続けたと思われます。

当時は真正面から歴史的事実を記述すると権力者にとって都合の悪いところがあれば惜しげもなく焼却されてしまいましたから大伴旅人は真実の歴史を後世に伝える手段として多くの人が日常生活の中で歌っている歌をさりげなく記録することで史実を後世に伝えようと考えました。その旅人の志を知って協力する多くの人の中に伝説歌人として知られる高橋虫麻呂もいました。

ですから旅人亡き後も高橋虫麻呂はそれぞれの歌を究極まで練り上げ、完成させ大伴の家持に送り、

―やるべきことはやった―

と満足の笑みを浮かべて逝ったのではないでしょうか。場合によっては、

―歌二首と高橋虫麻呂歌集を拝受。現在編集中の歌集に記名の歌はもちろん、歌集の中の歌も掲載いたします―

との家持からの返書を読み、満足の笑みを浮かべて逝ったと虫麻呂の為に思いたい気持ちです。

水の江浦島の歌

「詠水江浦嶋子」（九―一七四〇・一七四一）が万葉集にあります。浦島太郎の絵本の原典ですから幼い日に抱いた思いはそのまま大切にしながら、万葉集の中に水の江浦島の歌を記名せずに書き残した高橋虫麻呂の真意を探ってみたいと思います。

浦島の伝説は日本書紀に書かれているものが最古です。また丹後（京都北部）の風土記にも書かれていて千二百年の昔から今に至るまで丹後には浦島神社が鎮座していることからも浦島と呼ばれた人物が実在していたと考えられます。

日本書紀には雄略二二年（四七八）に丹後の国の瑞江の浦嶋子が釣りをして大亀を得た云々と書かれています。しかし虫麻

呂の歌には亀が書かれていません。

　虫麻呂はこの歌で神仙思想そのままの不老不死の神の乙女の許へ浦島を行かせながら亀を登場させていません。

　虫麻呂は常世辺などと神仙思想を書く風を装いながら実は神仙思想を書いたのでなくこの世の事実を書いたと知らせるために神仙思想にはつきものである亀を登場させなかったのだと思われます。次が虫麻呂の書いた浦島の歌です。

　水江の浦の島子を詠む歌一首

春の日の　霞める時に　住吉の岸に出で居て　釣舟の　とをらふ見れば　いにしへの　ことぞ思ほゆる　水江の浦の島子が　鰹釣り　鯛釣りほこり七日まで　家にも来ずて海界を過ぎて榜《こ》ぎゆくに　わたつみの　神のをとめにたまさかに　い榜ぎ向ひ　相かたらひ　言成りしかば　かきむすび常世に至り　わたつみの神の宮の　内の重の　妙なる殿に　たずさはり　二人入り居て　老いもせず　死にもせずして　永き世に　ありけるものを　世の中の　愚か人の　我妹子《わぎもこ》に　告《の》りて語らく　しましくは　家に帰りて父母に　事も告らひ　明日の如　我は来なむと　言ひければ　妹が言へらく　常世辺に　また帰り来て　今の如　逢はむとならば　この篋《くしげ》　開くなゆめと　許多《そこらく》に　堅めし言を　住吉《すみのえ》に　帰り来たりて　家見れど　家も見かねて　里見れど　里も見かねて　あやしみと　そこに思はく　家ゆ出でて　三年の間に　垣もなく　家失せめやと　この筥《はこ》を開きて見てば　もとの如　家はあらむと　玉篋　少し開くに　白雲の　箱より出でて　常世辺に　たなびきぬれば立ち走り　叫び袖振り　こいまろび　足ずりしつつ　忽ちに　心消《け》失せぬ　若かりし　肌も皺みぬ　黒かりし　髪も白けぬ　ゆなゆなは　息さへ絶えて　のち遂に　命死にける　水江の浦島子が　家地《いえどころ》見ゆ（九―一七四〇）

　漁族の長、浦島が招かれてか、自ら進んでか、高い文化を持ち、立派な御殿に住んでいる神の乙女（以後乙姫・おとひめ）と結婚します。説明は略しますが乙姫は大和朝廷の勢力を象徴し、結婚するとは同盟を結ぶの意です。

　手厚い歓待を受けた浦島は、乙姫と同盟したことを知らせるため、村に帰って仲間に伝えてまた来ると申し出ますと、乙姫は浦島に、

「この玉篋を決してあけないでください」

と言います。乙姫が浦島に玉篋を渡したのではありません。玉篋を開けるな、と言っただけと虫麻呂は詠んでいます。

　こうして浦島が村に帰りますと、村は無く、知った人も居ませんでした。村人は攻め滅ぼされていたのです。そこで浦島はこの玉篋を開ければ元のように村も人も見えるようになるのではないかと思って、少し開けますと、白雲が乙姫の居る常世辺の方になびき、浦島は財力も政治力も生命力も失って、ついに死んでしまいます。

　浦島の開いた玉篋とは衣類や食料を入れる箱のように思われがちですが虫麻呂は篋と筥と箱と違った漢字を当てて表現して

います。後世の人よ、注意してこの文字を読んでくださいと言っているかのように。

篋の文字の中の夾ははさむの意味で、浦島を囲んでいる人々のこと、そして竹冠は竹を鋭く切って飛ばす矢、すなわち武器のことです。ですから周りに居る人々に武器を持たせたことが玉篋を少しあけるです。

分かりやすく言えば浦島の歌は、好意的である浦島を乙姫側が呼んで饗応し、二、三日泊めて大いに歓待します（三年と言うのは白髪三千丈の類です）村の人々は村長《むらおさ》である浦島が同盟を結びに大和朝廷勢力側の乙姫の許へ行ったと喜こび、もう攻められることはないとほっとしていました。そこへ不意に朝廷側が軍勢を出して村に攻めかかり勇猛な村人は殺され、村は焼かれてしまいました。

浦島は村に帰って、はじめて村人が攻め滅ぼされたことを知り、悲憤に耐えながら考えます。仲間たちは負けてしまったが、武器をもってもう一度戦えば元のように暮らして行けるのではないか、と。

そこで浦島は立ち上がり、乙姫が決して使うなと言った武力を手にして乙姫側に攻めかかります。しかし主な人々はすでに死んでいる敗者の村ですからたちまち敗れて浦島は命まで失ってしまったというのです。

浦島漁族の長を和睦と言う甘い言葉で誘い出し、その留守に村を滅亡させ、そうと知って立ち上がり攻めた浦島をたちまち敗り、ついに浦島の漁族を滅亡させたという話が浦嶋の歌です。そして反歌は

常世辺に住むべきものを　剣刀《つるぎたち》汝《な》が心から鈍《おそ》やこの君（九―一七四二）

―神仙世界にずっと住んでいられたものを自分から剣太刀を取って滅びたとは愚かだなあ　この人は―

（反歌の剣太刀は「汝《な》」の枕詞というのが定説ですが、私はこの剣太刀の文字にも浦島が武器を持って敵わないまでも立ち上がって滅びていった事実を知ってほしいとの暗示を虫麻呂が示していると思います）

この浦島漁族のようにそれまで平和に暮らしていた人々のところに、己の権力の拡張を図るために有無を言わさず攻め立てて滅ぼした人々の横暴さを、そして滅ぼされた人々へささげる熱い涙を虫麻呂は詠んでいたのです。

万葉集が成立した時に虫麻呂はすでに死んでいましたが、官吏であったと思われる一族がいますから一族に危害が及ぶと考えて虫麻呂は記名しなかったと思われます。しかし虫麻呂の才能を大切に思った家持か、家持より少し後の人が高橋虫麻呂歌集に出づと加筆したものが伝わったのだと思われます。

真間の手児奈の歌

高橋虫麻呂のたくさんの歌の中から、近世日本文学の代表作と言われる江戸後期の上田秋成の怪異小説『雨月物語』の中の「浅茅が宿」に、真間に通っていた商人から聞いた話として〝真

間の手児奈〟の伝説が書かれていますので江戸期の儒教精神に則り、二人の男性に思われて、どちらにもこたえることはできないと身をはかなんで死んでしまったいう真間の手児奈の悲話が書かれていてこの話が有名ですが、万葉集の中の高橋虫麻呂の書いた歌の内容とは違っています。そこで、次に高橋虫麻呂の書いた真間の手児奈の歌を紹介します。

勝鹿乃真間の娘子を詠める歌一首ならびに短歌

鶏が鳴く東の国に　古《いにしへ》にありけることを　今までに　絶えず言ひ来る　勝牡鹿《かつしか》の真間の手児奈が　麻布に青衿つけひたさ麻を　裳には織り着て　髪だにも　かきはけづらず沓をだに　はかず行けども　錦綾の中に包める　いはひ子も　妹にしかめや　望月のたれる面わに　花のごと笑みて立てれば　夏虫の火に入るがごと　水門《みなと》入りに　船漕ぐごとく行きかぐれ　人の言ふ時　いくばくも　生けらじものを　何すとか身をたな知りて　波の音の騒ぐみなとの　奥津城に　妹がこやせる　遠き世にありけることを　昨日しも　見けんがごとも　念《おも》ほゆるかも（巻九―一八〇七）

鶏が鳴くは東の枕詞です。次に簡単に私の直訳を書いてみます。読みにくければ意訳に進んでください。

直訳

―東国に昔あったと伝えられている葛飾の真間の手児奈が、麻布に青衿をつけ、他の糸の混ざっていない麻を裳《も》（ロングスカート）に織って着て　髪さえとかさず沓も履かないで行くけれど、やわらかな錦綾に包まれて大切に育てられた子も妹（手児奈）に及ばない。

（手児奈が）美しい顔で花のように微笑んで立っていると、虫が火に飛び込むように　船が港に入るように引き寄せられて（男たちが）言い寄る時、どれ程も長くは生きていられないものを、どうしてか、自分の身を十分に知って浪の音の聞こえる墓所に妹（手児奈）が寝てしまった。遠い昔にあったことながら、まるで昨日見たばかりのように思われることだ―

意訳

―東国に昔あったとして、今までずっと言い伝えられている葛飾の真間の人々が虚飾や謀を弄すること無く、素朴に暮らしていた。その真間の人々にとって高い文化を持って東漸してくる大和の勢力も、振り返るだけの魅力のあるものではなかった。

真間の人々が厳しい生活とはいえ、それなりに豊かに暮らしていると、自然に周辺の大小豪族の人々が集まってきて、「勢力を広げつつある大和朝廷の前に立ち塞がることは不利、大和朝廷の申し出に従うことが、時代の動きを知った大人の生き方ですよ」

と真間の人々に熱心に説いたのですが、何としたことか、真間の人々は、

「滅ぶべき運命なのだ。例え滅びても大和朝廷の申し出に従い、今までのしきたりを捨てたりしない」

と大和朝廷の申し出に従わず討ち滅ぼされ、波の音の絶えず

聞こえる水辺の墓に眠ってしまった。この話は遠い昔にあったことなのに、まるで昨日見たかのようにしみじみ悲しく思われる―

精しくは中津攸子著『万葉の悲歌』（新人物往来社）に任せるとして、大和朝廷が大化の改新を断行し、地方に国司郡司などを置くと決め、国司の仕事場である国衙《こくが》建設の予定地として真間一族の墓地も含んだ土地を提供するようにと申し伝えますと、その申し出を真間の一族は拒んだのです。

真間周辺の人々は、大和朝廷の命令に従って生き延びることが賢明であると真間の人々に勧めたのですが、先祖の墓地を暴いてまで生き延びようとは思わない、と土地の提供を拒み、大和勢力の送った軍兵に攻められて真間一族は滅ぼされていたのです。

国府などが作られれば人口が増えるのが普通ですが、国府が作られた七世紀後半の真間の台地に戦火と思われる焼け跡があり、人口が減少していたと分かっていますので、高橋虫麻呂の詠んだ真間一族が攻め滅ぼされたとの歌の内容を考古学が実証していると言えるのです。

高橋虫麻呂の近代性

高橋虫麻呂は真間の手児奈（娘達）が戦火に追われ、死んでゆく様子を事細かに劇的に詠んでいます。

高橋虫麻呂の歌をこのように歴史的事実を加味して読みますと歌の内容は躍動し、虫麻呂の精神は高揚します。

虫麻呂の詠んでいるのは滅びゆく者の持つ美しさへの共感であり滅びゆく者への限りない愛です。勢力を四方に伸ばそうと努めていた大和朝廷に、従わないが故に、またはその村人たちの持つ財や土地を朝廷側が手に入れたいために滅ぼされた人々の事実を間接的な表現を取りながら物語風に書くことで、内面に秘めた深い悲しみを現代のアウトサイダー的な立場に立って詠むことをした高橋虫麻呂が、遠い天平期に生きていたと知ることは何という感激でしょう。まるで現代人が天平時代に入り込んで、全力で表現しているように感じます。真間の手児奈の反歌は、

葛飾の真間の井見れば立ちならし水汲ましけむ手児奈しおもほゆ（巻九―一八〇八）

です。井は深い井戸でなく、こんこんとわいて尽きない泉の周りに丸太などを井桁に置いたところのことですから戦火に追われた娘たちが、泉の水を汲んでは被っていたと虫麻呂は詠んでいるのです。

他の高橋虫麻呂の歌は省略しますが、虫麻呂のどの歌にも滅びゆくものの美しさ、滅びゆくものへの共感そして限りない愛が見られます。さらに確立途上にある大和朝廷によって、滅ぼされて行く人々をその表現において常に人、所、時を鮮明に劇的に写実的に歌い上げ、すぐれた文学作品を完成させています。

この虫麻呂の文学性に歴史的事実を加味して読みますと虫麻

呂の歌は躍動し、精神は高揚します。そこに感じられる虫麻呂の孤憂の影は漂泊し続ける鋭敏な魂の吐息なのかもしれません。

虫麻呂は能力に恵まれた英雄を歌い上げたのではなく力弱く時流に乗れず滅びへ向かった人々を歌い上げました。中世ヨーロッパに起こったヒューマニズムの精神が千年以上も昔の虫麻呂の歌の中に息づき、滅び去った者、歴史の顧みない者に深い愛情を注ぎ、歌った虫麻呂の優れた自由な精神と共に、そのような歴史的事実を歌った虫麻呂の歌を二十二世紀の今、読めることに限りない感銘を覚え、万葉集を今に伝えてくれた多くの先人に心から感謝しないではいられません。

書評

『村上昭夫著作集下』北畑光男編に寄せて
慈愛の詩人　村上昭夫

小笠原　眞

盛岡はぼくにとって第二の故郷である。この地で大学生活を過ごし、社会人となり十和田市に帰郷するまでの十八年間を過ごした街なのである。大学は理系の学部だったのであるが、高校時代から抱いていた文学への憧れはどうしても捨てがたく、二年生の終了間際に突如、詩を書こうと思い立ったのである。まさかこれが一生の付き合いになるとは、当時は夢にも思わなかった。毎日一篇の詩を大学ノートに書き溜めていったのであるが、そのうちに知人の勧めで朝日新聞の岩手版にある「すがるの巣」に詩を投稿するようになった。選者は中村俊亮であり、その後まもなく岩手の詩祭や盛岡詩の会にも顔を出すようになり、若手中心の詩誌「百鬼」の同人となったのである。

石川啄木や宮沢賢治を輩出した岩手県は当時も文学に関する活動は極めて活発で詩においても青森県の比ではなかった。例えば土井晩翠賞を例にとってみると、東北六県から選抜した三十三回までの受賞者は岩手県が十三人であり、三分の一以上を占めていたのである。ちなみに受賞順に名前を列記してみると、吉田慶治、中村俊亮、村上昭夫、岩泉晶夫、及川均、佐藤秀昭、高木秋尾、香川弘夫、藤原美幸、内川吉男、加藤文男、大坪孝二、宮静江となり、錚々たるメンバーであるが、この中でH氏賞を受賞したのは村上昭夫ただ一人であった。

さて前振りが少し長くなってしまったが、今回紹介する著書は村上昭夫研究の第一人者である北畑光男氏が編集した『動物哀歌』初版本と未発表詩九十五篇、並びに三十七篇の英訳詩を含む新著である。二年前に発行された、小説、俳句、エッセイなどを掲載した『村上昭夫著作集上』と共に村上昭夫の世界を探究するには最適の書と言えよう。

今回の書評には、北畑氏の『村上昭夫の宇宙哀歌』という評論集を参考にしたが、それによると詩集『動物哀歌』はこれまで七種類が出版されており、今回は何と八種類目となる。生前発行した唯一の詩集がこれほど繰り返し出版されるということはあまり類のないことであり、それだけ多くの読者に愛読され続けた証左にもなる。この詩集の出版の契機にも詳しく触れられているが、昭和四十一年一月に大坪孝二に勧められるも経費で家族に迷惑がかかると断ってきた。しかし同年十月宮静江の懇望に両親も賛成したため、発刊を決意。全原稿を二人に渡し、一切を委ねた。詩集名を昭夫は『生物哀歌』に決めていたが大坪の勧めで『動物哀歌』に変更。詩集作成は高橋昭八郎を含め急ピッチで進められ、翌年九月十八日には上梓されている。

詩集『動物哀歌』は四つのパートに分かれており、Ⅰは六十一篇、Ⅱは四十六篇、Ⅲは四十五篇、Ⅳは四十三篇の計百九十五篇が収録されている。昭和四十三年十一号の「詩学」で早速本詩集を高橋昭八郎が「『動物哀歌』の詩人＝村上昭夫の人と作品」とのタイトルで紹介しているが、その中で前述の四つのパートに言及してⅠを、「鶴」「鹿」「すずめ」「ねずみ」「豚」「犬」など、私たちの身のまわりにいる動物たちの〈生〉を主題とした作品、Ⅱを「星」「光」「太陽」など宇宙を素材としたものに加えて、「仏陀」「神」などの宗教的な題材を扱った作品、Ⅲと Ⅳは「砂漠」「愛」「道」「男」「戦争」「死」その他、社会的なものと死をモチーフとして書かれた作品と分類しており、このように眺めてみただけでも、彼の詩的世界を構成する要素が、明確になってくると思うと述べている。

さて、今回本著に収載された未発表九十五篇には、最近になって三枚の目次メモがあることが分かり、『動物哀歌』割愛分目次（リスト）として、Ⅳ二十一篇、Ⅴ七十四篇の作品名が記されていたのである。鈴木比佐雄は本書解説において、これらは前述の大坪孝二ら三人が話し合い割愛したのではないかと推測しているが、当事者全員が亡くなった今となっては詳細は不明である。しかし、村上本人が原稿を手渡した段階では掲載を望んでいたのは間違いのないことである。いずれにしても、割愛された詩篇を復元することは、村上詩を探究するうえでも大いに役立つことは紛れもない真実なのである。そしてスコット・ワトソン氏による村上詩の初めての英訳。日本文化が、現代ほど世界中で脚光を浴びている時代はないように思われるのだが、愛と救いに充ちた村上詩は、人種の垣根を越えて多くの人々にこの上なく深い感銘を与え、世界に広く浸透してゆくものと確信している。

次の「ねずみ」という詩篇は、村上詩の特質を最も端的に示しているとぼくには思われるので最後に紹介してみたい。

ねずみを苦しめてごらん
そのために世界の半分は苦しむ
ねずみに血を吐かしてごらん
そのために世界の半分は血を吐く

そのようにして
一切のいきものをいじめてごらん
そのために
世界全体はふたつにさける

ふたつにさける世界のために
私はせめて億年のちの人々に向って話そう
ねずみは苦しむものだと
ねずみは血を吐くものなのだと

一匹のねずみが愛されない限り
世界の半分は
愛されないのだと

ここに出てくる「ねずみ」は明らかに昭夫自身である。この詩は死という眼鏡をかけて、嘘の自分そして嘘の世界への反逆としてのモノローグとして成立しているから、自省の詩であるからこそ限りなく透明で哀しいのである。そしてこの思想は、明らかに賢治の「世界がぜんたい幸福にならないうちは個人の幸福はあり得ない」という考えに通じるものがあるように思われる。全世界を新型コロナウイルスが席巻する時代だからこそ、この詩集はもっと多くの人に読んでもらいたい本である。

坂本麦彦詩集『漏れどき』現世と常世のあわいに立つ

高橋　英司

妙な詩集を読んでしまった。妙なというのは、通常読み慣れた現代詩とはいっぷう違った印象だったからである。読んでしまったというのは、例えて言えば、贔屓のシンガーがいたとしても（例えばあいみょん）、アルバムを丸まる聴き込むことはあっても、普段はカーラジオのように流しっ放し、聴きっ放しであり、詩集とて同様、見ず知らずの詩人の詩集などは読み流しであるのに、ふっと、これは何だ、この言葉の流れは、妙な方角へ流れてゆく、と気になって、筆者は、朦朧とした気分になり、読者としての主体が、砂場に足を置いたように不安定になる。作品世界に対峙しようとする意思が挫かれ、作者の世界に泥沼のように引き込まれていく。これは何だったんだ、というような意味である。一言で言えば、変ちくりんな詩集である。

そもそも、『漏れどき』とは何のことか？　何が漏れてくるというのか？　その頃合いとはどういうことか？　見当がつかない。となると、表題作「漏れどき」から読み始めねばなるまい。

いまどき月待ちする霊屋で
カゲロウおぶったナナフシ走らせ
露路の仲秋へとつんのめる人がいたなんて…
はかなさ消えたらいらしてください
いっしょに呑みましょう

（第一連冒頭部）

続く詩行も特異なイメージの展開で、託宣が凶でなかったらいらしてください、いっしょに呑みましょう、と来る。呑み屋の女将じゃあるまいし、誰が誘っているのだろう？　しかも条件付きで。誘っているのは、作中の隠れた作者だとしても、曖昧さは残る（曖昧さの必要はある）。はかなさのシンボルのようなカゲロウが、生命のはかなさ、人生の迷いを引き寄せ、その迷いから解放されたら、いっしょに呑みましょう、と言っているのだと思う。が、筆者は、読解・解釈に自信が持てないので、分かり切ったように勘違いする虞から離れたいとも思う。

他の詩篇には、〝漏れどき〟同様、耳慣れない〝無漏〟とか〝有漏〟といった語が出て来る（筆者は、五十年間現代詩に関わって、初めて見かけた言葉である）。これでは、中卒どころか高卒、並みの大卒の学力では読み込めない。広辞苑を引く。漏は煩悩のこと、よって、無漏は悟りの境地、有漏は煩悩の多い人のこと（坂本さんはインテリなんだ、まさか僧侶だったなんてことはないよな、などと空想する）。

その〝無漏〟が出て来る詩「僥倖に戸惑っていた」は、筆者の読みが正しければ、認知症の兆しを素材にしたものである。

ふるくなったネコの
うたた寝を眠るゴキブリに注ぐ薄ら陽から
逃げ水みたいな朧が少しこぼれ
インスタントラーメンの作りかたが
とつぜん

分からなくなってしまった人の足もと
（中略）
ゆくりなくも出逢ってしまったたんころりんの
誘うがままに辿っていったのは
常世へとつづく
曲がりくねった無漏路

またまた耳慣れない〝たんころりん〟なる語に出逢ってしまう。これは、おそらく妖怪、化け物、冥界の使者のこと（詩集に注解を施せば、詩集の三倍くらいのボリュームになってしまうだろう）。それはともかく、インスタントラーメンの作りかたが分からなくなったことは、僥倖だったのである。無漏路につく緒だったからである。作者は、認知症の類をそのように受け取ったのだと思う。見方をずらせば、煩悩から解放される悟りの境地は、日常生活のふとした裂け目にあるのである。そこは現世と常世のあわい、異界への入り口である。

それにしても、坂本さんは、なぜ、現世と常世を往来するイメージの作品世界を描いたのだろうか。それは、「他人の自己視幻覚を辿っていた」と題する詩があるように、常世の自己を幻視するドッペルゲンガーだからではないだろうか。そう思って読むと、伝説や習俗、神話に関わる語彙が多用されているように見える。筆者が朦朧としてしまったように、朧、幽、魑魅、霊、影といった語がムードを盛り上げる。また、各詩篇のタイトルが名詞ではなく、文にされていることも、限定的な読みを回避しようとする意図に見えてくる。

筆者は当初、冒頭の詩「焚き火に誘ったが、去ってしまった」のタイトルは、「焚き火」でも「巫」でもよいのではないかと考えたが、それでは不可なのである。神社へ参拝に行って巫から誘われた焚き火を書こうとしたのでも、婀娜めいた巫を書こうとしたのでもなく、初々しくなった妻の方が肝なのだから、状況を捉えたタイトルが相応しいのである。その終結部分を引く。

割れはじめる妻は
今日
とても初々しいので
ゆで卵ひそませ瑞垣めぐり
心太みたいな可笑しみの霑る入り江から
富士見の渡りへ
紙垂を千切って神様やめた男と
ながれてしまった

筆者の解釈では、〝神様やめた男〟と妻は駆け落ちでもしたのだろう。性的な関係をほのめかして、煩悩を漏れさせている。

本詩集は、春夏秋冬の季節感と、年中行事や日常のエピソードを土台に、異界の入り口に立つ人間の姿を、一見古風な言葉遣いと巧みな文体で築き上げたものである。一読して難解さを感じさせるが、それは作者の教養フィールドゆえであって、浅学非才は辞書を引く必要があると思った。

坂本麦彦詩集『漏れどき』のトリセツ

池下　和彦

トリセツといえば、パソコンの取扱説明書をまっさきに思いうかべる人が多いかもしれません。おそらく私もそのひとりで、まる一日をかけて読んではみたものの、購入したパソコンはピクりとも動かなかったトラウマ的な体験の持ち主です（あとでITに通じた友人に愚痴ったら、取扱説明書だけを読んでパソコンを起動できる人は、その筋の専門家くらいだよと慰められました。が、それはそれで余計に傷ついた私です）。

閑話休題。

坂本麦彦詩集『漏れどき』は、なかなか個性の強い、もっと平たくいえばクセのある稀有な一冊です。なにかの折りに手にしたものの、冒頭の数ページだけ読んで閉じてしまうとしたら、あまりにも勿体ない話です。

普通の書評スタイルで紹介したら（私の筆力では）この一冊の好さをうまく伝えられないかもしれないと考え、あえて坂本麦彦詩集『漏れどき』のトリセツと名うって書きはじめてみました。どうぞ、最後までご覧くださいますように。

さて、まず和綴じのイラストの一冊にふさわしくヒモ解く順序です。ここでは、いわゆる逆さ読みを提案したいと思います。すなわち、末尾から、ヒモ解くことをお勧めするわけです。

末尾といえば、この一冊では奇数ページに置かれてある奥付けです。私なら「あゝ、新型コロナ禍初年の師走に発行した一冊なんだ……」と感慨をふかくします。

次は、奥付けの右隣りにある著者略歴です。ここでは生まれた年や出身地、経歴などを知ることができます。小さいころからあちらこちらと転居した古里難民の私は、著者に対して「木更津で生まれて今も古里にお住まいなのですね」と羨望の念をいだきます。

その次は、あとがきです。あとがきから先に読む人は存外、多いかもしれません。あとがきだけを読んで礼状を書く人も、いるやに聞きます。礼状すら出さない人も結構いるようですから、それも御の字と受けとめることもできましょう。それはともかく、あとがきは書き手の情報の宝庫です。私は素直に「へー、還暦にして処女詩集を出すことは奇行を越えて暴挙と呼ぶにふさわしい行為だと思っているのか」とか「詩集を上梓することが、とてつもなく恥かしい振る舞いと考えているんだなあ」とか「しかし、上梓してしまえば言葉は書き手から離れてどこかを勝手に浮遊していくし、あとは野となれ山となれと開き直っていらっしゃるのね」とかいった雑感をもちます。

そして、解説です。坂本麦彦詩集『漏れどき』の解説は、この一冊の編集・発行者である鈴木比佐雄氏が執筆しています。編集・発行者が解説を書くというのは、かなり難しい作業ではなかろうかと私は推察します。欠点をあげつらうのは論外ですが、ほめすぎてもウソくさいでしょう。そのサジ加減が、さぞ難しかろうと思います。かといって、中立・公平を旨として書いたとすれば無難すぎて物足りないでしょう。それが鈴木比佐雄氏の解説は、もろもろの難しいハードルをクリアして出色なのです。先に私は、坂本麦彦詩集『漏れどき』は個性の強いクセのある稀有な一冊であると書かせていただきました。鈴木氏は、それをあるものとして淡々と分かりやすく叙述します。書き手である坂本氏の不可思議な言語体験の内実をていねいに解きほぐすのです。私は予断や先入観を持つまいと一冊の最初からヒモ解いたのですが、それはそれで悪くはなかったとも思うけれども、先に解説を読んでおけばよかったと後悔しました。それほど、鈴木氏の解説は『漏れどき』の鑑賞に役立つものであると私は考えたからです。

　で、いよいよ本文です。本文は、さすが〆の作品からではなく、巻頭の不可思議なタイトル「焚き火に誘ったが　去《い》ってしまった」から順に読んだほうがいいかしら。ただ、ここで古稀をすぎた〝爺の老婆心〟ながら言いそえるとすれば、ひとつひとつの言葉の意味にこだわらず、おのずから勝手に読みすすむことが『漏れどき』の鑑賞には似合うのではなかろうかと思います。あまり言葉の意味にこだわって辞書をひきまくっても（今ふうにいえばスマホで検索しまくっても）枝葉をみて坂本氏の不可思議な言語体験の森の全体をみうしなってしまうおそれがあるからです。

　たとえば、詩集の題名と同じ「漏れどき」。この意味ありげな題名は一応そのままにして読みすすむと、繰りかえし出てくる言葉は「いっしょに呑みましょう」です。第一連は「はかなさ消えたら　いらしてください」「凶でなかったら　いらしてください」、第二連は「さらりと鳴いたら　いらしてください」「二回勝ったら　いらしてください」、第三連は「誘いあわせていらしてください」「西向きの沈黙《しじま》に／うっとりするような望楼が浮かぶから／いらしてください」と心地よくリフレインし、最終一行で「問わず語りで呑みましょう」と〆ます。なんと不可思議な言語体験の森でしょうか。これは、ひとつひとつの言葉の意味にこだわらず、おのずから読みすすむことで初めて到達することができる見事な眺めだと思います。

　それが逆に「漏れどき」といった意味ありげな題名に引っかかってしまったら、どうでしょうか。「漏」は漢字としては液体などが漏れる（液体などを漏らす）意ですが、仏教用語で「漏《ろ》」は広い意味での煩悩（心の汚れを総称する用語）と同義と考えられています。ですから「漏」単独ではなく、多くは「有漏《うろ》（さまざまな心の汚れがある状態）」に対して「無漏《むろ》（さまざまな心の汚れがない状態）」の形で用いられます。でも、こんなことを知ったからといって、この詩の鑑賞の役に立つとは思えません。私は「漏れどき」は素直に性愛的な意味に受けとってさしつかえないと思います。というよりも、そのように受けとったほうが、この一冊に散見される次のような性愛的な表現と整合するとさえ考えます。

　巫《かんなぎ》が／寒いでしょうから　お入んなさいと婀娜《あだ》めいた／だから俺は小躍りし／手水《ちょうず》へと辷《すべ》る水平線　つまみ上げては／しき波を／焔と女陰のあわいに寄せてやったのだが（焚き火に誘ったが　去《い》ってしまった）

　ずるりと／恥ずかしいほど／卑猥な肉叢《ししむら》となってはみ出しかけたが／ぬめり男は遥か／陰毛ざわめく三寸先に（節分の夜が

深くなっていた）

その見え隠れから零れ／陰唇より降りそそぐ花びらに／まといつくけだるさ（夢で朝女に囁いた）

ブランコの臀部をまたぎ／ジャングルジムの恥骨をこえ／金玉の付け根まで浸しはじめると／だれもが家路につき／公衆便所の裏でカタツムリおとこが／初老おんなを齧《かじ》り尽くす音／ひめやかに木霊《こだま》して　静寂（風待月《かぜまちづき》に　しゃがんでいた）

祖母が手折った麗しい氷柱を／母が砕いて屏風越しの静謐に据えると／父の陰茎は四畳半から　にょっきと伸び（氷柱《つらら》を想った）

なにせ書き手である坂本氏は、いったん上梓してしまえば言葉は書き手から離れてどこかを勝手に浮遊していく旨、あとがきで明言しています。そう、詩（詩に限らず文学作品）の解釈は書き手の手から離れた途端、読み手のものになります。読み手がどのように受けとったとしても、書き手は（質問されたり、公開されたりしない限り）一ミリの反論もできません。これは、潔くて清々しい関係だと私は思います。

　さて、鈴木氏は解説の結語として、坂本氏は「多彩な比喩に満ちた言語世界を創り上げた」「そんな内面の深層の現実を深く抉った詩集を多くの人びとに読んでもらいたいと願っている」と述べています。この結語に、もちろん私も異論はありません。が、いかんせん個性の強いクセのある稀有な一冊です。この拙いトリセツをきっかけに、個性の強いクセのある稀有な一冊がひとりでも多くの人びとに読んでいただけることになるとすれば、さいわいです。

村上政彦小説『台湾聖母』を読む

岡田　美幸

　この物語のテーマは言葉と文化であると感じた。主人公劉秋日は国語の家という日本語を常用する家庭で育った。父から日本語を教育され、母は客家語を父から禁じられ、劉は公学校で日本式の名前で青野秋日と名乗っていた。だが時代は変わり戒厳令で日本語を話すことが出来なくなり、父は北京語を習得し、日本語の本を庭で焼くことになる。劉の教科書は北京語になり、日本語禁止令が発令され、日本語は外国語になった。

　これにより劉は常用語としてきた日本語の立場が変わる事でアイデンティティの揺らぎを感じる。言葉は人の思考の基礎であり常用語が変わる意味は大きい。劉は幼少期に日本語教育の一環で日本語の俳句会に参加していた。（後に劉は華麗俳壇という俳句会を立ち上げる）台湾と日本を繋いだものが俳句であることは感慨深い。この物語を通じ俳句は日本だけではなく世界の文化であると改めて感じた。

　俳句はこの物語の鍵の「台湾版の歳時記を作る」という劉の試みと繋がる。劉は父の遺品整理の際、父の草稿を見つける。それは季語と解説、例句を記したものだった。父は日本語の資料の焚書の際、草稿は燃やさなかったのだ。劉は台湾版の歳時記の編纂を通じて自分と、早くに亡くなった病弱な母を捨てたことのある父を赦し、父の試みを受け継ぐ。

　またヒロインの秀麗にも日本語が深く関わっている。秀麗は美しい日本語を使う若い女性である。主人公はその美しい日本語に心打たれ、日本語への思慕に似た愛を秀麗に強く感じる。秀麗は「私は誰にも頼りたくない」と宣言しているが、そのような考えを持つのには秀麗の生い立ちが関係している。秀麗の父平塚は不動産屋を営み、横浜と台北で二重生活をしていた。台北に住む先妻の子が秀麗であり、日本に住む後妻と子供が出来なかったため秀麗を引き取る。秀麗は日本で後妻と暮らすが、後妻は精神を病み一緒に暮らす秀麗にきつく当たった。その上秀麗は中学校で台湾出身ということでクラスメイトに冷やかされ、苦しみから非行を繰り返し大学三年生の時に台北に帰国した。そこでは兄はホテルに就職し、母は新しい夫と暮らしていた。秀麗には日本と台湾が密接に関係している。それは日本語と台湾の言語の間にいる劉の姿と重なる。

　後に秀麗はお腹の子の父親に会う為に日本へ行き、劉も日本で出版社が企画したおくのほそ道の名所をめぐり、台湾の歳時記『華麗歳時記』の出版記念会でスピーチをする。

　日本で「日本語との決着をつける」つもりの劉は日本語のカタログを作ることで日本語と向き合う。そして秀麗のお腹の子の父親であるアニメーターの景山の作品から日本の現代文化であるアニメーションと歴史的な文化の『遠野物語』が融合した作品に触れる。劉は秀麗と景山に「おさんどん」として献身的に尽くしたが援助を断られ秀麗と別れる。その後バーで酔い路上で国語辞典を燃やす。その姿は意味は違えど劉の父が日本語の本を焚書した様子と重なるように感じた。

　そして劉は台湾俳句で日本の俳句の間口を広げることで日本語の有りようを変えようと思い立った。日本語との決着は日本語の「美しい傷として残る」という覚悟となった。

古城いつも歌集『クライムステアズフォーグッドダー』「階段」の先に待っているもの　原　詩夏至

古城いつもさんとは「コールサック」誌面の他、ＮＰＯ法人日本詩歌句協会主催のイベント等でもよくご一緒する。裏表のない、いつも真直ぐな物言いをなさる方で、所謂「場の空気」など、固よりどこ吹く風。一瞬どきっとさせられる。だが、その度に、まるで締め切った窓が不意に開けられ、そこから新鮮な光と風が流れ込んで来るような爽快感があった。新型コロナのため最近はお目にかかれず、もどかしい思いをしていたが、そこに届いたのが本歌集『クライムステアズフォーグッドダー Climb Stairs For Good Da』だ。久々にあの「光と外気」に触れ、心が深呼吸している。例えば、こんな歌。

網膜に優しき夜のクリプトン抽象的なものに輪郭
たまさかに歪む空気の場が見えるいつでもそれは吉祥として
インク壺ひっくり返してわたくしの闇からくっきり欲望という
愛人は大きく色と把握され寝たか寝ぬのか葛芋の宿に

一首目、「クリプトン」は白熱電球に用いられる希ガス元素。だから上句は、嚙み砕いて言えば「(蛍光灯に比べて) 目に優しい電球の光」を讃えているわけだ。だが、それならどうしてもっと普通に「目」「電球」と言わないか。それは、ここでの詠み手がそれを「普通（＝規範）」と見なしていないからだ。或いは、そういう曖昧で根拠も定かでない「暗黙の規範」に誘導されて一首が所謂「短歌的抒情」に絡めとられてしまうこと――例えば「秋近し！／電燈の球のぬくもりの／さはれば指の皮膚に親しき」（啄木）のような――を本能的に警戒しているからだ。「抽象的なものに輪郭」を。そう、ここで希求されているのはそれ――つまり「詩」という営為によって「見えないものに形」を、「曖昧なものに明晰さ」を齎すことだ。そして、そうすることによって人生を、世界を、よりよく「見る」ことが出来るようにすることだ。つまり、最初から「抒情」――言い換えれば「陶酔の裡に心地よく目を瞑ってしまうこと」――などではなかったのだ。二首目も同じだ。「歪む空気の場が見える」ことが何故「吉祥」なのか。それは、それが「見え」なければ、人（わけてもこの私）は、それが歪んでいることにすら気づかず、「場」ごと歪んだ方向へ流されてしまい兼ねなかったからだ。或いは、三首目。危険は外なる「場」だけでなく、自分自身の裡にも潜んでいる。「わたくしの闇」に蠢く、何やら不気味なもの。それを「くっきり欲望という」のは何故か。それは、それを避け、もっと優しく耳触りの良い名――例えば「夢」「願い」「愛」「恋」「女心」等々――を用いることは、結局のところ、それが必然的に孕む「ダークサイド」をも曖昧化し、不可視化し、ひいては野放しにしてしまうことに他ならないからだ。そして、四首目。「愛人」を「色」と呼ぶ隠語の暗い曖昧性が、ここでは故意に「大きく把握」と、あたかもその用語法が逆にあくまで「明晰さ」をこそ企図しているかのように「誤読」される。そして、その余勢を駆って「寝たか寝ぬのか」という「野暮」な「明晰化」が、これも故意に（ということは、あくまで底意地悪く）追求されるのだ。「わたくしにとって人生は謎解きの旅でありました。働くこととは、女とは、女と社会とは、愛とは、性とは、ミッションとは。わたくしを上向きにさせるベクトルとは真逆のテーマ。悪とは、欲望とは、憎しみとは、闘争とは」（「あとがき」より）。そう、ここでは、ハイデガーも言う通り、「詩作」は即ち「思索」に他ならない。それも、「思索」に伴う「苦悩」「衒学」「韜晦」等々のポーズや、それに伴う派生的「情緒」は一切関係ない、まさに「人生」「世界」という巨大な謎の前に途方に暮れている子供のそれのような、端的な。

　とはいえ、以上は、いわば「オモテ古城」。というのは、今引いた「あとがき」に列挙されている「謎解き」のテーマからは、一つの大きな問題系列が（これも恐らく故意に）除外されており、かつ、この歌集で真に追求されているのは実はその「裏テーマ」の方ではないかと私には思われてならないからだ。では、それはどのようなテーマか。一旦気づけば誰もが「ああ、なるほど」と思うありふれた、だがそれ故にこそ永遠のテーマだ――即ち「父とは、母とは、或いは家族とは何なのか」。

　紙幅もないのでここでは「父」に絞ろう。例えば次の歌。

たましいの宿りぬ《（ママ）》前のわたくしが父と笑まうよ桜の下で
筍のご飯に喜ぶ父娘憎悪はペルソナ愛とは処世
躁病の父が叙事詩を編んでゆくノイズまたよし妄想よぇれ
あぁ父は小鬼ゴブリン母を売り母を逝かしめ余生を勝てり
父親のおらぬ娘は酔いどれてスカして蹴りぬ空気のラダー
父上よ無防備きわまる笑み見せて大猷院の樹下のきざはし

　一首目、「宿りぬ」はここでは「宿らぬ」だろうか。幸福な父娘の姿が切なく幻視されているが、それは「たましい」が宿らぬ前の話。宿った後は、二首目のように愛憎が複雑に綯交ぜになっている。三・四首目から浮かぶのは周囲に迷惑を掛けながら自分の夢を追う身勝手な男の姿だが、それでも詠み手は「妄想よぇれ」「余生を勝てり」と何とか父を肯定するよすがを求めている。五首目、娘はやはり父がいないことが淋しく、それを紛らわせるために酔いどれて「空気のラダー（＝梯子）」を蹴っている――まるでそれが「躁病の父」が登って行ってしまった妄想の梯子（ちなみに英語 ladder には「the carrier ladder（出世の階段）」等の用法もある）ででもあるように。

　だが、六首目。そんな頼りない父が、ここでは子供のように「無防備きわまる笑み」を見せて「きざはし」の上に立っているのだ――どこへも行ってしまうことなく。

「さあ、階段をよじ登れ！　その先には父ちゃん、それも私があんなに会いたかった優しい、素晴らしい父ちゃんが待っている！」――本歌集のタイトル『Climb Stairs For Good Da』とは、本当は、そういうことではなかったのだろうか――もし、ここでの「Da」が（鈴木比佐雄氏も解説で触れている通り）「父ちゃん（Dad）」のアイルランド訛りであるならば。

古城いつも歌集『クライムステアアズフォーグッドダー』
きざはしをめぐって

松本　高直

古城いつもさんの第一歌集『クライム　ステアズ　フォーグッド　ダー』は、謎を持ったあるいは読者に謎を仕掛けた歌集です。タイトルについては、とりあえず『良き「ダー」を求めて登る階段』というように理解しておきましょう。「ダー（Ｄａ）」が謎となっているのです。もしかすると「ダー（Ｄａ）」が古城さんの歌集の主題かも知れません。

ところで、この歌集は六つのパートに区切られています。始めの方は文体的に読みづらい歌がありますが、後にゆくに従って、読みやすくなってゆきます。「あとがき」で、作者自身も「作歌年月を重ねてゆくに従い、理屈や知識のよろいもとれてリズムを伴う軽い文体になってゆきます。」と述べています。ですから、歌集の最後の方から遡って読んでみるのも一興でしょう。先ずは、Ｉのパートから順に興味を引いた歌を読んでみたいと思います。

啓蟄とタイムラインを流れ来て幸とは常に登るきざはし
どうしてと聞いても虚し悪人はべろんと伸びた顔面皮膚
水玉のワンピース着て先をゆく幻の姉はおそらく私
誰も彼も悪魔に見ゆる憂鬱にペルソナ壊れたあなた要らない

一首目は、この歌集の冒頭の歌です。主語を〈我〉として、啓蟄のようにこの世に生まれ出て時間の流れの中を幸せに向かってその階梯（人生の段階）を登ってゆくと解釈してみます。すると、この歌は歌集の通奏低音のように思えます。二首目の「伸びた顔面皮膚」、三首目の「幻の姉はおそらく私」、四首目の「ペルソナ壊れたあなた」というような表現からは、〈私〉という存在が分裂しているような感覚が窺われます。存在の不安定さ、不確かさを表象しているように思われます。

頭から俗世まみれのわたくしに一ミリグラムの理想よく効く
ゲシュタルト崩壊してゆくふるさとのもう会うことも母とおとうと
制服を脱ぎ捨て黄色い潜水艦乗り込めば我がマテリアリズム
また遅れる武蔵野線をのんびりと待つ乗客の市民の品格

古城さんの歌には独特の言葉への手触り、感覚があります。ここに引いた四首はそれぞれ、「一ミリグラムの理想」「ゲシュタルト崩壊」「我がマテリアリズム」「市民の品格」というような観念的な言葉によって成り立っています。歌に観念を詠い込むことは、難解さをもたらし独善的な表現になる危うさがありますが、作者は積極的に歌に取り込んでいます

また、別の形での言葉へのアプローチがあります。

青墨の濃淡で書く菜の花とナノハナなのはな添う白き月
スズメ追いカラス追います鳥追いの今は目出度の門付けオンナ

文散らしもみじ散らして我が秋は子鹿訪なうまぼろしの秋
人見知りすれば憎かり詮もなし蛇は賢し鳩は性よし

一首目は、「菜の花」という言葉の変奏のような繰り返しでのリズム感があります。結句の「白き月」は縁語です。二首目は「追い」の繰り返しと「門付けオンナ」という落ちがあります。三首目も、「散らし」の反復。四首目は「なし」「賢し」「よし」と韻を踏むような表現になっています。これらの歌は、一つの言葉を反復することでリズムを生み出し、テンポ良く一首の中でイメージを展開させています。これは歌の内容が主眼ではなく、〈言葉遊び〉の面白さです。読者にとってもまた作者にとっても、軽みを持ったある種の快感となります。

血糖値体重筋トレストレッチこんなことまでコクヨの日誌
買えばよしヤクルトほどの容器して恋のエキスもまた口上だ
家具店のブランドひとつ消滅し匠大塚逃げきった感
朝霧にことほげこの世にあらぬもの平安閣も玉姫殿も

歌集の最後の章にある「太陽の塔」から引いた歌です。「コクヨの日誌」は文具名、「ヤクルト」は乳酸菌飲料、「匠大塚」は家具メーカー、「平安閣」と「玉姫殿」は結婚式場。いずれの歌も、商品名や会社や建物など実際に社会に存在する事物を素材として、それを歌の空間に引き込み、変容させています。これも〈言葉遊び〉の一形態と言えるでしょう。

さて、ここでこの歌集のタイトルの謎について考えてみましょう。「ダー（Ｄａ）」については、解説で鈴木比佐雄さんが詳しく考察していますが、「父」という意味で考えるのが妥当だと思います。

たましいの宿りぬ前のわたしくが父と笑まうよ桜の下で
躁病の父が叙事詩を編んでゆくノイズまたよし妄想よぇれ
あぁ父は小鬼ゴブリン母を売り母を逝かしめ余生を勝てり
父上よ無防備きわまる笑み見せて大猷院の樹下のきざはし

集中から「父」を詠んだものを挙げてみました。（二首目の末尾は不明ですが）どの歌も屈折したイメージが窺われます。おそらくは実際の父ではなく作者の深層にある父性像であり、不安定な精神が確執する「父」のように感じられます。こう考えると、Ⅴ章の「神のはからい」の一連に行き当たります。

目蓋にかかれる靄は過酷なる真実見せぬ神のはからい
外国の神が梯子を降ろす場所教会お御堂色付き硝子
飢餓中のわたしにマンナ降る初冬あぁあの時と同じ神さま

この一連には穏やかな心象が描かれています。ここにあるのは「父なる神」に見守られた〈私〉だと思います。三首目の「マンナ」は旧約聖書でモーゼが神の賜物として示された食物です。二首目の歌を歌集の冒頭の歌に重ねてみると、「きざはし」は至高性の象徴でしょう。謎を秘めたこの歌集は、「父なるもの」を希求する精神の道程と言えるかも知れません。

原詩夏至『鉄火場の批評――現代定型詩の創作現場から』
繫ぐこと、そして読み抜くこと

清水　亞彦

当方、じつは原さんとは一度もお会いした事がないのだが、それが不思議に思える位、その作品や文章には親しんで来た（つもりだ）。誌面で名前を見つけた時は、チェックせずに居られない。ここ暫くの私にとって、そんな書き手が原さんなのだ。

きっかけは「舟」二十五号。東日本大震災を機に帰郷し、鬱々と日を送っていた私は、かつて一時期滞在していた北京での体験を詩に拵えて、その号に寄せていた。私なりに工夫を凝らして作ったつもりの一篇…。けれども手元に届いた同号を開いて、少なからぬショックを受けた。誌面のはじめの方に載せて貰ったのは嬉しかったが、すぐ後ろに載っていた詩〈艶福〉（これも大陸を舞台にしていた）が、拙作とは比べ物に成らない程、優れた作品だったからだ。生硬な、青臭い、私のコトバに対して、じつに熟れたナラティブをもって、揺るがぬ世界を構築している――つまりは、それが原詩夏至さんなのだった。

だから、この度の評論集『鉄火場の批評』を贈って戴いたときも思わず顔が綻んだ。だいいちに表題が良い。詳細は、本書の巻頭〈「歌会」という鉄火場〉および〈あとがき〉に譲るが、批評行為を巡る言葉のやりとりを、賭場での勝負に準える――そんな肚の据えようを真正面から打ち出しているのだ。そこまでの覚悟をもって文章を刻んでいる書き手が、今、どれだけ居るだろうか。私自身が問われるなら、甚だ怪しいと言う他ないし、詩歌ジャンルの中でも殊に「短歌」の領域においては、次第次第に「本気の」批評が少なくなってきたようにも思える。

実作者としての原さんが、豊饒な、或いは洒脱な作品を「詩」や「俳句」の分野で怡々として物する一方で、「短歌」作品に限っては、仕上がりの心地良さよりも、むしろ実験性の方を強く打ち出しているように思われるのも、この辺りの現状に呼応しているに違いない。本書においても「第1部　短歌」に宛てられた頁数は「第2部　俳句」のおよそ三倍。それだけ「短歌」のフィールドには、原さんに「どうしても言わねば」と感じさせる問題の端緒が、多く露出しているという事だ。

＊

その第1部である。刺激的な記述は随所にある。どこを拾っても良いのだが、例えば「〈わがまま〉の行方」という一篇。ここでは作者と（加えて筆者とも）同世代の歌人・穂村弘氏が『シンジケート』（一九九〇年）でデビューした際の衝撃――と、その八年後に書かれた「〈わがまま〉について」を読んだ際の共感と安堵――とが、語られている。

「言葉の表面上のバリエーションとは別に、本当に力を出せる文体はひとりにひとつという気がする」「経験を重ねれば誰もが等しく豊かな境地に達する、などという考えは悪だと思う。（中略）魂を研ぎ澄ますための定まったシステムなどこの世になく、その継承は時空間を超えた飛び火のようなかたちでしかあり得ない」――論のエッセンスを的確に抽出・引用しながら、誠に「真っ当」な主張である、と穂村氏の主旨に賛意を示す。ここ迄は私もかつて同様に感じた部分だから、ただ頷いているだけで良い。けれども、その先を一歩進めて、別の補助線へと繋ぐ処が、原さんの本領なのである。

恐らくは当時、多くの読者が共感した「〈わがまま〉という〈倫理〉」。そこへアナロジーとして、宗教改革に際しての新教側の主張（＝一人一人が単独者として己の神の前に立つ）を、更には文の冒頭から伏線を張っていたマシン・ジムでのトレーニング（＝心おきなく自身の孤独すなわち自由、と向き合う時間）を重ね合せてみせるのだ。そこから導き出されるのが、場とは畢竟「単独者の単独性を保証するための」共同性に他ならない、というテーゼ――ここまで来れば、穂村説の補強である事を遥かに超えた堂々たるアジテーションだろう。そして一文は当然の如く、マシン・ジムが賑やかなだけのスポーツ・クラブに転落しがちなことへの危惧を、またプロテスタントの「倫理」が近代産業社会の「原理」に吸収されてしまった歴史のアイロニーを、苦みと共に記した上で閉じめとするのである。

或いは〈「物語」は「定型」の余白に兆している〉と題された、精緻な分析を伴う一篇。斉藤斎藤氏の実験作「⑨について語るときに③、④の語ること」（「短歌研究」二〇一七年七月号）をめぐっては、同様の読解を試みた人が結構いたのでは、と想像する（私も、そうした一人だった）。何しろ前年九月に、快作『人の道、死ぬと町』が刊行され、その知的な擽りと、真正直な倫理感とのアマルガムで、評判を攫った作者である。次の一手に興味をそそられない読者は居なかった筈だ。そして恐らく大半が、原さんのようには「読み抜く」事が出来ないで、中途で脱落したのではないか（私も、そうした一人だった）。思うに実験作というものは、非実験的な要素（サービスと言い替えてもよい）をポツリポツリとでも混入させなければ、読者を「取り敢えずの納得」の地点まで導くのは難しい。当該作の匙加減は「実験の純度」を貫く方へと重きが置いてあったから、つまりは此処で読み手がそれぞれ、篩に掛けられた訳である。

原さんによる分析完遂は、もちろん、斉藤斎藤という作者への関心に基づくのだろうが、それ以上に、同時代に於ける詩歌表現のキワを、何としてでも自らの審美眼で見届けたいという欲求に、強く支えられているという気がする。岡野大嗣、工藤吉生、木下龍也…といった俊英たちの表現と真摯に向き合ういっぽうで、奥村知世、染野太朗両氏の優れた「職場詠」についても、その奥処に触れながら確かな読みを披瀝する――そんな懐の深さからも、万事が了解できるように思う。更には、北神照美さんの〈残寒に重ねあはせるふくらはぎ足りないものは月へ行く舟〉、安井高志さんの〈海沿いをとおくまでゆく（雪は蝶）汽車をみてる（雪は蝶です）〉等々。身近な「舟」の仲間についても過たずに真価を測り、それを推賞できるのも、現代詩歌の全般が常に作者の視野の内に入っているからなのだろう。

「第2部　俳句」に対しては詳述の余地が無くなった。が、ロラン・バルトの『表徴の帝国』を通じて、俳句の本質を考察した一文（「空無」と「挨拶」）。虚子の「極楽の文学」から説き起こして、石牟礼道子『苦海浄土』へと繋いでみせた一文（「地獄」と「極楽」）。――圧巻の二篇から、多大な賦活と教示とを受け取った事だけは、ここに特記して置かなければならない。

原詩夏至の句会活動と評論集『鉄火場の批評』について

原詩夏至 評論集『鉄火場の批評 ―現代定型詩の創作現場から』

水崎 野里子

もう三年くらい前になるだろうか？神田神保町の日本図書センターで開催された日本ペンクラブでの例会中、私が事務局長の井出勉さんに私の川柳の毛筆自筆原稿の写真が掲載された某アート総合誌を献呈していた時であったと記憶する。名札を胸に付けた方が二名、私の元に近づいて来た。そしておっしゃった。「帰って来てください」。その一人が原詩夏至さんであり、氏との初めての出会いであった。どこへ帰るのか？それはおっしゃらなかった。だからどこへ帰るのか、私もまるでわからなかった。だが、当時は井出氏かだれかの日本ペンクラブに関与している人物の指示ではないか？と推量していた。当時、既に私は「パンドラ」というバイリンガルの総合アート誌を編集し発行していて、日本ペンクラブ会員のエドワード・レビンソンさん（アメリカ生まれ、千葉県鴨川在住）と仲良くおしゃべりをしていた。以降、夏石番矢さんとコールサック社代表の鈴木比佐雄さんたちが開催した「世界俳句大会」（学士会館で開催）にエドワードさんと、エドワードさん紹介のスコット・ワトソン（アメリカ出身、仙台在住）さんと一緒に参加したり、それとほぼ一ヶ月前の八月に同じ神田神保町の図書センターの一室を借りて実施した「東京ポエトリー・リーディング」（通称「パンドラ朗読会」）に、原さんは初めて参加くださり、浦島太郎の詩を朗読してくださった。才能ある詩人だな、ただものではないな、と感じ始めたのはこの頃からである。そしてどういう経緯か？はもう忘れたが、いつのまにか私は日本詩人クラブ関係の「詩の教室」に参加することとなった。初めて会場に行った時、原さんが既にいらしていて心強かった。私は当時、教師の職の定年を迎え、ゆえに体力と金銭力の低下とともに、交通費がさほどかからない地元で活動しようかと考えていたことも確かであった。

原詩夏至さんの祖父と母上もかつて歌人であったと知ったのは、早くも八月の「東京ポエトリー・リーディング」においてであった。販売・展示用にご本をお持ちくださいとの私のプログラムでのお願いに、原さんは祖父の原ひろし歌集を持参された。一読して本格的な歌人であるな、と思った。その後、日本詩人クラブ例会で朗読の機会をいただいたり、日本詩歌句に再入会し、日本詩歌句協会創立十五周年記念アンソロジー「華」に参加させていただいたり、そしてもうどちらが先か後かはさだかではないが、「コールサック」にも再入会となった。原さんは「コールサック」の中心的な会員でもあった。以降、評論から短歌、自由詩、俳句まで多彩な活動をしておられることを知り、拝読している。また短歌誌「舟」の編集委員をされ句誌「花林花」にも参加されていて、双方の歌会と句会に参加させていただいた経験もある。初めて出席の「舟」歌会には岡田美幸さんと福田淑子さんがおられた。お二人は既に前述の「世界俳句大会」のワークショップご参加で存じ上げていた。だがこの批評会に関して申し上げたいことは、当歌会の会場の場所は船橋市の中央公民館の一室であったことである。わがマンションから近い。お誘いのご厚意に感謝。いつも船橋市の中央公民館の一室で歌会をされているようだ。座馬寛彦、鈴木光影さんにも原さんの短詩系のワークショップで、何回かお目にかかっている。会場は赤羽であったが詩歌句協会のアンソロジーの批評会にも参加させていただいた。それから、コロナ自粛が来た。三密イベントは自粛。ゆえに今は貴重な思い出となる。

以上、『鉄火場の批評』の書評、ということでありながら、長々と私と原さんとの関係を述べさせていただいたことに謝罪申し上げたい。それはまず私が原詩夏至という個性溢れる詩人にお目にかかった神の摂理を申し上げたかったからでもある。そして以下に、その「個性溢れる」と私が記した理由を列挙する。第一に、日本ペンクラブ例会会場で私に近寄って来て「帰って来い」とおっしゃってくださったのは、原さんみずからのお考えとお仕事のひとつとしてあったのでは?という推測であり、広く各団体で組織にかかわる実務をこなしている彼の自発的な責任感に御礼申し上げたいからである。第二に、原さんは短歌ばかりではなく、俳句も評論も小説も自由詩も川柳も風刺詩もこなす多芸多才な詩人であることである。守備範囲が広い、多方面のグループと接触しているということは、国際交流に携わればマイナスではなくプラス要素、むしろ必須条件として評価される。広い人材を集められることを意味するからである。この点で、原さんの、独立と連帯を場合に応じて演じ分け、しかも多ジャンル間での多元活動と孤独な実作とを両立させる行為は称賛したい。

第三には、原さんの組織実務の多さ、多元性である。アマチュア詩人を脱して自他ともに認める詩人として独立して立てば、各団体で頼りになる信用のおける者として評価され、実務を委託される。理事にも招かれる。原さんは日本詩人クラブでは「詩界」の編集担当を任されている。また「世界俳句大会」の組織では、実行委員として関与は多大であった。そして第四には、俳句誌、短歌誌にみずから参与し、句会や歌会組織の実務を果たす。そしてその経緯全体が原詩夏至著『鉄火場の批評』の刊行となった。俳句と短歌への熱情が批評として現出する。

短歌も俳句も、火花を飛ばす、火で鋼鉄を鍛える作業と意識される。それを詩人は書き言葉で他者に伝える。私はそれを新体詩の世界とリンクを保ちつつの、東京発の、俳人・歌人・詩人・小説家・評論家の一途の真摯な挑戦と理解する。

句会も歌会も、俳人と歌人を孤独な一人の闇から一種の社会性へと導きだす行為である。その社会性とは、言い換えれば、「座」の文化である。日本中世には一期一会の茶会と連歌会があった。その極意は「黙って茶を飲み下す」沈黙の極意であった。原さんは本著の中で、他者に代わって実に雄弁に各人の句や歌を読み、語る。それは詩人のあくなき愛の行為である。それを鉄火場と称して彼は自分という鉄の鍛錬を他者に伝達する。批評の対象である作品は火花となって詩人の意識の中で飛び散る。だが今、世界の現状はズーム時代である。三密の火花を飛ばす句会も歌会も現実には自粛のコロナ状況の中で、鉄火場に言及する書物は火花を飛ばす。

近藤八重子詩集『仁淀《によど》ブルーに生かされて』
——自然と共に生きる人の色彩

速水　晃

本詩集は二つの主題を内包しています。一つは「仁淀ブルー」、仁淀川流域の自然（地域特有の生物圏、森林・川・海等の生態系）、景観の多様性とそこに住まう人間讃歌です。都会では失ってしまった自然と人とのかかわりと喜びや安らぎ、発見と感動です。生態系の多様性の中に在ることの、実感に満ちた描写です。もう一つは「生かされて」に示される謙虚さです。私事になりますが若い時期は、「生かされて」という受動の姿勢や表現を好きになれませんでした。「生かされている」との感慨は退職後、南の島の暮らしを経た近年のこと。生きものの住む土地を借りて住居とし、共存しつつ生きていること、自然界の驚異と畏怖の体験によるものです。生物多様性の階層、種や遺伝子の多様性に遡り生態系が生みだす空気・水・食料によって生命を繋いでいることを意識しました。濃密な空気には匂いや甘さがあることも。そこからは遠く丘陵を切り開いて造成された街に住む〈今〉は、生きるとも生かされているとも感じられないのです。凡庸なる生。生態系や景観の多様性から切り離された生活、生死の軌跡や生命の息吹から遠い環境は生命力・活力をも奪うのです。

一章のタイトルとなり、冒頭に置かれているのが「仁淀ブルーに生かされて」です。仁淀川源流の森林・川の生態系が独特な景観を生み、棲む者の精神や文化に働きかけ、豊かな感性を覚醒させます。新しい生き方への道を啓示します。「生きる」は「仁淀川」に補完されるのでなく、自然の営みを通して人は「生かされている」という相互の関係にあることを気づかせます。老いの感慨ではありません。事象や物象に柔軟に向き合い、受けとめ吸収していく過程は、自己を客観的に見つめる余裕につながり、本詩集の品格を育みます。簡潔にして、温かな全篇を引用します。

「四国の三大河川の一つ／高知県の仁淀川／源流に近い仁淀川の流れは／青空の青と／森の緑をミックスさせた色彩／仁淀ブルーと呼ばれ／観光スポットとしても有名／／太陽の光を浴びれば明るく／曇り日は深く／雨の日は濃くなる仁淀ブルー／／自然豊かな山々から生まれ出る水は／透明で／夏でも背筋を伸ばしたくなる冷たさ／／仁淀ブルーは／自然界からの贈り物／人々の心は清らかに安らぎ／生きている喜びを伝える」

「天狗高原」「神の宿る樹」「裏山の静と動」「泉」等の詩が連なる一章は、自然と一体になり、新たな命を呼び込んでいく律動や喜び・感動にあふれています。自然へ働きかけ発見すること、静と動、生と死を感受します。技巧や奇抜さをもくろまず、踏みしめた地面からの視線、透明な言葉・印象が、やわらかく素直に、直截に伝わります。

そうした詩篇にあって、「四十度越えの異常気象が続く七月の終わり／もぐらが土中から出て来て／木陰で涼をとっていたり／田の小川を泳いでいたりと／信じられない光景」（「スカイブルーの空の下」）、「真夜中／暗闇の中で　ユッサユサ　家が揺れ始めた／体が揺れ／心が震える」（「伊方《いかた》原発と地震」）、「白岩から少し離れた広場は／古人《いにしえびと》たちの墓場／土葬の時代の墓石たちは／どれも苔生《む》して／（略）／活躍した人の墓石は一段と高く／女たちの墓石はどれも低く」（「山の春」）等の驚きと気づきは、生態系のバランスを崩してしまったことのしっぺ返しを映し出します。伊方原発あるいは地球温暖化の在る今は、仁淀川源流のように透明でないことを暗示しています。

二章の「生かされている」は、「生きている」と「生かされている」が合わさり集束していく過程を描写して含蓄のある詩篇です。猫や蟻、太陽の擬音も愉しく、声に出して読めば尚更です。詩「思い出」は、「田や畑・山を世話しながら／自然の恵みをいただいている／まだ生かされている命の大切さ」と我が身を愛おしむ思いが「七月の朝日」に輝き、読む者を仕合わせにします。「蜩《ひぐらし》」は夏の終わりを告げる寂しさだけでなく、懐かしい昔の、温かな空気を運んできます。「蟷螂《かまきり》」はオスを食い殺すという残酷に思えるメスかまきりの、「子供たちの顔を見ることも／許されず／儚く一生を閉じる」さまを活写、「命を終えていくものたちへの／鎮魂の淋しさは／空の青さより深い」と結ばれます。「空の青さより深い」の最終行は、「仁淀ブルー」を想起します。「お喋り烏《カラス》」は、「嫌われ者」のモノマネ上手な烏が「オハヨ　オハヨ／ミナサン　オハヨ」と鳴くという。「清々しい気分」で朝が迎えられそうです。この「二章　白水仙」を私は、生きもの篇（種の多様性）として読みました。「旨い米へのこだわり」（「稲刈り」）には稲の成長にかかわる労働の実感があります。「人生を鮮やかに染め抜いて」の生の終焉（「紅葉の季節」）は「命を譲る嬉しさ」に燃え、輝いています。老いを肯定へと向かわせる、色香豊かな、新しい生き方があります。母が好きだった「白水仙」は、成長・開花の様子が戦時中の母のロングスカートの立ち居振る舞い、両者の「冬に向かう気力を秘めて」に重なります。

「四章　伝言」は「晩秋」「老い」「人生の秋」「人生旅」「生命の休憩」等と表象されます。「長く生きてこれたからこそ」の「感じられる鼓動」、「研ぎ澄まされていく／心の五感」、「亡くなった人と会話する夢」、「信頼の絆を日々強くしていく」、「ばあちゃんの生き甲斐は／爺ちゃんの笑い声を聞くこと／あなたたち家族の微笑んだ顔を見ること」、「心で／物を見る知恵が育ったから」等の詩行に老いの嘆きではない、豊かに、伸びやかに生きる楽しみと確かさを見つけます。

三章の「深深《しんしん》と」は坂本龍馬脱藩の道に降る雪、言葉を持つものと持てないものの対比が静かに降り積もります。「残暑お見舞い申しあげます」の環境の様変わりは、自然破壊のアスファルト道路、蛙の声も都会っ子にうるさいと言われれば自然美や平和の根源は顧みられなくなるのか？　生物多様性劣化の、当然の帰結なのでしょうか。「憲法九条」「沖縄」「ベトナム」「戦争の法則」と問いかける詩篇は、戦争や軍事的圧力が遺伝子の多様性を破壊していることを示唆します。

今後も自然を友とされ、土地に根をひろげ、生態系の根源を見つめつつ、更なる創造力を磨かれんことを。「心の五感」と知恵で今日を生き、愉しみな明日へ、と。

近藤八重子詩集『仁淀ブルーに生かされて』
心地よい風が通りすぎていく

大倉　元

近藤八重子は第三の故郷と言える高知県高岡郡佐川町へ越して三年目を昨秋に迎えた。生まれは宇和島市、結婚後は第二の故郷八幡浜市で生活。ご主人の退職を機に、ご主人の生家だった高知県高岡郡佐川町へ。ここが第三の故郷とよんでいる。

「三つの故郷」から　一部抜粋

高知に来て／眼科医も歯科医も苦痛もなく素早く治療が終わる／MRIの脳検査も電磁波音も静かで／／　受ける時間も短い／これほど医学の進み方に差を感じると／病への不安も軽くなり／安心感が広がり　老いへの道も明るくなった。

と感じていて、すっかり第三の故郷が気にいっている。第一、第二の故郷も決して医療の遅れがあるわけではないだろうが、彼女もその頃は病など気にする年ではなかったのだろう、緑の美しい所で住み始めてつい年齢を意識しはじめたのだろうか。

「仁淀のブルーに生かされて」は詩集のタイトルにもなっている、佐川町を流れる仁淀川がお気にいりのようで、それもそのはず仁淀川のブルーは日本一といわれているようです。タイトルの生かされてとは近藤の優しさなのか、生きているではなく、また暮らしているでもなく、生かされているとは高知県民の自慢のブルーの水の流れに感謝して暮らしているからこそ生かされてとなるのだろう。

四国を流れる大きな川としては、徳島県を流れる吉野川、最後の清流と言われる高知県の四万十川、そして仁淀川。三つの大きな川の流れの内二つまでが高知県を流れる自慢の川。

また近藤の詩の特徴は花が多く咲いている。

タンポポ、野アザミ、さくら、フジ、スイレン、椿、梅、ハクモクレン、花菖蒲、百日紅、爽竹桃、芙蓉、彼岸花、ノジギク、つつじ、ムクゲ、白い彼岸花、真っ赤な彼岸花、キンモクセイ、銀木犀　コスモス　紅葉、白水仙。

実に二三種の花が十六篇の詩の中で咲いている。近藤の喜びを表している。

近藤さんから詩をいただくことがある、必ず余白に花のスケッチが添えられている。

「天狗高原」

昔の歌を思い出した。それも昨年のNHKの朝のドラマですっかりお馴染みになった、「高原列車は行くよ」（作詞　丘灯《おかと》至夫《しお》、作曲　古関裕而《こせきゆうじ》）、かっての大ヒットのような舞台が沸き上がる。高知県と愛媛県の山並み、雲海が覆い、野原があり、例えようのないのどかな風景、汽車は走らないが車道があり牛の放牧がある。

第三の故郷は、義父母が住まなくなってから裏山は荒れていたのだろう、夫婦二人でチェーンソーを持って山の木を切り、道を広げて通りやすくした。それには蛇等が冬眠中をねらって耕した。生物に対する優しさ、すっかり佐川町の住民になった暮らしぶり。

次に第二の故郷八幡浜市での想い出の作品。
「町内胆試し大会」から一部抜粋
段々畑に造られた墓場で／暗くなると／下の段から十段目の墓場まで登り／そこでジュースや駄菓子を貰い／下りてくるという行事／／真っ暗な墓場の道筋には／ローソクが灯り／線香が焚かれ／幽霊姿になった父兄たちが／子供たちの悲鳴をあげて通るのを待った／笑いを堪えて待った／大人も子供と一緒に楽しんだお化け大会／なのに一人の男の言動でなくなってしまった／／墓場近くに住むみかん作りの人が／子供たちのキャーキャーギャーという叫び声に／裏窓を開けて仰天／前の奥さんが自殺した墓場で／前の奥さんの幽霊と勘違いしたからだ／自殺の原因はこの男の人の浮気からだ／現在の奥さんになっている水商売の女の人に対してのノイローゼからの自殺であった／／みかん作りの男は子供たちの思い出作りのお化け大会と知っても／激怒は収まらず／とうとうこの年を最後に／お楽しみ胆試し大会は中止になった

という、一人の男の浮気が原因。

町の人たちは、浮気は悪いこと、奥さんの自殺、そのような原因をした男の言い分を聞いて中止にした。少年たちの楽しみの行事を中止とは、町の人たちは少年達に何と言って言い訳をしたのか。大きな声を出した者が勝つのか。

「河童村」では村おこしのために優しい河童を育てている。「天赦園」、「モネの庭」、「足摺岬」等々観光案内をしてもらった。

近藤の詩は読んで楽しく、ほっとした心地よい風が通りすぎていくようだ。

小林功詩集『月山の風』を読んで

照井　良平

　おや、白い風が吹いてくるぞ。確かに詩集の表紙絵辺りからだ。ほれ、奥の沢から風にのって、ホラガイも聴こえてくるぞ。……ふむ　ふむふむ　であれば、絵の上方の山は月山、いや鳥海山であろうか。いやいやタイトルから月山でなければいけない。その雲を支えるような月山の、相を醸す白雪に覆われたなだらかな稜線の頂きから、わずかに右下がりの斜めに流れる風、シュウヒュウと吹く風だ。修験者の白装束のイロ、白い祈りのような神々しい風にも見え、脳味噌の襞に険しく小気味よく刺してくる。

　そんな風が、落葉している森を、丘陵をやはりなだらかに下り、裾野の常緑樹にふむふむと頷き、なかなかにふくよかにくるみ……。そしてそこからのびる畦道は日本の米文化の原点、縄文からの稲作文化に繋がる庄内平野の田園へ扇状に広がっている。で、川は？、ｘｘ見えないが絵の手前？、…ナント、裏表紙に藤島川が、ほれ、ここだと流れている。

　さて、またしても気になるのはタイトルだが、詩集は一篇の【絵画】のような詩『月山の風』をタイトルとしている。が、【詩】のような月山の絵を表紙絵とするために、タイトル詩『月山の風』を選んだのか。詩の『月山の風』をタイトルとするために月山の絵を選んだのか。どちらが先に決まったものか。あるいは改めて月山の絵を描いたものか、実に筆の流れの豊かな詩と絵が交感する、風の美を持つ絵だ。

　いずれにせよ、絵は霊気とも神気ともいうような色の大気で、麓に佇む家々を包み、抱いて見守っているような心に満ち、麓から見れば、その霊山を只々畏敬し仰いでいるように見える、表紙絵である。

　ですがですけれども何故ここまで、絵に拘るかとなれば理由がある。この絵に潜んでいる眼には見えない絵を散歩していけば詩集の多くの詩、時に心象風景のような詩篇が見え、書評ともなるからである。

　つまり著者の住む町で、著者が毎日眺めている山、川、田んぼ、木々の散歩道、人生の径であって、それらの生命体に吹く四季折々の自然の風を、五感の見る・聴く・触るの魂に響く回路を通じて、やはり魂に響く命・光に変換させて受け止め、その韻律感性から創造感性を刺激、反応させ別の深い内的な詩的言語、あるものは絵画の色に変容させ、ポエジーを、画家としての絵画を成立させているからだ。ですから春夏秋冬で編まれている詩集を、それぞれの季を散歩で辿っていけば詩集が読めてくる。そんな世界が見えてきたのです。という訳でその一歩を！

「１春の息吹」の一歩から読み味わえば、作品〝生命の言葉〟のように短詩で春の鼓動の音色が聴こえ、詩篇の春の光が眩しく五線譜を射ち、ページからページへ芽吹きの詩のページが歌っていく。

「Ⅱ夏の炎天」を歩けば夏の息吹が、作品〝樹〟が大海に漕ぎ出すように海の作品が春の季の１／２２篇から、夏の季では〝白い船〟など４／１３篇と増えている。羅針盤の帆を、どこへあげて行こうとしているのか。作品〝朝の道〟に〈歩くことはいのち／生きることは芸術／愛と美は／呼吸とともに育つ〉と詩っているからこの方向であろうか。

「Ⅲ秋の光」を光に目を凝らして歩けば、俗っぽいが実り、充実の色取り取りの季だ。作品〝虹〟の最終連がそれを示している〈ぼくの虹は／大空の彼方に／立っている〉。作品〝月光〟の最終連の月が〈東から西へ動く　それだけのことが／何億年も人生を彩り／穏やかな無数の色彩を／与えつづけてきた〉のように生への思索的作品が多くなっている。

「Ⅳ冬の紋章」を歩けば、草木など自然が内なる転生の思索の時を始めている。詩集のタイトルともなった作品〝月山の風〟にそれが詩われている。〈…略…その絵描きもまた／消え去ることなく／蘇る／／…中略…人の世は争いが絶えぬのか／悠久の時の流れのなかで私はいつも／この世の平和と安息を願いつづけてきた／人間よ　風になれ　光となれ…中略…月山を眺めていると／淙淙たる風の音／死者たちの声のようにきこえる／ここは　確かに霊域なのだ／…中略…　山塊の襞の彫りが／青々と山の深さを現し始め／山は光となった…略…〉。

この詩篇中の光は月山を下り、海に注ぎ新たな光の生命を産み、海はまたそれが天に昇る橋渡しをしている。作品〝北の海〟では〈魂をゆすりながら／はるかな奇跡を甦らせる〉。作品〝冬の海〟では〈蘇る光／新しい空間…中略…物象と幻像のなかで／ぼくを捉えて離さない冬の海／わずかなぼくの存在が／巨きなものに連行されて／希望へ向う〉とある。

この詩篇中の「希望」だが、この詩語は詩集、著者にとって重要な意味を持つところである。詩集で頻出する詩語「風・命・光・愛」、さらに「いのち・ひかり」の漢字とひらがな、中でも多用されている「光・ひかり」を考察すれば意味の視界が開けてくる。作品〝春の光〟に〈この光の旋律／この輝きのいろ〉。作品〝春の調べで〟〈この光の音楽は何だろう〉。作品〝春の翼〟に〈あゝ光は息をしている〉。作品〝はるか〟に〈はるかなものが／憧れにつつまれるとき／光となってぼくがいる〉と詠まれている。

言い換えれば、透明な幻像の宇宙空間の中で、形を持たない悟りの心が、魂の生命体となって燐光のごとく輝く光、こだまする愛の光を発している。これが取りも直さず著者自身の希望の化身でこの「光」が「光・ひかり」のなかの光である。と言いたい。

この違いをはっきり示している作品が〝光への旅〟である〈…略…光いっぱいのひかりは／光のつよさが弱くなる／光は暗さのなかで存在をあらわにする〉。いわば幻像と物象、唯心論的な見方が光であって、唯物論的な見方がひかりである。他の漢字とひらがなの関係も同様に解釈できる。こうして詩集の終わりを閉じる作品〝北の湖2〟、〝冬の海〟に紋章が結実され、『月山の風』の紋章ともなっている。

歩き終われば月山に吹いている四季折々の風は、やはりただの風ではなかった。作品〝風〟に吹いている風で、永遠の生命を持つ真っ白い魂の風である。

特に北の冬の海には転生の風が吹いていたが、車輪を回すその風は《山・命・光・愛・美・海・空》の車輪を回し一瞬から悠久の時間に繋げる輪廻転生の世界、道の径を創って「光」を放ち、愛と美に向かって吹く風である。それが「月山の風」であり、「月山の風」という詩集である。

ですから、純粋に読みたいと思う詩集である。

『地球の生物多様性詩歌集――生態系への友愛を共有するために』公募趣意書

出版内容＝世界各地で生きる生きものたちの実相を伝え、生物多様性の根幹にある生きもの・生態系への友愛を込めた作品や、新型コロナ以後の世界で生物多様性がどのように再評価されるべきかを問う作品を公募します。

発行日＝二〇二一年六月発行予定

A5判　約三五〇～四〇〇頁　本体価格一八〇〇円＋税

編者＝鈴木比佐雄、座馬寛彦、鈴木光影

発行所＝株式会社コールサック社

公募＝二五〇人の詩・短歌・俳句を公募します。作品と承諾書をお送り下さい。既発表・未発表を問いません。趣意書はコールサック社HPからもダウンロードが可能です。http://www.coal-sack.com/

参加費＝一頁は詩四十行（一行二十五字）、短歌十首、俳句二十句で一万円、二冊配布。二頁は詩八十八行、短歌・俳句は一頁の倍の作品数で二万円、四冊配布。校正紙が届きましたら、コールサック社の振替用紙にてお振込みをお願い致します。

しめきり＝二〇二一年三月末日必着（本人校正一回あり）

原稿送付先＝〒一七三-〇〇〇四
東京都板橋区板橋二-六三-四-二〇九

データ原稿の方＝〈m.suzuki@coal-sack.com〉（鈴木光影）までメール送信お願いします。

【よびかけ文】

「生物多様性」という言葉は、「社会生物学」を提唱した米国のエドワード・O・ウイルソンが、著書の『社会生物学――新しい総合』、『バイオフィリス』、『生命の多様性』などでキーワードとして論じている。それは経済のグローバル化により生態系を破壊し絶滅種を増やしていく在り様を根本的に考え直し、生態系システムを持続した方がマクロ的な経済においても有益であり、また思想哲学・文明批評的な役割を担う根拠になる考え方だ。ウイルソンは「生命の多様さ」を「遺伝的多様性」、「種や個体群」、「生態系」、「地域」などの様々なレベルにおいてフィールドワークでその実態を明らかにして、現実の政策に反映させようとした。ウイルソンは「バイオフィリア」という仮説を提案する。「バイオフィリア」とは「バイオ」（生物）への「フィリア」（友愛）であり、「生きものたちへの友愛」という意味だ。これは多くの短詩形文学者や作家たちが地域の自然の生きものたちを詠う際の精神と重なっている。例えば次の宮沢賢治の詩「風景観察官」などは、地域の風景を眺めながら生態系という環境への友愛に満ちている詩だと言える。《あの林は／あんまり緑青を盛り過ぎたのだ／それでも自然ならしかたないが／また多少プウルキインの現象にもよるやうだが／も少しそらから橙黄線を送つてもらふやうにしたら／どうだらう》天上から降り注ぐ生態系を見つめる視線と同時に農民の視線が合わさって「風景観察官」という言葉が生まれたのだろう。賢治の修羅は『春と修羅』の主旋律だが、この詩ではむしろ通奏低音としてのサイエンティストである賢治が強くなり、風景の一部として鳴り響く。賢治は修羅を通した「風景観察官」で「生物多様性」を実践していた先駆者だった。

俳人宮坂静生氏の著書に『季語体系の背景　地貌季語探訪』があり、その「地貌季語」という考え方は、地域の生態系や歴史とその地で暮らす人びとと本質的な関係を言葉で表現する意味で俳句の解釈や評価にとどまらない重要な問題提起となっている。宮坂氏は「自分の息遣い」とは、突き詰めると「私という身体のことばを介した生者と死者とのとの語り合い」に向かい、その際に「語り継がれてきたことばの中にも大事な古人の感受性の集積がある」ことに気付かされる。そして次の沖縄の俳人の「立雲」という「地貌季語」から沖縄の民衆の深い思いを受け止めていく。〈立雲のこの群青を歩みけり　渡嘉敷皓駄〉

生物多様性の石垣島に暮らす松村由利子氏の歌集『光のアラベスク』の中には生態系の破壊を危惧し、生きものたちを賛美する短歌を見出す。〈虎たちは絶滅危惧種となり果ててサンボのいない森も消えゆく〉〈深海に死の灰のごと降り続くプラスチックのマイクロ破片〉〈絶滅した鳥の卵の美しさ『世界の卵図鑑』のなかの〉このような生きものたちへの存在の危機を明らかにし、その友愛を詠いあげるには短歌の響きは適しているように思われる。

以上のようなその土地や地域で生きる生きものたちを讃美する左記のような観点の俳句、短歌、詩などの短詩系文学を公募したいと考える。ぜひご参加下さい。

①世界各地で生きる生きものたちの実相とそれを讃美する作品
②世界各地で絶滅した生物を悼み、絶滅危惧の恐れのある動植物に触れた作品
③原発事故などの制御できない科学技術によって生態系が壊されることを憂うる作品
④生物多様性の根幹にある生きもの・生態系への友愛を込めた作品
⑤新型コロナ以後の世界で生物多様性がどのように再評価されるべきかを問う作品

キリトリ線（参加詩篇と共にご郵送ください）データ原稿をお持ちの方は〈m.suzuki@coal-sack.com〉までメール送信お願いします。

『地球の生物多様性詩歌集　――生態系への友愛を共有するために』参加承諾書

応募する作品の題名	
氏名（筆名）	
読み仮名	
生年（西暦）	年
生まれた都道府県名	

現住所（郵便番号・都道府県名からお願いします）※	
〒	
	TEL（　　）
代表著書（計二冊までとさせていただきます）	
所属誌・団体名（計二つまでとさせていただきます）	

※現住所は都道府県・市区名まで著者紹介欄に掲載します。
校正紙をお送りしますので、すべてご記入ください。

以上の略歴と同封の詩篇にて
『地球の生物多様性詩歌集――生態系への友愛を共有するために』に参加することを承諾します。

印

『日本の地名 百名詩集』公募趣意書

出版内容＝日本全国の地名に宿る多様な地域文化の魅力や民衆の歴史を詩で詠いあげて欲しい。
A5判　約二〇〇～二五〇頁　本体価格一八〇〇円＋税
発行日＝二〇二一年五月下旬発行予定
編者＝金田久璋、鈴木比佐雄
発行所＝株式会社コールサック社
公募＝百名の詩を公募します。作品と承諾書をお送り下さい。既発表・未発表を問いません。趣意書はコールサック社ＨＰからもダウンロードが可能です。
http://www.coal-sack.com/
参加費＝一頁は詩四十行（一行二十五字）で一万円、二冊配布。二頁は詩八十八行で四冊配布。校正紙が届きましたら、コールサック社の振替用紙にてお振込みをお願い致します。
しめきり＝二〇二一年三月二十日必着（本人校正一回あり）
原稿送付先＝〒一七三‐〇〇〇四
東京都板橋区板橋二‐六三‐四‐二〇九
データ原稿の方＝**〈m.suzuki@coal-sack.com〉**（鈴木光影）までメール送信お願いします。

日本地名研究所 所長　金田久璋
コールサック社 代表　鈴木比佐雄

【よびかけ文】

例えば突然、サン＝テグジュペリの『星の王子さま』の作者と思しき操縦士が、不運にも茫漠としたサハラ砂漠のような空ど、全国いたるところに大小の地名が張り巡らすように分布している一方、これまで地名にまつわる歴史的意義や民俗文化をいささかおろそかにしてきたきらいがないわけではない。とりわけ、市町村合併や圃場整備において生活文化が根付く無数の大小の地名が抹殺されてきた。

世界に誇る日本文化の粋ともされる古典文学においても、地名は各地の歌枕として古代から詠み込まれて、「百人一首」や短詩系文学のなかで今なお親しまれている。宮沢賢治、萩原朔太郎、高村光太郎、谷川俊太郎、大岡信、安水稔和、杉谷昭人をはじめ、現代詩につながる明治以降の詩作品においても、地名は多様に詩の中で歌いこまれ、多くの日本人に愛唱されているものも多い。風土と地名は詩人の豊かな情操を育んできたいわば母胎である。地名と言う言語を通してへその緒のように詩人は深く風土とつながっているのである。言うまでもなく多くの地名は比喩でできている。誰が名づけたのか、その発語の根拠を問い、折々の喜怒哀楽が込められた、地名にまつわる詩を網羅することで、豊饒な日本語の万華鏡の世界が繰り広げられる。地名の小宇宙がそこにある。

民俗学者で歌人の谷川健一が立ち上げた、日本地名研究所は来春創立四十周年を迎える（ちなみに、２０２１年は谷川健一生誕百年に当たる）。五月二十二日には川崎市で記念シンポジウムが企画されている。この機会に、あらためて日本の地名の歴史的、文化的意義を再確認し、併せて地方創生の趣旨を根底間に不時着した場合に、どのように自分の位置を確かめることが出来るのか。たぶん計器は役立たず、星座の動きもあてにはならない。とりわけ、砂嵐が吹き荒れ、周囲の地形や形状も刻々と変わる流砂地帯では確固たるものは何もない。その不安と恐怖、錯乱は計り知れないのではないか。翻って私たちが住まいをする日本のことを考えると、いかに風土に根付いた地名が自分の立ち位置を確認し、いわば自己のアイデンティティーを保証する有力なアイテムの一つであることがわかる。約九割を占めるという名字と地名の関連も興味深い。

日本の地名は、公称、通称、私称も含め三密状態といえるほどから問うべく、『日本の地名 百名詩集』の刊行を日本地名研究所とコールサック社が力を合わせ、また地名に関わる古典的な名詩を収録するだけでなく、全国の現役の多くの詩人の参加とご協力を求めたい。

①日本全国の地名・山河名などをタイトルにしてその場所の暮らしや風土性を浮き彫りにする作品

②詩作品の中に地名・地域名が出て来て、その場所で生きる人びとの暮らしが表現される作品

③地名などに込められ歴史的な意味を掘り起こし、さらに想像的にその意味を深化させていく作品

キリトリ線（参加詩篇と共にご郵送ください）データ原稿をお持ちの方は〈m.suzuki@coal-sack.com〉までメール送信お願いします。

『日本の地名 百名詩集』参加承諾書

応募する作品の題名	
氏名（筆名）	
読み仮名	
生年（西暦）	年
生まれた都道府県名	

現住所（郵便番号・都道府県名からお願いします）※
〒
TEL（　　　）
代表著書（計二冊までとさせていただきます）
所属誌・団体名（計二つまでとさせていただきます）

※現住所は都道府県・市区名まで著者紹介欄に掲載します。校正紙をお送りしますので、すべてご記入ください。

以上の略歴と同封の詩篇にて
『日本の地名 百名詩集』に参加することを承諾します。

印

編集後記

鈴木　比佐雄

二月十三日午後十一時八分に福島県沖でマグニチュード7・3の地震が発生し最大震度六強の揺れに襲われて、東北・関東の十県で一五七人が負傷し、最大九十万戸が一時停電し、三万六千戸が停電し、住宅も福島県や宮城県で千六百棟が一部破損した。私の暮らす千葉県柏市も震度四だったが、何か比較的長い揺れが続いた。東北・関東の人びとは誰もが二〇一一年三月十一日のあの日のことが脳裏をよぎったに違いない。振り返れば3・11は柏市や職場の東京都板橋区にも突き上げる衝撃と地盤が融解するような恐怖感を与えた。その後に東電福島第一原発から二五〇㎞離れている柏市にも南下する雨風に乗って放射性物質は舞い降りてきて、汚染されたホットスポットを生み出した。当時は0・6マイクロシーベルト（μSv/h）あった公園などの緑地は年間一ミリシーベルト（mSv、0・23μSv/hで達成される）以下に下げるために2回ほど除染された。その膨大な除染された汚染土壌や、手賀沼に流入する河川あたりでは当時は一万ベクレル位の放射性物質があったが手付かずになっている。セシウムで汚染されたモツゴ、ギンブナ及びコイなどは釣ってもいいが、その場で逃がすことになっている。現在の柏市周辺の空間線量はその後、0・03〜0・06μSv/hなので全国の平均基準位にはなっている。原子力規制委員会のHPの放射線モニタリング情報では全国の主要都市では0・03〜0・07μSv/h位なので、その地域の人びとが0・03〜0・04μSv/h位の何らかの放射能を浴びていることになる。そのことはともかく今年初めの東京新聞千葉版によると汚染された指定廃棄物の千六十四トンを柏市はいまだ保管し続けている。若松丈太郎氏が批評文で予言していたように二百kｍ以上の場所にも風向きによっては降り注ぐことが現実となってしまった。私は昨年秋に南相馬市に行くために常磐道に乗り浪江〜双葉間を通ると計測表示機で0・5〜2μSv/hになっていたので、事故当時の4〜17μSv/hに比べればかなり下がってきたが、事故前に比べればまだ十倍以上も高いままだ。双葉町と大熊町にまたがる第一原発廃炉の作業員たちや関係者は一般人の20倍の年間20 mSv以内で命を削る過酷な作業をしている。そのような様々な問題点を抱えながら復興事業は継続されている。その意味も含めて汚染の規模の大きさはあるが東日本全体に地震・津波・放射能汚染は切り離すことなく同時に発生し、その衝撃と後遺症これからも回顧されて、途轍もない長い道のりは続いていく。そんな十年を経ても廃炉の見通しも定かでではなく、原子炉周辺はまだ高濃度であるし、原子炉のデブリの取り出しも目途も立たず、まだ本来的な意味での廃炉を実現するための復興とは軽々しくは言えないだろう。因みに原子炉から15〜25㎞位の若松氏の南相馬市海沿いの地区は、私と若松氏が見に行った二〇一一年四月の時点でも柏市と同じくらいの線量しかなかった。爆発後の高濃度のプルーム（羽毛状の空中の流れ）が流れた地域以外は、汚染線量はそう高くない地域もあり、原子炉からの距離などで一律的に汚染を恐れることは風評被害を固定化しその地区の復興の妨げになる恐れがある。そのような様々な問題点を直視しながら、詩・短歌・俳句の物書きたちは、「震災・原発文学」という未曾有の体験を抱えながらも現実を直視して表現してきたと考えられる。

今号では特集「3・11から十年 震災・原発文学の詩、俳句、俳句」を企画・編集した。私はその序文で次のように記した。《私にはこの十年の「震災文学」は「原発文学」と決して切り離すことはできないのではないかと思われる。時系列的にいえば一九四五年八月の原爆投下の広島・長崎での被爆者たちから生まれた「原爆文学」が始まり、その原爆の技術を使用した原発が米国スリーマイル島などの放射能汚染事故などを引き起こし、「原発文学」は生まれたと言えるのだろう。原発の危険性を直視することと原爆を廃棄することは、二〇世紀・二十一世紀の最も重要な課題であったし今もあり続けて、今年になって国連で「核兵器禁止条約」が51ヶ国によって批准されて効力を発した。また「震災文学」の歴史は鴨長明が随筆の中で文治地震のことを記したように千年近くの歴史がある。》このような観点で十三名の福島を愛する人たちの作品を読んで、この十年間の回顧と今後の困難な課題を再認識して頂ければと願っている。

ところで新型コロナの緊急事態宣言が10都府県においてひと月も延長される状況下だが、3月7日以降に緊急事態宣言が解除されたら、ご都合が宜しければ、四月三日（土）にいわき市アリオス中劇場で開催する「福島浜通りの震災・原発文学フォーラム」（若松丈太郎実行委員長、齋藤貢副委員長、鈴木比佐雄事務局長、本誌裏表紙にプログラムが掲載）が主催する『3・11から10年、震災・原発文学は命と寄り添えたか』にぜひご参加頂ければと願っている。一部では、「浜通りで体験した地震・原発事故を短詩型作家はいかに書き続けているか」をテーマとして、座談会の司会を私が行い、参加者は詩人の若松丈太郎氏、齋藤貢氏、俳人の永瀬十悟氏、歌人の本田一弘氏から今号の特集に収録した作品などがなぜ書かれたかを質問し、その創作の思いを直接お聞きしたいと考えている。二部では「地震・原発事故をどんな観点で作家・ライターたちは書き続けているか」をテーマとして、座談会の司会は文芸評論家の黒古一夫氏が行い、芥川賞作家の玄侑宗久氏、直木賞作家の桐野夏生氏、『ルポ母子避難』のライターの吉田千亜氏にその創作の思いを語ってもらう。三部は『福島の教育現場でいかに「震災文学／原発文学」を教材として教えるか』をテーマとして、座談会の司会は作家のドリアン助川氏が行い、福島大学教授の高橋正人氏や磐城高校講師の齋藤恵子氏、白河高校教員の菜花美香氏を交えて4人で議論を行ってもらう予定だ。まだ参加者の予約は九十名ほどなので、ぜひご参加下さい。イープラスでチケットが予約しにくい場合は、事務局のコールサック社にお電話下されば担当者がチケット代行作業もしますのでご連絡を下さい。

それから現在公募中の地球の絶滅危惧種などの人間以外の生物やそれを育む生態系をリスペクトし慈しむ作品を収録したい『地球の生物多様性詩歌集――生態系への友愛を共有するために』と、全国の地名を通してそこで生きる様々な存在者たちを書き記す『日本の地名 百名詩集』の公募が三月末日に迫ってきた。もう一度チラシを挟み込み、本体にも印刷しますので、ぜひひご参加をお願い致します。

編集後記

鈴木　光影

俳句欄初投稿、詩人の中原かな氏の作品「檸檬」。〈面売りと風船売りの立ち話〉など昭和の心の通い合う庶民生活が感じられる句や、〈冬薔薇嘘も真もほどほどに〉の、冬薔薇やそれを目の前にした我々自身の本質を摑み出すような句に強く惹かれた。「コールサック前号の俳句短歌欄を読む」はコールサック句会メンバーの木幡忠文氏に寄稿いただいた。前文で、自然の中を歩くことと詩歌を読むことの共通感覚が語られている。作品とのひとときの伴走を楽しむように、「何が自分を引きつけたのだろう」と誠実な読みを展開していただいた。

その他今号の作品の共鳴句を挙げよう。

それを見に来しにあらねど遠花火　原　詩夏至
切り札を犬がくわえて春を待つ　松本　高直
山神の心のままに紅葉ふる　岡田　美幸
光飛ぶダイヤモンドのわれも破片に　水崎野里子
狐火や廃屋に残る松葉杖　福山　重博
Poetry and peace – ／ they embrace each other ／
as dear old friends　デイヴィッド・クリーガー

コールサック句会報は誌面の都合上今回は不掲載としたが、現在もインターネットで隔月開催をしている。一月一〇日開催の第五回句会では〈子ども食堂雪ん子も来てをりぬ　十悟〉〈人間を休む日のあり古毛布　牧〉〈初鴉きのうが死んでいる舗道　重博〉などの高得点句があった。新しい参加者も歓迎いたします。

編集後記

座馬　寛彦

短歌欄掲載の原詩夏至氏の〈焼身の僧侶のような鶏頭の鶏冠《とさか》に秋のひかり被災地〉は、被災地に咲く鶏頭の花の強く訴えかけるような赤を、チベットで中国政府の圧政に抗議するため身を焼く僧侶の血と火の色で表現する。東日本大震災の避難者への支援を細らせ、原発の再稼働を進める政府に対する怒りを鶏頭が代弁しているかのようだ。「特集　3・11から10年　震災・原発文学の詩、短歌、俳句」には、本田一弘氏と遠藤たか子氏という福島を代表する二人の歌人、そして福島県川俣町を故郷に持つ服部えい子氏の短歌を掲載させていただいた。いずれも震災後の放射能汚染や避難者の深刻な状況を訴えており、「復興」の道のりの険しさを思い知らされる。〈過去からの熱い空気で咲く冬の真っ赤な薔薇がぼくを裏切る〉（福山重博）で思うのは、復興という言葉もまた「裏切」りはしないかということ。「復興五輪」もどうなるか。〈嘘と金　固めて作る　五輪舟／やがて沈んで　哀れ御破算〉（高柴三聞）は、五輪を巡る騒動の根源と顛末を痛烈なアイロニーを込め詠う。〈活断層日本列島グラグラの上高層ビル群増え続けおり〉（大城静子）は視点を変えた震災詠とも言える。都市開発の現場を見、次なる震災に「想定外」が起こらないか率直な怖れを投げかける。〈門松を立てて祝はむ正月を今年も神よ恙無《つつがな》き日を〉（水崎野里子）――コロナ禍に喘ぐ今こそ、東日本大震災と現状に真摯に向き合い、「恙無《つつがな》き日」の実現のため、個人として何をなすべきか考えたい。

詩論・芸術論　石炭袋新書

- 鈴木比佐雄詩論集『詩の降り注ぐ場所――詩的反復力Ⅲ（1997-2005）』A5判・372頁・並製本・1,428円
- 鈴木比佐雄詩論集『詩人の深層探求――詩的反復力Ⅳ（2006-2011）』写真／武藤ゆかり　A5判・656頁・並製本・2,000円
- 鈴木比佐雄詩論集『福島・東北の詩的想像力――詩的反復力Ⅴ（2011-2015）』A5判・384頁・並製本・2,000円
- 佐相憲一詩論集『21世紀の詩想の港』写真／佐相憲一　A5判・392頁・並製本・2,000円
- 斎藤彰吾詩論集『真なるバルバロイの詩想――北上からの文化的証言（1953-2010）』写真／佐々木亨二　解説文／佐相憲一、黒川純、三浦茂男、和賀篤子、高橋昭八朗　A5判・384頁・並製本・2,000円
- くにさだきみ詩論集『しなやかな抵抗の詩想――詩人の生き方と言葉のあり方（1962-2010）』写真／猪又かじ子　栞解説文／佐相憲一　A5判・288頁・並製本・2,000円
- 長津功三良詩論集『原風景との対話――詩人たちの風貌（1984-2009）』帯文／吉川仁　写真／長津功三良　A5判・320頁・並製本・2,000円
- 水崎野里子詩論集『多元文化の実践詩考（2000-2008）』栞解説文／石川逸子、郡山直、鈴木比佐雄　A5判・384頁・並製本・2,000円
- 石村柳三詩論集『時の耳と愛語の詩想』写真／牧野立雄　栞解説文／芳賀章内、鈴木比佐雄　A5判・448頁・並製本・2,000円
- 石村柳三詩論集『雨新者の詩想――新しきものを雨らす詩的精神（1977-2006）』栞解説文／芳賀章内、池山吉彬、鈴木比佐雄　A5判・464頁・並製本・2,000円

全詩集・著作集

- 『三谷晃一全詩集』解説文／菊地貞三、真尾倍弘、槇さわ子、深澤忠孝、若松丈太郎、鈴木比佐雄　A5判・560頁・上製本・5,000円
- 『亀谷健樹詩禅集』解説文／山形一至、石村柳三、磐城葦彦、鈴木比佐雄　A5判・528頁・上製本・5,000円
- 『田中作子著作集』解説文／池下和彦、野仲美弥子　A5判・528頁・並製本・5,000円
- 吉木幸子遺稿詩集『わが大正の忘れな草／旅素描』　解説文／鈴木比佐雄　A5判・288頁・並製本・2,000円
- 『日下新介全詩集』解説文／佐相憲一、鈴木比佐雄　A5判・608頁・並製本・5,000円
- 『川村慶子全詩集』解説文／佐相憲一、鈴木比佐雄　A5判・560頁・上製本・5,000円
- 『畠山義郎全詩集』解説文／亀谷健樹、磐城葦彦、鈴木比佐雄　編集委員／亀谷健樹、磐城葦彦、安部綱江、杉渕テル、鈴木比佐雄　A5判・528頁・上製本・5,000円
- 『下村和子全詩集』解説文／中野順一、木津川昭夫、福田万里子、中西弘貴、小松弘愛、佐相憲一、鈴木比佐雄　A5判・512頁・上製本・5,000円
- 『増岡敏和全詩集』解説文／宮本勝夫、佐相憲一、鈴木比佐雄　A5判・592頁・並製本・4,000円
- 『大井康暢全詩集』解説文／西岡光秋、平野宏、高石貴、栗和実、西川敏之、佐相憲一、鈴木比佐雄　A5判・480頁・上製本・5,000円
- 『山田かん全詩集』帯文／林京子（作家）　解説文／高塚かず子、田中俊廣、鈴木比佐

雄　編集委員／山田和子、山田貴己、中里嘉昭、鈴木比佐雄　A5判・624頁・上製本・5,000円
- 『福田万里子全詩集』表紙画／福田万里子　題字／福田正人　解説文／下村和子、鈴木比佐雄　A5判・432頁・上製本（ケース付）・5,000円
- 『大崎二郎全詩集』帯文／長谷川龍生　解説文／西岡寿美子、長津功三良、鈴木比佐雄　A5判・632頁・上製本・5,000円

コールサック詩文庫（詩選集）シリーズ

- 17『青木善保詩選集一四〇篇』解説文／花嶋堯春、佐相憲一、鈴木比佐雄　四六判・232頁・上製本・1,500円
- 16『小田切敬子詩選集一五二篇』解説文／佐相憲一、鈴木比佐雄　四六判・256頁・上製本・1,500円
- 15『黒田えみ詩選集一四〇篇』解説文／くにさだきみ、鳥巣郁美、鈴木比佐雄　四六判・208頁・上製本・1,500円
- 14『若松丈太郎詩選集一三〇篇』解説文／三谷晃一、石川逸子、鈴木比佐雄　四六判・232頁・上製本・1,500円
- 13『岩本健詩選集①一五〇篇（一九七六～一九八一）』解説文／佐相憲一、原圭治、鈴木比佐雄　四六判・192頁・上製本・1,500円
- 12『関中子詩選集一五一篇』解説文／山本聖子、佐相憲一、鈴木比佐雄　四六判・176頁・上製本・1,500円
- 11『大塚史朗詩選集一八五篇』解説文／佐相憲一、鈴木比佐雄　四六判・176頁・上製本・1,500円
- 10『岸本嘉名男詩選集一三〇篇』解説文／佐相憲一、鈴木比佐雄　四六判・176頁・上製本・1,500円
- 9『市川つた詩選集一五八篇』解説文／工藤富貴子、大塚欽一、鈴木比佐雄　四六判・176頁・上製本・1,500円
- 8『鳥巣郁美詩選集一四二篇』解説文／横田英子、佐相憲一、鈴木比佐雄　四六判・224頁・上製本・1,500円
- 7『大村孝子詩選集一二四篇』解説文／森三紗、鈴木比佐雄、吉野重雄　四六判・192頁・上製本・1,500円
- 6『谷崎眞澄詩選集一五〇篇』解説文／佐相憲一、三島久美子、鈴木比佐雄　四六判・248頁・上製本・1,428円
- 5『山岡和範詩選集一四〇篇』解説文／佐相憲一、くにさだきみ、鈴木比佐雄　四六判・224頁・上製本・1,428円
- 4『吉田博子詩選集一五〇篇』解説文／井奥行彦、三方克、鈴木比佐雄　四六判・160頁・上製本・1,428円
- 3『くにさだきみ詩選集一三〇篇』解説文／佐相憲一、石川逸子、鈴木比佐雄　四六判・256頁・上製本・1,428円
- 2『朝倉宏哉詩選集一四〇篇』解説文／日原正彦、大掛史子、相沢史郎　四六判・240頁・上製本・1,428円
- 1『鈴木比佐雄詩選集一三三篇』解説文／三島久美子、崔龍源、石村柳三　四六判・232頁・上製本・1,428円

新鋭・こころシリーズ詩集

- 中道侶陽詩集『綺羅』四六判・112 頁・1,500 円
- 羽島貝詩集『鉛の心臓』四六判・128 頁・1,500 円
- 洞彰一郎詩集『遠花火』四六判・128 頁・1,500 円
- 畑中暁来雄詩集『資本主義万歳』四六判 ·128 頁 ·1,500 円
- 松尾静子詩集『夏空』四六判・128 頁・1,500 円
- 林田悠来詩集『晴れ渡る空の下に』四六判 ·128 頁 ·1,500 円
- 藤貫陽一詩集『緑の平和』四六判・128 頁・1,500 円
- 中林経城詩集『鉱脈の所在』四六判・128 頁・1,500 円
- 尾内達也詩集『耳の眠り』四六判・128 頁・1,428 円
- 平井達也詩集『東京暮らし』四六判・128 頁・1,428 円
- 大森ちさと詩集『つながる』四六判・128 頁・1,428 円
- おぎぜんた詩集『アフリカの日本難民』 四六判・128 頁・1,428 円
- 亜久津歩詩集『いのちづな　うちなる〝自死者〟と生きる』四六判 ·128 頁・1,428 円

「詩人のエッセイ」シリーズ

- 堀田京子エッセイ集『旅は心のかけ橋──群馬・東京・台湾・独逸・米国の温もり』解説文／鈴木比佐雄　四六判・224 頁・1,500 円
- 矢城道子エッセイ集『春に生まれたような──大分・北九州・京都などから』帯文／淺山泰美　装画／矢城真一郎　解説文／鈴木比佐雄　四六判・224 頁・1,500 円
- 佐相憲一エッセイ集『バラードの時間──この世界には詩がある』写真／佐相憲一　四六判・240 頁・1,500 円
- 奥主榮エッセイ集『在り続けるものへ向けて』写真／奥主榮　解説文／佐相憲一　四六判 ·232 頁 ·1,500 円
- 中村純エッセイ集『いのちの源流～愛し続ける者たちへ～』帯文／石川逸子　写真／亀山ののこ　解説文／佐相憲一　四六判・288 頁・1,500 円
- 門田照子エッセイ集『ローランサンの橋』帯文／新川和枝　解説文／鈴木比佐雄　四六判 ·248 頁 ·1,500 円
- 中桐美和子エッセイ集『そして、愛』帯文／なんば・みちこ　解説文／鈴木比佐雄　四六判・208 頁・1,428 円
- 淺山泰美エッセイ集『京都　桜の縁《えに》し』帯文／松岡正剛　写真／淺山泰美・淺山花衣　栞解説文／鈴木比佐雄　四六判・256 頁・1,428 円
- 名古きよえエッセイ集『京都・お婆さんのいる風景』帯文／新川和枝　写真／名古きよえ　解説文／鈴木比佐雄　四六判・248 頁・1,428 円
- 山口賀代子エッセイ集『離湖《はなれこ》』帯文／小柳玲子　装画／戸田勝久　写真／山口賀代子　栞解説文／鈴木比佐雄　四六判・200 頁・1,428 円
- 下村和子エッセイ集『遊びへんろ』帯文／加島祥造　四六判・248 頁・1,428 円
- 淺山泰美エッセイ集『京都　銀月アパートの桜』帯文／新川和枝　写真／淺山泰美　栞解説文／鈴木比佐雄　四六判 ·168 頁・1,428 円
- 山本衛エッセイ集『人が人らしく　人権一〇八話』推薦のことば／沢田五十六　栞解説文／鈴木比佐雄　四六判・248 頁・1,428 円

エッセイ集

- 田村政紀『今日も生かされている——予防医学を天命とした医師』四六判・192頁・1,800円
- 千葉貞子著作集『命の美容室 〜水害を生き延びて〜』A5判176頁・上製本・2,000円解説文／佐相憲一
- 田巻幸生エッセイ集『生まれたての光——京都・法然院へ』解説／淺山泰美　四六判・192頁・並製本・1,620円
- 平松伴子エッセイ集『女ですから』四六判・256頁・並製本・1,500円
- 橋爪文 エッセイ集『８月６日の蒼い月——爆心地一・六㎞の被爆少女が世界に伝えたいこと』跋文／木原省治　四六判・256頁・並製本・1,500円
- 岡三沙子エッセイ集『寡黙な兄のハーモニカ』跋文／朝倉宏哉（詩人）　装画（銅版画）／川端吉明　A5判・160頁・並製本・1,500円
- 伊藤幸子エッセイ集『口ずさむとき』解説文／鈴木比佐雄 A5判・440頁・上製本・2,000円
- 間渕誠エッセイ集『昭和の玉村っ子——子どもたちは遊びの天才だった』解説文／鈴木比佐雄　A5判・160頁・並製本・1,000円
- 吉田博子エッセイ集『夕暮れの分娩室で——岡山・東京・フランス』帯文／新川和江　解説文／鈴木比佐雄　A5判・192頁・上製本・1,500円
- 鳥巣郁美 詩論・エッセイ集『思索の小径』 装画・挿画／津高和一　栞解説文／鈴木比佐雄 A5判・288頁・上製本・2,000円
- 鈴木榮左右エッセイ集『越辺川《おっぺがわ》のいろどり——川島町の魅力を語り継ぐ』解説文／鈴木比佐雄　A5判・304頁＋カラー８頁・並製本・1,500円
- 石田邦夫『戦場に散った兄に守られて〜軍国主義時代に青春を送りし〜』栞解説文／鈴木比佐雄　A5判・160頁・上製本・2,000円
- 五十嵐幸雄・備忘録集Ⅲ『ビジネスマンの余白』写真／猪又かじ子　栞解説文／鈴木比佐雄　A5判・352頁・上製本・2,000円
- 五十嵐幸雄・備忘録集Ⅳ『春風に凭れて』写真／猪又かじ子　栞解説文／鈴木比佐雄 A5判・312頁・上製本・2,000円
- 中津攸子 俳句・エッセイ集『戦跡巡礼 改訂増補版』装画／伊藤みと梨　帯文／梅原猛題字／伊藤良男　解説文／鈴木比佐雄　四六判・256頁・上製本・1,500円
- 中原秀雪エッセイ集『光を旅する言葉』銅版画／宮崎智晴　帯文／的川泰宣　解説／金田晉　四六判・136頁・上製本・1,500円
- 金田茉莉『終わりなき悲しみ——戦争孤児と震災被害者の類似性』監修／浅見洋子　解説文／鈴木比佐雄　四六判・304頁・並製本・1,500円
- 壺阪輝代エッセイ集『詩神（ミューズ）につつまれる時』帯文／山本十四尾　A5判・160頁・上製本・2,000円
- 金光林エッセイ集『自由の涙』帯文／白石かずこ 栞解説文／白石かずこ、相沢史郎、陳千武、鈴木比佐雄　翻訳／飯島武太郎、志賀喜美子 A5判・368頁・並製本・2,000円

評論集

- 鈴木正一評論集『〈核災棄民〉が語り継ぐこと——レーニンの『帝国主義論』を手掛りにして』解説／鈴木比佐雄　四六判・160頁・並製本・1,620円

- 石村柳三『石橋湛山の慈悲精神と世界平和』序文／浅川保　四六判・256 頁・並製本・1,620 円
- 中村節也『宮沢賢治の宇宙音感―音楽と星と法華経―』解説文／鈴木比佐雄　B5 判・144 頁・並製本・1,800 円
- 井口時男評論集『永山則夫の罪と罰――せめて二十歳のその日まで』　解説文／鈴木比佐雄　四六判 224 頁・並製本・1,500 円
- 浅川史評論集　『敗北した社会主義　再生の闘い』序文／鈴木比佐雄　四六判 352 頁・上製本・1.800 円
- 高橋郁男評論集『詩のオデュッセイア――ギルガメシュからディランまで、時に磨かれた古今東西の詩句・四千年の旅』跋文／佐相憲一　四六判・384 頁・並製本・1,500 円
- 千葉貢評論集『相逢の人と文学――長塚節・宮澤賢治・白鳥省吾・淺野晃・佐藤正子』栞解説文／鈴木比佐雄　四六判・304 頁・上製本・2,000 円
- 鎌田慧評論集『悪政と闘う――原発・沖縄・憲法の現場から』栞解説文／鈴木比佐雄　四六判・384 頁・並製本・1,500 円
- 清水茂詩論集『詩と呼ばれる希望――ルヴェルディ、ボヌフォワ等をめぐって』解説文／鈴木比佐雄　四六判・256 頁・並製本・1,500 円
- 金田久璋評論集『リアリテの磁場』解説文／佐相憲一　四六判・352 頁・上製本・2,000 円
- 宮川達二評論集『海を越える翼――詩人小熊秀雄論』解説文／佐相憲一　四六判・384 頁・並製本・2,000 円
- 佐藤吉一評論集『詩人・白鳥省吾』解説文／千葉貢　A5 判・656 頁・並製本・2,000 円
- 稲木信夫評論集『詩人中野鈴子を追う』帯文／新川和江　栞解説文／佐相憲一　四六判・288 頁・上製本・2,000 円
- 新藤謙評論集『人間愛に生きた人びと――横山正松・渡辺一夫・吉野源三郎・丸山眞男・野間宏・若松丈太郎・石垣りん・茨木のり子』解説文／鈴木比佐雄　四六判・256 頁・並製本・2,000 円
- 前田新評論集『土着と四次元――宮沢賢治・真壁仁・三谷晃一・若松丈太郎・大塚史朗』解説文／鈴木比佐雄　四六判・464 頁・上製本・2,000 円
- 若松丈太郎『福島原発難民　南相馬市・一詩人の警告 1971 年～ 2011 年』帯文／新藤謙解説文／鈴木比佐雄　四六判・160 頁・並製本・1,428 円
- 若松丈太郎『福島核災棄民――町がメルトダウンしてしまった』帯文／加藤登紀子　解説文／鈴木比佐雄　四六判・208 頁（加藤登紀子「神隠しされた街」CD付）・並製本・1,800 円
- 片山壹晴詩集・評論集『セザンヌの言葉――わが里の「気層」から』解説文／鈴木比佐雄 A5 判・320 頁・並製本・2,000 円
- 尾崎寿一郎評論集『ランボーをめぐる諸説』四六判・288 頁・上製本・2,000 円
- 尾崎寿一郎評論集『ランボーと内なる他者「イリュミナシオン」解読』四六判・320 頁・上製本・2,000 円
- 尾崎寿一郎評論集『ランボー追跡』写真／林完次　栞解説文／鈴木比佐雄　四六判・288 頁・上製本・2,000 円
- 尾崎寿一郎評論集『詩人 逸見猶吉』写真／森紫朗　栞解説文／鈴木比佐雄　四六判・400 頁・上製本・2,000 円
- 芳賀章内詩論集『詩的言語の現在』解説文／鈴木比佐雄　A5 判・320 頁・並製本・2,000 円

- 森徳治評論・文学集『戦後史の言語空間』写真／高田太郎　解説文／鈴木比佐雄　A5判・416頁・並製本・2,000円
- 大山真善美教育評論集『学校の裏側』帯文／小川洋子（作家）解説／青木多寿子　A5判・208頁・並製本・1,500円
- 長沼士朗『宮沢賢治「宇宙意志」を見据えて』跋文／大角修　四六判・312頁・上製本・2,000円
- 佐々木賢二『宮澤賢治の五輪峠――文語詩稿五十篇を読み解く』解説文／鈴木比佐雄　四六判・560頁・上製本・2,000円

国際関係

- デイヴィッド・クリーガー詩集『神の涙――広島・長崎原爆　国境を越えて』増補版　四六判216頁・並製本・1,500円　訳／水崎野里子　栞解説文／鈴木比佐雄
- デイヴィッド・クリーガー詩集『戦争と平和の岐路で』Ａ５判192頁・並製本・1.500円　訳／結城文　解説文／鈴木比佐雄
- 『原爆地獄 The Atomic Bomb Inferno――ヒロシマ 生き証人の語り描く一人ひとりの生と死』編／河勝重美・榮久庵憲司・岡田悌次・鈴木比佐雄　解説文／鈴木比佐雄　日英版・Ｂ５判・カラー256頁・並製本・2,000円
- 日本・韓国・中国　国際同人詩誌『モンスーン 2』A5判・96頁・並製本・1,000円
- 日本・韓国・中国　国際同人詩誌『モンスーン《MONSOON》 1』A5判・96頁・並製本・1,000円
- ベトナム社会主義共和国・元国家副主席グエン・ティ・ビン女史回顧録『家族、仲間、そして祖国』序文／村山富市（元日本国内閣総理大臣）　監修・翻訳／冨田健次、清水政明 他　跋文／小中陽太郎　四六判・368頁・並製本・2,000円
- 平松伴子『世界を動かした女性グエン・ティ・ビン ベトナム元副大統領の勇気と愛と哀しみと』帯文・序文／早乙女勝元　栞解説文／鈴木比佐雄　A5判・304頁・並製本・1,905円　【ベトナム平和友好勲章受賞】
- デイヴィッド・クリーガー詩集『神の涙―広島・長崎原爆 国境を越えて』帯文／秋葉忠利(元広島市長) 栞解説文／鈴木比佐雄 日英詩集・四六判・200頁・並製本・1,428円
- デイヴィッド・クリーガー 英日対訳 新撰詩集『戦争と平和の岐路で』解説文／鈴木比佐雄　A5判・192頁・並製本・1,500円
- 高炯烈（コヒョンヨル）詩集『長詩 リトルボーイ』訳／韓成禮　栞解説文／浜田知章、石川逸子、御庄博実　A5判・220頁・並製本・2,000円
- 高炯烈詩集『アジア詩行――今朝は、ウラジオストクで』訳／李美子　写真／柴田三吉　栞解説文／鈴木比佐雄　四六判・192頁・並製本・1,428円
- 鈴木紘治『マザー・グースの謎を解く――伝承童謡の詩学』A5判・304頁・並製本・2,000円
- 堀内利美図形詩集『Poetry for the Eye』解説文／鈴木比佐雄、尾内達也、堀内利美　A5判・232頁（単語集付、解説文は日本語）・並製本・2,000円
- 堀内利美日英語詩集『円かな月のこころ』訳／郡山直　写真／武藤ゆかり　栞解説文／吉村伊紅美　日英詩集・四六判・160頁・並製本・2,000円
- 堀内利美図形詩集『人生の花　咲き匂う』栞解説文／鈴木比佐雄　A5判・160頁・並製本・2,000円

絵本・詩画集など

- キャロリン・メアリー・クリーフェルド日英詩画集『神様がくれたキス The Divine Kiss』B5 判・フルカラー 72 頁・並製本・1,800 円　訳／郡山　直　序文／清水茂
- 井上摩耶×神月 ROI 詩画集『Particulier ～国境の先へ～』B5 横判・フルカラー 48 頁・上製本・2,000 円　跋文／佐相憲一
- 島村洋二郎詩画集『無限に悲しく、無限に美しく』B5 判・フルカラー 64 頁・並製本・1,500 円　解説文／鈴木比佐雄
- 正田吉男 絵本『放牛さんとへふり地蔵──鎌研坂の放牛地蔵』絵／杉山静香、上原恵 B5 判・フルカラー 32 頁・上製本・1,500 円　解説文／鈴木比佐雄
- 大谷佳子筆文字集『夢の種蒔き──私流遊書（わたしのあそびがき）』解説文／鈴木比佐雄 B5 判・96 頁・並製本・1,428 円
- 吉田博子詩画集『聖火を翳《かざ》して』帯文／小柳玲子　栞解説文／鈴木比佐雄　A4 変形判・136 頁・上製本・2,000 円
- 多田聡詩画集『ビバ！しほりん』絵／赤木真一郎､赤木智恵　B5 判･フルカラー 32 頁･上製本・1,428 円
- 日笠明子・上野郁子の絵手紙集『絵手紙の花束～きらら窯から上野先生へ～』A4 変形判・フルカラー 48 頁・並製本・1,428 円
- 渡邉倭文子ほか共著『ことばの育ちに寄りそって　小さなスピーチクリニックからの伝言』写真／柴田三吉　A4 判・80 頁・並製本・1,428 円
- 黒田えみ詩画集『小さな庭で』四六判・128 頁・上製本・2,000 円

10 周年記念企画「詩の声・詩の力」詩集

- 山岡和範詩集『どくだみ』A 5 判 96 頁・並製本・1,500 円　解説文／佐相憲一
- 江口 節 詩集『果樹園まで』A 5 変形判 96 頁・並製本 1,500 円
- 秋野かよ子詩集『細胞のつぶやき』A 5 判 96 頁・並製本・1,500 円　解説文／佐相憲一
- 尹東柱詩集／上野 都 翻訳『空と風と星と詩』四六判 192 頁・並製本・1,500 円　帯文／詩人　石川逸子
- 洲　史　詩集『小鳥の羽ばたき』A 5 判 96 頁・並製本・1,500 円　解説文／佐相憲一
- 小田切敬子詩集『わたしと世界』A 5 判 96 頁・並製本・1,500 円　解説文／佐相憲一
- みうらひろこ詩集『渚の午後　ふくしま浜通りから』A 5 判 128 頁・並製本・1,500 円　解説文／鈴木比佐雄　帯文／柳美里
- 阿形蓉子詩集『つれづれなるままに』A 5 判 128 頁・並製本・1,500 円　装画／阿形蓉子　解説文／佐相憲一
- 油谷京子詩集『名刺』A 5 判 96 頁・並製本・1,500 円　解説文／佐相憲一
- 木村孝夫詩集『桜螢　ふくしまの連呼する声』四六判 192 頁・並製本・1,500 円　栞解説文／鈴木比佐雄
- 星野　博詩集『線の彼方』A 5 判 96 頁・並製本・1,500 円　解説文／佐相憲一
- 前田 新 詩集『無告の人』A 5 判 160 頁・並製本・1,500 円　装画／三橋節子　解説文／鈴木比佐雄
- 佐相憲一詩集『森の波音』A 5 判 128 頁・並製本・1,500 円
- 高森 保詩集『1 月から 12 月 あなたの誕生を祝う詩』A 5 判 128 頁・並製本・1,500 円

解説文／鈴木比佐雄

- 橋爪さち子詩集『薔薇星雲』A５判 128 頁・並製本 1,500 円 《第 12 回日本詩歌句随筆評論大賞　奨励賞》
- 酒井 力詩集『光と水と緑のなかに』A５判 128 頁・並製本・1,500 円　解説文／佐相憲一
- 安部一美詩集『夕暮れ時になると』A５判 120 頁・並製本・1,500 円　解説文／鈴木比佐雄　《第 69 回福島県文学賞詩部門正賞》
- 望月逸子詩集『分かれ道』A５判 128 頁・並製本・1,500 円　帯文／石川逸子　栞解説文／佐相憲一
- 二階堂晃子詩集『音たてて幸せがくるように』A５判 160 頁・並製本・1,500 円　解説文／佐相憲一
- 高橋静恵詩集『梅の切り株』A５判 144 頁・並製本・1,500 円　跋文／宗方和子　解説文／鈴木比佐雄
- 末松努詩集『淡く青い、水のほとり』A５判 128 頁・並製本・1,500 円　解説文／鈴木比佐雄
- 林田悠来詩集『雨模様、晴れ模様』A５判 96 頁・並製本・1,500 円　解説文／佐相憲一
- 勝嶋啓太詩集『今夜はいつもより星が多いみたいだ』A５判 128 頁・並製本・1,500 円《第 46 回 壺井繁治賞》
- かわいふくみ詩集『理科室がにおってくる』 A５判 96 頁・並製本・1,500 円　栞解説文／佐相憲一

既刊詩集

〈2006 年刊行〉……………………………………………………………………………

- 朝倉宏哉詩集『乳粥』栞解説文／鈴木比佐雄　A5 判・122 頁・上製本・2,000 円
- 山本十四尾詩集『水の充実』栞解説文／鈴木比佐雄 B5 変形判・114 頁・上製本・2,000 円

〈2007 年刊行〉……………………………………………………………………………

- 宮田登美子詩集『竹藪の不思議』栞解説文／鈴木比佐雄 A5 判・96 頁・上製本・2,000 円
- 大掛史子詩集『桜鬼（はなおに）』栞解説文／鈴木比佐雄 A5 判・128 頁・上製本・2,000 円【第 41 回日本詩人クラブ賞受賞】
- 山本衞詩集『讃河』栞解説文／鈴木比佐雄　A5 判・168 頁・上製本・2,000 円【第 8 回中四国詩人賞受賞】
- 岡隆夫詩集『二億年のイネ』栞解説文／鈴木比佐雄　A5 判・168 頁・上製本・2,000 円
- うおずみ千尋詩集『牡丹雪幻想』　栞解説文／鈴木比佐雄　B5 変形判・98 頁・フランス装・2,000 円
- 酒井力詩集『白い記憶』栞解説文／鈴木比佐雄　A5 判・128 頁・上製本・2,000 円
- 山本泰生詩集『声』栞解説文／鈴木比佐雄　A5 判・144 頁・上製本・2,000 円
- 秋山泰則詩集『民衆の記憶』栞解説文／鈴木比佐雄　A5 判・104 頁・並製本・2,000 円
- 大原勝人詩集『通りゃんすな』栞解説文／鈴木比佐雄　A5 判・104 頁・並製本・2,000 円
- 葛原りょう詩集『魂の場所』栞解説文／長津功三良、鈴木比佐雄　A5 判・192 頁・並製本・2,000 円
- 石村柳三詩集『晩秋雨』栞解説文／朝倉宏哉、鈴木比佐雄 A5 判・200 頁・上製本・2,000 円

〈2008 年刊行〉……………………………………………………………………………

- 浜田知章詩集『海のスフィンクス』帯文／長谷川龍生　栞解説文／浜田文、鈴木比佐雄 A5 判・128 頁・上製本・2,000 円

- 遠藤一夫詩集『ガンタラ橋』栞解説文／鈴木比佐雄　A5判・128頁・上製本・2,000円
- 石下典子詩集『神の指紋』帯文／山本十四尾　栞解説文／鈴木比佐雄　A5判・128頁・上製本・2,000円
- 星野典比古詩集『天網』帯文／山本十四尾　栞解説文／鈴木比佐雄　A5判・128頁・上製本・2,000円
- 田上悦子詩集『女性力（ウナグヂキャラ）』帯文／山本十四尾　栞解説文／鈴木比佐雄 A5判・144頁・上製本・2,000円
- 壷阪輝代詩集『探り箸』帯文／山本十四尾　栞解説文／鈴木比佐雄　A5判・128頁・上製本・2,000円
- 下村和子詩集『手妻』栞解説文／鈴木比佐雄　A5判・128頁・上製本・2,000円
- 豊福みどり詩集『ただいま』帯文／山本十四尾　栞解説文／鈴木比佐雄　A5判・128頁・上製本・2,000円
- 小坂顕太郎詩集『五月闇』栞解説文／鈴木比佐雄　A5判・128頁・上製本・2,000円
- くにさだきみ詩集『国家の成分』栞解説文／鈴木比佐雄 A5判・152頁・上製本・2,000円
- 山本聖子詩集『宇宙の舌』栞解説文／鈴木比佐雄　A5判・128頁・上製本・2,000円
- 鈴木文子詩集『電車道』栞解説文／鈴木比佐雄　A5判・176頁・上製本・2,000円
- 中原澄子詩集『長崎を最後にせんば──原爆被災の記憶』（改訂増補版）栞解説文／鈴木比佐雄　A5判・208頁・上製本・2,000円【第四十五回福岡県詩人賞受賞】
- 亜久津歩詩集『世界が君に死を赦すから』栞解説文／鈴木比佐雄　A5判・160頁・上製本・2,000円
- コールサック社のアンソロジーシリーズ『生活語詩二七六人集　山河編』編／有馬敲、山本十四尾、鈴木比佐雄　A5判・432頁・並製本・2,000円

〈2009年刊行〉……………………………………………………………………………………

- 吉田博子詩集『いのち』装画／近藤照恵　帯文／山本十四尾　栞解説文／鈴木比佐雄　A5判・128頁・上製本・2,000円
- 黛元男詩集『地鳴り』装画／田中清光　栞解説文／鈴木比佐雄　A5判・136頁・上製本・2,000円
- 長津功三良詩集『飛ぶ』帯文／吉川仁　栞解説文／福谷昭二　A5判・144頁・並製本・2,000円
- 堀内利美詩集『笑いの震動』栞解説文／鈴木比佐雄　A5判・176頁・上製本・2,000円
- 貝塚津音魚詩集『魂の緒』装画／渡部等　帯文／山本十四尾　栞解説文／鈴木比佐雄　A5判・128頁・上製本・2,000円【栃木県現代詩人会新人賞受賞】
- 石川早苗詩集『蔵人の妻』栞解説文／鈴木比佐雄　A5判・128頁・上製本・2,000円
- 吉村伊紅美詩集『夕陽のしずく』装画／清水國治　栞解説文／鈴木比佐雄　A5判・144頁・上製本・2,000円
- 山本十四尾詩集『女将』題字／川又南岳　AB判・64頁・上製本・2,000円
- 中村藤一郎詩集『神の留守』題字／伊藤良男　栞解説文／鈴木比佐雄　A5判・208頁・上製本・2,000円
- 上田由美子詩集『八月の夕凪』装画／上田由美子　栞解説文／鈴木比佐雄　A5判・160頁・上製本・2,000円
- 山本倫子詩集『秋の蟷螂』栞解説文／鈴木比佐雄　A5判・160頁・上製本・2,000円
- 宇都宮英子詩集『母の手』栞解説文／鈴木比佐雄　A5判・128頁・上製本・2,000円

〈2010 年刊行〉……………………………………………………………………………………………

- 山佐木進詩集『そして千年樹になれ』写真／猪又かじ子　栞解説文／鈴木比佐雄　A5 判・112 頁・並製本・2,000 円
- 杉本知政詩集『迷い蝶』装画／岸朝佳　栞解説文／鈴木比佐雄　A5 判・144 頁・並製本・2,000 円
- 末津きみ詩集『ブラキストン線 ―十四歳の夏―』栞解説文／鈴木比佐雄 A5 判・176 頁・上製本・2,000 円
- 水崎野里子詩集『ゴヤの絵の前で』栞解説文／佐相憲一　A5 判・128 頁・並製本・2,000 円
- 石村柳三詩集『夢幻空華』写真／片岡伸　栞解説文／牧野立雄、水崎野里子、鈴木豊志夫　A5 判・264 頁・並製本・2,000 円
- 秋山泰則詩集『泣き坂』装画／宮浦真之助（画家）　帯文・解説文／小澤幹雄　A5 判・128 頁・並製本・2,000 円
- 北村愛子詩集『今日という日』装画／藤田孝之　栞解説文／鈴木比佐雄　A5 判・176 頁・並製本・2,000 円
- 郡山直詩集『詩人の引力』写真／仲田千穂　栞解説文／鈴木比佐雄　A5 判・208 頁・並製本・1,428 円
- 徳沢愛子詩集『加賀友禅流し』装画／太田秀典（加賀友禅作家）　栞解説文／鈴木比佐雄　A5 判・184 頁・上製本・2,000 円
- 多田聡詩集『岡山発津山行き最終バス』装画／江草昭治　栞解説文／鈴木比佐雄 A5 判・160 頁・上製本・2,000 円
- 矢口以文詩集『詩ではないかもしれないが、どうしても言っておきたいこと』写真／CPT 提供　栞解説文／鈴木比佐雄　A5 判・224 頁・並製本・2,000 円
- 鳥巣郁美詩集『浅春の途（さしゅんのみち）』帯文／山本十四尾　装画／木村茂　栞解説文／鈴木比佐雄　A5 判・128 頁・上製本・2,000 円
- 直原弘道詩集『異郷への旅』帯文／山本十四尾　写真／柴田三吉　栞解説文／鈴木比佐雄　A5 判・152 頁・並製本・2,000 円
- 酒木裕次郎詩集『筑波山』帯文／山本十四尾　写真／武藤ゆかり　栞解説文／鈴木比佐雄　A5 判・112 頁・上製本・2,000 円
- 安永圭子詩集『音を聴く皮膚』帯文／山本十四尾　装画／安永圭子　栞解説文／鈴木比佐雄　A5 判・136 頁・上製本・2,000 円
- 山下静男詩集『クジラの独り言』栞解説文／鈴木比佐雄 A5 判・136 頁・上製本・2,000 円
- 皆木信昭詩集『心眼（こころのめ）』写真／奈義町現代美術館　栞解説文／鈴木比佐雄 A5 判・144 頁・上製本・2,000 円
- 岡三沙子詩集『わが禁猟区』　装画（銅版画）／川端吉明　栞解説文／鈴木比佐雄　A5 判・144 頁・上製本・2,000 円

〈2011 年刊行〉……………………………………………………………………………………………

- 北村愛子詩集『見知らぬ少女』装画／藤田孝之　栞解説文／鈴木比佐雄　A5 判・176 頁・並製本・2,000 円
- 浅見洋子詩集『独りぼっちの人生《せいかつ》――東京大空襲により心をこわされた子たち』跋文／原田敬三　栞解説文／鈴木比佐雄　A5 判・160 頁＋カラー 16 頁・上製本・2,000 円
- 片桐ユズル詩集『わたしたちが良い時をすごしていると』栞解説文／鈴木比佐雄　四六判・128 頁・並製本・2,000 円

- 星野明彦詩集『いのちのにっき 愛と青春を見つめて』装画／星野明彦　栞解説文／鈴木比佐雄　A5判・352頁・並製本・2,000円
- 田中作子詩集『吉野夕景』栞解説文／鈴木比佐雄　A5判・96頁・上製本・2,000円
- 岡村直子詩集『帰宅願望』装画／杉村一石　栞解説文／鈴木比佐雄　A5判・160頁・上製本・2,000円
- 木村淳子詩集『美しいもの』写真／齋藤文子　栞解説文／鈴木比佐雄　A5判·136頁·上製本・2,000円
- 岡田恵美子詩集『露地にはぐれて』栞解説文／鈴木比佐雄　A5判・176頁・上製本・2,000円
- 野村俊詩集『うどん送別会』栞解説文／鈴木比佐雄　A5判・240頁・上製本・2,000円
- 福本明美詩集『月光《つきあかり》』栞解説文／鈴木比佐雄　A5判・120頁・上製本・2,000円
- 池山吉彬詩集『惑星』栞解説文／鈴木比佐雄　A5判・136頁・並製本・2,000円
- 石村柳三詩集『合掌』装画／鈴木豊志夫　栞解説文／佐相憲一　A5判·160頁·並製本·2,000円
- 田村のり子詩集『時間の矢――夢百八夜』栞解説文／鈴木比佐雄　A5判・192頁・上製本・2,000円
- 青柳俊哉詩集『球体の秋』栞解説文／鈴木比佐雄　A5判・176頁・上製本・2,000円
- 井上優詩集『厚い手のひら』写真／井上真由美　帯文／松島義一　解説文／佐相憲一　A5判・160頁・並製本・1,500円
- 牧葉りひろ詩集『黄色いマントの戦士たち』装画／星 純一　栞解説文／鈴木比佐雄　A5判・136頁・上製本・2,000円
- 大井康暢詩集『象さんのお耳』栞解説文／鈴木比佐雄　A5判·184頁·上製本·2,000円
- 片桐歩詩集『美ヶ原台地』栞解説文／鈴木比佐雄　A5判・160頁・並製本・2,000円

〈2012年刊行〉……………………………………………………………………………

- 大原勝人詩集『泪を集めて』栞解説文／鈴木比佐雄　A5判·136頁·並製本·2,000円
- くにさだきみ詩集『死の雲、水の国籍』栞解説文／鈴木比佐雄　A5判·192頁·上製本·2,000円
- 司 由衣詩集『魂の奏でる音色』栞解説文／鈴木比佐雄　A5判·168頁·上製本·2,000円
- 宮﨑睦子詩集『美しい人生』栞解説文／鈴木比佐雄　A5判・160頁・上製本・2,000円
- 佐相憲一詩集『時代の波止場』帯文／有馬 敲　A5判・160頁・並製本・2,000円
- 浜本はつえ詩集『斜面に咲く花』栞解説文／佐相憲一　A5判・128頁・上製本・2,000円
- 芳賀稔幸詩集『広野原まで――もう止まらなくなった原発』帯文／若松丈太郎　栞解説文／鈴木比佐雄　A5判・136頁・上製本・2,000円
- 真田かずこ詩集『奥琵琶湖の細波（さざなみ）』装画／福山聖子　帯文／嘉田由紀子（滋賀県知事）　栞解説文／鈴木比佐雄　A5判・160頁・上製本・2,000円
- 大野 悠詩集『小鳥の夢』栞解説文／鈴木比佐雄　A5判・160頁・上製本・2,000円
- 玉造 修詩集『高校教師』栞解説文／佐相憲一　A5判・112頁・上製本・2,000円
- 田澤ちよこ詩集『四月のよろこび』栞解説文／鈴木比佐雄　A5判・192頁・上製本・2,000円
- 日高のぼる詩集『光のなかへ』栞解説文／鈴木比佐雄　A5判・208頁・並製本・2,000円
- 結城文詩集『花鎮め歌』栞解説文／鈴木比佐雄　A5判・184頁・上製本・2,000円
- 川奈 静詩集『いのちの重み』栞解説文／鈴木比佐雄　A5判・136頁・並製本・2,000円

〈2013年刊行〉……………………………………………………………………………

- 二階堂晃子詩集『悲しみの向こうに──故郷・双葉町を奪われて』解説文／鈴木比佐雄 A5 判・176 頁・上製本・2,000 円【第 66 回福島県文学賞 奨励賞受賞】
- 東梅洋子詩集『うねり 70 篇 大槌町にて』帯文／吉行和子（女優） 解説文／鈴木比佐雄　四六判・160 頁・並製本・1,000 円
- 岡田忠昭詩集『忘れない』帯文／若松丈太郎　栞解説文／鈴木比佐雄　A5 判・64 頁・並製本・500 円
- 白河左江子詩集『地球に』栞解説文／鈴木比佐雄　A5 判・160 頁・上製本・2,000 円
- 秋野かよ子詩集『梟が鳴く──紀伊の八楽章』栞解説文／鈴木比佐雄　四六判・144 頁・並製本・2,000 円
- 中村真生子詩集『なんでもない午後に──山陰・日野川のほとりにて』帯文／梅津正樹（アナウンサー） 栞解説文／鈴木比佐雄　四六判・240 頁・並製本・1,400 円
- 武西良和詩集『岬』栞解説文／鈴木比佐雄　A5 判・96 頁・並製本・2,000 円
- うおずみ千尋詩集『白詰草序奏──金沢から故郷・福島へ』栞解説文／鈴木比佐雄　B５判変形・144 頁・フランス装・1,500 円
- 木島 章詩集『点描画』栞解説文／佐相憲一　A5 判・160 頁・並製本・2,000 円
- 上野 都詩集『地を巡るもの』栞解説文／鈴木比佐雄　A5 判・144 頁・上製本・2,000 円
- 松本高直詩集『永遠の空腹』栞解説文／鈴木比佐雄　A5 判・112 頁・上製本・2,000 円
- 田島廣子詩集『くらしと命』栞解説文／佐相憲一　A5 判・128 頁・並製本・2,000 円
- 外村文象詩集『秋の旅』栞解説文／鈴木比佐雄　A5 判・160 頁・並製本・2,000 円
- 川内久栄詩集『木箱の底から──今も「ふ」号風船爆弾が飛び続ける 増補新版』栞解説文／鈴木比佐雄　A5 判・176 頁・上製本・2,000 円
- 見上 司詩集『一週』栞解説文／鈴木比佐雄　A5 判・160 頁・並製本・2,000 円
- 笠原仙一詩集『明日のまほろば～越前武《たけ》生《ふ》からの祈り～』栞解説文／佐相憲一　A5 判・136 頁・並製本・1,500 円
- 黒田えみ詩集『わたしと瀬戸内海』四六判・96 頁・並製本・1,500 円
- 中村 純詩集『はだかんぼ』栞解説文／鈴木比佐雄　A5 判・128 頁・並製本・1,500 円
- 志田静枝詩集『踊り子の花たち』栞解説文／佐相憲一 A5 判・160 頁・上製本・2,000 円
- 井野口慧子詩集『火の文字』 栞解説文／鈴木比佐雄　A5 判・184 頁・上製本・2,000 円
- 山本 衞詩集『黒潮の民』栞解説文／鈴木比佐雄　A5 判・176 頁・上製本・2,000 円
- 大塚史朗詩集『千人針の腹巻き』栞解説文／鈴木比佐雄 A5 判・144 頁・並製本・2,000 円
- 大塚史朗詩集『昔ばなし考うた』解説文／佐相憲一　A5 判・96 頁・並製本・2,000 円
- 根本昌幸詩集『荒野に立ちて──わが浪江町』帯文／若松丈太郎　解説文／鈴木比佐雄 A5 判・160 頁・並製本・1,500 円

〈2014 年刊行〉……………………………………………………………………………

- 伊谷たかや詩集『またあした』栞解説文／鈴木比佐雄 A5 判・144 頁・上製本・2,000 円
- 池下和彦詩集『父の詩集』四六判・168 頁・並製本・1,500 円
- 青天目起江詩集『緑の涅槃図』栞解説文／鈴木比佐雄 A5 判・144 頁・上製本・2,000 円
- 佐々木淑子詩集『母の腕物語──広島・長崎・沖縄、そして福島に想いを寄せて 増補新版』栞解説文／鈴木比佐雄　A5 判・136 頁・並製本・1,500 円
- 高炯烈詩集『ガラス体を貫通する』カバー写真／高中哲　訳／権宅明　監修／佐川亜紀　解説文／黄鉉産　四六判・256 頁・並製本・2,000 円
- 速水晃詩集『島のいろ──ここは戦場だった』装画／疋田孝夫　A5 判・192 頁・並製本・

2,000円
- 栗和実詩集『父は小作人』栞解説文／鈴木比佐雄　A5判・160頁・並製本・2,000円
- キャロリン・メアリー・クリーフェルド詩集『魂の種たち SOUL SEEDS』訳／郡山直　日英詩集・A5判・192頁・並製本・1,500円
- 宮﨑睦子詩集『キス・ユウ（KISS YOU）』栞解説文／鈴木比佐雄　A5判・160頁・上製本・2,000円
- 守口三郎詩集『魂の宇宙』栞解説文／鈴木比佐雄　A5判・152頁・上製本・2,000円
- 李美子詩集『薬水を汲みに』帯文／長谷川龍生　A5判・144頁・並製本・2,000円
- 中村花木詩集『奇跡』栞解説文／佐相憲一　A5判・160頁・並製本・2,000円
- 金知栄詩集『薬山のつつじ』栞解説文／鈴木比佐雄　日韓詩集・A5判・248頁・並製本・1,500円

〈2015年刊行〉……………………………………………………………………………………

- 井上摩耶詩集『闇の炎』装画／神月ROI　栞解説文／佐相憲一　A5判・128頁・並製本・2,000円
- 神原良詩集『ある兄妹へのレクイエム』装画／味戸ケイコ　解説文／鈴木比佐雄　A5判・144頁・上製本・2,000円
- 佐藤勝太詩集『ことばの影』解説文／鈴木比佐雄　四六判・192頁・並製本・2,000円
- 悠木一政詩集『吉祥寺から』栞解説文／鈴木比佐雄　A5判・128頁・上製本・1,500円
- 皆木信昭詩集『むらに吹く風』栞解説文／鈴木比佐雄　A5判・128頁・上製本・2,000円
- 渡辺恵美子詩集『母の和音』帯文／清水茂　栞解説文／鈴木比佐雄　A5判・128頁・上製本・2,000円
- 朴玉璉詩集『追憶の渋谷・常磐寮・1938年──勇気を出せば、みんなうまくいく』解説文／鈴木比佐雄　A5判・128頁・上製本・2,000円
- 坂井一則詩集『グレーテ・ザムザさんへの手紙』栞解説文／鈴木比佐雄　A5判・128頁・上製本・2,000円
- 勝嶋啓太×原詩夏至 詩集『異界だったり 現実だったり』跋文／佐相憲一　A5判・96頁・並製本・1,500円
- 堀田京子詩集『大地の声』栞解説文／鈴木比佐雄　A5判・160頁・並製本・1,500円
- 木島始『木島始詩集・復刻版』解説文／佐相憲一・鈴木比佐雄　四六判・256頁・上製本・2,000円
- 島田利夫『島田利夫詩集』解説文／佐相憲一　A5判・144頁・並製本・2,000円

〈2016年刊行〉……………………………………………………………………………………

- 和田文雄『和田文雄 新撰詩集』論考／鈴木比佐雄　A5判・416頁・上製本・2,500円
- 佐藤勝太詩集『名残の夢』解説文／佐相憲一　四六判192頁・並製本・2,000円
- 望月逸子詩集『分かれ道』帯文／石川逸子　栞解説文／佐相憲一　A5判128頁・並製本・1,500円
- 鈴木春子詩集『古都の桜狩』栞解説文／鈴木比佐雄　A5判128頁・上製本・2,000円
- 高橋静恵詩集『梅の切り株』跋文／宗方和子　解説文／鈴木比佐雄　A5判144頁・並製本・1,500円
- ひおきとしこ詩抄『やさしく うたえない』栞解説文／鈴木比佐雄　A5判128頁・並製本・1,500円
- 高橋留理子詩集『たまどめ』栞解説文／鈴木比佐雄　A5判176頁・上製本・2,000円

• 林田悠来詩集『雨模様、晴れ模様』解説文／佐相憲一　A5 判 96 頁・並製本・1,500 円
• 美濃吉昭詩集『或る一年～詩の旅～』解説文／佐相憲一 A5 判 208 頁・上製本・2,000 円
• 末松努詩集『淡く青い、水のほとり』解説文／鈴木比佐雄　A5 判 128 頁・並製本・1,500 円
• 二階堂晃子詩集『音たてて幸せがくるように』解説文／佐相憲一　A5 判 160 頁・並製本・1,500 円
• 神原良詩集『オタモイ海岸』装画／味戸ケイコ　跋文／佐相憲一　A5 判 128 頁・上製本・2,000 円
• 下地ヒロユキ詩集『読みづらい文字』解説文／鈴木比佐雄　A5 判 96 頁・並製本・1.500 円

〈2017 年刊行〉……………………………………………………………………………………

• ワシオ・トシヒコ定稿詩集『われはうたへど』四六判 344 頁・並製本・1,800 円
• 柏木咲哉『万国旗』解説文／佐相憲一　A5 判 128 頁・並製本 1,500 円
• 星野博『ロードショー』解説文／佐相憲一　A5 判 128 頁・並製本 1,500 円
• 赤木比佐江『一枚の葉』解説文／佐相憲一　A5 判 128 頁・並製本 1,500 円
• 若松丈太郎『十歳の夏まで戦争だった』栞解説文／鈴木比佐雄　A5 判 128 頁・並製本 1,500 円
• 鈴木比佐雄『東アジアの疼き』A5 判 224 頁・並製本 1,500 円
• 吉村悟一『何かは何かのまま残る』 解説文／佐相憲一　A5 判 128 頁・並製本 1,500 円
• 八重洋一郎『日毒』解説文／鈴木比佐雄　A5 判 112 頁・並製本 1,500 円
• 美濃吉昭詩集『或る一年～詩の旅～Ⅱ』解説文／佐相憲一　A 5 判 208 頁・上製本・2,000 円
• 根本昌幸詩集『昆虫の家』帯文／柳美里　装画／小笠原あり　解説文／鈴木比佐雄　A 5 判 144 頁・並製本・1,500 円
• 青柳晶子詩集『草萌え』帯文／鈴木比佐雄　栞解説文／佐相憲一　A 5 判 128 頁・上製本・2,000 円
• 守口三郎詩集『劇詩 受難の天使・世阿弥』栞解説文／鈴木比佐雄　A 5 判 128 頁・上製本・1,800 円
• かわいふくみ詩集『理科室がにおってくる』栞解説文／佐相憲一　A 5 判 96 頁・並製本・1,500 円
• 小林征子詩集『あなたへのラブレター』本文書き文字／小林征子　装画・題字・挿絵／長野ヒデ子　A 5 変形判 144 頁・上製本・1,500 円
• 佐藤勝太詩集『佇まい』解説文／佐相憲一　四六判 208 頁・並製本・2,000 円
• 堀田京子詩集『畦道の詩』解説文／鈴木比佐雄　A 5 判 248 頁・並製本・1,500 円
• 福司満・秋田白神方言詩集『友ぁ何処サ行った』解説文／鈴木比佐雄　A 5 判 176 頁・上製本・2,000 円【2017 年 秋田県芸術選奨】

〈2018 年刊行〉……………………………………………………………………………………

• 田中作子愛読詩選集『ひとりあそび』解説文／鈴木比佐雄　A5 変形判 128 頁・上製本 1,500 円
• 洲浜昌三詩集『春の残像』A5 判 160 頁・並製本・1,500 円　装画／北雅行
• 熊谷直樹×勝嶋啓太 詩集『妖怪図鑑』A5 判 160 頁・並製本・1,500 円　解説文／佐相憲一　人形制作／勝嶋啓太
• たにともこ詩集『つぶやき』四六判 128 頁・並製本・1,000 円　解説文／佐相憲一
• 中村惠子詩集『神楽坂の虹』A5 判 128 頁・並製本・1,500 円　解説文／鈴木比佐雄

- ミカヅキカゲリ 詩集『水鏡』A5 判　128 頁・並製本・1,500 円　解説文／佐相憲一
- 清水マサ詩集『遍歴のうた』A5 判 144 頁・上製本・2,000 円　解説文／佐相憲一
装画／横手由男
- 高田一葉詩集『手触り』A5 判変型 96 頁・並製本・1,500 円　解説文／佐相憲一
- 青木善保『風が運ぶ古茜色の世界』A5 判 128 頁・並製本 1,500 円　解説文／佐相憲一
- せきぐちさちえ詩集『水田《みずた》の空』A5 判 144 頁・並製本・1,500 円　解説文／鈴木比佐雄
- 小山修一『人間のいる風景』A5 判 128 頁・並製本 1,500 円　解説文／佐相憲一
- 神原良 詩集『星の駅―星のテーブルに着いたら君の思い出を語ろう…』A5 判 96 頁・上製本・2,000 円　解説文／鈴木比佐雄　装画／味戸ケイコ
- 矢城道子詩集『春の雨音』A5 判 128 頁・並製本・1,500 円
- 堀田京子 詩集『愛あるところに光は満ちて』四六判 224 頁・並製本・1,500 円
解説文／鈴木比佐雄
- 鳥巣郁美詩集『時刻《とき》の帷《とばり》』A 5 判 160 頁・上製本・2,000 円　解説文／佐相憲一
- 秋野かよ子『夜が響く』A5 判 128 頁・並製本 1,500 円　解説文／佐相憲一
- 坂井一則詩集『世界で一番不味いスープ』A5 判 128 頁・並製本・1,500 円　装画／柿崎えま　栞解説文／鈴木比佐雄
- 植松晃一詩集『生々《しょうじょう》の綾《あや》』A5 判 128 頁・並製本・1,500 円　解説文／佐相憲一
- 松村栄子詩集『存在確率―わたしの体積と質量、そして輪郭』A5 判　144 頁・並製本・1,500 円　解説文／鈴木比佐雄

〈2019 年刊行〉……………………………………………………………………………………

- 葉山美玖詩集『約束』解説文／鈴木比佐雄　A5 変形判 128 頁・上製本 1,800 円
- 梶谷和恵詩集『朝やけ』栞解説文／鈴木比佐雄　A5 判 96 頁・並製本・1,500 円
- みうらひろこ詩集『ふらここの涙　九年目のふくしま浜通り』解説文／鈴木比佐雄　A5 判 152 頁・並製本・1,500 円
- 安井高志詩集『ガヴリエルの百合』解説文／依田仁美・鈴木比佐雄　四六判 256 頁・並製本・1,500 円
- 小坂顕太郎詩集『卵虫』栞解説文／鈴木比佐雄　A5 判変型 144 頁・上製本・2,000 円
- 石村柳三『句集 雑草流句心・詩集 足の眼』解説文／鈴木比佐雄　A5 判 288 頁・並製本・2,000 円
- 栗原澪子詩集『遠景』A 5 変形 128 頁・フランス装グラシン紙巻・2,000 円
- 坂井一則詩集『ウロボロスの夢』A 5 判 152 頁・上製本・1,800 円
- 美濃吉昭詩集『或る一年 ～詩の旅～ Ⅲ』解説文／鈴木比佐雄　A5 判 184 頁・上製本・2,000 円
- 長田邦子詩集『黒乳／白乳』解説文／鈴木比佐雄　A5 判 144 頁・並製本・1,500 円
- いとう柚子詩集『冬青草をふんで』解説文／鈴木比佐雄　A5 判 112 頁・並製本・1,500 円
- 鈴木春子詩集『イランカラプテ・こんにちは』解説文／鈴木比佐雄　A5 判 160 頁・並製本・1,500 円

アンソロジー詩集

- アンソロジー詩集『現代の風刺 25 人詩集』編／佐相憲一・有馬敲　A5 判・192 頁・並製本・2,000 円

- アンソロジー詩集『SNSの詩の風41』編／井上優・佐相憲一　A5判・224頁・並製本・1,500円
- エッセイ集『それぞれの道～33のドラマ～』編／秋田宗好・佐相憲一　A5版240頁・並製本・1,500円
- 詩文集『生存権はどうなった』編／穂苅清一・井上優・佐相憲一　A5判176頁・並製本・1,500円
- 『詩人のエッセイ集 大切なもの』編／佐相憲一　A5判238頁・並製本・1,500円

句集・句論集

- 川村杳平俳人歌人論集『鬼古里の賦』解説／鈴木比佐雄　四六判・608頁・並製本・2,160円
- 長澤瑞子句集『初鏡』解説文／鈴木比佐雄　四六判・192頁・上製本・2,160円
- 『有山兎歩遺句集』跋文／呉羽陽子　四六判・184頁・上製本・2160円
- 片山壹晴 随想句集『嘴野記』解説文／鈴木比佐雄　A5判・208頁・並製本・1,620円
- 宮崎直樹『名句と遊ぶ俳句バイキング』解説文／鈴木比佐雄　文庫判656頁・並製本・1,500円
- 復本一郎評論集『江戸俳句百の笑い』四六判336頁・並製本・1,500円
- 復本一郎評論集『子規庵・千客万来』四六判320頁・並製本・1,500円
- 福島晶子写真集 with HAIKU『Family in 鎌倉』B5判64頁フルカラー・並製本・1,500円
- 藤原喜久子 俳句・随筆集『鳩笛』A5判368頁・上製本・2,000円 解説文／鈴木比佐雄

歌集・歌論集

- 田中作子歌集『小《さ》庭《にわ》の四季』A5判192頁・上製本（ケース付）2,000円　解説文／鈴木比佐雄
- 宮﨑睦子歌集『紅椿』A5判104頁・上製本（ケース付）2,000円　解説文／鈴木比佐雄
- 髙屋敏子歌集『息づく庭』四六判256頁・上製本・2,000円　解説文／鈴木比佐雄
- 新藤綾子歌集『葛布の襖』四六判224頁・並製本・1,500円　解説文／鈴木比佐雄
- 大湯邦代歌集『玻璃の伽藍』四六判160頁・上製本・1,800円　解説文／依田仁美
- 大湯邦代歌集『櫻さくらサクラ』四六判144頁・上製本・1,800円　解説文／鈴木比佐雄
- 栗原澪子歌集『独居小吟』四六判216頁・上製本・2,000円　解説文／鈴木比佐雄

小説

- 青木みつお『荒川を渡る』四六判176頁・上製本1,500円　帯文／早乙女勝元
- ベアト・ブレヒビュール『アドルフ・ディートリッヒとの徒歩旅行』四六判224頁・上製本2,000円　訳／鈴木俊　協力／FONDATION SAKAE STÜNZI
- 崔仁浩『夢遊桃源図』四六判144頁・並製本・2,000円　訳／井手俊作　解説文／鈴木比佐雄
- 崔仁浩『他人の部屋』四六判336頁・並製本・2,000円　訳／井手俊作　解説文／鈴木比佐雄
- 日向暁『覚醒 ～見上げればオリオン座～』四六判304頁・並製本・1,500円　跋文／

佐相憲一　装画／神月 ROI
- 黄英治『前夜』四六判 352 頁・並製本・1,500 円
- 佐相憲一『痛みの音階、癒しの色あい』文庫判 160 頁・並製本・900 円

「年間購読会員」のご案内

ご購読のみの方	◆『年間購読会員』にまだご登録されていない方 ⇒４号分（106・107・108・109号） ……4,800円＋税＝5,280円
寄稿者の方	◆『年間購読会員』にまだご登録されていない方 ⇒４号分（106・107・108・109号） ……4,800円＋税＝5,280円 ＋ 参加料……ご寄稿される作品の種類や、 ページ数によって異なります。 （下記をご参照ください）

【詩・小詩集・エッセイ・評論・俳句・短歌・川柳など】
・1～2ページ……5,000円+税＝5,500円／本誌4冊を配布。
・3ページ以上……
ページ数×（2,000円+税＝2,200円）／ページ数×2冊を配布。
※1ページ目の本文・文字数は1行28文字× 47行（上段22行・下段25行）
2ページ目からは、本文・1行28文字× 50行（上下段ともに25行）です。
※俳句・川柳は1頁（2段）に22句、短歌は1頁に10首掲載できます。

コールサック（石炭袋）105号

編集者　鈴木比佐雄　座馬寛彦　鈴木光影
発行者　鈴木比佐雄
発行所　㈱コールサック社
装丁　松本菜央
製作部　鈴木光影　座馬寛彦
発行所（株）コールサック社　2021年3月1日発行

本社　〒173-0004　東京都板橋区板橋2-63-4-209
電話　03-5944-3258　FAX　03-5944-3238
suzuki@coal-sack.com
http:／／www.coal-sack.com
郵便振替 00180-4-741802

落丁本・乱丁本はお取り替えいたします。
ISBN978-4-86435-479-0　C1092　￥1200E
本体価格　1200円+税

（ご注意）

・この用紙は、機械で処理しますので、金額を記入する際は、枠内にはっきりと記入してください。また、本票を汚したり、折り曲げたりしないでください。

・この用紙は、ゆうちょ銀行又は郵便局の払込機能付きATMでもご利用いただけます。

・この払込書を、ゆうちょ銀行又は郵便局の渉外員にお預けになるときは、引換えに預り証を必ずお受け取りください。

・この用紙による払込料金は、ご依頼人様が負担することとなります。

・ご依頼人様からご提出いただきました払込書に記載されたおところ、おなまえ等は、加入者様に通知されます。

・この受領証は、払込みの証拠となるものですから大切に保管してください。

収入印紙

3万円以上
貼　付

印

この場所には、何も記載しないでください。

払込取扱票

00	東京

口座記号番号	金額	千	百	十	万	千	百	十	円
00180－4－741802	※								

加入者名	コールサック社	料金	備考

通信欄 ※

コールサック（石炭袋）年間購読会員　4号分（5,280円）

（　　号より）

ご依頼人

おところ（郵便番号　　　　）※

おなまえ　　　　様

（電話番号　　－　　－　　）

日附印

各票の※印欄は、ご依頼人において記載してください。

裏面の注意事項をお読みください。（ゆうちょ銀行）（承認番号東第54665号）

これより下部には何も記入しないでください。

切り取らないでお出しください。

記載事項を訂正した場合は、その箇所に訂正印を押してください。

振替払込請求書兼受領証

口座記号番号	00180－4 741802
加入者名	コールサック社
金額	千 百 十 万 千 百 十 円 ※
ご依頼人	おなまえ ※　　様
料金	（消費税込み）　円
備考	
日附印	

この受領証は、大切に保管してください。

最新受賞図書

第41回 福島民報出版文化賞特別賞

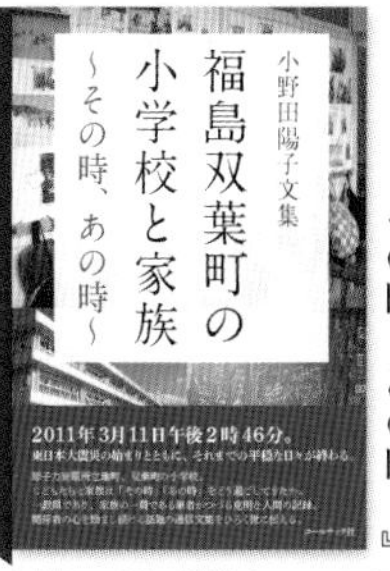

小野田陽子文集『福島双葉町の小学校と家族 ～その時、あの時～』

重版

四六判304頁・並製本・1,500円
序文／二階堂晃子　跋文／佐相憲一

第33回福田正夫賞

与那覇恵子詩集『沖縄から見えるもの』

A5判176頁・並製本・1,500円　解説文／鈴木比佐雄

第74回現代俳句協会賞

永瀬十悟句集『三日月湖』

文庫判256頁・上製本・1,500円
装画／澁谷瑠璃　解説文／鈴木光影

第5回 松川賞特別賞

橘かがり『判事の家 増補版 松川事件その後70年』

文庫判272頁・補章／伊部正之
解説文／鈴木比佐雄

第50回 横浜詩人会賞

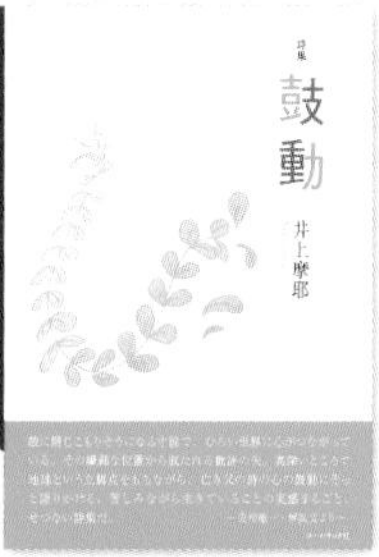

井上摩耶詩集『鼓動』

A5判128頁・並製本・1,500円
解説文／佐相憲一

第50回 中四国詩人賞

洲浜昌三詩集『春の残像』

A5判160頁・並製本・1,500円　装画／北雅行

第14回 日本詩歌句随筆評論大賞 詩部門優秀賞

崔 龍源詩集『遠い日の夢のかたちは』

A5判144頁・並製本・1,500円

第46回 壺井繁治賞

勝嶋啓太詩集『今夜はいつもより星が多いみたいだ』

A5判128頁・並製本・1,500円

第14回 日本詩歌句随筆評論大賞 随筆・評論部門優秀賞

北畑光男評論集『村上昭夫の宇宙哀歌』

四六判384頁・並製本・1,500円
帯文／高橋克彦（作家）　装画／大宮政郎

第10回詩歌句随筆評論大賞・短歌部門大賞／第7回日本短歌協会賞・次席

原 詩夏至歌集『レトロポリス』

A 5判144頁・並製本
1,500円　解説文／鈴木比佐雄

第48回 福岡市文学賞詩部門

坂田トヨ子詩集『源氏物語の女たち』

A5判128頁・並製本・1,500円
装画／三重野睦美　解説文／鈴木比佐雄

第4回 長野県詩人協会奨励賞

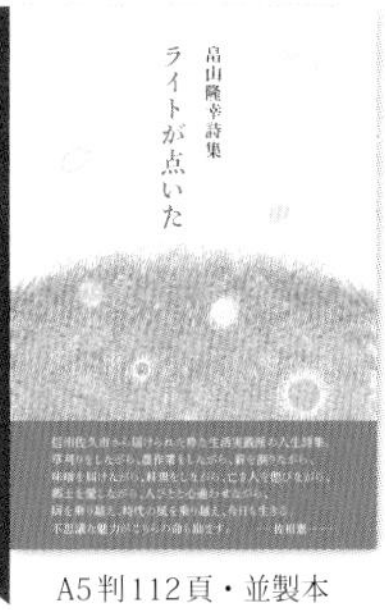

畠山隆幸詩集『ライトが点いた』

A5判112頁・並製本
1,500円　解説文／佐相憲一

エッセイ・評論・研究書・その他の著作集

最新刊

五十嵐幸雄　備忘録集Ⅴ
日々新たに
四六判288頁・上製本・2,000円
写真／五十嵐幸雄

最新刊

吉田美惠子
原発事故と小さな命
──福島浜通りの犬・猫救済活動
四六判192頁・並製本・1,500円
解説文／鈴木比佐雄

最新刊

詩人のエッセイシリーズ⑭
浅山泰美エッセイ集
『京都　夢みるラビリンス』

京都に生まれ育った詩人が、失われゆく京都の古（いにしえ）の佇まい、亡き作家・芸術家たちの面影を留めるように綴る
四六判240頁・並製本・1,500円
写真／浅山泰美

中村雪武
『詩人　吉丸一昌の
ミクロコスモス
──子供のうたの系譜』
B５判296頁・並製本・
2,000円　推薦文／中村節也

二階堂晃子エッセイ集
『埋み火
福島の小さな叫び』
四六判192頁・並製本・1,500円
解説文／鈴木比佐雄

堀田京子 作　味戸ケイコ 絵
『ばばちゃんのひとり誕生日』
B5判32頁・上製本・1,500円

子どもと一緒に芭蕉の名句と遊ぶ　MIX 三句ス

俳句かるたミックス

- ◆ 俳句入門に最適
- ◆ 松尾芭蕉の俳句が自然に覚えられる
- ◆ 英語版もセット
- ◆ イラスト付きで意味が分かりやすい
- ◆ 全俳句の現代口語訳説明書つき

企画／鈴木比佐雄　監修／夏石番矢　イラスト／いずみ朔庵

松尾芭蕉30句（日本語版・英語版）　説明書付き
2,000円+税

「俳句かるたミックス」特設Webサイトで遊び方動画を公開中！
http://www.coal-sack.com/haiku-karuta/　「俳句かるたミックス」で検索！

＊書店、山寺芭蕉記念館・芭蕉翁記念館のミュージアムショップ、弊社HPなどでご購入いただけます。

宮沢賢治関係

『宮澤賢治の原風景を辿る』

384頁・装画／戸田勝久

第25回宮沢賢治賞
四六判・並製本・2,000円

『宮澤賢治の心といそしみ』

304頁・カバー写真／赤田秀子
解説文／鈴木比佐雄

【吉見正信　近刊予定】第三巻『宮澤賢治の「デクノボー」思想』

最新刊

末原正彦

『朗読ドラマ集 宮澤賢治・中原中也・金子みすゞ』

「宮澤賢治」も「中原中也」も「金子みすゞ」も、この朗読ドラマを読むことで、その一生がどんなものであったのか、どんな生き方をしたのか、そして、どんな環境で日本を代表する各々の詩がうまれたのか、理解してもらいたいと思うのです。

四六判248頁・上製本・2,000円

佐藤竜一

『宮沢賢治の詩友・黄瀛《こうえい》の生涯 日本と中国　二つの祖国を生きて』

四六判256頁・並製本・1,500円
解説文／鈴木比佐雄

佐藤竜一

『宮沢賢治 出会いの宇宙 賢治が出会い、心を通わせた16人』

四六判192頁・並製本・1,500円
装画／さいとうかこみ

森　三紗

『宮沢賢治と森荘已池の絆』

四六判320頁
上製本・1,800円

中村節也

『宮沢賢治の宇宙音感 ―音楽と星と法華経』

B5判144頁・並製本・1,800円
解説文／鈴木比佐雄

高橋郁男

『渚と修羅 震災・原発・賢治』

四六判224頁・並製本・1,500円
解説文／鈴木比佐雄

和田文雄

『宮沢賢治のヒドリ ―本当の百姓になる』

四六判392頁・上製本・2,000円
栞解説文／鈴木比佐雄

和田文雄

『続・宮沢賢治のヒドリ ―なぜ賢治は涙を流したか』

四六判256頁・上製本・2,000円
解説文／鈴木比佐雄

赤田秀子写真集

『イーハトーブ・ガーデン ―宮沢賢治が愛した樹木や草花』

B５判64頁フルカラー・
並製本・1,500円

重版

少年少女に希望を届ける詩集　3版

朝日新聞などで紹介されました！

教育、子育て関連の施設へ無償配付しています

編／曽我貢誠・佐相憲一・鈴木比佐雄
装画／戸田勝久
A5判320頁・並製本1,500円

非戦を貫く三〇〇人詩集

編／鈴木比佐雄・佐相憲一
装画／宮良瑛子
A5判432頁・並製本・1,800円

日本国憲法の理念を語り継ぐ詩歌集

編／鈴木比佐雄・佐相憲一
A5判320頁・並製本・1,800円

ベトナム独立・自由・鎮魂詩集175篇

（日本語・英語・ベトナム語合体版）

編／鈴木比佐雄、佐相憲一、グエン・クアン・ティウ　翻訳／冨田健次、清水政明、グエン・バー・チュン、ブルース・ワイグル、郡山直、矢口以文、結城文、沢辺裕子、島田桂子　他
A5判632頁・並製本・2,500円

水・空気・食物300人詩集

子どもたちへ残せるもの

編／鈴木比佐雄・佐相憲一・亜久津歩・中村純・大塚史朗
装画／戸田勝久A5判408頁・並製本・2,000円

平和をとわに心に刻む三〇五人詩集

十五年戦争終結から戦後七十年

編／鈴木比佐雄・佐相憲一
装画／香月泰男　A5判432頁・並製本・2,000円

第18回宮沢賢治学会 イーハトーブセンター
イーハトーブ賞 奨励賞

原爆詩一八一人集　1945～2007年

Against Nuclear Weapons
A Collection of Poems by 181 Poets 1945-2007

重版

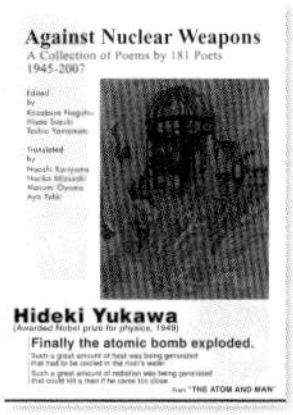

編／長津功三良・鈴木比佐雄・山本十四尾　帯文／湯川秀樹序文／御庄博実　解説／石川逸子・長谷川龍生・鈴木比佐雄装画／福田万里子　翻訳／郡山直・水崎野里子・大山真善美・結城文〈英語版 日本語版〉A5判304頁・並製本・2,000円

脱原発・自然エネルギー218人詩集

編／鈴木比佐雄・若松丈太郎・矢口以文・鈴木文子・御庄博実・佐相憲一
翻訳／郡山直・矢口以文・木村淳子・結城文・島田桂子、棚瀬江里哉・沢辺祐子　序文・帯文／坂本龍一
A5判624頁・並製本・3,000円

『REVERBERATIONS FROM FUKUSHIMA
—50 JAPANESE POETS SPEAK OUT』
EDITED BY LEAH STENSON
AND ASAO SARUKAWA AROLDI
（『福島からの反響音
—日本の詩人50人の発信』）

（Inkwater Press）
日本販売価格3,000円
（1,500円＋送料）

命が危ない 311人詩集

いま共にふみだすために

若松丈太郎　解説付

編／佐相憲一・中村純・宇宿一成・鈴木比佐雄・亜久津歩　帯文／落合恵子
A5判544頁・379篇・並製本・2,000円

大空襲三一〇人詩集

1937年～2009年

編／鈴木比佐雄・長津功三良・山本十四尾・郡山直　帯文／早乙女勝元
A5判520頁・361篇・並製本・2,000円

鎮魂詩《レクイエム》四〇四人詩集

編／鈴木比佐雄・菊田守・長津功三良・山本十四尾　帯文／早乙女勝元　装画／香月泰男
A5判・並製本・640頁・496篇・2,000円

最新刊

アジアの「混沌」を宿す277名の俳句・短歌・詩

アジアの多文化共生詩歌集

シリアからインド・香港・沖縄まで

編／鈴木比佐雄・座馬寛彦・鈴木光影　装画／入江一子　A5判384頁・並製本・1,800円

世界最古の古典から現在までの277名の作品には荘子の言うアジアの多様で創造的な「混沌」が宿っていて、『ギルガメシュ叙事詩』『リグ・ヴェーダ讃歌』『詩經國風』などから始まりアジアの48カ国に関わる詩歌文学が私たちの深層で今も豊かに生きていることに気付かされる（鈴木比佐雄「解説文」より）

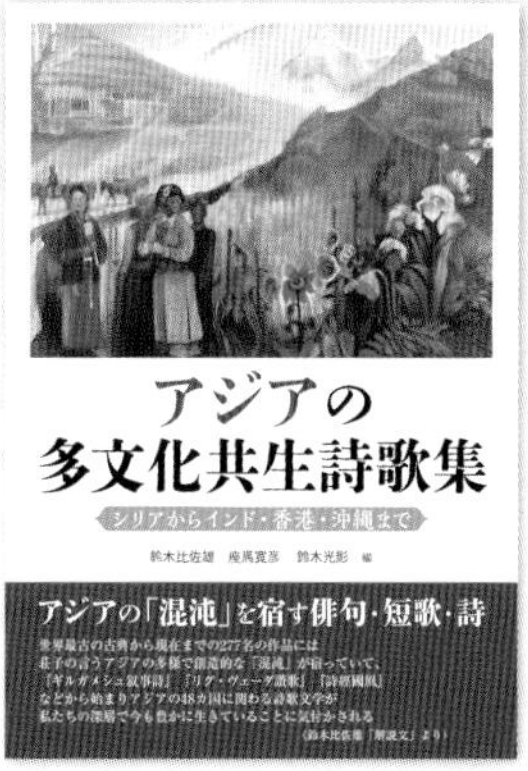

沖縄を愛する約200名による短歌、俳句、詩などを収録！

沖縄詩歌集

〜琉球・奄美の風〜

編／鈴木比佐雄・佐相憲一・座馬寛彦・鈴木光影

A5判320頁・並製本・1,800円

「おもろさうし」を生んだ琉球国の民衆や、琉球弧の島々の苦難に満ちた暮らしや誇り高い文化が想起され、今も神話が息づく沖縄の魂を感受し多彩な手法で表現されている。（鈴木比佐雄「解説文」より）

吉永小百合・坂本龍一
チャリティーコンサート in 沖縄

2020年1月5日、『沖縄詩歌集』より、下記の6篇が朗読されました。

＊朗　読　吉永小百合
＊ピアノ　坂本龍一

「ひとつながりのいのち」
久貝清次（沖縄）

「ニライカナイは、ここ」
淺山泰美（京都）

「展示室」
星野博（福島）

「沖縄の貝殻と」
坂田トヨ子（福岡）

「うちな〜んちゅ大会」
与那覇恵子（沖縄）

「沖縄の空」
根本昌幸（福島）

詩歌に宿るまつろわぬ東北《みちのく》の魂《こころ》

東北《みちのく》詩歌集

西行・芭蕉・賢治から現在まで

編／鈴木比佐雄・座馬寛彦・鈴木光影・佐相憲一

A5判352頁・並製本・1,800円

東北に魅了された２５０名による短歌・俳句・詩などを収録。千年前から東北に憧れた西行から始まり、実朝、芭蕉を経て、東北の深層である縄文の荒ぶる魂を伝える賢治など、短詩系の文学者にとって東北は宝の山であった！

生きぬくための詩68人集
死を越えて生を促すために

編／鈴木比佐雄・くにさだきみ・佐相憲一・亜久津歩
装画／味戸ケイコ
A5判336頁・並製本・1,500円

海の詩集

編／若宮明彦・佐相憲一
A5判272頁・並製本・1,500円

アンソロジー詩選集
私の代表作

編／ワシオ・トシヒコ
佐相憲一
A5判192頁・並製本・2,000円

小説集

最新刊

村上政彦
台湾聖母

台湾の〝日本語世代〟の葛藤を抱える老俳人が若い日台ハーフ、秀麗（しゅうれい）の日本語に恋をする。

四六判192頁・並製本・1,700円

最新刊

大城貞俊
記憶は罪ではない

禁じられた恋愛感情、多様な顔をもつ生徒…悩める教師五人が、教え子の心の闇に触れる。

四六判288頁・並製本・1,700円
装画／柿崎えま

最新刊

伊良波盛男
神歌《カンヌアーグ》が聴こえる

ムヌスー（ユタ）の精神世界を知りたい人びとに読み継がれる小説集

四六判280頁・並製本・1,700円
解説文／鈴木比佐雄

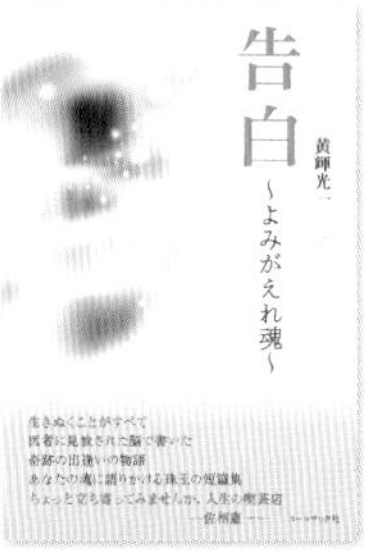

黄輝光一
『告白 ～よみがえれ魂～』

四六判240頁・並製本・1,500円　解説文／佐相憲一

石川逸子
『道昭 三蔵法師から禅を直伝された僧の生涯』

四六判480頁・並製本・1,800円

第114回芥川賞受賞作家

又吉栄喜
『仏陀の小石』

四六判448頁・並製本・1,800円
装画／我如古真子

北嶋節子
『ほおずきの空』

四六判336頁・上製本1,500円
帯文／三上　満
解説文／佐相憲一

北嶋節子
『暁のシリウス』

四六判272頁・上製本1,500円
解説文／佐相憲一

北嶋節子
『茜色の街角』

四六判336頁・上製本1,500円　跋文／佐相憲一

原 詩夏至小説集
『永遠の時間《とき》、地上の時間《とき》』

四六判208頁・並製本1,500円
解説文／佐相憲一